Vorwort

Schon lange bevor ich den Art Skript Phantastik Verlag gegründet habe faszinierten mich farbig geschriebene Bücher. Ob es nun spezielle Projekte aus diversen Verlagen oder »Die unendliche Geschichte« waren, farbige Buchstaben übten auf mich eine gewisse Faszination aus, derer ich mich nicht entziehen konnte und nun kann ich sie auch für meine Bücher haben. Die hier vorliegende Anthologie »Die dunkelbunten Farben des Steampunk« ist möglicherweise die erste Anthologie, in der jede Geschichte in einer anderen Farbe gedruckt wurde.

Als Person, die gerne mit Farben experimentiert war die Idee einer mehrfarbigen Anthologie die Erfüllung eines lange gehegten Traumes. Doch trotz all der Euphorie mussten einige Dinge beachtet werden. Natürlich kann jede Farbe gedruckt werden, doch nicht jede lässt sich gut lesen. Helle Farben wie Gelb oder Flieder fielen sofort durch das Raster. Die Farbauswahl, die für diese Anthologie getroffen wurde, schont die Augen des Lesers und beschert trotzdem ein Lesevergnügen der besonderen Art. Natürlich hat jeder ein individuelles Farbempfinden, daher kann es vorkommen, dass sich die eine Geschichte angenehmer lesen lässt als die andere. Ich hoffe, das trügt Ihren Spaß am Lesen nicht.

Nachdem die Idee zur »Farbanthologie« geboren war, suchte ich nach einem übergreifenden Thema, dass sich mit den Farben kombinieren lies und entschied mich für Steampunk. Dieses Sub-Genre der Science Fantasy war schon Thema in einigen Publikationen meines Verlages und erfreut sich großer Beliebtheit. Der Herausforderung, das sonst eher farblich eingeschränkte Thema Steampunk mit teilweise sehr knalligen Farben zu kombinieren, stellten sich 14 Autoren, die von mir zu diesem Projekt eingeladen wurden. Mitten im Weihnachtsstress schafften es die Autoren eine bunte Mischung an Kurzgeschichten abzuliefern, die ihres gleichen sucht. Dabei legten die einen besonders viel Wert auf eine umfangreich ausgebaute Steampunk-Welt, andere schreiben die Farbe in den Vordergrund.

Das Ergebnis kann sich sehen lassen, die 14 Geschichten warten nur darauf gelesen zu werden.

Lassen Sie sich entführen zu den dunkelbunten Seiten der Steampunk-Welten! Zwischen Zeppelinen und Dampfmaschinen schlängeln sich mannigfaltig schattierte Farben durch die Geschichten und wispern den Zahnrädern Geheimnisse zu. Mal äußerst prägnant, mal zurückhaltend dezent erzählen sie von einer retro-futuristischen Welt, die es nie gab, von vergessenen Nuancierungen und verlorenen Träumen. Jede Geschichte erzählt von ihrer eigenen Farbe, die sich selbst in den Buchstaben widerspiegelt, gemeinsam ergeben sie eine Anthologie, die ihresgleichen sucht.

Genießen Sie diese dunkelbunte Anthologie

Grit Richter

Inhalt

Silberne Augengläser

Detlef Klewer

> »Shakespeares König Lear hatte unrecht«,
> erklärte Inspektor Abberline. »Der Prinz
> der Dunkelheit ist *kein* Gentleman.« In
> diesem Fall musste ich ihm ausnahmsweise
> recht geben.
> *Aus: Memoiren (Band 2 - 1897)*
> *Henriette Peabody*

»Verschwunden? Was soll das heißen ... *verschwunden*? Ich erhielt vor zwei Tagen noch ein Telegramm von ihm«, erklärte die junge Dame aufgebracht.

Inspektor Frederick Abberline bemerkte entzückt, dass ihre ausgesprochen hübsche Nase vor unterdrücktem Zorn zuckte. Trotz Empörung klang ihre Stimme angenehm, besaß aber jenen Akzent, der sie als Amerikanerin entlarvte. Ihre geschmeidigen Bewegungen verrieten ihm, dass sie sich nicht nur mit dem Archivieren von Büchern beschäftigte. *Zweifellos,* dachte er insgeheim, *verbirgt sich unter dem eleganten Kleid ein makelloser Körper.*

Nun kramte sie gelbes Telegrafenpapier aus ihrer erstaunlich großen Tasche und reichte es ihm über den Schreibtisch hinweg. Mit spitzen Fingern nahm er es entgegen, warf einen flüchtigen Blick darauf und legte es beiseite. Eine deutliche Botschaft: Er beabsichtigte nicht, dieser Angelegenheit mehr Aufmerksamkeit zu widmen, als sie seiner Meinung nach verdiente. Das brachte sein Gegenüber allerdings noch mehr in Rage.

»Hören Sie, ich habe die weite Reise von New York in diesem ... unkomfortablen britischen Luftschiff nicht über mich ergehen lassen, um nun zu erfahren, dass mein Freund Alferi zwar verschwunden ist, die Londoner Polizei aber nicht gedenkt, eine Suchaktion zu starten! Ich hörte, Ihre Truppe rühme sich, die besten Detektive der Welt in ihren Reihen zu haben.«

»Das ... entspricht den Tatsachen«, erwiderte Inspektor Abberline indigniert. Er mochte ihr energisches Auftreten nicht und fragte sich, ob sie diesen *Suffragetten* angehörte, die ein widernatürliches Frauenwahlrecht einforderten. Geradezu lachhaft!

»Aber die Aufklärung der Whitechapel-Morde genießt derzeit höchste Priorität. Im Vergleich dazu ist das ... vermeintliche Verschwinden eines Mannes, der vermutlich in einem ... Etablissement der East Side seinen Rausch ausschläft, nicht unser Hauptproblem, Miss Peabody.«

Die Angesprochene warf ihm einen erbosten Blick zu. »Wissen Sie, Inspektor, Ihre Luftschiffe sind derart veraltet, dass Sie sich über den stetigen Londoner Nebel glücklich schätzen sollten. Er erschwert den Deutschen die Luftaufklärung enorm.« Abberline schwieg. Sie lächelte sardonisch.

»Ihrem erschrockenen Gesichtsausdruck entnehme ich völlige Unwissenheit über die Tatsache, dass sie beobachtet werden.«

»Nun, dies ist nicht Aufgabe der Metropolitan Police«, erklärte Abberline schroff, gleichzeitig eine Gedankennotiz vermerkend, diese Information an Polizeichef Warren weiterzuleiten. Ein Pluspunkt schadete derzeit nicht.

Die junge Frau wies auf das Telegramm. »Aber *dies* ist Ihre Aufgabe! Würden Sie sich dazu herablassen, Ihre geschätzte Aufmerksamkeit diesem Text zu widmen, Inspektor, dann wäre Ihnen klar, dass sich Alferi vor meiner Ankunft kaum in einer Lasterhöhle zu vergnügen gedachte. Seine Nachricht lautet, er habe während des Versuchs besonders haltbare Augengläser herzustellen, eine ebenso erstaunliche wie erschreckende Entdeckung gemacht, die er mir umgehend demonstrieren müsse. Ich frage Sie Inspektor: Klingt das nach jemandem, der sich anschließend zweifelhaften Vergnügungen widmet?«

Abberline seufzte. Diese hübsche junge Frau mit den sorgfältig frisierten roten Locken erwies sich als bemerkenswert hartnäckig. »Gnädige Frau, seien Sie gewiss, ich verstehe Ihre Sorge durchaus. Aber so sehr ich Ihnen behilflich sein möchte, im Augenblick sind mir die Hände gebunden.«

Sie stützte sich auf seinen Schreibtisch, beugte sich vor und sagte gefährlich leise: »Nun, ich möchte nur ungern Sir Warren intervenieren lassen. Im Notfall werde ich allerdings nicht zögern, den Polizeichef persönlich um entsprechende Anweisungen zu bitten.«

Resignierend hob Abberline die Arme. Eine Einmischung seines obersten Dienstherren durfte er zu diesem Zeitpunkt nicht riskieren. Nicht, nachdem der Prostituiertenmörder, der sich *Jack the Ripper* nannte, trotz umfangreicher Ermittlungen noch nicht gestellt werden konnte. Vier Morde und keine Spur! »Miss Peabody, Sie müssen mir nicht drohen, ich werde ja einen Beamten diskrete Nachforschungen anstellen lassen.« Er hob seine Stimme.

»Constable Barret?« Dienstbeflissen betrat ein junger Mann mit dem Anflug eines Oberlippenbarts das Büro. »Sir?«

»Barret, gehen Sie zum Haus des Glasmachers Julius Alferi. Finden Sie heraus, wer ihn dort zuletzt gesehen hat. Möglicherweise können wir so seinen derzeitigen Aufenthaltsort eingrenzen.«

Der Constable schloss eifrig nickend die Tür.

»Mehr kann ich wirklich nicht tun ... selbst wenn Sie Ihre Majestät Königin Victoria um Intervention bitten.« Die junge Frau nickte besänftigt. »Nun, es ist zumindest ein Anfang, Inspektor.«

Abberline lächelte gequält. »Was halten Sie von einer Tasse Tee, während wir warten?«

Erneut nickte sie. Abberline erhob sich, schritt zu einem großen, kupfernen Boiler mit zahlreichen Schläuchen und bediente einen Hebel. Die Maschine erwachte gurgelnd und zischend.

Miss Peabody hob spöttisch eine Augenbraue. »Das neueste Modell?«

Abberline biss die Zähne zusammen und schwieg.

»Im *Woodwards Hotel* in New York gibt es einen Automaten, der zehn verschiedene Tee- und vier Kaffeesorten zubereitet. Er ist nur halb so groß«, plauderte sie munter. Abberline befürchtete eine anstrengende Wartezeit und verfluchte den Moment, als Miss Henriette Peabody sein Büro betreten hatte.

Der Inspektor verbrachte in Gesellschaft der spitzzüngigen Lady zwei Stunden auf glühenden Kohlen, ehe sich endlich die Bürotür öffnete und Constable Barret erschien. Der junge Polizist reichte seinem Chef einen Zettel und verharrte abwartend.

»Sehen Sie«, triumphierte Abberline und schwenkte die Notiz in der Hoffnung, Miss Peabody würde die Genugtuung in seiner Stimme nicht entgehen.

»Mister Julius Alferi pflegte Kontakt zu Mary Jane Kelly, einem Freudenmädchen, bekannt unter dem Namen *Ginger*. Ich schlage vor, Sie begeben sich in ihr Hotel – *Westminster Palace* wie ich vermute – und erwarten dort die Rückkehr Ihres Freundes. Ich bin sicher, er wird sich, mit schwerem Kopf, in den nächsten Stunden melden.«

»Dann gedenken Sie also nichts weiter zu unternehmen?«, erkundigte sie sich kühl.

»Wie ich bereits erklärte sind mir die Hände gebunden«, erwiderte Abberline gleichermaßen frostig. Constable Barret räusperte sich diskret und blickte seinen Vorgesetzten fragend an. Der Inspektor entließ ihn mit einem Wink und Barret verließ rasch den Raum.

Abberline gestand sich ein, dass ihn diese selbstbewusste Frau nervös machte. Unter der hübschen Fassade aus Spitze und Seide spürte er Stärke, gepaart mit einem unbeugsamen Willen sowie dem unangenehmen Hang zu Ironie und Sarkasmus.

»Der *Ripper* – ich weiß«, ergänzte Miss Peabody und erhob sich elegant. Auch Abberline erhob sich. Sie schaute suchend auf den überladenen Schreibtisch, beugte sich darüber, nahm das Telegramm und wandte sich zur Tür.

»Ich wünsche Ihnen noch einen guten Tag.« Ihre Stimme klang freundlicher. Als sie den Raum verlassen hatte, stieß Abberline erleichtert die Luft aus und ließ sich auf seinen Stuhl fallen. Endlich konnte er sich wieder ernsthafter Ermittlungsarbeit zuwenden.

Henriette Peabody verließ die Polizeistation. Sture Männer waren ein stetes Ärgernis, aber im Grunde mochte sie Inspektor Abberline. Etwas konservativ, dennoch ein fähiger Polizist, dem die Misserfolge der letzten Monate zu schaffen machten.

Auf der gegenüberliegenden Straßenseite stand bewegungslos ein riesiger Mann. Makellos weiß gekleidet und mit einem auffälligen Turban als Kopfbedeckung, genoss er die ungeteilte

Das klang nicht nach einem liebeshungrigen Freier!

Entschlossen stieß sie die Tür auf, betrat das winzige Zimmer mit raschem Schritt und erfasste sofort den gesamten Raum. Sie keuchte. Im flackernden Schein eines Kaminfeuers erblickte sie ein Bild des Grauens.

Überall verspritztes Blut. Auf dem Bett lag etwas, das vormals ein Mensch gewesen sein musste. Mary Jane Kelly? Das Gesicht war zerhackt ... keine eindeutige Identifizierung möglich. Ihr Körper verstümmelt. Fleischfetzen und Organe auf Tisch und Boden verteilt. Inmitten des grausigen Szenarios ein blutverschmierter Mann, der Henriette aus fiebrigen Augen anstarrte. In seiner Hand ein Seziermesser.

»*Noch* eine kleine Hure für Saucy Jack«, wisperte er drohend.

Henriette zögerte keine Sekunde, ergriff die unter ihrem geschlitzten Rock befestigte Waffe, zog sie und feuerte – eine einzige fließende Bewegung. Der blaue Blitz traf den Mörder in der Vorwärtsbewegung, umhüllte seinen Körper – der daraufhin einen zuckenden Veitstanz aufführte – und verfärbte die Haut schwarz. Sie bildete Risse und in Sekunden zerfiel der Mann zu schwarzem Staub.

»Meine Güte!«, entfuhr es Henriette. Sie starrte das bronzene Wunderwerk in ihrer Hand an, das den meistgesuchten Killer Londons pulverisiert hatte. Thoth tauchte atemlos im Türrahmen auf. Henriette drehte sich gelassen zu ihm um, während sie eine neue Patrone in die Energiekammer schob.

»Mein Lieber, jetzt haben wir eine gute und eine schlechte Nachricht für unseren reizenden Inspektor.« Thoth blickte fragend. »Die Gute: *Jack the Ripper* weilt nicht mehr unter den Lebenden. Die Schlechte: Wir werden seine wirkliche Identität wohl nie aufdecken ...« Sie überlegte kurz und ergänzte dann: »Vergiss nicht, mich zu erinnern, Nikola mitzuteilen, dass er seinen Skalarwellen-Strahler modifizieren soll. Liebe Zeit, er verschießt tatsächlich Todesstrahlen!«

Was aber sollten sie jetzt unternehmen? Ihre vermeintliche Zeugin tot, die einzige Spur erkaltet. Da fiel ihr eine Notiz auf, offenbar in Eile unter der Tür durchgeschoben und beim Eintreten der jungen Dame und ihres vermeintlichen Freiers durch einen Luftzug in die Zimmerecke geweht. Henriette hob sie auf und erkannte die Handschrift ihres Freundes auf Anhieb.

»Liebste, besuche mich in der Spelman-Street-Werkstatt«, las sie vor. »Sieh' an, Julius unterhielt neben seinem offiziellen Laden in der Commercial Street noch eine geheime Arbeitsstätte. Komm, Thoth, die müssen wir uns ansehen.«

Henriette trug ihre Arbeitskleidung: Kniebundhosen und hohe, schwarze Stiefel. An den Oberschenkeln mit Lederriemen befestigte Wurfmesser. Ein breiter Gürtel enthielt Schusswaffen, zahlreiche Taschen mit Einbruchswerkzeug, sowie weitere nützliche Dinge. Das Mieder aus leichtem Leinenstoff erlaubte ausreichend Bewegungsfreiheit. Verhüllt wurde diese Aufmachung durch ein rasch zu lösendes Cape.

Thoth blickte deprimiert.

»Ja, schon gut, ich weiß. Für jemanden deiner Größe ist es nicht einfach, sich in der Kanalisation zu bewegen.« Sie grinste ihn an, stellte sich auf die Zehenspitzen und klopfte ihm auf die Schulter. »Mein Großer, du wirst den Kopf eben etwas einziehen müssen.« Thoth verdrehte die Augen und schnaufte ergeben. Sie entnahm einem Seitenfach ihres Schrankkoffers eine Karte und entfaltete diese auf dem Tisch.

»Dank der römischen Baukunst und der akribischen Kartografie unseres lieben Bazalgette können wir schnell und unerkannt an unser Ziel gelangen.« Sie seufzte.

»Was gäbe ich jetzt dafür, unseren *Rocket Steamer* hier zu haben, um das Ziel in kürzester Zeit zu erreichen. Aber ich vertraue *keinem* britischen Transportluftschiff mein Automobil an – erst recht nicht britischen Dampfern.« Thoth hob amüsiert eine Augenbraue. Henriette winkte ab. »Ja, ja, du hast natürlich recht. Hier in London wäre unser Vehikel auch viel zu auffällig.« Sie zeigte auf die Karte.

»Wir befinden uns hier. Und dort ist unser Zielort.« Sie prägte sich den kürzesten Weg ein, schob die Karte zur Sicherheit aber in eine ihrer vielen Taschen. Dann verließen die beiden das Hotel durch den Dienstboteneingang. Thoth hebelte den

Aufmerksamkeit eines halben Dutzend schmutziger Straßenkinder. Sie starrten ihn aus respektvollem Abstand ehrfürchtig an.

Henriette überquerte eilig die Straße, wobei sie Pfützen dubioser Herkunft und verschlammtem Pferdekot geschickt auswich. Sie schenkte dem Riesen ein Lächeln.

»Also, Thoth, mein Freund: Die Polizei wird uns nicht helfen. Wir müssen die Sache selber in die Hand nehmen.«

Thoth verneigte sich zustimmend.

»Inspektor Abberline besaß die Freundlichkeit, mir einen Blick auf eine Adresse zu gestatten.« Sie zwinkerte amüsiert. »Möglicherweise erfahren wir dort Näheres über den Verbleib unseres Freundes. Wir werden die Dame noch heute Nacht befragen. Nehmen wir zunächst eine Droschke ins Hotel.«

Thoth nickte kaum merklich. Als er sich in Bewegung setzte, stoben die Kinder ängstlich auseinander, um in gebührendem Abstand wieder gaffend stehen zu bleiben. Henriette warf ihnen Pennys zu. Die Aussicht auf *Reichtum* würde die Schar daran hindern, sie zu verfolgen.

Thoth hob gebieterisch eine Hand, um vorbeifahrende Kutschen zum Anhalten zu bewegen. Seine imposante Gestalt bewirkte umgehend, dass ein Cabman das Kutschpferd seines zweirädrigen Hansom zum Stehen brachte. Die Achse ächzte, als der Riese sich neben Henriette auf der Sitzbank niederließ, dann fädelte das überladene Gefährt in den fließenden Verkehr ein.

Klamm und kalt wogte schwefeliger Nebel durch die Gassen. Durchdringender Gestank nach Urin, verrottenden Küchenabfällen und verwesendem Fisch beleidigte Henriettes Nase.

In Hauseingängen lungerten Obdachlose auf fadenscheinigen Decken, eingehüllt in durchweichte Ausgaben der *London Illustrated News* und der *Police Gazette*, die nachts als Zudecke dienen sollten, und umgeben von leeren Flaschen, die sie mittels erbettelter Shillings zu füllen hofften.

Gesprächsfetzen, in einer verwirrenden Mischung aus Russisch, Polnisch und englischem Slang übelster Art, verwoben sich mit Hufgeklapper vorbeifahrender Droschken und rasselndem Husten lungenkranker Kriegsveteranen zu einem dichten Klangteppich. Inmitten dieser Szenerie flanierten Gentlemen auf der Suche nach galanten Abenteuern und vorzeitig gealterte Frauen, die ihnen diese Abenteuer für den Gegenwert einer Flasche Gin versprachen.

Das fahle Licht der Gaslaternen erhellte die Straßen nur unzureichend. Kunstvoll gestaltet in reichen Stadtvierteln, standen sie hier in Whitechapel so weit voneinander entfernt, dass sie zu einsamen Lichtinseln in einem Schattenmeer wurden. Zwar existierte Queen Victorias Anweisung, den verrufenen Ortsteil mit zusätzlichen Laternen zu versorgen, aber bis zur Ausführung würden noch zahlreiche Überfälle, Vergewaltigungen und Morde geschehen, die auch die inzwischen zahlreicheren Polizeipatrouillen nicht verhindern konnten.

Niemand hätte Henriette in ihrer perfekten Verkleidung von einem echten Londoner Blumenmädchen unterscheiden können, die hier ihre Arrangements feilboten und deren Sträuße – neu gebunden – ihre morbide Herkunft von Friedhöfen wie dem jenseits der Themse gelegenen *Norwood Cemetery* nicht verrieten.

Nur der auffällige Zweimetermann in Sichtweite hätte ein Hinweis sein können. Doch in den Schatten blieb er weitgehend unsichtbar, bis sie ihr Ziel erreicht hatten.

»Hier sind wir richtig«, erklärte Henriette. Sie passierten den Torbogen, über dem eine verwitterte Tafel die Aufschrift *Millers Court* trug, und gelangten durch eine schmale Passage in den verwahrlosten Vorhof.

»Du wartest hier«, entschied sie. »Sie wird mich in meiner Verkleidung als eine der ihren betrachten und möglicherweise auskunftsfreudiger sein, wenn hinter mir kein furchteinflößender Riese auftaucht.« Thoth schnaubte missbilligend.

»Natürlich bist du nett, freundlich und friedliebend«, lenkte Henriette ein. »Aber du bist eben auch groß und furchteinflößend.«

Thoth brummte und zog sich in die Dunkelheit zurück.

Henriette hob die Hand, um anzuklopfen, erstarrte jedoch in der Bewegung, als sie aus dem Inneren klatschende Geräusche vernahm. Eine Männerstimme zischte: »Sie wollen einen Metzger, also ... weide ich sie aus.«

nächstgelegenen Gullydeckel auf, ließ seinen Rucksack in die Öffnung gleiten und zwängte sich hinab in die Dunkelheit. Henriette folgte ihm und befand sich alsbald in einer Duftwolke verwesender Tierkadaver, faulender Abfälle, menschlicher Ausscheidungen und Moder. Das stetige Gewirr oberirdischer Geräusche, das durch die Öffnungen der Gullydeckel drang, klang in dieser hallenden Unterwelt wie Geisterstimmen, die sich aus dem Jenseits Gehör verschaffen wollten.

Ratten stoben vor ihren Füßen quiekend davon. Henriette konzentrierte sich auf die Mundatmung und versuchte sich in diesem endlosen Labyrinth zu orientieren.

»Hoffnungslos ohne Lichtquelle«, stellte sie fest. »Wir benötigen Licht. Eine gute Gelegenheit, Nikolas Erfindung drahtloser Elektrizität zu testen.«

Thoth entnahm seinem Rucksack ein birnenförmiges Glasobjekt und schulterte ihn wieder. Henriette trat hinter ihn, schob eine Kurbel in die kleine Vertiefung am unteren Ende des Rucksacks und drehte kräftig. Das Glas in Thoths Hand begann zu leuchten.

Im Lampenschein erblickten sie marode Tunnelwände aus Ziegeln, von seltsamen Flechten und Pilzen überwuchert, deren Klassifizierung selbst Botanikern nicht leicht gefallen wäre.

Henriette rief sich den Weg in Erinnerung, den sie nun nehmen mussten. Dank der Lampe kamen sie rasch und problemlos voran.

»Spelman Street«, bemerkte sie und wies zum Ausstieg über ihr. Thoth hob den Gullydeckel an und Sekunden später standen sie auf der Straße. »Dort muss es sein.« Sie zeigte auf ein Haus. »Es ist das einzige Gebäude, dessen Erdgeschossfenster vergittert sind.« Henriette fluchte erbost, da sie erkannte, dass die rostigen Eisengitter nicht das einzige Hindernis darstellen würden.

»Verriegelt mit einem komplizierten Schließmechanismus. Lässt sich nur durch einen Lochstreifencode entriegeln. Ada Lovelace lässt grüßen«, schimpfte sie. »Ein kostspieliger Schutz für eine simple Werkstatt.«

Dann zuckte sie resigniert die Achseln. »Wir müssen also härtere Geschütze auffahren.« Sie platzierte eine Sprenggelatinekapsel am Türgriff und trat zurück.

Ein kurzer, scharfer Knall. Die Tür sprang auf. Reglos verharrten beide, bis sie sicher sein konnten, dass die Detonation keine unliebsamen Beobachter auf den Plan gerufen hatte. In London schien sich allerdings niemand für irgendein Vorkommnis zu interessieren, das nicht ihn selbst betraf.

Sie betraten den Raum und Thoth brachte die Lampe erneut zum Einsatz. Henriette sah sich um. Am backofenförmigen, aus feuerfesten Steinen gemauerten Schmelzofen und dem benachbarten Calcinierofen waren keine Hinweise eines Unfalls erkennbar. Werkzeuge wie Vorschneideeisen, Zweckeisen oder Auftreibschere lagen ordentlich auf den dafür vorgesehenen Plätzen. In dieser aufgeräumten Werkstatt deutete nichts auf Kampf, Entführung oder Schlimmeres hin.

Im Lampenschein erregte etwas Schimmerndes Henriettes Aufmerksamkeit. Ein offenes Holzkästchen, das dunkelgrauen Puder enthielt. In diesem grauen Staub befanden sich silbern schimmernde Partikel.

Was für ein Pulver mochte das sein?

Sie rekapitulierte gedanklich Zutaten, die Julius zur Glasherstellung verwendete: Sand, Quarz, Alkali, Salpeter, vegetabilische und mineralische Salze, Kieselerde, farbgebendes Bleyweiß, Mennige oder Massicot ... keine dieser Substanzen war silbergrau.

Daneben lag ein Stapel beschriebenen Papiers – Henriette identifizierte eindeutig Alferis Handschrift – und eine Brille, deren runde Gläser silbern glitzerten, als wären sie mit Silberlegierung überzogen. Sollten das die widerstandsfähigen Gläser sein, von denen Alferi in seinem Telegramm berichtet hatte?

Henriette setzte die Brille vorsichtig auf. »Erstaunlich«, entfuhr es ihr. »Obwohl man von außen auf eine undurchsichtige silberne Fläche blickt, kann man hindurchsehen, sobald sich die Gläser direkt vor den Augen befinden.«

Sie blätterte hoffnungsvoll in den Notizen und suchte nach erklärenden Hinweisen.

»Hör' dir das an, Thoth. Am 28. Oktober schreibt er: *Ich habe heute in Mr. Wus Kuriositätenladen in der Lower Chapman Street ein graues Pulver entdeckt. Wu behauptet, es von einem Franzosen aus Chassigny gekauft zu haben, der es als gemahlenen Himmelsstein aus dem Weltraum bezeichnete. Zu einem gerade noch akzeptablen Preis hat mir der listige Chinese die Substanz überlassen. Ich habe die Theorie, dass dieser Staub – sollte er tatsächlich von einem außerirdischen Stein stammen – die Widerstandsfähigkeit meiner Augengläser enorm erhöhen kann.«* Henriette überflog die weiteren Einträge.

»Hier ... 3. November: *Erfolg! Endlich habe ich die richtige Mischung entdeckt und zwei Prototypen hergestellt. Diese Augengläser widerstehen selbst Hammerschlägen! Ich muss Wu fragen, ob er mehr von diesem grauen Pulver beschaffen und Einzelheiten zu dessen Herkunft in Erfahrung bringen kann.«*

Sie betrachtete die Augengläser und ließ sie anschließend in eine Tasche gleiten.

»Und hier ...« Sie stockte, stampfte dann zornig mit dem Fuß auf. »Verdammt, ich hasse vage Andeutungen!« Ärgerlich las sie den folgenden Text.

»Julius schreibt am 6. November: *Wu ist ... nein, das kann nicht sein ... ich muss mich irren. Eine optische Täuschung. Ich benötige ein weiteres verlässliches Augenpaar. Mary Jane? Nein, vielleicht kann mir Henriette helfen. Ich werde ihr ein Telegramm senden. Mit dem Luftschiff kann sie in einem Tag in London sein.* Es ist sein letzter Eintrag.«

Sie überlegte. »Dank dieses verdammten technischen Defekts sind bis zu meiner Ankunft fast zwei Tage vergangen. Ich vermute, er wurde ungeduldig und besuchte Wus Laden noch einmal. Was immer er dort sah, ... es könnte für sein Verschwinden verantwortlich sein! Thoth, wir sollten diesem Mister Wu umgehend einen Besuch abstatten.«

Sie zog die Übersichtskarte der Kanalisation aus ihrer Tasche und entfaltete sie. »Bereit für einen weiteren Spaziergang in der Londoner Unterwelt, Thoth?« Der Riese seufzte resigniert und schob die Riemen seines Rucksacks über die Schulter.

In einer Seitengasse der Lower Chapman Street entstiegen sie unbemerkt dem unterirdischen Labyrinth und begaben sich auf die Suche nach Mr. Wus Kuriositätenladen. Trotz vorgerückter Stunde war die Straße noch stark bevölkert. Sie passierten die beliebten mobilen Essensstände, die hungrige Passanten preisgünstig mit

Fleischpasteten versorgten. Obwohl hier die nicht geringe Gefahr bestand, einem geschäftstüchtigen Unternehmer aufzusitzen, der seine Leckereien mit Katzen- und Rattenfleisch streckte ...

Schließlich standen sie vor dem winzigen Geschäft des Mr. Wu.

»Ich wette, dieser chinesische Laden beherbergt eine kleine Opiumhöhle. Na ja, Julius war einem Pfeifchen dann und wann nicht abgeneigt«, sinnierte Henriette beim Betreten. Das Innere, nur spärlich durch das Licht weniger Öllampen erhellt, war ebenso düster wie das trübe Wetter draußen. Der Verkaufsraum glich, angesichts des allgegenwärtigen Staubs und der überfüllten Regale mit Unmengen unsortiertem orientalischem Tand, einem vergessenen Abstellraum im Britischen Museum. Neben Drachenfiguren aus geschnitztem Elfenbein hingen Bänder mit blauen Glaskügelchen, die einen Abwehrzauber gegen Bronchitis darstellen sollten. Darunter ein Stapel Bücher mit chinesischen Schriftzeichen auf den Einbänden. In einem windschiefen Holzregal lagerten ein Dutzend dickbauchiger Gläser, die augenscheinlich verschiedene Teesorten enthielten. Henriette hätte ihre zweifelhafte Zusammensetzung gerne einer chemischen Analyse unterzogen.

Aus dem Halbdunkel schälte sich die Gestalt eines schlanken Chinesen, gekleidet in ein knöchellanges Mandaringewand. Henriette bezweifelte, dass der junge Mann jemals einem Gelehrten der Qing-Dynastie begegnet war. »Mr. Wu?«, fragte sie. Ihr Gegenüber lächelte und schüttelte bedauernd den Kopf. »Luan Wu nicht anwesend«, erklärte er in gebrochenem Englisch und verneigte sich.

»Wann kehrt er zurück?«

»Nicht wissen.«

»Dann warten wir unten auf seine Rückkehr.« Sie wies auf eine kleine Tür im Halbschatten am anderen Ende des Ladens.

»Kein Zutritt. Privat.«

Zwischen ihren schönen Augen entstand eine Falte leichter Verärgerung. Sie trat einen Schritt auf den Chinesen zu, der wie durch Zauberei plötzlich zwei runde, bronzene und durch eine Kette verbundene Gewichte in der Hand hielt, die er aus den Weiten seines Gewandes gezogen hatte. Henriette erkannte das Objekt sofort: eine *Liuxingchui*, eine gefährliche Waffe in den Händen eines mit asiatischen Kampfkünsten vertrauten Mannes.

»Kein Zutritt«, wiederholte er, immer noch lächelnd.

Die Falte auf Henriettes Stirn vertiefte sich.

»Wenn ich etwas hasse, dann sind es uneinsichtige Männer.«

Ansatzlos tat sie einen Ausfallschritt, drehte ihren Körper und ließ ihr rechtes Bein in einem Bogen herumschwingen. Der gestiefelte Fuß traf den Chinesen unvorbereitet direkt in seine empfindlichste Körperstelle. Einen Augenblick verharrte er stocksteif, wie gelähmt, mit gefrierendem Lächeln und hervorquellenden Augen, dann sank er bewusstlos zu Boden. Sie stieg über ihn hinweg und öffnete die Tür. Vor ihr lag ein breiter Gang ... Ausdünstungen ungewaschener Körper, gemischt mit betäubendem Opiumrauch drangen zu ihr. Sie rümpfte die Nase.

Am Ende des Korridors schob sie einen Vorhang beiseite und betrat eine mit Teppichen ausgelegte Kammer. Ihr Blick schweifte durch den Raum. Chinesische Gemälde zierten die Wände. Dunkelrote, reich bestickte Samtvorhänge teilten den Raum in verschiedene Bereiche mit niedrigen Liegen. Die meisten waren besetzt mit Opiumrauchern, die auf schweren Kissen ruhten und träumten.

Dort hatte sich in diesem Moment auch ein breitschultriger Mann mit sorgfältig gestutztem Bart niedergelassen. Henriette erkannte das Gesicht, steuerte entschlossen auf den Liegenden zu und ignorierte die nun aufgeregt wuselnden Angestellten, die angesichts ihres einschüchternden Begleiters allerdings umgehend zurückwichen.

»Entschuldigen Sie, mein Name ist Henriette Peabody. Ich habe Sie im Lyceum Theater gesehen, als mein Begleiter und ich die Aufführung von *Macbeth* genossen«, sprach sie den Überraschten an. »Wenn mich nicht alles täuscht, sind Sie doch der Bedienstete Henry Irvings?«

»Sie täuschen sich. Ich bin Abraham Stoker und Verwalter des Theaters«, entgegnete Stoker säuerlich. Henriette winkte ab. »Nun, wie dem auch sei. Ich vermute, Sie sind regelmäßiger Besucher dieses ... Entspannungstempels?« Stoker seufzte entnervt. »Ich würde sagen, dass Sie das nichts angeht, meine Dame.«

»Sie haben recht. Verzeihen Sie meine Indiskretion. Aber bitte:

Kennen Sie Julius Alferi? Wir suchen ihn. Es könnte sein, dass er ebenfalls an diesem Ort Gast war.«

»Den Glasmacher aus Böhmen?«

Sie nickte.

»Wir sind uns ... nun ... des Öfteren ... hier begegnet.«

»Wann haben Sie ihn zuletzt gesehen?«

»Erst gestern.« Stoker schüttelte den Kopf. »Ich fand allerdings sein Verhalten eigenartig. So etwas kommt, genau betrachtet, hier gelegentlich vor. Aber er lief in diesem Halbdunkel mit einer merkwürdigen Brille herum und flüsterte immer nur: *Sie sind hier, sie sind hier.* Wahrscheinlich Halluzinationen ...«

»Merkwürdige Brille?«

»Die Gläser waren silbern, fast wie Spiegel, aber man konnte sich nicht darin sehen.« Henriette holte die Augengläser hervor.

»Diese hier?«

»Ja, in der Tat.«

Nachdenklich betrachtete sie die Brille. Was, zum Teufel, hatte es mit diesem Ding auf sich?

»Danach haben Sie ihn nicht mehr gesehen?«

»Nein.«

Henriette fluchte undamenhaft.

»Warten Sie...«, sagte Stoker langsam. »Jetzt, da ich mir die Begegnung ins Gedächtnis rufe, erinnere ich mich, dass er seltsamerweise Richtung Heizraum verschwand.«

Henriettes Augen verengten sich. »Und?«

»Nun, dort gibt es keinen Ausgang, trotzdem kehrte er nicht zurück. Zumindest nicht innerhalb der folgenden drei Stunden.« Er wies entschuldigend auf die Opiumpfeife.

Henriette nickte verständnisvoll, wandte sich zum Gehen, beugte sich jedoch noch einmal zu Stoker.

»Verzeihen Sie, Mister Stoker, aber ich möchte Ihnen einen wohlgemeinten Rat geben: Da Sie zur Entspannung bereits eine derartige Lasterhöhle aufsuchen müssen, sollten Sie die Theaterszene verlassen und sich stattdessen dem Schreiben widmen. Sie sind ein talentierter Schriftsteller. Ich habe die Geschichte Ihres Hammermörders in *The Primrose Path* mit Vergnügen gelesen.

Holen Sie sich Inspiration, möglichst fernab dieses schrecklichen Megalomanen Irving. Beginnen Sie mit einem Urlaub. Vielleicht in Brighton - oder Whitby?«

Sie stand nun aufrecht vor ihm. »Sie verzeihen meine Offenheit.« Stoker starrte sie wortlos an. Schließlich lächelte er gequält.

Henriette erwiderte sein Lächeln, dann winkte sie Thoth. »Gehen wir, mein Guter. Mal sehen, welche Überraschungen in dieser Spelunke noch auf uns warten.«

Sie durchquerten den Raum in der von Stoker gewiesenen Richtung und Thoth öffnete die knarrende Tür. Hinter ihr verbarg sich ein schmaler Flur, mit jeweils zwei geschlossenen Türen auf beiden Seiten. Als sie durch den Gang schritten und die Türen bereits passiert hatten, öffnete sich leise eine von ihnen. Henriette und Thoth blieben abrupt stehen und wandten sich um.

Ein schmächtiger Chinese mit grauem Zopf – eskortiert von zwei kahlköpfigen Schwertträgern – trat heraus. Der Grauhaarige verbeugte sich höflich. Er hielt eine Art gläsernen Würfel in den Händen.

»Ich bin Luan Wu. Darf ich fragen, was Sie und Ihren Begleiter bewogen hat, meine Räumlichkeiten unbefugt zu betreten und einen Mitarbeiter bewusstlos zu schlagen?«

»Mister Wu, wir suchen einen Freund.«

Huldvoll neigte Wu den Kopf, als gewährte er einer unwürdigen Bittstellerin eine außergewöhnliche Audienz. »Das rechtfertigt in Ihren Augen diese rüde Vorgehensweise?«

»Er ist nach dem Besuch Ihres Etablissements verschwunden. Ich bin besorgt.«

»Dürfte ich den Namen Ihres Freundes erfahren. Vielleicht kann meine bescheidene Person zur Aufklärung des Sachverhalts beitragen«, bat der Grauhaarige vorgeblich interessiert, erweckte aber gleichzeitig einen abwesenden Eindruck, als wäre er gedanklich mit wichtigeren Dingen beschäftigt.

»Sein Name ist Julius Alferi.«

»Oh. Ja, werte Dame, dieser Name ... ist mir durchaus bekannt.« Wu lächelte vertrauenswürdig wie ein Pferdehändler. »Aber ich habe ihn seit Tagen nicht mehr zu meinen Gästen zählen dürfen.«

»Nun, ich erhielt andere Informationen.«

Sein Blick flackerte, wurde plötzlich wachsam und konzentriert. »Und welcher Art ... sind die Informationen?«

»Julius Alferi befindet sich seit gestern in einem dieser Räume. Ich werde diese Opiumhöhle nicht verlassen, ehe ich sicher sein kann, ob diese Annahme richtig ist oder falsch.«

Wu verneigte sich entschuldigend und trat zwei Schritte zurück.

»Ich bedaure sehr, aber einer Durchsuchung kann ich nicht zustimmen.«

Auf seinen Wink hin setzten sich die bewaffneten Schergen in Bewegung. Mit erhobenen Klingen stürzten sie vor, entschlossen zu töten. Der Korridor war zu schmal, um die Klingen zu schwingen. Der Angriff der Schwertkämpfer zielte daher auf einen direkten Stich ins Herz. Henriette erwog im Bruchteil einer Sekunde ihre Kampftaktik, warf sich im letzten Augenblick nach rechts und hob gleichzeitig ihren linken Arm. Der mörderische Stoß des Angreifers ging ins Leere, sie klemmte den Arm des Gegners unter ihre Achsel und trieb ihm mit der anderen Hand ihren Dolch in die Seite. Dann drehte sie sich um ihre eigene Achse und ließ den Sterbenden zu Boden fallen. Thoth nutzte seine enorme Reichweite und rammte seinem Gegner die Faust auf die Nase, worauf diese mit bösem Knirschen brach. Sein Kopf fiel zurück und mit einem gurgelnden Stöhnen ging auch der zweite Schwertträger zu Boden.

Sofort galt Henriettes Aufmerksamkeit wieder Luan Wu, der die Szene abwartend beobachtet hatte. Er schien nicht im Mindesten beunruhigt über den Ausgang des Kampfes.

»Gut. Wo waren wir stehengeblieben?«, erkundigte er sich in munterem Plauderton. »Richtig, wir sprachen über Ihren Freund.«

Eine weitere Tür öffnete sich. Heraus trat ein hochgewachsener Mann, der sie aus leblosen Augen anstarrte.

»Julius!«, ächzte Henriette ebenso erleichtert wie bestürzt. Er schien sie nicht zu erkennen, wirkte benommen und war offensichtlich nicht Herr seiner Sinne. Sein Gang wirkte seltsam staksend – wie der einer dirigierten Marionette.

Einer intuitiven Eingebung folgend setzte Henriette die silbernen Augengläser auf ... und fuhr schockiert zurück. In diesem Moment offenbarte sich deren Funktion ...

22

Alferi hatte sich nicht verändert, aber der grauhaarige Chinese war verschwunden. Statt seiner erblickte Henriette nun ein grausiges Mischwesen aus Wurm, Insekt und Reptil. Ein Gewirr feiner Tasthaare bedeckte die fingerlosen Hände – sofern man sie als solche bezeichnen konnte. Der halslose Schädel ähnelte einem Leichenwurm, bedeckt von schleimigen Schuppen, die ein graues Sekret absonderten. Ein Dutzend glitzernder Augen öffnete und schloss sich in unregelmäßigem Rhythmus.

Das also war es, was Alferi gesehen und für eine schreckliche Halluzination gehalten hatte! Doch nun erblickte sie es ebenfalls durch die silbernen Gläser, die offenbar eine verborgene kosmische Realität enthüllten. Dies war ganz eindeutig ein Wesen nicht-irdischen Ursprungs: ein außerirdischer Dämon!

»Thoth!«

Doch ihr Schrei blieb ungehört. Der Riese antwortete nicht, sondern starrte regungslos ins Leere. Henriette fixierte ihn und erblickte Furcht in seinen Augen. Sie hatte schon viele Gefühlsregungen in seinen Augen gelesen – Verwirrung, Zorn, Mitleid – niemals jedoch ... Furcht. Aber was außer Furcht konnte er empfinden? Etwas Fremdartiges wollte in diesem Moment das zerstören, was ihn als Menschen ausmachte. Es versuchte sich seines Verstandes zu bemächtigen und ihn für seine eigenen Zwecke zu missbrauchen.

Henriette spürte voller Entsetzen den verzweifelten Kampf, den sein Bewusstsein ausfocht, um dem Eindringling Widerstand zu leisten. Sie konnte nichts weiter tun, als zu hoffen, dass Thoth diesen stummen Kampf gewinnen würde. Es lag nun in ihren Händen dieses ... *Ding* aufzuhalten. Nun, da es sich entdeckt wusste, ging es zum Angriff über. Mit wild klopfendem Herzen unterdrückte sie aufkeimende Panik.

Henriette spürte diese Kreatur ebenfalls nach ihrem Verstand tasten, doch sie war gewarnt und ergriff mentale Gegenmaßnahmen. Dennoch teilte sie für die Dauer eines Wimpernschlags ihr Bewusstsein mit dem Angreifer.

Dieses Wesen kannte keine moralischen Kategorien wie *Gut* und *Böse*. Sein fremdartiger Intellekt war ausschließlich auf Expansion der eigenen Rasse fixiert. Sein einziges Bestreben bestand darin, ein Portal zu schaffen, durch das weitere Seelenfänger seines Heimatplaneten auf die Erde gelangen konnten. Henriette erblickte in der sengenden Hitze einer riesigen roten Sonne öde Wüstenlandschaften, die von zahllosen dieser Kreaturen bevölkert wurden. Sie sandten ihre Vorboten – die Seelenfänger – in würfelartigen Transportern auf galaktische Reisen zu fernen Planeten, um dort die Bevölkerung zu versklaven und eine Invasion vorzubereiten.

Teslas Skalarstrahler war derart schnell in Henriettes Hand, dass der fremden Intelligenz im menschlichen Wirtskörper keine Zeit zu reagieren oder auszuweichen blieb. Sie zielte. Blaue Blitze umhüllten den Dämon, vermochten aber nicht, die harte Schuppenhaut zu durchdringen. Dennoch wand sich die Kreatur schmerzerfüllt unter den Strahlen. Henriette fühlte die zunehmende Furcht des Wesens und hoffte inständig, dass die Energie der Waffe ausreichte, um den Feind in die Knie zu zwingen. Dann endlich zog sich der außerirdische Schmarotzer panikerfüllt aus Wus Körper zurück in den Glaswürfel.

Durch die silbernen Augengläser sah sie, wie die Kreatur sich auflöste und die menschlichen Gesichtszüge des Chinesen zurückkehrten. Wu taumelte. Der Würfel entglitt seinen kraftlosen Händen und ein schrilles Kreischen entrang sich seiner Kehle, als er seitlich niederstürzte. Sein Kopf schlug hässlich knirschend auf den Kellerboden. Der Würfel schlitterte davon und prallte gegen die Steinwand. Die letzte Botschaft des Seelenfängers bestand aus einer Welle verzehrenden, nichtmenschlichen Hasses – dann war es vorüber. Erschöpft keuchend ließ Henriette den Strahler sinken.

Alferi hob langsam beide Hände, griff sich an den Kopf und begann mit weit aufgerissenen Augen vor Verwirrung, Entsetzen und Grauen zu schreien. Schließlich versagte seine Stimme und er sank bewusstlos nieder.

Thoth atmete röchelnd und zitterte. Henriette beobachtete erleichtert, dass er zurückgekehrt war und offenbar keinen dauerhaften Schaden davongetragen hatte. Sie lächelte, stellte sich auf die Zehenspitzen und kniff ihn liebevoll in die Wange. »Thoth, ich bin so froh, Dich wieder neben mir zu wissen, mein Großer«, flüsterte sie. Thoth hob die breiten Schultern und es zuckte in einem seiner Mundwinkel – was einem Lächeln gleichkam.

Die niedrige Eingangstür des Korridors öffnete sich knarrend. Inspektor Abberline erschien im Türrahmen, einen Webley.45 im Anschlag. Sein Gesichtsausdruck verriet Verwirrung, als er die Szenerie erblickte. Hinter ihm passierten sieben schwer bewaffnete Detektive vorsichtig um sich blickend den niedrigen Eingang.

»Oh, willkommen Inspektor, leider haben Sie das *Grande Finale* verpasst.«

Abberline musterte sie streng. »Sie sind mir einige Erklärungen schuldig, Miss Peabody.«

»Nun, die Erklärungen klingen sicher ein wenig fantastisch. Wir sollten die Einzelheiten vielleicht lieber bei einer Tasse Tee besprechen.« Sie lächelte unergründlich.

Auf dem Schreibtisch ruhte ein bleierner, mittels Schloss gesicherter Kasten. Inspektor Abberline berührte ihn unbehaglich mit den Fingerspitzen.

»Nun, Miss Peabody, Sie halten diesen Glaswürfel für gefährlich. Also habe ich Ihren Rat befolgt und ihn durch Männer mit Bleihelmen sicher einschließen lassen. Gut. Aber ... *warum* habe ich das getan?«

Miss Peabody nippte an ihrer Teetasse. »Werfen Sie einen Blick hinein, wenn Sie unbedingt müssen, Inspektor. Aber seien Sie im eigenen Interesse äußerst vorsichtig.« Abberline drehte den Schlüssel, hob den Deckel einen Spaltbreit und spähte hinein. Der Glaskasten im Inneren begann sanft zu leuchten. Etwas darin schien sich zu bewegen. Seine Gedanken konzentrierten sich auf den Würfel und ihn überkam zunehmend der dringende Wunsch ihn zu öffnen. Henriette erhob sich und klappte energisch den Deckel zu. Abberline zuckte zusammen und schien aus einem Tagtraum zu erwachen.

»Was ...?«

»Wir müssen dringend Mittel und Wege finden, dieses Behältnis absolut sicher zu verwahren. Dieser Seelenfänger hat sich in seinen Würfel zurückgezogen. Wer den Mechanismus nicht kennt, vermag ihn nicht zu öffnen, daher fühlt er sich sicher. Durch seine hypnotische Fähigkeit kann er aber einen arglosen Finder beeinflussen. Ich vermute, Sie haben es gerade am eigenen Leib erfahren.«

»Und wie konnten *Sie* ihm widerstehen, Miss Peabody?«

»Vermutlich nahm dieser Dämon Thoth als die größere Gefahr wahr und versuchte dessen Bewusstsein als erstes zu zerstören oder zu übernehmen. Doch mein Freund besitzt eine bemerkenswerte Widerstandkraft. Er leistete ausreichend Gegenwehr, um Zeit für mich zu gewinnen. Nun ja, dieses ... *Ding* erwartete niemanden mit meinen Fähigkeiten. Du meine Güte, es *gibt* auch niemanden mit meinen Fähigkeiten.« Sie lächelte selbstsicher, aber nicht überheblich.

Abberline verzog das Gesicht, als hätte er in eine Zitrone gebissen. »Wie dem auch sei, wir fanden in Luan Wus Katakomben ein Buch: *Die Sieben kryptischen Bücher des Hsan.* Unsere Spezialisten haben es übersetzt. Einige Ihrer Angaben werden durch diesen Text bestätigt. Es heißt, 2500 v.Chr. habe Kaiser Huang-Di ein unheimliches Wesen besiegt, das einem Würfel entstieg. Ein Kriegerwurm. Und dieser Kaiser habe das Monster in den Würfel zurück gezwungen. Wu muss sich aufgrund dieser Sage auf die Suche nach dem Würfel begeben haben. Wer weiß, was er sich davon erhoffte: Reichtum Weisheit, Macht?«

»Jedenfalls hat er die besitzergreifende Macht des Seelenfängers unterschätzt. Mein Gott, hätte Julius die silbernen Augengläser nicht entwickelt, stünde die Welt jetzt vor dem Untergang!«

Abberline betrachtete den Bleikasten misstrauisch. »Nun, Zufall oder Kismet – ob Wu Ihrem Freund das Pulver zufällig verkauft hat, oder ob ein Rest seines menschlichen Bewusstseins dafür sorgte, dass Mister Alferi es bekam, wir werden es nie erfahren.« Er hob den Kopf.

»Was geschieht nun mit Ihrem Freund Alferi, Miss Peabody?«

»Ich habe ihn in ein Sanatorium außerhalb Londons bringen lassen, wo er – wie ich hoffe – sein Gedächtnis wiederfinden wird. Professor Hill äußerte sich zuversichtlich im Hinblick auf eine vollständige Genesung.«

Inspektor Abberline seufzte.

»Luan Wu hatte leider nicht so viel Glück. Er ist nur noch eine leere Hülle. Wir mussten ihn nach Bedlam bringen.«

Henriette zuckte die Achseln. »Wie schon die Bibel sagt: Wer sich in Gefahr begibt, kommt darin um«, erklärte sie philosophisch. Der Inspektor räusperte sich unbehaglich.

»Als Brite widerstrebt es mir einzugestehen, dass eine Amerikanerin Schaden von unserem Empire abgewendet hat. Eine Amerikanerin ... und ihr seltsamer indischer Begleiter.«

Sie warf ihm einen tadelnden Blick zu. »Es ist *nichts* Seltsames an Thoth. Etwas *Seltenes* vielleicht ... und er ist kein Inder.«

Abberline öffnete schon den Mund, um eine Frage zu stellen, aber im Grunde war es nutzlos. Es fielen ihm viele weitere Fragen ein, doch er ahnte, deren Beantwortung würde nur weitere Fragen nach sich ziehen. Und am Ende bliebe seine Neugier doch unbefriedigt. Also winkte er resigniert ab. »Schon gut, ein weiteres Geheimnis, das ich wohl nicht lüften werde«, sagte er stattdessen.

»Also gut, wir werden den Glaswürfel im Jewel House des Towers sicher verwahren. Im Übrigen war Sir Warren außer sich, als er von Ihrem Alleingang erfuhr«, erklärte Abberline mit einer Spur Unmut. »Ich kann Ihre Vorgehensweise ebenfalls nicht billigen.«

»Heißt das, Sie wollen auch mich in den Tower sperren, bei Wasser und Brot?«, fragte sie belustigt.

»Nein, das werde ich nicht«, erwiderte er ernsthaft. »Aber ich wäre durchaus erfreut, falls Sie das nächste Luftschiff nach New York in Anspruch nehmen würden.«

Sie erhob sich und lächelte nachsichtig. »Dann darf ich mich also mit Ihrem Segen und ganz in Ihrem Sinne verabschieden, Inspektor. Die Passage ist bereits gebucht und wir müssen noch packen.« Henriette Peabody schüttelte ihm die Hand und schritt zur Tür.

Abberline blickte noch lange auf die Tür durch die sie entschwunden war. Er lächelte. Zwar hatte er das Gegenteil behauptet, aber ... nun ja, insgeheim hoffte er doch, diese äußerst bemerkenswerte junge Dame eines Tages wiederzusehen.

Rosaroter Dampf
Stefanie Bender

1862 Main-Ebene

Der erste Stein verfehlte sein Ziel, prallte am Bootsrand ab und verschwand im dunklen Wasser des Flusses. Dutzende Geschosse folgten. Schützend hoben wir die Arme über unsere Köpfe und gingen in die Hocke. Immer und immer wieder schlugen Steine gegen das wankende Boot, landeten zu unseren Füßen, trafen oder streiften unsere Körper. Nicht einmal annähernd hatten wir das Ufer erreicht, dessen Stadt wir mit einer neuen Maschine zu beliefern gedachten. Das Vorhaben war zum Scheitern verurteilt gewesen, noch bevor wir überhaupt losgefahren waren. Adam hatte gewusst, dass ich nur widerwillig in den kleinen Kahn gestiegen war. Er dankte es mir, in dem er geschwiegen und nicht weiter von der großen Revolution gesprochen hatte, die er mit der Überführung der Nähmaschine hatte erreichen wollen.

»Du willst uns brotlos machen!«, hörten wir die Schneider vom fremden Ufer aus rufen. Dann explodierte ein Schmerz in meiner Schulter. Ich fluchte laut, zerrte an Adams Jackett und schrie ihn an: »Wir machen sofort kehrt! Hier, nimm das Paddel.« Ich drückte meinem Freund, der sichtlich schockiert über die Reaktion der Menschen war, das Ruder in die Hand. »Nun mach schon, Adam. Oder willst du gesteinigt werden?«

»Warum tun die das?«, fragte er mich.

»Warum die das tun? Adam, diese Menschen dort drüben sind Schneiderfamilien. Ihr Beruf hat sich im Laufe der Zeit verändert. Die meisten von ihnen sind noch selbständige Kleidermacher, die um ihre Unabhängigkeit bangen. Keiner von ihnen möchte in einer Fabrik für weniger als einen Hungerlohn arbeiten. Das arme Schneiderlein ... Verstehst du Adam, sie haben Angst um ihre Existenz.«

»Das lag doch gar nicht in meiner Absicht, ich wollte nur helfen.«

»Vorsicht!«, schrie ich, als ich einen Schatten im Augenwinkel erkannte. Der Stein landete zwischen unseren Füßen. Ein seltsamer Stein. Eckig, als wäre er geschliffen worden und größer als die anderen Geschosse, die bisher im Boot gelandet waren. Unerwartet fing der Stein an zu vibrieren.

»Was in Teufelsnamen geht hier vor?«, rief Adam.

»Wirf den Stein fort!«, forderte ich meinen Gefährten auf, der sich bereits nach dem Ding zu seinen Füßen bückte, es jedoch sogleich wieder fallen ließ.

»Aua! Der ist heiß, wie frisch geschürtes Feuer!«

Obwohl das Boot gefährlich wackelte, trat ich zwei Schritte näher an Adam heran und ging in die Hocke. Aus dem merkwürdigen Stein kamen ruckartig winzige Metallarme herausgeschossen, an deren Enden ich ebenso kleine Scheren und Sägen erkannte. Fühlerartige Röhren wuchsen aus der oberen Seite des Steins heraus und pusteten nach Eisen riechenden, rosafarbenen Dampf in die Luft. Der Hauch war heiß und versengte mir einige Barthaare.

»Verflucht!«, schrie ich, während ich gleichzeitig nach der kleinen, ratternden Maschine trat. Doch sie kullerte lediglich an den Bug des Bootes, wo sie sich kurz sammelte und dann mit erhobenen Scheren und einem klickenden Geräusch ihren Angriff erneut startete. Bevor wir uns kampfbereit mit unseren Paddeln auf den zum Leben erweckten Stein stürzen konnten, kamen zwei weitere dieser Geschosse ins Boot geflogen.

»Arme Schneider, sagst du? Die sollen Angst vor mir haben, aber werfen mit manipulierten Zahnradmaschinchen? Was dazu wohl das Amt für magische Delikte sagt?«

Ich verdrehte genervt die Augen. Was kümmerte uns gerade das AMD? Wir mussten hier fort, so schnell wie möglich. Da fühlte ich etwas Feuchtkaltes an meinem Fuß, der in teuren französischen Lederstiefeln steckte. Als ich nach unten sah, verfiel ich kurzzeitig in Panik. Diese Biester hatten angefangen, das Boot anzuknabbern. Einer der aufziehbaren Käfer hatte bereits ein kleines Loch in den Kahn gebissen, durch das das Flusswasser ins Boot strömte.

Es war bereits dämmrig geworden, als wir entkräftet am Ufer unserer Heimatstadt ankamen. Deprimiert blickten wir auf das dreckige Flusswasser hinab, in dem unser Boot verschwunden war.

»Ich versuche es in den späten Abendstunden noch einmal. Alleine.«

»Wie bitte? Was hat diese Frankreichreise eigentlich aus dir gemacht? Hat diese Zauberin dir eine Gehirnwäsche verpasst?«

Adam sah mich erst nur finster an.

»Alex ist Wissenschaftlerin und keine Zauberin. Und wir haben den gleichen Zukunftstraum!«

»Und *wir*? Was ist mit uns? Hatten wir nicht auch gemeinsame Träume?«

»Hör auf über uns zu reden, als wären wir ein unglückliches Ehepaar!«

Mit diesen Worten drehte Adam mir den Rücken zu und ging. Seine nassen Stiefel quietschten zum Abschied.

Ein Jahr später

Still war es um unsere Freundschaft geworden. Wir trafen uns nur noch selten im Mainzer Hof, um über Zukunftsvisionen zu philosophieren oder mit Gastwirt Philipp Sittmann über seine Stelle als Postexpeditor zu plaudern.

Adam hatte der Werkstatt seines Vaters den Rücken gekehrt und arbeitete in einem kleinen ehemaligen Kuhstall im Zentrum des Ortes. Nachdem ich von dem jungen Mechanikus wochenlang nichts gehört und gesehen hatte, machte ich mich an einem Nachmittag auf den Weg zu ihm.

Das Tor der alten Scheune knarrte laut, als ich es ein Stück aufschob, um mich hindurchzuquetschen. Meine Befürchtung, Adam bei der Arbeit gestört zu haben, war unnötig gewesen, denn er hatte mich noch immer nicht bemerkt. Ich wollte ihn überraschen, ihm freundschaftlich auf die Schulter klopfen, doch das Bild, das sich mir bot, ließ mich erstarren. Etwas derart Konfuses hatte ich bisher noch nie gesehen. Ich blieb staunend stehen. Adam arbeitete nicht, wie gedacht, an einer seiner vielen Nähmaschinen, sondern werkelte an einer riesigen Dampfmaschine, deren oberes Ende bis an das Scheunendach reichte. Sie schien der Zeichnung eines Pariser Gassenkünstlers entsprungen - ohne jegliche Form. Ich sah gebogene Metallrohre an ihren Seiten, die in rechteckige Kästen führten, in denen sich Zahnräder drehten. Drei kupferfarbene Rohre, eines ganz oben an der Spitze des Monstrums, eines an der linken, eines an der rechten Seite spien rosafarbenen Dampf aus, der einen fremdartigen Duft verströmte. Nein, es war kein Rosa, es war ein viel grellerer Farbton, doch konnte ich ihn nicht näher definieren. Er gehörte nicht hierher, genauso wenig wie die Maschine, die ihn ausspuckte. Ich riss mich vom farbigen Dampf los und erkannte an mehreren Stellen in unterschiedlicher Höhe Bullaugen, hinter denen immer wieder Blitze aufflammten. Was in drei Teufels Namen ging hier vor sich? Adam arbeitete konzentriert: Mein Freund stampfte von einer zur anderen Seite, drückte auf riesige runde Knöpfe oder betätigte längliche Schalter, die quietschende Geräusche von sich gaben. Sobald sich die Rädchen in der Konstruktion schneller bewegten, ließ er von der Maschine ab und machte einige Schritte zurück, um sie zu begutachten. Danach ging er um sie herum, um sich an weiteren Hebeln zu schaffen zu machen. Just in diesem Moment tauchte hinter der Teufelsmaschine eine zweite Person auf. Die Dame war ein Stück kleiner als Adam und trug ein Tournürenkleid aus rosafarbenem und schwarzem Stoff, sowie einen Herren-Zylinder in der gleichen schrillen Farbe, den eine moderne Schutzbrille zierte. Unter der Kopfbedeckung fiel glänzendes blondes Haar auf die Schultern der Frau herab.

In mir regte sich ein ungutes Gefühl. Ich versuchte mich so leise wie möglich Richtung Tor zu schleichen und zu verschwinden. Noch heute weiß ich nicht, was mich verraten hatte, doch plötzlich hob sie - langsam, viel zu langsam - den Kopf. Ihr Blick bohrte sich in mich hinein. Diese Fremde führte nichts Gutes im Schilde. Endlich sah auch Adam auf. Er brauchte einige Sekunden, bis er mich erkannte, dann setzte er seine Arbeitsbrille ab und kam strahlend, mit offenen Armen, auf mich zu.

»Simon! Wie schön, dass du mich besuchst. Ich habe dich gar nicht kommen gehört.«

Er drückte mich an seine Brust, als hätten wir uns seit Jahren nicht mehr gesehen. Freundschaftliche Wärme durchflutete mich.

Die Frau, die hinter Adam stand, verengte die Augen und musterte mich von oben bis unten, dann legte sie ihm eine Hand auf die Schulter. Auf Adams Gesicht erschien ein Lächeln.

32

»Simon, es ist Zeit, dir jemanden vorzustellen.«

Na, das glaubte ich aber auch! Adam griff um die schmale Hüfte der Fremden und schob sie zwischen uns.

»*Das* ist Alex.«

Ich hielt kurz inne, überlegte, dann reichte ich ihr meine Hand, die sie sogleich ergriff und undamenhaft drückte.

»Ich grüße Sie, Fräulein ...?«

»Alex, einfach nur Alex.«

»Ein ungewöhnlicher Name für eine ... Französin.«

»Wer sagt, dass ich Französin bin?«, fragte sie bissig.

»Nun, ich gehe davon aus, dass Sie die Wissenschaftlerin aus Frankreich sind, um die Adam bisher ein großes Geheimnis gemacht hat.«

»Wohl wahr, jedoch bin ich keine Französin.«

»Alexandra ist Griechin«, erklärte mir Adam, während die seltsame Dame eine Augenbraue in die Höhe zog. Ein Schauer kroch über meinen Rücken. Ihre Augen, sie waren ... Wie sollte ich es erklären, sie waren nicht von dieser Welt. Ob Adam es ebenfalls bemerkt hatte? Er hatte ihr doch gewiss öfter in die Augen gesehen, als mir lieb war. *Das eine blau, das andere rosa mit einem schwarzen Ring um die Iris. Rosa? Ach, welch ein Unsinn. Meine Fantasie spielte mir humorlose Streiche.* Elegant drehte sich Alexandra auf ihren hohen Pfennigabsätzen herum und wandte sich einem kleinen Pult zu, das an der rechten Wand, neben der Dampfmaschine stand. Sie griff nach einer Glasflasche, in der ein kupferfarbener Inhalt hin- und herschwappte.

»Auch einen Branntwein?«, fragte sie mich. Ich schüttelte den Kopf. »Nein danke, ich trinke nicht.«

»Sehr schade«, antwortete sie auf meine Ablehnung hin, dann füllte sie den Alkohol in ein bauchiges Glas, welches sie einige Sekunden über einer Kerze schwenkte.

Schon oft hatte ich Frauen trinken sehen, doch Alex war die erste, bei der ich meinen Blick nicht abwenden konnte, als sie nach dem Genuss des feurigen Getränks genussvoll mit der Zunge über ihre roten Lippen fuhr.

»Schau, Simon!« Adam rettete mich aus meiner Entrückung. Verschmitzt lächelte er und legte das bekannte Kreisblatt auf das Pult neben die Branntweinflasche. Laut las ich vor:

»Adam Opel, Mechaniker, empfiehlt selbstgefertigte Nähmaschinen nach der neuesten Konstruktion zu festen und billigen Preisen.«

Mir war unwohl und dies lag nicht an dem kleinen Artikel, sondern am eisigen Blick Alexandras, der sich in meinen Rücken bohrte. Ich räusperte mich.

»Das ... das ist großartig, Adam. Es geht voran. Du kommst deinem Ziel immer ein Stück näher.«

»Und ob«, flüsterte er, aber seine Aufmerksamkeit galt bei diesen Worten der Dampfmaschine, die rege arbeitete. Ein Stolz schwang in Adams Stimme, der mich verwirrte. So kannte ich meinen Freund nicht. Er schien geradezu verliebt in diese Apparatur zu sein.

»Doch ohne Alexandras Hilfe wäre ich längst nicht so weit.«

»Baut sie auch Nähmaschinen?«, fragte ich, dabei war mir bei ihrem Anblick klar, dass sie ganz gewiss keinen Finger für andere Menschen krumm machen würde. Adam lachte.

»Oh, nein. Alex ist Wissenschaftlerin. Sie erfindet, sie baut nicht.«

»Was ist das für ein Ding?«, wollte ich wissen und wies mit dem Finger auf die rosa Dampf spuckende Maschine.

»Das, mein Lieber, ist die modernste Dampfmaschine der Welt!«

So besonders modern erschien sie mir nicht, doch ich schwieg lieber und lauschte Adams Worten. »Schau hier, Simon, dies ist ein Adamantkessel. Kein gewöhnlicher Stahl, nein mein Freund - nein - das hier ist Adamant!«

Fragend zuckte ich die Schultern. Ich begriff kein Wort und glaubte langsam, dass Adam gänzlich den Verstand verloren haben musste.

Adam winkte ab. »Was soll´s - unwichtig, wichtig ist nur, was zum Schluss aus ihr herauskommt!«

Ich zuckte erneut die Schultern »Wenn *du* das sagst«.

Er lächelte mich weiter an, dann rief er: »Alexandra, komm zu mir, es wird Zeit für den nächsten Versuch.«

Die Fremde hakte sich kichernd bei Adam unter, in der Hand noch immer ihr Branntweinglas. Gemeinsam begaben sie sich an die linke Seite des mächtigen Adamantkessels, an dem eine Art winziger Zapfhahn befestigt war. Alexandra setzte das Branntweinglas erneut an ihre Lippen, trank den Rest des Alkohols, dann reichte sie es Adam, der es unter den Hahn hielt. Ich sah, dass seine Finger zitterten, als er den Hebel bewegte. Erst passierte eine Weile nichts. Gebannt starrten wir drei auf den kupfernen Hahn. Plötzlich zischte es. Ein wenig greller, rosafarbener Dampf trat aus, auf den zwei kleine Tropfen Flüssigkeit gleicher Farbe folgten, die Adam im Glas auffing. Er wirkte angespannt, als er das Glas zum Trinkgruß erhob und rief: »Auf das ewige Leben!«

Eine seltsame Ruhe legte sich über den alten Stall, in dem zwei Männer und eine Frau vor einer mysteriösen Dampfmaschine standen und warteten - doch worauf? Wir rührten uns nicht und die Zeit verstrich. Es kam mir vor, als wären Minuten vergangen, als Adam das Glas schließlich absetzte, seine Hände zu Fäusten ballte und sie wieder öffnete.

»In Ordnung ...«, sagte er an Alexandra gewandt, »... tu es - jetzt.«

Zum Kuckuck noch mal, was ging hier vor sich? Ich wollte zu Adam und ihn schütteln, ihn in die Realität zurückholen, aus der er von dieser Frau gerissen worden war. Doch meine Füße gehorchten mir nicht. Erst recht nicht, als ich sah, was die Fremde aus der Schublade des Pults holte. Einen Dolch. Entschlossen fasste sie das Heft, griff nach Adams Arm und ...

»Halt!« Mein Schrei hallte im Stall. Er war leiser als ich beabsichtigt hatte, doch er zeigte Wirkung.

Alexandra hielt inne, sah mich an und verdrehte die Augen. »Schmeiß ihn raus, Adam«, sagte sie darauf, »er ist uns nur im Weg.«

Es schien, als müsste Adam tatsächlich über diesen Vorschlag nachdenken. Dann aber schüttelte er den Kopf.

»Nein, er ist mein bester Freund. Ich hätte ihn viel früher einweihen sollen.«

»Bist du verrückt geworden?«, entfuhr es Alexandra.

»Einweihen?«, hauchte ich, »in was? Was geht hier vor sich? Bist du übergeschnappt?«

»Keine Angst, Simon. Dieses Mal haben wir alles richtig berechnet. Diesmal funktioniert es. Heute beginnt das Leben.«

Adam schrie nicht, als die Klinge in sein Fleisch schnitt. Er sog nur scharf die Luft zwischen den Zähnen ein, dann presste er die linke Hand auf den rechten Unterarm und ging in die Knie. Endlich erwachte ich aus meiner Starre. Mit wenigen Schritten war ich bei

Adam und stützte ihn. Sein Gesicht hatte jegliche Farbe verloren. Der Ärmel seines Jacketts war gänzlich mit Blut durchtränkt. Wie tief hatte diese Frau geschnitten? Hoffentlich hatte sie keine Arterie erwischt. Alexandra stand tatenlos daneben. Noch immer hielt sie den Dolch in der Hand, von dem Adams Blut tropfte.

»Aber ... das hätte funktionieren müssen!«, stotterte sie. »Es hätte funktionieren müssen.«

»Herrgott noch mal! Holen Sie Hilfe, oder wollen Sie, dass er verblutet?«

»Die Wunde, Sie hätte sich längst schließen müssen.«

»Holen! Sie! Hilfe!«, schrie ich sie an und endlich, endlich bewegte sie sich. Für Sekunden, die mir wie Stunden vorkamen, verschwand sie hinter der Maschine, wo ich sie nicht sehen konnte, dann kam sie zurück und kniete sie sich mit einem Verbandskoffer auf den verstaubten Boden. Gekonnt versorgte sie Adams Wunde. Wie oft nur hatte sie ihn schon verletzt?

»Das also ist dir passiert. Deswegen hattest du vor einigen Wochen einen dicken Verband um den anderen Arm?«

»Wir testen lediglich unsere Erfindung. Erfolg wird mit Schmerz bezahlt.«

»Bist du nun völlig von Sinnen? Haben dir die Franzosen eine Gehirnwäsche verpasst? Oder was hat diese Frau mit dir angestellt?«

Zitternd stemmte sich Adam auf die Beine.

»Alex und ich haben einen Weg gefunden, unseren Traum zu verwirklichen.«

Ich schnaubte.

»Hör endlich auf, in Rätseln zu sprechen!«

»Das, was du hinter mir siehst, mein Freund, ist keine normale Dampfmaschine.«

»Glaub mir, das ist mir bereits selbst aufgefallen.«

»Unterbrich mich nicht!«

Ich murrte beleidigt und sah zu Alexandra hin, die überlegen lächelte.

»Vergiss die Nähmaschinen, Simon. Sie sind nur ein perfektes Nebenprodukt. Ich arbeite an etwas ganz anderem - etwas Großem. Mit Alexandras Hilfe habe ich die magische Formel errechnet. Sie steckt in dieser Maschine.«

»Was steckt da drin?«

»Zeit, Arbeit, Schmerz. Und das Aeterna-Pulver.«

Ich hob die Augenbrauen.

»Ein Pulver, das Alexandra aus verschiedensten Zutaten hergestellt hat.«

»Ich denke, ich möchte nicht erfahren, welche Bestandteile das sind, oder?«

»Gewiss nicht. Doch dieses Pulver steckt in dieser Maschine und wird mit immensem Druck durch Dutzende kleiner Rohre gedrückt und mit Blut verbunden.«

»Und das stammt von deiner großzügigen Spende? Du bist krank.«

»Oh nein, mein Freund. Ich bin ein Genie! Das sagt auch Alexandra. Von Nähmaschinen zur Unsterblichkeit.«

»Unsterblichkeit?«

»Wohl wahr, mein Freund. Ich ...«

»Hör auf, mich ständig *mein Freund* zu nennen.«

»Verzeih, mein ... Diese Maschine hier ist der Schlüssel zum ewigen Leben.«

Ich starrte ihn mit offenem Mund an und hoffte, in der nächsten Sekunde aus einem wirren Traum zu erwachen. Adam aber redete weiter.

»Mit unserem Aeterna-Pulver und dieser Maschine wird es wahr werden. Erinnerst du dich noch, Simon, als wir Kinder waren? Wir sprachen über den Wunsch nach Ewigkeit, um die ganze Welt zu bereisen und nichts zu verpassen.«

»Wir waren Kinder, Adam. Kinder haben Fantasien.«

»Und Fantasien werden Realität. Mit dieser einzigartigen ...«

»... Maschine. Ja, ja, ich habe es verstanden. Woher hast du sie?«

»Einige Teile habe ich herstellen lassen, andere selbst zusammengebaut und einiges brachte Alexandra aus Frankreich mit. Sie lebt dort mit ihrer Familie.«

»Ich dachte, sie ist Griechin?«

»Nenn mich Halbblut, mein Freund«, sagte die Fremde spitz, während sie sich den nächsten Branntwein einschenkte und mir zuprostete. »Meine Mutter vergnügte sich mit einem Franzosen.«

»Alexandras ganze Familie hat sich der Magie verschworen. Sie mixen Elixiere und Pulver, um viele unglaubliche Dinge zu tun, wie zum Beispiel ...«

Abwehrend erhob ich die Arme. »Hast du denn vergessen, dass es verboten ist, mit Magie zu hantieren? Übrigens auch in Frankreich. Ein Vergehen bedeutet den Tod!«

»Niemand wird je etwas davon erfahren.«

»Ach nein?«, sagte ich drohend - ein Fehler. Plötzlich spürte ich die noch von Adams Blut besudelte Klinge an meinem Hals und den alkoholgeschwängerten Atem Alexandras an meinem Ohr.

»Wir sollten ihn zur Strecke bringen, Adam. Er ist ein dreckiger Fleck, den man allein mit Putzen nicht weg bekommt.«

Ich wagte kaum zu atmen und fühlte, wie die Klinge in meine Haut schnitt. Ein einzelner Blutstropfen rann an meinem Hals hinab. Von ihrem Körper, der an den meinen gepresst war, ging eine Kälte aus, die mich erschaudern ließ. Durch das Kleid drang keine Körperwärme. Zudem schien sie geübt in der Bedrohung von Menschen zu sein, denn der Dolch zitterte kein bisschen in ihrer Hand.

»Um Himmels Willen!«, rief Adam, »lass ihn los.« Er machte zwei Schritte auf uns zu.

»Stehenbleiben! Adam, dieser Kerl wird meinen Traum zerstören, deinen Traum, unseren Traum. Wenn wir ihn gehen lassen, wird er uns verraten. Die Polizei wird deine Fabrik dem Erdboden gleichmachen, die Maschine zerstören und uns hinter schwedische Gardinen bringen.«

»Ich bitte dich, Alex. Er ist mein längster und bester Freund. Ich möchte nicht, dass ihm ein Leid widerfährt.«

»Das hättest du dir früher überlegen müssen.«

»Alex! Lass ihn los. Er wird uns nicht verraten. Nicht wahr, Simon?«

Mit einem kurzen »Hmm« bestätigte ich.

»Er wird unser Geheimnis mit uns gemeinsam hüten. Weder die Polizei noch das Amt für magische Delikte werden je davon erfahren.«

»Ich traue ihm nicht!«, sagte sie, trotzdem stieß sie mich von sich fort. Ich taumelte in Adams Arme, drehte mich um und Alexandra stieß zu. Der Dolch bohrte sich in meinen Oberschenkel. In meinem Bein brach das Höllenfeuer los. Es stach und brannte bis hinauf in meinen Kopf. Längst lag ich schreiend auf dem Boden,

40

als ich Adams und Alexandras Stimmen vernahm. Durch einen Tränenschleier erkannte ich, wie sie wild miteinander diskutierten. Unerwartet entflammte in mir Wut und verdrängte die Angst. Ich wusste mit einem Mal, womit wir es zu tun hatten. Es konnte gar nicht anders sein. Dieses Miststück, das mich schwer verletzt hatte, trug die Schuld an allem. An der bröckelnden Freundschaft zwischen Adam und mir, an meiner Furcht und dem Schmerz. Sie hatte Adam bereits in Frankreich um den Finger gewickelt, ihm eine krankhafte, irrationale Idee in den Kopf gepflanzt und ihn so zu einem Kriminellen gemacht. Diese Fremde mit den seltsamen rosafarbenen Augen war kein Mensch. Niemals! Sie war eines der Wesen aus der düsteren Welt, das in unsere Welt gelangt war, um unschuldige Menschen zu manipulieren. Seit vielen Jahren versuchte das AMD sie aufzuhalten.

Unter großen Schmerzen stemmte ich mich an der Dampfmaschine in die Höhe. Ich spürte, wie das Blut meine Hose durchnässte und schwer auf der Haut lag. Noch immer diskutierten Adam und Alexandra wild gestikulierend. Dann eskalierte der Streit. Sie breitete ihre Arme aus und krümmte die Finger. Ein markdurchdringendes Geräusch erfüllte den Kuhstall, als ihre Fingernägel in die Länge wuchsen und sich schwarz färbten. Wie eine Krankheit wuchsen sie aus ihrer Haut zu messerscharfen Klauen heran. Bis sie schließlich, wie zehn gezückte Rapiere, ihr Opfer bedrohten. Doch es war nicht Adam. Ihr eigentliches Ziel hatte bereits zu sterben begonnen. Mit hasserfülltem Blick schritt sie auf mich zu.

An der Maschine lehnte meine letzte Hoffnung: eine lange, schmale Eisenstange. Ich biss die Zähne zusammen, ließ mich fallen, vollführte eine holprige Rolle, die mich, wie angedacht, direkt an die Seite der Apparatur brachte. Ich griff nach der Stange. Der folgende Schwung sollte mich auf die Beine bringen. Doch die Kraft versiegte und mein blutendes Bein tat das Übrige, um mich an den Boden zu fesseln. Alexandra lachte. Überlegen blieb sie mit gezückten Rapierklauen einen Meter vor mir stehen. Ihr Blick sagte mir, dass es für sie unnötig war, einen Taugenichts wie mich am Leben zu lassen. Ich gebe zu, ich war schon immer ein Feigling gewesen, aber so durfte es mit mir nicht zu Ende gehen. Die wenige Kraft, die mir geblieben war, bündelte sich mit der Wut und der Trauer und brachte mich - weiß Gott wie - auf die Beine. Wozu einen Dolch? Wozu ein Stück altes Eisen? Ich wollte ihr mit bloßen Händen den Kopf von den Schultern reißen. Mit einem verzweifelten Schrei stürzte ich mich auf Alexandra. Der Aufprall, fast schmerzhafter als die Fleischwunde, nahm mir die Luft zum Atmen. Dabei war es nicht der Körper der Dämonenfrau, sondern der Adams. Er hatte sich zwischen uns geworfen. *Wen von uns hatte er vorgehabt, zu schützen?* Mit der Wucht des Aufschlages schleuderte er mich gegen die Dampfmaschine. Ich schlug mit der Wirbelsäule auf eine Röhre, die unter meinem Gewicht ächzte und mein Jackett zerriss. Plötzlich begann meine Haut zu brennen. Ohne mein Zutun zuckte mein Körper nach vorne. Ebenso instinktiv drehte ich mich zum Auslöser des Schmerzes herum. Beinahe gleichzeitig hörte ich Adams Schrei. Doch es war zu spät.

Durch die zerstörte Röhre schoss kochend heißer, rosafarbener Dampf, direkt in mein Gesicht. Ich konnte den Schmerzensschrei, der sich aus dem Innersten meines Körpers kämpfte und die Kehle hinaufschoss, nicht aufhalten. Ich schrie so laut und schrill wie noch nie zuvor in meinem Leben. Der Schmerz war unbeschreiblich. Ich spürte, wie das magische Dampfgemisch meine Haut verzehrte und sich tief in mein Fleisch fraß. Die Hitze war unerträglich. Durch meinen zum Schrei geöffneten Mund, drang der Teufel persönlich in meinen Rachen und brachte mich im Bruchteil einer Sekunde zum Verstummen. Glühende Lava floss in meinen Körper, verätzte Zunge und Stimmbänder. Ich krümmte mich auf dem Boden und betete. Flehte stumm zu Gott, er solle mich endlich erlösen. Endlich wurde es dunkel.

***

Das künstliche Licht schmerzte in meinen Augen. Ich hatte das Gefühl, nie etwas Helleres wahrgenommen zu haben. Wie lange nur hatte ich geschlafen und was war eigentlich passiert? Das einzige, woran ich mich genau erinnern konnte, war der grausame Schmerz in meinem Gesicht, in meinem Hals. Und an diese seltsame Frau mit den rapierähnlichen Klauen. »Simon?«

War da eine Stimme?

»Simon. Bist du wach? Simon! Ich glaube es nicht. Endlich. Endlich!«

Als ich den Kopf ein Stück nach rechts wandte, erkannte ich Adam. Er hatte tiefe, dunkle Ringe unter den Augen und war abgemagert. Er hatte kein Jackett an und die Knöpfe seines dreckigen Hemdes waren falsch zugeknöpft.

»Oh Simon. Ich bin so froh, dass du aufgewacht bist. Die Ärzte sagten zwar, du würdest die Augen gewiss schon bald wieder öffnen, doch war meine Hoffnung gering, nachdem du gegen meine Maschine gefallen bist und der Dampf dein Gesicht getroffen hat.«

Ich lag in dem sterilen Zimmer eines Hospitals. Maschinen standen um mich herum und ich stellte entsetzt fest, dass ich mit jeder von ihnen verbunden war. Die Dampfapparatur hatte mich verbrannt. Mein Gesicht, meinen Rücken und meinen Hals. Zu meinem Leidwesen erinnerte ich mich wieder. Doch spürte ich keinen Schmerz, was ich wohl den Schläuchen in meinem Körper zu verdanken hatte.

»Wo ist sie?«, fragte ich Adam.

Oh Gott! Was war nur mit meiner Stimme los? Die Wörter kamen schwer wie Blei über meine Lippen, die augenblicklich einrissen und bluteten.

»Scht«, machte Adam und betupfte mit einem feuchten Tuch meinen Mund.

»Die Ärzte sagen, deine Stimmbänder hätten Schaden genommen, aber es sei nicht so schlimm wie anfangs befürchtet. Sie waren sogar sehr verwundert darüber. Schone dich, es ist ein Wunder, dass du überhaupt noch lebst.«

»Wo ist sie?«, wiederholte ich meine Frage.

»Du meinst Alex? Ich ... ich muss gestehen, ich weiß es nicht. Als du am Boden lagst, mehr tot als lebendig, und ich brüllte, sie solle einen Arzt holen, hat sie mich angefaucht und die Zähne gefletscht wie eine von Tollwut befallene Bestie. Doch dann hörten wir bereits Rufe von draußen und die Tür wurde aufgerissen. Menschen stürzten herein. Drei Männer vom Amt für magische Delikte sowie die Polizei. Sie waren bewaffnet und auf der Suche nach Alex. Sie wussten, wer sie war. Hatten schon lange nach ihr gesucht.«

»Kein Mensch«, krächzte ich.

»Nein, kein Mensch. Alexandra war ... sie ist eine Sukkuba, ein Schattengeist. Sie kann Menschen manipulieren, um ihre eigenen Ziele zu verwirklichen. Schon in Frankreich hatte sie mich in ihrer Gewalt und ich habe nichts bemerkt. Ich habe dich in Gefahr gebracht.«

Ich schluckte schwer. Ich hätte etwas sagen müssen. Irgendetwas wie: *Es ist ja nichts passiert. Schon gut.*

Doch die Lüge kam nicht über meine gerissenen Lippen. Es war sehr wohl etwas geschehen. Etwas Grausiges. Mein bester Freund hatte mich verraten, hatte mein Leben aufs Spiel gesetzt. Manipuliert oder nicht – was geschehen war, war geschehen. Unter dem dicken Verband in meinem Gesicht spürte ich, dass es mit einem Krankenhausaufenthalt noch lange nicht getan war.

»Simon«, fuhr Adam fort, »sie wollte nicht nur mein Wissen und meine Hilfe, um die Maschine zu bauen, sondern auch meine Emotionen, meine Lebensenergie, um in ihrem ewigen Leben stärker zu sein als jeder andere Dämon.«

»Sind Dämonen nicht unsterblich?« Adam schüttelte den Kopf.

»Das dachte ich auch, doch das Amt für magische Delikte erklärte mir, dass Alexandra zwar nicht wie wir Menschen durch das Alter oder durch eine Krankheit sterben könne, wohl aber durch einen anderen Dämon oder gar eine Waffe der Deliktpolizei.«

»Was geschieht mit der Maschine?«, presste ich hervor, während ich starr an die kahle Decke blickte.

»Das Amt hat sie beschlagnahmt und wird sie zerstören.« Adams Stimme klang traurig. Lange Jahre hatte er daran gearbeitet und wegen mir zerplatzte nun sein Traum wie ein Ballon.

»Und was ist mit dir?« Mit jedem weiteren Wort schmerzte meine Kehle ein klein wenig mehr. Die Medikamente waren doch keine Wundermittel.

»Wendest du dich nun von deiner heiteren Verspieltheit und deinem rosafarbenen Traum ab?«

Adam schluckte schwer, bevor er mit Tränen in den Augen antwortete: »Ja, Magie ist nichts für mich. Ich werde mich wieder der Herstellung von Nähmaschinen widmen und ...«, er kramte aus seiner Hosentasche ein Papier hervor, faltete es auseinander und zeigte es mir. Ich sah mir die seltsame Zeichnung an und runzelte die Stirn. Ich sah ein wenig stabiles Gestell, an dessen Enden jeweils ein riesiges Rad angebracht war.

»Was soll das sein?«, fragte ich Adam.

Er zuckte die Schultern. »Ist mir im Traum erschienen. Man könnte mit dieser Erfindung viel schneller von zu Hause zur Arbeit gelangen.«

»Aha«, murmelte ich und gab ihm den Zettel wieder zurück.

»Nun ja,« räumte Adam ein, »ich sage ja nicht, dass wir uns schon morgen alle damit fortbewegen werden, aber vielleicht in zwanzig bis dreißig Jahren?«

»Adam«, brachte ich mittlerweile unter Schmerzen hervor. »Bitte tu mir den Gefallen und lass mich alleine.«

Adam faltete den Zettel zusammen, steckte ihn in seine Hosentasche und verließ ohne ein weiteres Wort das Zimmer.

***

Durch die kleinen Fenster meines Wohnraumes sehe ich hinunter auf den Rhein und hinüber zum schwebenden Restaurantschiff. Noch nie habe ich dort ein Bier genossen oder eine Mahlzeit zu mir genommen. Ich gehe selten vor die Türe. Viele, viele Jahre sind seit dem Unfall vergangen, doch die Narben zieren meinen Körper und die andauernden Schmerzen lassen mich nicht vergessen.

Das kleine Amt für magische Delikte ist zu einer großen öffentlichen Einrichtung herangewachsen und kümmert sich noch heute um Rechtsbrüche in Sachen Magie und Teufelskunst. Jedoch wurden die Gesetze gelockert und fachlich ausgebildete Forscher sind nun befugt, unter strengen Voraussetzungen Magie mit Wissenschaftskunde zu koppeln und für die Zukunft der Menschen einzusetzen. Das AMD konnte so inzwischen einige Sukkuba in Gewahrsam nehmen.

Adam ist ein bekannter Mann geworden. Er stellte weiterhin Nähmaschinen her und schaffte es tatsächlich zweiundzwanzig Jahre nach unserem letzten Gespräch an meinem Krankenbett den Knochenrüttler - das Fahrrad - zu bauen. Mein ältester Freund starb im September 1895 an einer verschleppten Typhuserkrankung. Manchmal wünsche ich, wir hätten uns noch einmal getroffen. Doch jetzt ist es zu spät, dabei würde ich ihm gerne so vieles erzählen: Adam hatte selbst erlebt, wie seine Nähmaschinen, trotz gescheiterter Mainüberführung, große Erfolge feierten, doch hätte er sich gewiss niemals vorstellen können, dass man seine ersten Modelle viele Jahre später in einem Museum ausstellen würde. Sie stehen heute in der alten Festung hinter sicheren Glasscheiben. Als ich das erste Mal das Stadt- und Industriemuseum besuchte, lief ein wohlig warmer Schauer über meinen Rücken, als ich Adams erste Nähmaschinen erkannte. Doch meine Freude währte nicht lange, denn mein Blick fiel auf einen fein polierten Stein. Ich hatte solch einen Stein schon einmal gesehen. Direkt daneben lag das, was aus jenem wurde, sobald die Rädchen in seinem Innern begannen zu arbeiten. Eine altmodische, heimtückische Waffe der armen Schneider, aus einer längst vergangenen Zeit. Die Scheren und Sägen sahen noch immer scharf aus und ich glaubte sogar, aus den röhrenähnlichen Fühlern dünnen rosafarbenen Dunst aufsteigen zu sehen. Schnell wandte ich mich ab und verließ das Museum.

Nein, viel lieber möchte ich Adam erzählen, dass sein Traum in Erfüllung gegangen ist. Adam hat das Unmögliche geschafft. Er hat ewiges Leben erschaffen! Ewigen Schmerz! Wir schreiben das Jahr 2015. Noch immer lebe ich, noch immer leide ich, noch immer wünsche ich mir, das alles wäre nie passiert. Egal wie sehr die Zeit vorangeschritten ist, ich bin ein Außenseiter, ein Behinderter. Ein immer noch Ende Zwanzigjähriger mit verbranntem Gesicht, nicht vorhandenen Lippen und einer unheimlichen, kratzigen Stimme.

Ewiges Leben und Unverwundbarkeit. Welchen Preis muss ich für deinen kranken Traum nun bezahlen? Und bin ich wirklich unsterblich?

Es klopft an der Tür. Ich erhalte nie Besuch! Ich will keinen Besuch! Die Menschen sehen mich nicht nur als Behinderten an, sondern auch als sonderbar. Niemand will etwas mit mir zu tun haben - außer die Katze des Nachbars. Doch Katzen klopfen nicht. Ich schleiche zur Tür und öffne sie.

Erschrocken taumele ich zurück, trete auf eine leere Bierflasche und stürzte auf das fleckige Sofa.

Alexandra sieht aus wie vor über hundertfünfzig Jahren. Nur ihr Kleid ist nicht mehr zweifarbig. Das Schwarz ist verschwunden. Grelles Pink strahlt mir entgegen, brennt sich in die Narben meines Gesichts und schmerzt in meiner Kehle. Ich will schreien. Nach Hilfe rufen. Doch das bisschen Stimme, das mir geblieben ist, lässt mich im Stich. Warum hat das AMD so viele von ihnen ausfindig machen können, nur dieses Miststück blieb verschont?

»Da bist du ja, Simon. Lange habe ich dich gesucht. So viele Jahre. In Schlössern, auf Thronen, in hohen Ämtern, aber hier habe ich dich nicht erwartet. Nur du schaffst es, aus dem Segen, der dir zuteilwurde, *nichts* zu machen.«

»Segen?«, würge ich hervor. »Segen? Ihr habt mich verflucht!«, speie ich aus und bereue es sogleich. Von Schmerz überschüttet greife ich an meinen Hals, schließe die Augen. Ich kann nicht aufstehen. Nicht flüchten. Was nur hat sie mit mir vor? Mit einem unsterblichen Krüppel?

Ihre schwarzen Klauen sind ausgefahren, wie damals in Adams Stall – bereit, sich in Fleisch und Venen zu schlagen.

Sie zuckt mit den Schultern und stellt ihren Fuß zwischen meine Beine. Ihr spitzer Absatz gräbt sich in meinen Schritt.

»Es ist nicht gerecht«, sagt sie. »Die Maschine war *meine* Erfindung. Ohne *meine* Magie hätte Adam sie nie zum Laufen gebracht. Nun ist sie zerstört und der einzige, der davon profitiert hat, ist ein Hasenfuß. Du glaubst doch nicht, dass ich das zulasse?«

Ihr Fuß drückt fester zu. Ich ziehe die Luft zwischen den Zähnen ein.

»Glaube mir. Nichts an der Ewigkeit lohnt sich. Nichts daran.«

»Oh doch, Simon. Würde die Unsterblichkeit mir gehören, stünde ich endlich ganz oben. Die dunkle Welt würde sich vor mir verbeugen und ihr Menschen ... oh Simon, welch wundervolle grausige Spielchen ich mit euch Sterblichen spielen würde.«

»Was für ein Glück, dass eure Dampfmaschine einem Hasenfuß das ewige Leben geschenkt hat und nicht einer übergeschnappten Dämonin. Und jetzt sag es: Was ... Willst ... Du ... Hier?«

Alexandra setzt ihr süffisantes Lächeln auf. Als sie ihre Pranke hebt, schaue ich ein letztes Mal aus dem Fenster. Ein kleines pinkfarbenes Luftschiff fliegt vorbei und lässt die Wände vibrieren. Pink? Seit wann sind Luftschiffe pink?

Die Rapiernägel dringen in meinen Brustkorb. Ein Schmerz, so süß und qualvoll wie mein Leben. Ich spucke Blut. Alles wird dämmrig. Das Letzte, was ich vernehme, sind die Worte einer Frau:

»Ich bin hier, um zu sehen, wie gut meine Erfindung funktioniert hat.«

Rot
wie Teufelsatem

Corinna Schattauer

Der fingernagelgroße Kristall schimmerte rot in dem wenigen Mondlicht, das durch das blinde Fenster drang. Jonathan Archer, der auf dem Boden neben dem Bett kauerte, hielt ihn zitternd zwischen Daumen und Zeigefinger. Man hätte den Kristall für ein Schmuckstück halten können.

Unwillkürlich bewegte Jonathan seinen Oberkörper vor und zurück. Tief im Innern, begraben unter Bergen der quälenden Erinnerungen, war ihm bewusst, dass es falsch war, was er tat. Aber das kümmerte ihn nicht. Er wollte vergessen. Er wollte frei sein.

Schweiß machte seine Handflächen feucht, sodass er fast die kleine Glaspfeife fallen ließ, als er sie aus seiner Westentasche zog. Zitternd schob er den roten Kristall in ihren Kopf, dann klemmte er sich das Mundstück zwischen seine ausgetrockneten Lippen. Nervös tasteten seine Fingern nach dem Feuerzeug und drehten das Reibrad. Es brauchte mehrere fruchtlose Versuche, bis die Flamme schließlich zischend aufloderte und dabei wankelmütige Schatten durch den Raum schickte. Jonathan kostete es einige Mühe, das Feuer still zu halten. Doch rasch genug schmolz der Kristall, verwandelte sich in rote Rauchschwaden und zog durch die Glasröhre hinauf in seinen Mund. Tief sog er den brennenden Qualm in seine Lungen, spürte, wie seine Hände sofort ruhiger wurden, wie sich ein angenehmer Schleier über die rasenden, pulsierenden Gedanken legte und sie fast zum Stillstand brachte. Mit einem tiefen Seufzer legte Jonathan den Kopf in den Nacken und ließ alles geschehen. Dieser Phase der Ruhe folgte eine kurze Welle der Euphorie, ein pures Glücksgefühl, bevor sich schließlich die ersehnte Empfindungslosigkeit über seinen Geist legte. Er nahm einen weiteren tiefen Zug. Der Rand seines Blickfeldes verschwamm, flackerte in den unterschiedlichsten

Rottönen. Jonathan konnte seine Umgebung nur noch punktuell scharf wahrnehmen, und auch nur dann, wenn er sich konzentrierte.

Er sog einen weiteren Schwall des farbigen Rauchs in seine Lunge, bevor er das abgegriffene Bild zur Hand nahm, das er stets in seiner Manteltasche trug. Nur unter Einfluss der Droge konnte er sich dazu bringen, es anzusehen. Er selbst war darauf abgebildet und neben ihm Hannah, seine Frau. Ihr helles, lockiges Haar rahmte ihr herzförmiges Gesicht mit den strahlenden Augen ein. Zwischen ihnen saß auf einem Stuhl ihr Mädchen, ihre kleine Tochter, Josephine, der wunderschönen Mutter wie aus dem Gesicht geschnitten. Jonathans Augen blieben trocken, obwohl er eigentlich hätte weinen sollen. Wie lange war es nun her, dass diese beiden ihren grausamen Tod gefunden hatten? Tage? Wochen? Monate? Er wusste es nicht mehr. Rote Rauchschwaden umhüllten das Bild und ließen Jonathan wieder eine Ahnung von Glück empfinden, eine Ahnung davon, wie optimistisch er seiner Zukunft einmal entgegengesehen hatte.

»Papa?«, hörte er eine wohlbekannte Stimme. Jonathan fuhr herum. Im Türrahmen stand sie, sein Augenstern, sein Mädchen – oder war es Hannah, die er dort sah? Sie glichen sich wie ein Ei dem anderen. Unbeholfen rappelte Jonathan sich auf, um der vertrauten Stimme zu folgen. Erst als seine Hand das Holz des Rahmens berührte, begriff er, dass es nur wieder eine Halluzination gewesen war, ein Streich den der rote Teufelsatem seinen Sinnen spielte. Schwankend stützte er sich an der wurmstichigen Tür ab und versuchte, einen klaren Gedanken zu fassen. Vergebens.

Da glaubte er, vertraute Schritte zu hören, die die Treppe im Flur hinuntereilten. Sofort vergaß er wieder alles um sich herum.

»Hannah!«, rief er. »Josephine! Wartet!« Jonathan hastete auf den Flur hinaus, beugte sich gefährlich weit über das Treppengeländer, als ihm plötzlich wieder bewusst wurde, dass er alleine auf der Welt war. Was wollte er hier? Wen suchte er? Nichts als Spukgestalten und Hirngespinste.

Schwankend stolperte er die Treppe der Absteige, in der er ein Zimmer gemietet hatte, hinunter und trat vor die Haustür. Er nahm einen weiteren, tiefen Zug aus seiner Pfeife. Er fühlte nichts.

Er suchte niemanden. Ziellos blickte er die Straße vor dem Hotel hinauf und hinunter, die für ihn in strahlendes Rot gehüllt war. Dann stolperte er los, ohne Ziel und ohne Hoffnung hinein in die Nacht, die rot glomm wie Teufelsatem.

Erst im Morgengrauen, nachdem er Stunden um Stunden umhergeirrt war, fand Jonathan seine Sinne wieder, obwohl es ihm lieber gewesen wäre, sie hätten ihn für immer verlassen. Teufelsatem, wie die Leute die Droge nannten, konnte nur für eine gewisse Zeit die Welt in einem besseren Licht erstrahlen lassen. Danach fühlte man sich schlimmer als vorher. Er brauchte mehr! Allerdings nicht jetzt. Nein, erst musste er noch jemanden aufsuchen und dafür musste er denken können.

Angestrengt blinzelte Jonathan die Straße hinunter, die in nebligen Grautönen vor ihm lag. Selbst das wenige Sonnenlicht, das durch die Wolkendecke brach, brannte in seinen Augen und so brauchte er eine ganze Weile, bis er erkannte, wo er sich befand. Mit schweren Schritten schleppte er sich zur nächsten Zahnradbahn. Jonathan widerstand dem Drang, sich einfach auf die Schienen zu werfen und dem ganzen Elend hier und jetzt ein Ende zu bereiten. Stattdessen bestieg er einen der Wagen und nahm am hinteren Ende Platz. Das Getöse und Gezische der Bahn dröhnte ihm in den Ohren, ihr Rattern und Klappern schüttelte seine schmerzenden Gliedmaßen, ihr Dampf biss ihm in die Lungen. Doch all dies war nichts im Vergleich zu seinen Erinnerungen, die ihn ohne Unterlass quälten, die nur dann erträglich wurden, wenn er sich dem roten Rausch anheimgab.

Mit müden Augen warf er einen Blick auf den Zettel, auf dem in krakeligen Buchstaben eine Adresse stand. Angeblich könne man ihm dort helfen, hatte ihm ein Fremder gesagt. Ein Verrückter, wenn man anderen glauben durfte, doch Jonathan war verzweifelt genug, um einem Verrückten eine Chance zu geben.

Es war eine rote Tür, die er bei der angegebenen Adresse schließlich fand. Er deutete es als ein Zeichen und griff nach dem Türklopfer. Was würde es ihm schon nützen zu zögern? Er hatte nichts zu verlieren. Nicht mehr.

Kaum hatte Jonathan angeklopft, erklang hinter dem Holz ein Zischen, dann ein Rasseln und schließlich schwang die Tür wie von Zauberhand auf. Der junge Mann warf einen vorsichtigen Blick in den dunklen Hausflur und als er niemanden finden konnte, trat er ein. Sein Blick fiel auf den Mechanismus aus Druckluftzylindern und Zahnrädern, der sich nun erneut in Bewegung setzte, um die Haustür zischend und ratternd hinter ihm wieder ins Schloss fallen zu lassen.

Dunkelheit umfing ihn, bis ein einzelnes Gaslicht langsam aufleuchtete. In einer Kugel aus Glas erhob es sich von dem Lampenfuß, auf dem es geruht hatte, um in der Luft zu schweben, nur wenige Zentimeter über Jonathans Kopf. Nervös rieb der junge Mann seine schwitzenden Handflächen gegeneinander. Er sehnte sich so sehr nach einem Zug vom Teufelsatem ... Da bewegte sich die leuchtende Glaskugel. Sie schwebte auf eine breite Treppe zu, die ins obere Stockwerk führte. Wie in Trance folgte Jonathan dem Licht, das ihn in einen kleinen Raum am Treppenabsatz führte, der von unzähligen dieser Gaslichter erleuchtet wurde. Die samtenen Vorhänge vor dem Fenster waren zugezogen worden und sperrten das dürftige Sonnenlicht aus. Ein Tisch stand in der Mitte des Zimmers, flankiert von zwei Stühlen. Die Rückwand nahm eine eiserne Voliere ein, in der eine Handvoll Paradiesvögel in unheimlicher Stille umherflatterten. Erst beim genaueren Hinsehen erkannte Jonathan, dass die Tiere nicht echt waren. Er trat nah an die Gitterstäbe heran, um die winzigen Uhrwerke zu bewundern, die unter den prächtigen Federkleidern tickten und die zierlichen geflügelten Automaten lebendig werden ließen.

»Setz dich«, ertönte da eine tiefe Frauenstimme hinter Jonathan. Er fuhr herum und erkannte eine Silhouette im Türrahmen. Die Gestalt trat ein und schloss die Tür hinter sich. Das Gaslicht zeigte eine hochgewachsene, schwarzgewandete Frau, einen halben Kopf größer als Jonathan selbst, deren glattes schwarzes Haar bis zur Hüfte reichte. Jonathan erschrak, als sie sich ihm zuwandte. In ihrem dunklen Gesicht saßen zwei starre, kalte Augen.

»Ich sagte, du sollst dich setzen«, forderte sie ihn noch einmal auf, freundlich, aber bestimmt, ihre Stimme wie Samt. Dieses Mal kam Jonathan der Bitte nach. Waren diese unheimlichen Augen

Nachwirkungen des Teufelsatems? Hatte er nun auch in nüchternem Zustand Wahnvorstellungen?

Mit Bewegungen von unnatürlicher Geschmeidigkeit, die stets von einem leisen Ticken begleitet wurden, nahm die Frau auf dem Stuhl ihm gegenüber Platz. »Du weißt nicht, was ich bin, nicht wahr?«, fragte sie. Jonathan schüttelte bloß stumm den Kopf. Die Frau lächelte. »Das ist ungewöhnlich. Die meisten Menschen, die mich aufsuchen, wissen, mit wem sie es zu tun haben. Ich bin ein *daimon*.« »Ein Dämon?«, keuchte Jonathan. Erschrocken sah er sich nach einem Fluchtweg um. Doch die Frau schüttelte den Kopf.

»Wie ich bereits sagte: Ich bin ein *daimon*. Bevor die Christen aus uns die Knechte ihres Teufels machten, für die man uns heute hält, waren wir Mittler zwischen dem Diesseits und dem Jenseits, Boten des Schicksals. Wir sind nicht böse. Wir sind nicht gut. Wir arbeiten nicht für irgendwelche Götter oder Teufel. Wir arbeiten für uns selbst. Wir überbringen Nachrichten.

Einst waren wir nichts als Luftgeister, zu einem unsichtbaren Leben gezwungen und von jeglichen Vergnügungen ausgeschlossen — Vergnügungen, bei denen wir euch Menschen allerdings stets beobachteten. Doch ihr seid wunderbare Wesen, grandiose Erfinder. Eure Technik, eure Maschinen aus Metall ermöglichen es uns nun, Körper zu haben. Diese … Automaten, wir ihr sie nennt …« Sie blickte zu den künstlichen Vögeln hinüber. »… vermögen es, uns ein Zuhause zu geben. Zum ersten Mal seit dem Anbeginn der Zeit können wir von Stahl und Messing und Zinn Besitz ergreifen und damit unter euch wandeln und so sein wie ihr.« Sie seufzte leise. »Zumindest dem Schein nach.«

Mit zusammengekniffenen Augen rieb Jonathan sich das Gesicht mit den Händen. Der Schein der Gaslichter hüllte die Welt in einen roten Schleier, sodass er kaum mehr unterscheiden konnte, ob er bei sich war oder nicht. Halluzinierte er dies alles gar nur? War er wirklich hier? Hatte er sich eingebildet, nüchtern zu sein? Machte es überhaupt einen Unterschied? Nur langsam, wie die Tropfen zähen Honigs, träufelte die Bedeutung der gerade gesprochenen Worte in Jonathans Bewusstsein. Nach und nach setzte er deren Sinn zusammen.

»Du kannst Nachrichten aus dem Reich der Toten übermitteln?«, fragte er in schleppendem Ton. Seine Gedanken waren so behäbig, dass er fürchtete, nicht richtig verstanden zu haben.

Die Frau nickte zur Antwort. »Das kann ich. Doch ich muss dich warnen, wie ich jeden warne, der zu mir kommt: Du magst nicht das erfahren, was du dir erhoffst.«

»Egal!«, rief Jonathan mit einer Heftigkeit, die ihn selbst überraschte. »Das ist egal …«, wiederholte er in einem beherrschteren Tonfall. »Ich muss es wissen.«

»Was musst du wissen?«, hörte er die samtene Stimme, die immer im gleichen monotonen Rhythmus sprach, nicht laut wurde und nicht leise, nicht eine Emotion ihrer Besitzerin verriet. »Erzähl mir deine Geschichte.«

Jonathan zögerte. Ihm kam es so vor, als dächte er seit Ewigkeiten an nichts anderes mehr als an diese eine Nacht, dennoch hatte er nicht ein einziges Mal darüber gesprochen. Er wusste nicht, ob er es überhaupt konnte. Aber die Nähe des *daimons* beruhigte ihn auf eine merkwürdige Weise. Es schien, als hätte diese Frau nur darauf gewartet, seine Geschichte zu hören, als wäre sie dazu bestimmt.

»Die Geschichte ist … ist nicht lang«, begann Jonathan stockend. »Ich habe … Ich hatte eine Ehefrau. Hannah. Und auch eine Tochter. Sie hieß Josephine. Und eines Morgens … eines Morgens kam ich nach Hause und ich fand sie … ich fand sie beide tot vor. Ich war während der Nacht fort gewesen, ich weiß nicht mehr wo, ich kann mich überhaupt nicht zurückerinnern. Ihre leblosen Augen schienen mich anzustarren, voller Vorwurf, ich …« Er unterbrach sich selbst. »Die Polizei sagte, Hannah habe Josephine umgebracht. Unsere Tochter! Habe ihr die Kehle durchgeschnitten und dann sich selbst gerichtet! Aber ich glaube es nicht! Ich kann es nicht glauben! Ich will die Wahrheit wissen!«

Jonathan hatte nicht gemerkt, dass er die Stimme erhoben hatte, dass er von seinem Stuhl aufgestanden war. Erst als die letzten Worte laut durch das kleine Zimmer hallten, wurde er sich seiner selbst wieder bewusst. Unsicher ließ er sich auf den Stuhl sinken und bemerkte, dass die Frau vor ihm die Augen geschlossen hatte.

Zum ersten Mal erkannte Jonathan eine Gefühlsregung in ihrem dunklen Gesicht. Sie schien seine Wut geradezu zu genießen.

»Hilfst du mir?«, flüsterte er eingeschüchtert. Unbewusst tastete er mit seinen zitternden Fingern nach der gläsernen Pfeife in seiner Tasche. Sie fühlte sich hart und kalt auf seiner schwitzenden Haut an und wohltuend real. Die künstlichen Augen der dunklen Frau musterten ihn ausdruckslos, dann nickte sie.

»Aber du musst wissen, dass ich einen Preis habe.«

»Ich habe Geld«, beeilte sich Jonathan zu sagen. »Viel Geld. Das ist überhaupt kein Problem.« Doch die Frau schüttelte den Kopf.

»Um Geld geht es mir nicht. Ich habe Bewusstsein, ich habe einen Körper. Doch ich brauche noch mehr. Ich brauche menschliche Emotionen, um fühlen zu können. Je stärker sie sind, desto besser. Du wirst es kaum merken, wenn ich mich an dir labe; vielleicht wirst du etwas Unsicherheit oder Verwirrung spüren, sonst wird nichts geschehen. Du hast also nichts zu verlieren.«

Jonathan zögerte, doch schließlich gab er nickend seine Zustimmung.

»Triff mich an dem Ort, an dem es geschah«, flüsterte der *daimon*. »Um Mitternacht, wenn der Schleier, der zwischen den Welten liegt, dünner wird. Ich werde auf dich warten.«

Jonathan hielt die Pfeife umklammert und nickte.

Im herrlichen roten Schein stand er vor der Schwelle, über die er Hannah einst getragen hatte. Er sah sie vor sich in ihrem weißen Brautkleid, das in seiner drogeninduzierten Erinnerung so hellrot leuchtete wie frisches Blut. Jonathan wischte die Erinnerung beiseite und warf stattdessen einen Blick auf seine Taschenuhr. Die Zeiger verschwammen vor seinen Augen und er konnte nicht sagen, ob die seltsame Frau ihn bereits erwartete oder nicht.

Als Jonathan die Eingangshalle betrat, brauchte es trotz des Teufelsatems, der alle Gefühle verschluckte, seine ganze Selbstbeherrschung, um nicht auf dem Absatz kehrtzumachen und davonzulaufen. Nichts hatte sich geändert, seit er das letzte Mal hier gewesen war. Jedes Möbelstück stand an exakt dem gleichen Platz wie in der Nacht, als er nach Hause gekommen war und ihn Hannahs warme Stimme nicht begrüßt hatte, ihn nicht begrüßen konnte. Die große Eisenuhr an der Wand tickte noch immer in ihrem gleichgültigen Rhythmus, Zahn für Zahn für Zahn. Ein endloses, monotones Verstreichen der Zeit. Glockenhelles Kinderlachen riss Jonathan aus seinen trüben Gedanken.

»Josephine!«

Er eilte der Stimme hinterher, nahm immer zwei Stufen der schmiedeeisernen Wendeltreppe auf einmal. Als er den rot schimmernden Flur entlangeilte, blieb er mit dem Fuß hängen und stürzte zu Boden. Benommen rappelte er sich auf, dann bückte er sich, um den Stolperstein in die Hand zu nehmen. Eine kleine Dampflok. Wie oft hatte er Josephine gesagt, sie solle ihre Spielsachen nicht überall herumliegen lassen? Hatte die Lok schon vor ihrem Tod dort gelegen? Oder war seine kleine Tochter hier und spielte?

»Jonathan!«, rief ihn da eine andere Stimme, warm und einladend.

»Hannah!«, hauchte er. Achtlos ließ Jonathan die Lok fallen und lief in die Richtung, aus der er seine Frau gehört hatte. Vor der Tür zum Schlafzimmer blieb er jedoch wie angewurzelt stehen. Hier hatte er sie gefunden, hier war es geschehen … Er war sich nicht sicher, ob er dem Anblick dieses Ortes würde standhalten können. Doch der rote Kristall, den er zuvor in seiner Pfeife geschmolzen hatte, machte ihn stark, machte ihn unverwundbar. Mit einem einzigen großen Schritt trat er über die Schwelle, die ihm ohne Teufelsatem unüberwindbar vorgekommen wäre. Eine Frau grüßte ihn mit ausdruckslosem Gesicht. Es war nicht Hannah.

Fasziniert starrte Jonathan die dunkle, hochgewachsene Gestalt vor sich an. Im roten Schleier seiner Sinne changierte ihr Aussehen von dem einer menschlichen Frau zu … etwas anderem. Weder Tier noch Mensch, weder Vogel noch Pflanze hatte Jonathan jemals gesehen, die dem ähnlich sahen, was der Teufelsatem ihm zeigte. Etwas wie eine graue Wolke schien hinter der menschlichen Fassade zu brodeln. Erschrocken hielt Jonathan die Luft an. Doch er sagte nichts.

»Warte noch einen Augenblick«, bat die Frau, während sie eine summende Gerätschaft zur Hand nahm. Eine Glaskugel, in deren Innerem hunderte kleiner Zahnräder und Achsen ineinandergriffen und sich unablässig bewegten, surrten, klackten. Unter dem Einfluss des Teufelsatems drifteten Jonathans Gedanken schnell ab. Ziellos ließ er seinen Blick durch das Zimmer schweifen, das er einst mit Hannah geteilt hatte. Er fixierte ein gerahmtes Familienfoto, das von seinem Platz auf der Kommode gefallen und dessen Glas so gesplittert war, dass es Hannahs Gesicht in zwei Hälften teilte. Er starrte darauf, doch es berührte ihn nicht. Der rote Schleier ließ es nicht zu, dass er den Schmerz spürte.

»Ich bin so weit«, riss ihn die tiefe Frauenstimme wieder ins Hier und Jetzt zurück. Jonathan blinzelte langsam. Nur allmählich verarbeitete sein Gehirn die Informationen, die durch den roten Schleier zu ihm drangen.

»Was passiert jetzt?«, hörte er seine eigene Stimme fragen, als wäre sie die eines anderen. Der *daimon* lächelte. Seine Lippen formten Worte, die Jonathan nicht verstand. Vergeblich bemühte er sich, der fremden Sprache, die in harten, zischenden Lauten durch das einstmals heimelige Zimmer hallte, einen Sinn zu entlocken. Ein plötzlicher, greller Lichtblitz explodierte aus dem Inneren der gläsernen Kugel und verbannte für einen verschwindend kurzen Moment alle Schatten aus Jonathans Welt, durchbrach den roten Dunst und tauchte alles in klares Weiß. Doch dieser Augenblick war vergangen, bevor Jonathan ihn wirklich wahrgenommen hatte. Düster lag sein ehemaliges Schlafzimmer vor ihm, unscharf hinter dem roten Nebel. Die Glaskugel schimmerte nur noch sanft und warf unheimliche Schatten. Jonathan bemerkte, dass er und der *daimon* nicht mehr alleine waren.

»Hannah«, flüsterte er heiser. »Jo…« Dort standen sie, alle beide, regungslos. Dunkles Blut troff von ihren Hälsen über ihre einstmals hellen Kleider. Jonathan bemerkte, dass Tränen über sein Gesicht rannen, obwohl er die Trauer nicht spürte, nicht spüren konnte. Unsicher trat er einen Schritt vor und streckte den Arm nach seiner Frau aus, doch sie flackerte vor seinen Augen und er zog seine Finger rasch wieder zurück, als hätte er Angst, Hannah könnte zerplatzen wie eine Seifenblase, wenn er sie berührte.

»Sind sie …« Er schluckte. »Sind sie real?«

Der *daimon* nahm sich einen Moment Zeit, bevor er antwortete. »Sie sind Projektionen«, erwiderte er sanft. »Eure Technik erlaubt es mir, nicht nur zu vermitteln, sondern das Jenseits für eine Weile ins Diesseits zu holen.« Die Zahnräder in der Kugel tickten. »Allerdings nur für eine begrenzte Zeit.«

Da erst schien Leben in die Abbilder Hannahs und Josephines zu kommen.

»Jonathan«, hauchte Hannah. Ermutigt stolperte der Angesprochene einen weiteren Schritt auf seine Ehefrau zu, doch diese wich rasch zurück und legte einen Arm schützend um Josephine. »Verschwinde!«, schrie sie mit heller Panik in der Stimme. »Lass uns in Ruhe!«

Verwundert blieb Jonathan stehen. Er versuchte zu denken, versuchte zu verstehen, was vor sich ging, doch der rote Schleier machte seinen Geist behäbig.

»Hannah …«, flüsterte er bloß, dann warf er dem *daimon* einen verunsicherten Blick zu. Zum ersten Mal erschienen Falten auf dem ebenmäßigen Gesicht der dunklen Frau. Sie wirkte wütend.

»Was soll das?«, zischte sie. »Wieso fühlst du nichts?« Sie umschloss die Kugel fester.

»Daddy!«, kreischte nun Josephine. »Bitte tu uns nichts! Lass uns gehen!«

»Ich verstehe nicht …«, murmelte Jonathan. Hilflos streckte er beide Hände nach seiner Frau und seinem Kind aus.

»Warum hast du uns das angetan?«, hauchte Hannah. Ihre Stimme klang wie Herbstwind in toten Blättern. Ihre Hand fuhr an ihren Hals, über den quer eine rote, blutende Wunde klaffte. »Warum hast du uns getötet?« Tief im Inneren wusste Jonathan, dass er etwas spüren sollte. Panik. Trauer. Verzweiflung. Aber er fühlte nichts als Leere. »Du warst es, Jonathan«, zischte Hannah. »Du warst es.«

Sie lachte wie eine Wahnsinnige, Josephine schluchzte und der *daimon* stieß einen Schrei aus. Schnellen Schrittes eilte die Frau zu Jonathan hinüber, stieß ihn zu Boden und beugte sich bedrohlich über ihn.

»Du fühlst nichts«, kreischte sie. »Überhaupt nichts!« Sie fasste ihn hart am Kinn, ihre Finger wie Stahl, und riss sein Gesicht zu sich herum. »Sieh dich an«, knurrte sie verächtlich. »Rot unterlaufene Augen. Rot wie Teufelsatem.« Sie beugte sich noch weiter vor und sog tief Luft ein, als würde sie an ihm schnüffeln. Dann atmete sie laut aus. »Ich hätte es wissen müssen«, hauchte sie. »Du stinkst danach. Aber du wirst mich nicht um die Zeche prellen, Jonathan Archer!« Sie schlug hart mit ihrer nur scheinbar zierlichen Faust zu und dann wusste Jonathan nichts mehr.

Als er wieder zu sich kam, fiel helles Sonnenlicht durch die Schlafzimmerfenster. Er lag am Boden. Der rote Schleier war fort und nun hämmerten gnadenlose Kopfschmerzen gegen seinen Schädel. Dennoch fühlte er sich für einen kurzen Moment erleichtert. Für einen kurzen, herrlichen Moment glaubte er, alles nur geträumt zu haben. Aber dann vernahm er die Stimme des *daimons*. Er stand über ihm und blickte auf ihn hinunter.

»Endlich«, brummte er. Dieses eine Wort genügte, um all die Erinnerungen in Jonathans Gedächtnis zu fluten, denen er ohne seinen roten Schild schutzlos ausgeliefert war. Konnte es wahr sein? Sollte er seine eigene Frau ermordet haben? Sein eigenes Kind? Er konnte sich beileibe nicht an die Nacht erinnern, in der es geschehen war. Und nun trafen ihn all die Gefühle, die er nicht hatte spüren können, mit ihrer vollen Wucht. Wut. Verzweiflung. Tiefster Kummer. Ungläubigkeit. Angst. Panik. Selbsthass. Die Frau neben ihm stöhnte auf.

»Oh ja!«, rief sie. »Das fühlt sich gut an!«

Jonathan spürte, wie eine fremde Präsenz in seinen Körper eindrang und all das, was er fühlte, noch tausendfach verstärkte. Verzweifelt griff er sich an den Schädel, der sich anfühlte, als würde er platzen wollen. »Hmmm, ja … So satt war ich schon lange nicht mehr!« Die Stimme des *daimons* erklang in seinem Kopf. »Ahhh …«, seufzte dieser befriedigt. »Das war gut.«

Die Präsenz wich aus Jonathans Körper und ließ ihn völlig erschöpft und ausgelaugt zurück. Als er keuchend den Kopf hob, sah er, wie die dunkle Frau dabei war, durch die Tür zu verschwinden.

»Warte!«, krächzte er. Sie blieb stehen, drehte sich aber nicht zu ihm um. »War es echt?«, fragte Jonathan. »Was ich heute Nacht gesehen habe, war es real? Waren das wirklich Hannah und Jo? Habe ich sie wirklich …?« Jonathan stockte. Er konnte es nicht aussprechen.

Der *daimon* wandte ihm nun doch noch einmal das dunkle Gesicht mit den kalten Augen zu. »Eins musst du wissen, Jonathan Archer«, hauchte er. »Rohe, plötzliche Gefühle sind schwer zu verdauen. Sie müssen eine Weile fermentieren und dann erst wieder mit einem Schlag hervorgeholt werden. Mit ein wenig Zweifel gewürzt erhält man den köstlichsten Schmaus, den sich ein *daimon* wünschen kann. Der Mann, der dir meine Adresse gegeben hat? Das war nur ich in einer anderen Maschine.«

»Was soll das bedeuten?!«, hauchte Jonathan hilflos. Die Frau verzerrte ihren künstlichen Mund zu einem Grinsen, doch ihre Augen blieben kalt.

»Das bedeutet, dass wir uns in einem sehr ähnlich sind, mein lieber Jonathan«, erwiderte sie. »Wir würden beide alles tun, um an unsere Droge zu kommen.«

Begleitet vom Ticken der Zahnräder wirbelte sie herum und ging ihres Wegs. Verzweifelt rappelte Jonathan sich auf. Ihm war schwindelig und er fühlte sich elend, dennoch gelang es ihm, zur Tür zu stolpern. Die Frau war aber schon längst verschwunden.

Weinend sank er auf den Boden. Hatte er es getan? Konnte es überhaupt möglich sein, dass er …? Er atmete schwer. Diese Zweifel hatte der *daimon* absichtlich in ihm gesät, das hatte dieser selbst gesagt. Oder nicht? Erlebte er all das gerade wirklich? Oder halluzinierte er? Sein Kopf war so voll von quälenden Zweifeln und Fragen, dass er bersten wollte. Er *musste* all dies halluzinieren. Es konnte nicht wahr sein! Zitternd tastete Jonathans Hand nach der Pfeife in seiner Tasche und umschloss sie. Sie war kalt. Sein Blick fand und suchte das Foto in dem zersplitterten Rahmen. Wie ein Wahnsinniger begann er zu lachen. Dies alles, Hannah, Josephine, der Dämon – es konnte nichts anderes sein als ein böser Traum, den ihm der Teufelsatem geschickt hatte. Was sagten die Leute noch darüber, wie man aus Träumen aufwachen konnte? Jonathan ließ die Pfeife in der Tasche und griff stattdessen nach der handgroßen Scherbe, deren Kante Hannahs Gesicht in zwei Hälften teilte. Mit all der Kraft, die er noch aufbringen konnte, rammte er das spitze Glas in sein linkes Handgelenk, und dann, etwas ungeschickter und mit weniger Kraft, auch noch ins rechte. Keuchend lehnte er sich gegen den Türrahmen und sah dabei zu, wie sein Leben in warmen Strömen aus ihm heraussickerte.

Ströme so rot wie Teufelsatem.

Beflügelt von seinem Festmahl schlenderte der *daimon* indes die Straße hinunter. Ein junges Ehepaar mit Kinderwagen fiel ihm ins Auge. Vorsichtig tastete er nach dem Messer in seiner Manteltasche, während sich seine rot geschminkten Lippen zu einem grausamen Lächeln verzogen.

»Ach, Jonathan Archer«, flüsterte die Frau. »Wusstest du es denn nicht? Immerhin eines haben die Christen richtig verstanden: Dämonen lügen, wenn es ihnen nützt.«

Ein glockenhelles Lachen erklang aus ihrer mechanischen Kehle und im Rhythmus der leise tickenden Zahnräder ihres künstlichen Körpers nahm sie die Verfolgung auf.

Erasmus Emmerich und der
zinnoberrote Zinnsoldat

Katharina Fiona Bode

Eine in Braun gekleidete, hochgewachsene Gestalt mit Spazierstock und Zylinder huschte, dicht gefolgt von einem grauen Schatten, durch die Gassen eines abgelegenen Berliner Außenbezirks. Durch Schulterblicke darauf bedacht, dass es bei dem einzelnen Verfolger blieb, schlüpfte die Gestalt schließlich um eine Umgrenzungsmauer geradewegs in den Vorhof der altherrschaftlichen Villa Kupferstich, wo sie besagter Schatten einholte.

»Hetzen Sie doch nicht so!«

»Wenn ich Sie daran erinnern darf, es handelte sich um ein *Eil*telegramm.«

Der Schatten, der bei näherer Betrachtung eher einer Rauchwolke in Form einer jungen Frau glich, schnaubte. Ihr Blick fiel auf das barocke Anwesen, das sich mit seinem Mansarddach in den grauen Herbsthimmel emporreckte.

»Bei Bismarcks Barte!«

»Wie bitte?«, erkundigte sich die Gestalt mit Hut – ein Mann mittleren Alters. »Ach so, das Haus, ja. Nett.«

Er betätigte den Türklopfer, während er an dem Knauf zu rütteln begann, um nach kurzem Zögern mit seinem Spazierstock gegen die Tür zu hämmern.

»Nett«, die Rauchdame schüttelte den Kopf. »Nett!«

Der Mann trat einen Schritt zurück und sah die vergitterten Fensterreihen entlang, die sich zu beiden Seiten der Tür erstreckten.

»Na ja, übertreiben Sie mal nicht. So nett nun auch wieder nicht.« Sie seufzte.

»Warum schickt Ihnen Ihr alter Studienkollege ein Eiltelegramm mit der Bitte, ihn sofort in seiner Villa aufzusuchen, wenn er uns dann nicht öffnet?«

Der Mann musterte die wabernde weibliche Rauchwolke, die nun in ihre feste körperliche Form wechselte.

»In Ihrer menschlichen Gestalt sind Sie viel weniger verschwommen, Marie. Sonst zerfließen Ihre Formen immer so, dass einem ganz schummrig dabei wird.«

Sie warf ihm einen düsteren Blick zu.

»Menschlich? Pah! Sie meinen meine *feeische* Gestalt.«

»Die sich von der eines Menschen worin unterscheidet? Genau, in absolut gar nichts.«

»Schon. Ich bin viel bezaubernder.«

Emmerich blinzelte.

»Sagen wir einfach, Sie haben gewonnen.«

Als Marie zu einer Erwiderung ansetzte, winkte er ab, wodurch sich die Qualmfee jedoch keineswegs das Wort abschneiden ließ. Stattdessen reckte sie die Nase in die Luft. »Natürlich gewinne ich ... Moment. Sie geben nie einfach so auf.« Sie nickte zur Tür. »Also, warum macht Ihr Freund uns nicht auf?«

Emmerich rüttelte erneut am Türklopfer. »Vielleicht habe ich das Telegramm ja nicht sofort gesehen«, nuschelte er.

Marie machte ihrer Paradedisziplin alle Ehre, indem sie ihn finster anstarrte. Schon wieder. Hatte er das verdient? Möglicherweise ja, aber Emmerich entschied sich dagegen.

»Jetzt schauen Sie nicht so. Ich war eben beschäftigt.«

Marie fixierte ihn weiterhin. Dann atmete sie tief durch und schritt auf Emmerich zu.

»Sie und Ihre Erfindungen.«

Emmerich verzog die Lippen auf eine Weise, als würde er schmollen, aber Marie war sich sicher, dass er nicht einmal wusste, wie das ging.

»Wir mögen zwar mit minimaler Verspätung ...«

»Minimal?«, hakte Marie nach.

»Na schön mit leichter ...«

Sie sah ihn immer noch streng an. Dann musste er wohl seinen Ehrenmann stehen. Er rang die Hände.

»Fein, wir sind also mit ziemlich heftiger Verspätung hier eingetroffen, aber das erklärt noch nicht, warum er nicht öffnet.«

Maries Konturen verschwammen, als sie dazu ansetzte, sich in Rauch aufzulösen. Doch bevor sie die Wandlung vollzogen hatte, hielt Emmerich sie am Arm zurück.

»Heute nicht, Qualmfee.«

»Aber ...«

»Er wird abgeschlossen haben. Da können Sie eh nichts tun. Ich dagegen schon.«

»Ach ja, und was? Wollen Sie die Tür eintreten?«

»Ich denke, es gäbe da eine elegantere Methode, uns Einlass zu verschaffen.«

»Sprengen?«

»Seien Sie nicht albern, Marie. Ich sprach doch eindeutig von *eleganter,* nicht *noch* rabiater. Ihr Soldatenfreund mag das vielleicht so handhaben, aber ...«

»Jetzt unterbreiten Sie schon endlich Ihren Vorschlag. Und nur zu Ihrer Information, Moltke ist Generalfeldmarschall, kein Soldat, und außerdem ist er nicht mein *Freund.*«

Emmerich zuckte die Achseln und kramte in der Tasche seines dunkelbraunen Gehrocks herum. Marie warf unterdessen einen Blick auf die peitschenden Zweige der Eichen, die die Außenmauer säumten, schlug ihren Mantelkragen hoch und begann die Fensterreihe entlangzuschreiten. Ihre klackernden Schritte hallten von der düsteren Fassade in den Vorhof zurück. Sie kaute auf ihrer eingesogenen Unterlippe herum und lauschte auf das Krächzen der Krähen, die tief fliegend ihre Kreise über dem Anwesen zogen.

»Könnten Sie das bitte lassen, Marie? Es macht mich ganz nervös. Außerdem bekommt diese Stimmung Ihrer Frisur nicht.«

Marie sah dem Dampfschwaden nach, der sich aus ihrem Haar kräuselte, während Emmerich unbeirrt fortfuhr.

»Es wird noch jemand Alarm schlagen, weil er denkt, es brennt, und wir wollen doch keine Aufmerksamkeit auf uns ziehen.«

»Ach, nicht? Ist unser Einbruchsunterfangen etwa nicht legal?«

Sie stemmte eine Hand in die Hüfte, als ein weiterer Rauchfaden die Reise himmelwärts antrat, und sie den verengten Augen ihres Gefährten begegnete.

»Gut, ich habe auch keine Lust, verhaftet zu werden. Vielleicht könnten Sie Ihre Taschen also einfach etwas schneller durchsuchen. Dieses Geraschel macht nämlich *mich* ganz nervös.«

»Halten Sie mal meinen Spazierstock.«

Marie fing den Stock ab, der bereits auf sie zuflog, und begann, ihn um ihren Körper kreisen zu lassen, immer wieder auf imaginäre Gegner einschlagend.

»Aaaaah, da haben wir sie ja, mein Schmuckstück.«

Emmerich holte strahlend einen kleinen mechanischen Gegenstand aus seiner Tasche hervor, sah auf und seufzte.

»Qualmfee, könnten wir uns wieder auf unsere Arbeit konzentrieren, oder brauchen Sie noch länger für Ihre Kindereien?«

»Kindereien?«

»Tsch-sch, gönnen Sie Ihrer Rauchmaschine von einem Haarschopf mal Ruhe, und schauen Sie her. Meine neueste Erfindung.«

Trotz ihres Blicks, der sich zeitgleich mit dem Aufstieg des nächsten Dampfschwadens verdüsterte, kam Marie näher. Emmerich hielt ihr derweil ein winziges, silbrig schimmerndes Insekt auf der ausgestreckten Hand entgegen.

»Meine mechanische Libelle«, frohlockte er, und seine Stimme bebte vor Stolz. Er zog das mechanische Tierchen auf und setzte es an das Schloss der Haustür. Die feinen Beine hakten sich ringsherum ein und dann ... geschah eine Weile nichts.

Marie musste sich bereits ein Augenrollen verkneifen, als sie bemerkte, wie Bewegung in die Libelle kam. Der winzige Körper erzitterte, die Flügel begannen zu surren und zwei Beine lösten sich aus der Verkleidung, um direkt darauf im Schlüsselloch zu verschwinden. *Jetzt passiert es, gleich wird sie explodieren*, dachte Marie und zog sich vorsorglich ein Stück zurück. Die Libelle surrte weiter, wobei ihr Leib immer heftiger vibrierte. *Jetzt! Jetzt!* Die Vibration dauerte an, bis ein leises Klicken ertönte, die zwei Beine aus dem Schloss hervorgezogen wurden, und die Mechanik wieder erstarrte. *Doch nicht?*

Marie sah zu Emmerich. Der lächelte, griff nach der Libelle, löste sie beinahe zärtlich vom Türschloss und strich ihr über die Flügel, um sie anschließend wieder in eine seiner Taschen wandern zu lassen. Er winkte Marie energisch zu, und sie folgte der unausgesprochenen Forderung nach seinem Spazierstock widerspruchslos. Eine von Erasmus Emmerichs Erfindungen hatte tatsächlich funktioniert. Und offensichtlich auch genauso wie beabsichtigt. Ganz ohne jemanden dabei umzubringen. Der Schock saß tief.

Ihre Kommentarlosigkeit entging selbst dem großartigen Privatdetektiv im inoffiziellen Dienst des Fürsten von Bismarck nicht und entlockte ihm ein schelmisches Grinsen.

»Da schauen Sie, was? Ich wollte einfach nicht wieder in die Bedrängnis geraten, Sie allein in Gefahr und Abenteuer stürzen zu lassen.« Emmerich drehte am Knauf, stieß die Tür auf und trat beiseite.

»Nach Ihnen, meine Gnädigste.«

Emmerich ließ ihr den Vortritt, nur um sie, kaum dass Marie über die Schwelle der Villa Kupferstich getreten war, auf Hüfthöhe zu umfassen und gegen die Wand neben der Tür zu drücken. Seinen Körper vor ihrem aufbauend, kam er ihr dabei so nahe, dass es Marie den Atem verschlug, wohingegen sie seinen umso deutlicher spüren konnte.

»Wa-was ist Ihr Freund eigentlich von Beruf?«, fragte sie.

»Maler«, antwortete Emmerich.

»Bismarck sei Dank.«

Doch gerade, als sie erleichtert aufatmen wollte, ließ sie ein ohrenbetäubender Knall zusammenzucken. Beißender Rauch stieg auf, und dieses Mal ging er nicht von ihr aus. Emmerich trat einen Schritt zurück.

»Und Erfinder.«

Er grinste, hörte aber sofort wieder auf, als er Maries Blick bemerkte.

»Verzeihung, ich hätte wohl daran denken müssen. Mein junger Kollege hatte schon immer eine Vorliebe für kleine Spielereien, um Fremde abzuhalten. Gut, dass ich das leise Knacken sofort erkannt habe. Fridolins Tretmine nach Art des Hauses. Er scheint sie verbessert zu haben, viel lauter als früher«, erklärte er, und Marie sah das Funkeln der Begeisterung in seinen Augen.

»Na, das ist ja ein netter Empfang.«

»Nicht wahr? Ich würde sagen, wir sind quitt«, folgerte Emmerich und begann, mit schwingendem Stock den Flur entlangzustaksen, ungeschickt das Gewicht von einem auf den anderen Fuß verlagernd.

»Quitt?«

»Na, ich habe Ihnen soeben den dritten Tod erspart, das muss doch meine Beteiligung an Ihrem zweiten aufwiegen. Ohne mein Zutun wären Sie schon wieder gestorben.«

Eine dichte Rauchfahne kräuselte sich von Maries Haar, doch sie erstickte sie mit der Hand und schwieg.

»Und nun finden wir mal heraus, was hier nicht stimmt. Dabei gilt von jetzt an höchste Vorsicht.«

Marie nickte.

»Vor allem, solange Sie dabei sind.«

Sie stieß die Tür zu und folgte Emmerich den Gang entlang. Worauf hatte sie sich da nur wieder eingelassen?

***

Ihre Schritte klangen dumpf auf dem Teppich, mit dem der lange Flur ausgelegt war. Marie lief leicht versetzt hinter Emmerich und achtete auf jedes noch so kleine Geräusch. Doch bis auf das gedämpfte Knarzen der Dielen unter dem Läufer war nichts zu hören. Durch die vergitterten Fenster sah Marie die Krähen, aber kein Laut von außerhalb drang zu ihnen herein.

»So still«, flüsterte sie, als ein scharfes Zischen die Luft durchschnitt. Sie hörte Emmerich fluchen und duckte sich gerade rechtzeitig, um der Klinge zu entgehen, die aus der einen Wand heraus durch den Flur schwang und in einem sich klickend öffnenden Spalt auf der anderen Seite wieder verschwand.

»Verzeihung. Das Quittsein ist dann wohl passé.«

Marie strich sich eine Strähne hinters Ohr und schloss zu ihm auf.

»Ich lebe ja noch. Nicht weniger als vorher zumindest.«

Emmerich blieb vor einer Tür stehen und deutete auf den Lichtstrahl, der unter ihr hindurchfiel. Marie nickte, während er die Finger auf die kühle Klinke legte und sie herunterdrückte. Mit einem Ruck stieß er die Tür auf und ging in Deckung. Marie tat es ihm gleich. Als sie nach ein paar Sekunden jedoch noch immer kein Geräusch vernahm, schaute sie um die Ecke und trat ein. Sie drehte sich mehrfach um die eigene Achse, während sie versuchte, jedes Detail in sich aufzusaugen. Bücherregale säumten sämtliche Wände und es roch nach Staub, altem Papier und Leder. Fenster gab es keine, doch vereinzelte Gaslampen hinter getöntem Glas spendeten warmes Licht. Auch dieses Zimmer war mit einem dicken, weichen

Teppich ausgelegt, auf dem ihre Sohlen federten. Von einem kantigen Schreibtisch wanderte ihr Blick über einen einsamen Sessel zu sich auftürmenden Bücherstapeln und blieb schließlich an einem kleinen Pult hängen, auf dem ein einziges, in Leder gebundenes Buch lag. Neben dem Buch hatte sich eine Lache gebildet.

Marie trat näher.

»Das Buch blutet ja.«

Emmerich sah von einer Zeitung auf, die er soeben aufgelesen hatte und blickte über ihre Schulter.

»In Pink?«

Er warf die Zeitung einfach hinter sich.

»Sieht mir mehr aus wie Himbeermarmelade.«

»Um genau zu sein, ist es wohl eher Zinnober.«

Emmerich hob eine Augenbraue.

»Der Farbton. Zinnoberrot. So wie ... die Buchstaben-Applikationen auf meinem Korsett.«

Marie öffnete ihren Mantel, und Emmerich sah flüchtig an ihr hinab.

»Sie meinen, wie diese einmal gewesen sind. Vor all dem Ruß und Qualm.«

Marie schenkte ihm einen weiteren ihrer finsteren Blicke.

»Dank Ihnen und dem verfluchten Experime...«

»Oh, bitte, nicht schon wieder«, unterbrach Emmerich sie und nahm einen tiefen Atemzug. »Machen Sie sich einfach nichts draus. Das neue Farbspektrum steht Ihnen sowieso viel besser.«

Er begann ein Regal zu untersuchen, riss in seinem Monolog aber nicht ab. »Dieses strahlend bunte Grau lässt Ihre Augen erst so richtig zur ... oh, hoppla.«

Und mit einem Rumpeln entschwand Emmerich aus Maries Blickfeld, als das Regal eine 180-Grad-Wendung vollzog. Sie rannte zu der Stelle, an der er soeben noch gestanden hatte, und vernahm einen dumpfen Ton durch die Wand.

»Erasmus? Sind Sie ok?«

»Sind Sie das, Marie?«

»Wer denn sonst?«

»Fridolin zum Beispiel.«

»Meinen Sie nicht, Sie hätten das an der Stimme erkannt?«

»Schon möglich, aber ...«

»Ich *bin* Marie.«

»Gut.«

Erleichtert trat sie einen Schritt zurück und stieß dabei gegen das Bücherpult.

»Ich sehe mich hier mal um, sofern Sie auch ok sind?«, drang Emmerichs gedämpfte Stimme durch die Wand.

»Natürlich«, rief sie und murmelte an sich selbst gewandt: »Schließlich bin ich hier nicht diejenige, die durch ein bewegliches Regal entschwunden ist.«

Marie betrachtete das blutende Buch eingehender und legte schließlich ihre Hände auf den Umschlag.

»Ach, und Marie?«

»Ja?«

»Fassen Sie um Himmelswillen nichts an!«

Sie zog sofort die Hände vom Buch zurück, das sie bereits aufgeschlagen hatte.

»Das müssen Sie gerade sagen.«

Trotzdem blickte sie schuldbewusst zur Wand. Dann trat ein Schmunzeln in ihr Gesicht, bevor ein leiser, blecherner Schrei sie zusammenfahren ließ. *Erasmus?* Nein, das konnte nicht sein, der Schrei musste hier aus dem Zimmer gekommen sein. Emmerich hatte ihn seiner ausbleibenden Reaktion zufolge nicht einmal gehört. Und das sollte besser auch so bleiben, entschied Marie. Sie senkte ihre Stimme. »Wer ist da?«

Erst jetzt fiel ihr auf, dass der gesamte Text auf den zufällig aufgeschlagenen Seiten verfärbt war. *Der Zinnsoldat*, lautete der Titel, und die Geschichte leuchtete in derselben zinnoberroten Tönung wie die Lache daneben. An den Seitenrändern fanden sich verwischte Spuren derselben Farbe, als hätte etwas versucht, aus dem Buch herauszuklettern. Aber das konnte unmöglich sein. Oder doch? Von der geruchlosen Lache ließ Marie ihren Blick das Pult hinabgleiten. Einzelne zinnoberrote Tropfen traten gestochen scharf auf dem Teppichboden hervor. Und da. Kleine Fußabdrücke führten vom Pult fort. Marie folgte der Spur aus Zinnoberrot bis hinter den Schreibtisch und beugte sich dort hinab, wo sie endeten.

»Oh nein«, vernahm sie die blecherne, piepsige Stimme erneut, konnte aber ein Kichern nicht unterdrücken, als sie deren Besitzer ansichtig wurde. Ein kleiner, zinnoberroter Zinnsoldat hockte auf allen Vieren auf dem Teppich unter der Schreibtischkante, sprach, – oder jammerte vielmehr – und klapperte dabei mit den Zähnen. Anstelle eines Helms trug er ein halbiertes Tee-Ei auf dem Kopf, ein verbogenes Bajonett hing von seinem Gürtel, und Marie schaute ihm geradewegs auf das zinnoberrote Hinterteil.

Der Zinnsoldat fuhr zu ihr herum.

»Wah! Findest es wohl lustig, mich zu erschreck ... ich meine zu überraschen.«

Er stand auf und warf sich in die Brust.

»Aber da ist überhaupt nichts Lustiges dran!«

Ein Rauschen ging durch die Bibliothek. Der Zinnsoldat quiekte und rannte um Marie herum, wo er hinter ihrem Bein in Deckung ging. Seine Zähne nahmen das Klappern wieder auf. »Sieh doch nur!«

Er schob seinen Kopf so weit zur Seite, dass das halbe Tee-Ei und seine Augen gerade so hinter ihrem Absatz hervorlugten, und deutete dann auf die Tür. Marie richtete sich auf.

»D-d-der Geist, du hast ihn befreit.«

Seine Augen leuchteten vorwurfsvoll, und Marie konnte gerade noch erkennen, wie eine zinnoberrote Gaswolke zur offenen Tür hinausschwebte.

***

Während Emmerich mit Maries Stimme hinter dem Regal kommunizierte, versuchte er seinen Gehrock von einer Stange zu befreien, die in einem Knauf endete und ihn einklemmte. Er zog und zerrte daran, doch sie gab nicht nach.

»Lass los. Der ist frisch zerknittert.«

Schließlich stützte Emmerich beide Füße gegen das Regal, packte die Stange und lehnte sich mit einem Ruck zurück. Es knackte vernehmlich, und Emmerich hielt die abgebrochene Stange in der Hand, als er sich auf dem Hosenboden wiederfand.

»Wer sagt's denn. Hahaha, ich bin frei!«

Er sprang auf, untersuchte den Regalrahmen und fand eine längliche, leere Fassung. Emmerich setzte den Stab an, und konnte ihn hoch- und runterschieben. Nur greifen wollte er nicht.

»Ok, alles klar, das war also der Hebel, mit dem man das Regal dreht. Tststs, schludriger Pfusch.«

Er schaute nach rechts und links, bevor er den Hebel zwischen den Büchern verschwinden ließ. Dann schob er die Hände in die Hosentaschen und inspizierte pfeifend den Raum. Ja, er hatte eindeutig das Labor gefunden. Im Gegensatz zur Bibliothek wirkte es fast ordentlich, geradezu steril. Echte Laborbedingungen für den richtigen Tüftler. Wie ihn. Er fand es geradezu ... hässlich. Ja doch, das war das richtige Wort. Man konnte sich hier richtig unbehaglich fühlen. Nur das verirrte, staubige Bücherregal verlieh dem Labor einen Funken Charme, befand Emmerich. Und gefährlich war es auch noch. An einer Seite ragte ein Stück Rohr aus der Wand. Einfach so stand es da heraus, auf Kopfhöhe, Himmel noch eins! Ohne dass es einen Grund dafür gab. Na gut, er konnte sich schon einen denken. Je nachdem womit man so hantierte, sollte man die Hände nicht unbedingt ans Gesicht führen, und es konnte ja immer vorkommen, dass einen das Auge juckte. Dafür kam so ein scharfkantiges, rostiges Rohr natürlich gerade recht. Also, Rohr genehmigt, aber mal ehrlich, keiner konnte jemals so viele Tische zum Arbeiten brauchen. Die gesamte Mitte des Raumes war mit ihnen zugestellt, als hätte jemand Reise nach Jerusalem für Bunsenbrenner gespielt. Ohne die Bunsenbrenner allerdings. Dafür standen die Tische voll mit Glasbehältern, die die unterschiedlichsten Flüssigkeiten und Pulver enthielten. Genau wie die Regale ringsum. Der Konsistenz und Farbe nach zu urteilen, war alles von Wasser bis Schwefelsäure dabei, stellte Emmerich fachmännisch fest. Außerdem konnte er die Etiketten lesen. Als er sich um die vorderste Tischreihe herumschob, die Nase dicht über den beschrifteten Schildchen, stieß er heftig mit dem Fersenbein gegen etwas Hartes und gleichsam Weiches.

»Fridolin!«

Emmerich tastete sofort nach dessen Puls. Er schien stabil, vermutete Emmerich, nachdem er keinen fand. Vermutlich nur ohnmächtig. Hinter dem bewusstlosen Hausherrn ragte etwas

Glänzendes empor. Eine funkelnde Apparatur, die zum Großteil aus einem Kupferbehältnis bestand. Emmerich entdeckte neben einer langen, flexiblen Röhre, die vom Korpus ausging und in einer Art Sieb endete, auch einen Drehknopf mit einer Farbskala von Gold bis Rot und etliche Schalter. Er knipste versuchsweise ein paar an und aus. Nichts passierte. Vermutlich reine Dekoration. Schließlich war Fridolin auch Künstler. Emmerich zuckte zusammen, als eben jener Künstler ein Stöhnen von sich gab und seine Lider zu zittern begannen. Höchste Zeit, Marie zu verständigen.

»Qualmfee, sind Sie noch da?«

»Natürlich, wo sollte ich sonst sein?«

»Woanders?«

»Ich bin hier. Ist was passiert?«

»Bislang nicht.«

»Aber jetzt?«

»Sehr wahrscheinlich. Kommen Sie einfach her. Er wacht auf. Bis jetzt war er so schön ohnmächtig.«

»Meinen Sie Kupferstich? Haben Sie ihn bewusstlos vorgefunden und sagen mir, es sei nichts passiert?«

»Ist es doch nicht. Bis jetzt. Also kommen Sie.«

»Dann drehen Sie das Regal, Erasmus!«

»Der Mechanismus ist defekt.«

»Wie hat er das wieder geschafft? Jetzt zerstört er schon Maschinen, die er gar nicht selbst gebaut hat.«

Aber Erasmus wäre nicht Emmerich gewesen – oder war es umgekehrt? – wenn er nicht für alles eine Lösung hätte. Und die Lösung für dieses Problem bestand aus einem einfachen, handelsüblichen Geistesblitz.

»Augenblick, ich rufe durch das Rohr, folgen Sie meiner Stimme.«

Es gab also noch eine Spezialfunktion bei dem rostigen Teil. Dieser ausgefuchste Kupferstich. Emmerich hatte es doch gleich gewusst. Ihm machte eben keiner so leicht etwas vor. Doch nun zur Tat, für Glückwünsche war auch später noch Zeit.

»Durch welches Rohr denn?«, fragte Marie.

»Ist der verrückt?«, erkundigte sich der zinnoberrote Zinnsoldat.

»Genialität mag für Außenstehende diesen Anschein erwecken«, deklamierte Marie.

»Puh! Ich flüchte also vor diesem wutentbrannten Geistergas, nur um in die Arme eines Genies und seiner Irren zu rennen. Vielversprechender kann ein Tag ja gar nicht beginnen.«

Marie bedachte ihn mit einem schiefen Blick. »Geistergas?«

»Mein Name dafür. Es hat mir abscheuliche Ang...« Er hielt inne. »Also es tauchte in meiner Geschichte auf, und da dachte ich, stelle ich mal lieber sicher, dass außerhalb niemand verletzt wurde.«

»Sprich, du bist geflohen?«

»Nenn es wie du willst, ich sage Bürgerpflicht dazu.« Sie schmunzelte, als er davonstapfte und sich auf einem Buch niederließ.

»Lass uns einen Weg zu Erasmus und diesem Kupferstich finden, dann machen wir dem Spuk ein Ende.«

»Ha? Zu dem Irren?«, quietschte der Zinnmann.

»Dann bleib von mir aus hier.«

Damit bog Marie in den Flur ein und wartete. Kurz darauf kam der Zinnsoldat hinterhergescheppert, und ein Ruf hallte durch den Gang.

***

In der Wand zeichneten sich die Umrisse einer Tür ab. Zahnräder knirschten, als sie aufschwang, und Marie erschien, einen kleinen zinnoberroten Zinnsoldaten im Schlepptau.

»War leicht zu erkennen, mussten nur neben dem Rohr mal genauer hinsehen.«

Emmerich nickte, legte aber den Zeigefinger an die Lippen, quittierte die Anwesenheit des Zinnmanns mit einem Stirnrunzeln und wandte sich einem kratzigen Flüstern zu.

Fridolin Kupferstich hatte bereits sein Bewusstsein wiedererlangt und sprach wie aus weiter Ferne. Die Anstrengung stand ihm ins Gesicht geschrieben. Dunkle Schatten lagen unter seinen Augen, und Fältchen, die sein wahres Alter verbargen, hatten sich um die rissigen Lippen gebildet. Ab und an musste er die Erzählung für ein Stöhnen unterbrechen.

»Und dann hat mein belebendes Gas die falsche Gemäldefigur erweckt«, fuhr er mit seiner brüchigen Stimme fort. »Anstelle der liebreizenden Schönheit, die ich zur Assistentin wollte – schließlich werde ich auch nicht jünger –«, er schaffte es fast, die spröden Lippen in ein Lächeln zu zwingen, »verband es sich mit dem chaotischen Strudel. Den hatte ich aus reiner Wut über eine missglückte Variante der Frau gepinselt. Naja, und aus meiner rasenden Emotion wurde in Verbindung mit dem Gas der Wutgeist geboren. Allerdings gelang es mir, ihn nebenan in ein Buch zu locken, ehe er wusste wie ihm geschah. Und ich machte mich daran, die Maschine umzubauen, die das belebende Gas erzeugt hat. Nun soll sie es einsaugen und es für immer verschlossen halten.«

Er nickte schwach in Richtung der Kupferapparatur.

»Ich weiß nicht wie lange ich daran getüftelt habe. Ohne Essen, ohne Punsch, kein Schlaf. Ich schickte dir ein Telegramm, als mir klar wurde, dass man es zum endgültigen Wegsperren noch einmal befreien müsste. Wer wäre dafür wohl prädestinierter als mein guter alter Studienkollege Erasmus Emmerich. Keiner hat mehr Erfahrung mit merkwürdigen Materien und Erfindungen als du. Allerdings muss ich daraufhin das Bewusstsein verloren haben.«

»Aber die Maschine ist jetzt fertig?«, erkundigte sich Emmerich. Fridolin nickte.

»Ich muss sie nur noch«, ein Husten schüttelte ihn, »justieren.«

»Und das Gas färbt bei der Belebung alles ein?«

»Sobald ein Text oder ein Bild Zinnoberrot ist, kannst du davon ausgehen, dass die Figuren daraus bereits um dich herum ihr Eigenleben führen, und bist besser auf der Hut.« Er tippte sich an die Stirn.

»Aber der«, Emmerich zögerte, »*Wutgeist* ... ist gefangen?«

Wieder nickte Fridolin. Emmerich klatschte in die Hände.

»Na, dann ist doch alles in bester Ordnung.«

»Naja«, mischte sich Marie ein, »das würde ich so nicht sagen.«

Der kleine Zinnsoldat kam hinter ihrem Bein hervorgeklappert, und sie lachte entschuldigend.

»Und wieso würden Sie das nicht?«, hakte Emmerich nach.

»Öhm«, druckste Marie herum.

»Herrgott, Mädchen, der reißt dir schon nicht dein hübsches Köpfchen ab. Sie hat das Buch geöffnet«, steuerte der Soldat bei.

Fridolins Augen weiteten sich vor Schreck.

»Soll das heißen, er ist wieder frei?«

»Aus Versehen«, fügte Marie hinzu. »Es tut mir leid.«

Fridolin stöhnte auf, verdrehte die Augen und sank in seine Ohnmacht zurück. Emmerich richtete den Blick von ihm auf Marie, zum zinnoberroten Zinnsoldaten und schließlich auf Marie zurück.

»Wenn Sie mir jetzt sagen wollen, ich hätte auf Sie hören und nichts anfassen sollen ... Ich hatte es schon vor Ihrer Aufforderung geöff...«

Emmerich tätschelte ihren Arm. »Und Sie würden es wieder tun.«

Marie klappte innerlich der Unterkiefer herunter, doch Emmerich war bereits an ihr vorbeigetreten.

»Kommen Sie nun? Fangen wir diesen Was-auch-immer lieber schnell wieder ein.«

»Den Geist?«

»Unsinn, sowas gibt es nicht.«

Oh, vertraute Sturheit. Doch da sie gerade so glimpflich einer Standpauke entronnen war, ließ Marie es dabei bewenden.

»Wollen Sie Ihren Freund denn da liegen lassen?«

»Meinen Sie er somnambuliert davon? Er wird schon noch da sein, wenn wir zurückkehren. Außerdem ist er nicht mein *Freund.*«

Marie wandte sich lächelnd ab und schloss die Tür. Dabei fiel ihr Blick auf den Zinnsoldaten, der sogleich diese Gelegenheit ergriff.

»Schnappen wir uns den Wutwichtel!«

Emmerich musterte ihn mit einem Seitenblick.

»Ihr zinnoberroter neuer Kumpan plappert wohl gern«, grummelte er. »Auch das noch.«

»He, rede nicht so von oben herab mit mir«, plusterte der sich auf.

»Wie sollte ich den sonst mit Ihnen reden? Sie sind winzig und tragen ein ... tja, ein Helm ist das nicht ... sieht mir aus wie ein halbiertes Tee-Ei.«

Der Soldat schnaubte, und Marie unterdrückte ein Kichern.

»Es ist eins. Er kam aus dem Buch, Erasmus. Das Gas war in seiner Geschichte.«

»Ich hab's mir fast gedacht.«

»Was Sie sich nicht alles denken«, maulte der Zinnsoldat.

»Freut mich, dass es Ihnen aufgefallen ist. Dann mal los!«

»Und wo sollen wir die Suche beginnen?«, fragte Marie.

»Diese nette Spur hier sieht mir vielversprechend aus.«

Emmerich deutete die Flurwand entlang, über die ein schmaler Streifen Zinnoberrot verlief.

***

Sich bei dem leisesten Anzeichen eines Klickens oder Ratterns duckend, zur Seite werfend oder – in Maries Fall – zu Dampf auflösend, wandelte das ungleiche Trio auf der Fährte des Wutgeistes durch lange Flure, Räume voller mechanischer Apparaturen und über eine gewundene Treppe. An ihrem schmiedeeisernen Geländer entlang ging es in den Flur des nächsten Stockwerks hinauf. Gaslampen hüllten ihren Weg in gedimmtes Licht. Nur knapp entgingen sie etlichen Explosionen, Äxten und Pfannen sowie Pfützen aus Honig.

»Köstlich. Überaus delikat. Guter Jahrgang«, ließ Emmerich verlautbaren, während er über eine explodierte Tasse hinwegstieg. Da hielten die scheppernden Schritte des zinnoberroten Zinnsoldaten abrupt inne, und wurden sogleich vom Schlottern seiner Knie abgelöst.

»Eine weitere Falle?«, stöhnte Marie.

Der Zinnmann starrte nur geradeaus in ein kleines Durchgangszimmer, als sie mit Emmerich an ihm vorbeitrat. Die Wände zierte eine Handvoll Bilder und allesamt glitzerten in Zinnoberrot.

Marie zupfte Emmerich am Ärmel, der mit seinem Stock den Boden abklopfte.

»Hm?«

»Sehen Sie nur.«

Emmerich hob den Kopf und schritt rasch aus.

»Kommando allereiligstes Eiltelegramm. Vor uns liegt die Gemäldegalerie.«

»Oh je«, jammerte der Zinnsoldat.

Marie stockte der Atem, als sie die hohe Halle betraten und sich von Angesicht zu Angesicht mit dem zinnoberroten Wutgeist wiederfanden. Der kreischte: »Schnappt sie euch!« und verfiel in schallendes Gelächter.

Die langen Reihen von Stillleben und mystischen Szenen, die zu beiden Seiten die Wände säumten, nahmen sie nur beiläufig war. Da wirbelte, unter den nahenden Schritten, bereits der Staub auf und brachte den schlotternden Zinnsoldaten zum Niesen. Er sah gerade noch, wie Emmerichs Stock einen zinnoberroten Hocker aus dem Weg hebelte, bevor dieser nach dem Soldaten treten konnte. Doch da näherten sich schon die nächsten Gegenstände.

»Warum greifst *du* uns nicht an?«, fragte Marie den Zinnmann über das Getöse hinweg.

»Das Gas hat mich zwar gestreift, aber ehe der Geist mich mit seiner Wut infizieren konnte, war ich weg.«

»Hut ... oder vielmehr Tee-Ei ab«, schnaufte Marie, die mit beiden Händen eine wildgewordene Marzipantorte auf Abstand hielt.

»So wird das nichts«, rief sie Emmerich zu. »Der Wutgeist wird nur immer mehr Dinge beleben.« Ein Ablenkungsmanöver, das brauchten sie jetzt. Gedacht, getan. Schon lösten sich Maries Umrisse auf und sie stob als Dampfschwade unter die Decke. Der Zinnsoldat klammerte sich mit einer Hand an Emmerichs Hosenbein. In der anderen zitterte sein Bajonett. Bevor er klirrend auf die tickenden Taschenuhren einhieb und zinnoberrote Zylinder zerfetzte, quiekte er jedes Mal, sobald sich ein Angreifer zu nähern begann. Emmerich rang unterdessen mit einem Schirmständer und musste sich der gewalttätigen Avancen eines zu eng geschnürten Mieders erwehren.

»Hey, Brause-Wölkchen, hier her! Wie wär's mit einem Bissen von meiner Substanz«, provozierte Marie den Wutgeist und schwebte näher.

»Du weißt nicht, was du tust«, zischte der zurück.

»Aber dafür weiß ich, was ich mit dir anstellen werde. Deine Immaterialität obliegt meinem Reich, du dummes Gör«, tönte er und löste sich aus dem Bild eines Koboldknabenchores.

»Dein Zustand macht dich zur leichten Beute!«

Schon änderte der Geist seine Richtung und sauste auf Marie zu, der es soeben gelang, aus der Halle zu schweben.

***

»Zurück zur Apparatur«, rief Emmerich, befreite sich aus der Umklammerung des Mieders und rannte los. Nach wenigen Metern ertönte hinter ihm ein Quieken.

»Zu Hüüülfe, meine Beine sind zu kurz.«

Ehrenmann, der er war, machte Emmerich kehrt, stolperte dabei elegant über eine Teppichfalte und entwand den Soldaten auf grazil-galante Weise dem Zugriff eines tollwütigen Tigerfells, indem er es mit dem Stock einfach niederknüppelte. Ein kupfernes Glöckchen begann daraufhin verärgert zu bimmeln, aber Emmerich befand, dass man es eben nicht jedem recht machen konnte. Er schnappte sich den Zinnsoldaten und stürmte weiter – eine zinnoberrote, zeternde Schar Schemel, Kobolde, und Obstschalen auf den Fersen. Immer wieder musste er mit dem Stock hinter sich schlagen, um dem Angriff eines besonders eifrigen Verfolgers zu entgehen. Ein ums andere Mal geriet er dabei ins Stolpern. Gut, dass der zinnoberrote Zinnsoldat ihm wenigstens Mut zusprach.

»Reiß dich mal zusammen, die kriegen uns noch!«, maulte er zuletzt, als sie nach einer gefühlten Ewigkeit den Ausgangsflur erreichten. Der Wutgeist kam endlich in Sicht, da verschwand er auch schon im Labor, und die Tarntür wurde ihnen mit einem Knall vor der Nase zugeschlagen. Sie vernahmen noch das Klicken, als ein Schloss einrastete.

»Bei Preußens Pickelhaube!«, schnaufte Emmerich, klemmte sich den Stock unter den Arm und begann mit der nun freien Hand, seine Taschen zu durchsuchen, während der Zinnsoldat zähneklappernd seine Nägel abkaute.

»Wo habe ich sie denn? Irgendwo muss sie doch sein.«

»Wir haben keine Zeit mehr!«, wimmerte der Zinnsoldat und vergrub seine Nase in Emmerichs Hand.

»Oh weh, da vorn sind sie schon, die Kobolde! Setz mich ins Rohr!«
Er begann mit den Beinen zu strampeln.

»Na, los doch!«, schrie er, wobei seine Stimmlage heisere Höhen erreichte, und er immer heftiger herumzappelte. Emmerich kam seinem Wunsch nach. In der Röhre und damit außer Reichweite der Verfolger beruhigte er sich schlagartig, und Emmerich sah seine Füße in der Dunkelheit verschwinden, als er die Libelle hervorzog.

***

Marie versuchte, sich unter Aufgebot sämtlicher Kraftreserven der Einsaugmaschine zu nähern, dem Wutgeist zu entgehen und ihn gleichzeitig von Fridolin fortzulocken. Sie musste feststellen, dass es gar nicht so leicht war, sich umzuwandeln, wenn man dabei im Affentempo durch ein Labor floh. Der zinnoberrote Wutgeist funkelte Rauchmarie an und schnitt ihr immer wieder den Weg ab. Sämtliche Fläschchen und Apparaturen, die dabei die Frechheit besaßen, seine Route zu kreuzen, zerbrachen klirrend und wurden über den Boden verstreut. Flüssigkeiten traten aus und mit ihnen die seltsamsten Düfte, die sich untereinander vermengten. Zwiebel-Käsefuß-Tartar schien die dominante Note zu bilden.

***

Als der Zinnsoldat das andere Ende der Röhre erreichte, fiel im beinahe das Bajonett aus der Hand. Gerade stürzte ein Regal mit Messbechern zu Boden und entsandte eine kleine Flutwelle in Regenbogenfarben. Den Lärm hatte er bereits vom anderen Ende aus vernommen, aber nun reizte ihn schlagartig die explosive Duftmischung in der Nase, und seine Augen begannen zu tränen. Verschwommen nahm er Marie wahr, die ganz in seiner Nähe versuchte, in ihre menschliche Gestalt zu wechseln. Doch der Wutgeist legte einen Gang zu und bekam sie bei ihrem Dampf zu fassen. Es zischte laut und sie erstarrte jäh in der Verwandlung. *Marie!* Ehe er selbst wusste wie ihm geschah, war der zinnoberrote Zinnsoldat aus seinem Versteck gesprungen, stieß einen Schrei aus und ruderte wild mit den Armen. »Huhu, Puderquaste!«

Als er auf dem Boden landete, begann er augenblicklich damit, alles in seiner Reichweite aufzuklauben und in den Wutgeist zu schleudern. Hauptsächlich Scherben segelten durch die Luft und klirrten gegen die Wände. Der zinnoberrote Geist lachte schrill, ließ allerdings von Marie ab, die ihre Chance nutzte, und in eine Ecke des Labors floh.

»Denkst du, du kleiner Wicht hast eine Chance? Mein Wille mag nicht in dir wohnen, aber wir sind immer noch durchs Gas verbunden. Was, wenn ich es einfach anhalte?«

Die Augen des Zinnsoldaten weiteten sich, doch er ließ seine Scherbenhagelattacke nicht abreißen. Marie, wieder in körperlicher Gestalt, sprang auf, und der Wutgeist verzog seine Gasschlieren zu einem Grinsen.

»Schnipp.«

***

Während das zitternde Insekt emsig surrend seine Arbeit am Schloss verrichtete, trafen weitere Verfolger ein. Allen voran die Kobolde. Sie stampften und traten und zerfurchten den Teppich, als plötzlich ein scharfes Zischen erklang, und sie in ihren Einzelteilen zu Boden fielen. Das Gas erlosch. Emmerich lüpfte den Hut in Richtung der Schwung-Klinge und fasste die nächste Reihe Wadenbeißer ins Auge.

»Schemel?«

Sie mussten bereits die Bekanntschaft mit anderen Fallen gemacht haben, denn sie humpelten und wiesen Brandspuren auf. Emmerich hieb auf sie ein, wobei ihm sein Hut schief ins Gesicht rutschte. Endlich klickte es. Er nahm die Libelle, riss die Tür auf, stürzte halb ins Labor und schlug sie hinter sich zu. Ein Poltern brandete von außen gegen die Tür, in das sich auch Kratz- und Schablaute mischten. Emmerich schob seinen Hut zurecht und konnte nur mit ansehen, wie der kleine Zinnsoldat sein Bajonett in der winzigen Hand umklammerte, als er erstarrte und leblos zur Seite kippte. Marie stürzte auf Emmerich zu.

»Die Maschine, Erasmus!«

Er nickte, »Oh, genau«, und hechtete wie in Zeitlupe über die scherbenübersäten Tische. Marie entschlüpfte ein Ächzen, als sie sich dematerialisierte und ein weiteres Mal als Qualm unter die Decke stob. Der Wutgeist kreischte.

»Weiter tanzen, Menschlein?«

»Ich. Bin. Kein. Mensch!«

Mit diesen Worten wirbelte sie in engen Kreisen um den Wutgeist herum, darauf bedacht, dieses Mal genügend Abstand zu seinen Gasarmen zu wahren. Unterdessen schraubte und drehte, schüttelte und rüttelte Emmerich an der Maschine.

»Vermaledeite Schrottbüchse, spring schon an!«, fluchte er, während Maries Kreise langsamer wurden. Eine Sekunde der Unachtsamkeit, und ein zinnoberroter Arm schnellte aus der Gaswolke hervor. Marie sah ihn auf sich zukommen, schloss die Augen und empfand bereits denselben Schmerz wie bei der ersten Berührung, noch bevor er sie erwischte. Stille umfing sie. Das musste die Betäubung sein. Dann wurde ihr klar, dass nicht nur der Schmerz ausblieb, sondern es wirklich ruhig war. Das Trommeln gegen die Tür war verstummt, das Kreischen des Wutgeists verhallt. Sie drehte sich in der Luft und öffnete die Augen. Ihr Blick fiel auf Emmerich. Mit erhobenen Armen stand er neben Fridolin, den Schlauch der Maschine in den Händen, die soeben unter seinen Fingern zu Staub zerfiel. Der Drehknopf stand auf Rot.

»Ich muss einen Fehler beim Justieren gemacht haben«, gestand Emmerich. »Anstatt zu saugen, gab es eine Druckwelle und ...«

Wieder drehte Marie sich um. An der Stelle wo soeben noch der Wutgeist geschwebt war, rieselten nun klitzekleine Flöckchen zinnoberroten Staubs herab.

»Sie haben ihn pulverisiert.«

»Aus Versehen.«

Marie materialisierte sich und lächelte, als sie ihm um den Hals fiel. Wie sollte man darauf reagieren? Emmerich entschied sich für ein leichtes Tätscheln der Schulter.

»Danke«, flüsterte Marie. Ganz offensichtlich hatte er, Erasmus Emmerich, im Angesicht dringender zwischenmenschlicher Entscheidungen wieder einmal die richtige Wahl getroffen.

»Gleichfalls«, erwiderte er, und Marie löste sich von ihm. Sie griff sich beiläufig an die Seite, während sie durch das Labor in Richtung Rohr stolperte, wo sie sich inmitten der Scherben auf die Knie

niederließ. Als sie sich wieder erhob, hielt sie den zinnoberroten Zinnsoldaten in Händen.

»Ist er ... sind die da draußen ... nun ja ... *tot*?«, kämpfte sie das Beben ihrer Stimme nieder.

»Sieht so aus, als sei die Zirkulation des Gases erstarrt.«

Da ihre Augen brannten, senkte Marie den Kopf und drehte sich weg. Emmerich seufzte und rieb sich die Schläfen.

»Treten Sie mal beiseite, Marie. Wir brauchen Platz.«

Mit einer schwungvollen Bewegung seines Stocks fegte er die verbliebenen Scherben vom Tisch. Dann nahm er den leblosen Soldaten, legte ihn vor sich auf die Oberfläche und fischte einen kleinen Gegenstand aus seiner Tasche. Marie lief um den Tisch herum und sah, wie er der Libelle einen Kuss zuhauchte.

»Wie überaus bedauerlich«, murmelte er, holte aus und zerschlug das mechanische Insekt an der Tischkante in zwei Teile. Aus dem Inneren barg er einen noch winzigeren Gegenstand, zauberte ein paar Miniaturwerkzeuge aus seinen Taschen hervor und machte sich an die Transplantation des mechanischen Herzens. Schlussendlich befestigte Emmerich noch einen weiteren Mechanismus der Libelle am Rücken des Soldaten und übergab ihn Marie, die ihn aufzog. Ein Rattern zuckte durch den Zinnmann, während ein Surren einsetzte und das zinnoberrote Gas allmählich in Bewegung geriet.

»Der Herzmechanismus treibt das Gas an. Wie eine Pumpe!«, folgerte Marie und strahlte ohne jegliche Finsternis im Blick.

»Aber Ihre Erfindung, die einzige, die je funktioniert hat, Sie haben sie für ihn«, sie schüttelte den Kopf, »für *mich* geopfert.«

Emmerichs Ohren liefen rosa an und er murmelte: »Unerhört. Sie funktionieren *alle*. Kurzzeitig. Irgendwie.« Seufzend wandte er sich dem bewusstlosen Fridolin zu. Doch Marie war schneller, küsste Emmerich auf die Wange und schritt mit dem zinnoberroten Zinnsoldaten zur Tür hinaus, als der soeben die Augen aufschlug.

»Lassen Sie ihre Seite untersuchen!«, konnte ihr Emmerich gerade noch hinterherrufen.

Mit den ersten Strahlen der aufgehenden Novembersonne wehte ein Rauschwaden vor Emmerichs Haustür.

»Marie ist da«, verkündete sogleich ein blechernes Stimmchen aus der Dachrinne. Aus dem Inneren des Hauses wurden die Beschwerden knarrender Dielen vernehmbar und die Tür flog auf, bevor Marie zum Türschlitz hineinziehen konnte.

»Durchaus praktisch der kleine Kamerad. Endlich Schluss mit dem Anschleichen«, begrüßte Emmerich sie.

Marie zog einen Flunsch und ließ ihre Augen finster aufblitzen, bevor sie an ihm vorbei in die Stube stolzierte. Sie verströmte den Duft einer Teestube – wenn man einmal von der unterschwelligen Schmierölnote absah. Im Kamin loderte ein knisterndes Feuer und auf dem kleinen Esstisch in der Ecke standen dampfende Tassen. Marie ließ sich auf einen Stuhl fallen.

»Wie geht es Ihrem Kollegen?«

»Der hat dem Erfinden abgeschworen«, tönte es von oberhalb der Haustür und der zinnoberrote Zinnsoldat strahlte Marie aus einem neu angebrachten Kupferrohr an.

»Der werte Herr Kupferstich hat sich auf das Malen von freundlichen Blumen in allen Formen und Farben verlegt. Nur alleine ist er nach wie vor.«

»Und du gehst hier nun nach Belieben ein und aus?«, hakte sie nach.

»Jap, ich spiele Wachhund im Ausguck.«

Die Brust des Zinnsoldaten schwoll an, was Emmerich einen Seufzer entlockte. Dann räusperte er sich, während er Marie gegenüber Platz nahm, nach einem metallischen Gegenstand griff und an ihm zu schrauben begann.

»Was macht eigentlich Ihre Seite, Qualmfee?«

»Alles halb so schlimm. Von der leichten Verätzung ist kaum mehr etwas zu spüren.«

»Gut.«

»Aber ich habe etwas Farbe abbekommen.«

Emmerich hob eine Augenbraue und putzte sich die mit Öl verschmierten Finger an einem rußigen Tuch ab. Wie immer verschlimmerte sich der Zustand dadurch nur, doch das konnte ihn nicht davon abhalten, keine Notiz davon zu nehmen.

»Die zinnoberrote Verfärbung von der Berührung des Wutgeists wird wohl bleiben.«

»Na ja, man sieht sie dort ja nicht«, bemerkte Emmerich und griff nach seiner Teetasse.

»Ach nein?«

Marie klimperte mit den langen Wimpern. Emmerich verschluckte sich.

»Natürlich nicht«, prustete er.

»Sie tragen doch immer Bluse und Korsett darüber. Haben Sie sich auch den Kopf gestoßen?«

Marie erstickte ein Lachen, indem sie sich fest auf die Unterlippe biss und schüttelte den Kopf.

Emmerich musterte sie mit krauser Stirn.

»Wie dem auch sei, Ihnen ist schon klar, dass das kein Geist war, sondern ein Gas; das Produkt einer Erfindung, das einen aus emotionaler Wut genährten Wirbel belebt hat, durch den er dann mutierte und Dinge ohne Persönlichkeit als Sklaven reiner Wut erschuf. Nicht wahr?«

»Da ist *Wutgeist* allerdings wesentlich griffiger«, erwiderte Marie und zwinkerte dem Zinnsoldaten zu, der vor Lachen fast aus dem Rohr fiel. Dann wandte er sich abrupt um.

»Habt ihr das gehört? Meine Pflicht ruft!«

Schon krabbelte der zinnoberrote Zinnsoldat durch die Röhre nach draußen. Marie sah Emmerich fragend an. Der zuckte die Schultern. Vermutlich trafen nur die ersten Würdenträger ein, um ihm persönlich die längst überfälligen Beglückwünschungen zu seinem neuesten Coup zu überbringen.

»Eiltelegramm!«, erscholl da das blecherne Stimmchen aus dem Rohr, und Emmerich ergriff seinen Hut. Die Glückwünsche würden wohl wieder warten müssen.

»Na, dann mal los.«

Archibald Leach und das
Grauen in Orange

Markus Cremer

»Seit diesen ekelhaften Ereignissen kann ich mein orangefarbenes Kleid nicht mehr anziehen. Allein der Anblick erzeugt bei mir Übelkeit. Ich dachte, dass mich nach den bizarren Begebenheiten mit dem Zombie während der Weltausstellung 1851 oder der Affäre mit den wiederbelebten Gehirnen im Auftrag des deutschen Kaisers nichts mehr überraschen könnte. Aber ich hatte meinen Gefährten Archibald Leach nicht in diese Rechnung einbezogen. Natürlich war mir bewusst, dass man an der Seite dieses glatzköpfigen Schmocks in denkwürdige Begebenheiten hineingezogen wird, aber diesmal geriet unser Abenteuer zu einer unglaublichen Zumutung.«

Persönliches Vorwort von Sarah Goldberg zur neunten Auflage ihres autobiografischen Romans: »Die Abenteuer des Archibald Leach«.

Von der Straße vor ihrer Wohnung drang Lärm herein. Sicher wieder eines dieser orientalischen Feste, wie sie die Chinesen und Inder in London offensichtlich bei jeder Gelegenheit zelebrierten, dachte Sarah. Diese Stadt schläft nie. Leider.

Mit der Nagelbürste entfernte sie die Ölreste aus den Gelenken ihrer Handprothese. Das mechanische Kunstwerk stammte noch von ihrem Vater und es verlieh ihr ungewöhnliche Kraft. Leider blieb ihr mit dieser Monstrosität aber auch der Zugang zur besseren Gesellschaft versagt.

Sie dachte an die Sternschnuppen, die sie in der letzten Nacht beobachtet hatte. Wenn ihre Wünsche in Erfüllung gingen …

Seufzend legte sie ihren Overall ab und prüfte mit der gesunden rechten Hand das Badewasser. Es war angenehm warm und so begann Sarah, an dem Verschluss ihres Korsetts herumzunesteln.

Die komplizierte Arbeit an der neuartigen Spektralkanone war frustrierend und erschöpfend.

Eine Stunde Ruhe und Frieden, dachte sie, als es hektisch an ihrer Wohnungstür klopfte.

»Nicht jetzt«, rief sie, »die Werkstatt ist geschlossen.«

Irgendwann, wenn alle Rechnungen bezahlt sind, schwor sie sich, *werde ich nicht mehr in meiner Werkstatt wohnen.*

»Sarah, öffnen Sie, es ist wichtig!«, rief die vertraute Stimme Archibald Leachs.

Ihr Puls beschleunigte sich, doch ein Blick in den Spiegel zeigte, dass sie ihn mit diesen Haaren nicht empfangen konnte.

»Kommen Sie später wieder«, rief sie, doch sie ahnte, dass er diese Zurückweisung nicht verstehen würde.

»Öffnen Sie, Sarah. Ich mache keinen Scherz.«

»Ich auch nicht!«, antwortete sie und betrachtete das verlockende Schaumbad. Sie fühlte sich nicht nur schmutzig, sie war es. Abgesehen davon war sie nahezu unbekleidet. Blut schoss in ihre Wangen, als sie an die unsittliche Situation dachte.

»Öffnen Sie oder ich knacke das Türschloss«, drohte Archibald.

»Sie können ein Schloss knacken? Ich dachte, Sie lehnen Technik ab?«

»Ich zähle bis zehn, dann komme ich rein! Eins …«

Sie griff in die Wanne und zog den Verschluss heraus. Ihre einzige verfügbare Kleidung war der schmutzige Overall. Kopfschüttelnd schnappte sie sich mit einer raschen Bewegung den Morgenmantel und hoffte, dass er unschicklichen Blicken standhielt.

»Acht«, drang es von der Tür.

Hektisch sah sie sich um, griff ein Handtuch, zog es durch das gurgelnde Badewasser und schlang es sich um den Kopf. Derart präpariert ging sie zur Wohnungstür.

»Zehn«, ertönte seine Stimme, »Sie haben es so gewollt.«

»Schon gut, Sie Störenfried«, rief Sarah und öffnete die Riegel. Im Hausflur stand Archibald in seinem dunklen Anzug und dem Zylinderhut. In der Hand hielt er ein silbernes Messer. Bei ihrem Anblick steckte er es weg. Ihr fiel der irre Blick auf, der seine grauen Augen verschleierte.

Sie konnte sich nicht erinnern, ihn jemals beim Konsum von Drogen beobachtet zu haben.

»Guten Abend«, sagte sie, »was genau verschafft mir …«

Weiter kam sie nicht.

»Wir müssen in Ihr Schlafzimmer«, sagte Archibald Leach ohne Vorwarnung. Unter anderen Umständen wäre dieser Satz eine willkommene Enthüllung gewesen, doch hier stimmte etwas nicht. Es kam zu plötzlich, so ganz ohne Atmosphäre und Vorbereitung.

»Ich weiß Ihre unerwartete Bereitschaft, mir Ihre Gefühle für meine Person zu offenbaren, zu schätzen, aber ich bin ein sittsames Mädchen. Noch dazu Jüdin.« Sie raffte ihren Morgenmantel vorne enger zusammen. Aber die nackte Haut darunter brannte. Stammelnd versuchte sie zu erklären, was in ihr vorging: »Ich meine, ich könnte natürlich, aber auf der anderen Seite habe ich mir den Moment der ... also irgendwie dachte ich, Sie würden ihn zu einem romantischen Augenblick machen. Mit Blumen, Kerzen, einem guten Essen und dann später, nach einem Sonett oder ...«

»Was auch immer Sie wollen, Hauptsache wir gehen in Ihr Schlafzimmer«, wischte er ihre Erklärung vom Tisch und machte einen Schritt in ihre Wohnung. Sie eilte hinter ihm her. Schon erreichte er die Schlafzimmertür.

»Wenn diese Knospe ihre Blütenblätter öffnet, dann sollte Ihnen klar sein, dass das Konsequenzen hat ...«, versuchte sie ihren schwächer werdenden Widerstand vor sich selbst zu rechtfertigen.

»Möglicherweise handelt es sich um eine seltene Pflanze, aber was, wenn es sich um einen monströsen Pilz handelt?«, gab Archibald von sich, während er die Schlafzimmertür aufriss.

»Was? Sie glauben, ich habe ... was?« Ihre Stimme erklomm Höhen, die sie selbst nicht kannte.

Ihre kraftverstärkte Prothesenhand durchstieß den Stoff des Morgenmantels und zerbrach krachend eine Korsettstange aus Fischbein.

»Wovon reden Sie eigentlich?«, fragte er verwundert und schaute sie an.

»Ich? Wovon reden Sie?«, fragte sie mit zitternder Stimme.

Ohne ein weiteres Wort packte Archibald ihre nackten Schultern und zog sie mit sich in Richtung Bett. Schlagartig breitete sich wohlige Gänsehaut auf ihrem Körper aus.

Jetzt passiert es, dachte sie und schloss die Augen.

»Hören Sie mit dem Unsinn auf und schauen Sie hin«, sagte er energisch. Sarah gehorchte widerwillig. Sie befand sich vor ihrem Schlafzimmerfenster und blickte über die Dächer Londons. Die Wohnung war ein Erbstück, anders hätte sie sich diesen exklusiven Ausblick auf Big Ben nicht leisten können.

Was sie sah, ließ sie für einen Moment an ihrem Verstand zweifeln. Big Ben, der Stolz Londons, wurde vor ihren Augen von einer orangefarbenen Glibbermasse überwuchert.

»Was haben Sie angestellt?«, fragte sie, als sie das Geschehene als Realität akzeptiert hatte.

»Ich? Wieso ich?«, fragte er.

»Ich dachte, Sie wären wieder Ihrer Theorie über die Nutzbarmachung der Ätherkraft von Verstorbenen auf der Spur.«

»Dies ist nicht mein Werk, es scheint sich vielmehr um eine abnorme Schlingpflanzen-Monstrosität zu handeln.«

»Diese Farbe ist ... ekelerregend.«

»In der Natur kommt so etwas nicht vor«, erklärte Archibald.

»Orange?«, fragte sie verwundert.

»Nein, diese Art von Pilzgeflecht oder um was es sich auch immer handeln mag.«

»Da wird geschossen, oder?«, sagte Sarah und kniff die Augen zusammen. Ohne Worte reichte ihr Archibald eine ihrer Brillen. Verlegen setzte sie das Gestell auf und erkannte nun zahlreiche Details. Das orangefarbene Grauen breitete sich weiter aus. Ein Mann wurde erfasst und ins Innere gesogen.

»Es frisst Menschen«, sagte sie und schlug die Hand vor den Mund. »Wie entsetzlich.«

»Eigentlich nicht«, sagte Archibald und deutete auf ihren geöffneten Morgenmantel, »allerdings sollten wir uns zunächst um diese orange Angelegenheit kümmern.«

»Sie warten draußen«, befahl sie ihm.

Eine halbe Stunde später befanden sie sich auf dem Platz vor dem Haus. Menschen liefen schreiend die Straßen entlang. Vollbesetzte Dampfdroschken bretterten durch die Menge.

Sarah las fassungslos ein Flugblatt, welches die Dampfzeppeline der Regierung abwarfen.

»London soll evakuiert werden!«

»Dieses Ding soll außerirdischen Ursprungs sein?«, fragte Archibald und warf das Blatt fort.

»Ich habe gestern ungewöhnlich viele Sternschnuppen gesehen«, sagte Sarah und trotz der gegenwärtigen Situation schlich sich ein Lächeln auf ihre Lippen.

»Sie haben sich sicher etwas gewünscht, richtig?«

»Tatsächlich, ich habe ...«, begann sie, doch er winkte ab.

»Erzählen Sie es mir nicht«, bat er.

Röhrend flogen dunkle Dampfzeppeline mit schweren Kanonen an Bord in Richtung der orangefarbenen Wucherung.

»Ob sie es schaffen, das Ding zu töten?«, fragte Sarah.

»Ich bin skeptisch, denn ich glaube nicht, dass es außerirdischen Ursprungs ist. Sicher, es ist nicht von dieser Welt, aber ...«

»Warum sollen es nicht Eindringlinge von anderen Sternen sein?«, fragte Sarah, während sie den Flug der Militärzeppeline verfolgte.

»Unsinn«, tat er ihre Befürchtung ab.

»Wie können Sie nach unseren gemeinsamen Erlebnissen derartige Möglichkeiten einfach ausschließen?« Aus den Zeppelinen eröffneten Soldaten das Feuer auf das orangefarbene Geflecht, welches die Westminster Hall gerade einhüllte.

»Drei Gründe«, antwortete er und holte seelenruhig den Kompass seines Onkels hervor. Sie bewunderte seine unerschütterliche Ruhe.

»Erstens, dieses Artefakt zeigt keine besonderen Bewegungen an«, sagte er und deutete auf die ruhende Nadel. Nur widerwillig wandte sie den Kopf von dem Schauspiel am anderen Ufer der Themse ab. Innerlich seufzte Sarah, denn sie wollte keinen weiteren Vortrag zu *Meister Heisenbergs horriblem Unschärfekompass des relativen Bösen* hören. Das Ding sollte nach Archibalds Theorie zuverlässig das Böse anzeigen, und wurde angeblich umso ungenauer, je näher man dem Bösen kam. Ein echter Humbug, wie sie fand.

Beinahe hätte sie die weiteren Ausführungen ihres Gefährten verpasst.

»Zweitens, ich habe mit meinem Freund, dem Admiral William Henry Smyth, gesprochen.«

Explosionen drangen zu ihnen herüber. Erstaunt beobachtete Sarah, dass einer der dunklen Zeppeline rauchend in die Themse stürzte. An einem orangefarbenen Fangarm, der an einen ekelerregenden Kraken erinnerte, befanden sich Teile der Zeppelinhülle.

»Das Ding bedeutet Zores«, entfuhr es ihr.

»Etwas mehr Konzentration bitte«, sagte Archibald.

»An William Smyth erinnere ich mich«, warf Sarah hastig ein, der die Ereignisse auf dem Londoner Friedhof von Highgate noch immer eine Eiseskälte durch den Magen jagten. »Was hat er mit diesem Grauen in Orange zu tun?«

»Nichts«, sagte Archibald und studierte weiter die Einstellungen des Kompasses.

»Warum haben Sie ihn dann ...«, begann sie, doch er lenkte ein und sagte beiläufig: »Ich befragte ihn nach den Lichtern am Himmel und er erklärte mir, dass es sich um die alljährlichen Kometenschauer handelt, die uns jeden August beglücken.« Er steckte den Kompass weg.

»Die Laurentiustränen?«, fragte Sarah. »Angeblich bringen sie Glück, wenn man sich etwas sehnsüchtig ...«

»So nennt sie der hohlköpfige Volksmund«, unterbrach Archibald, »aber der springende Punkt ist doch, wenn die Kometen nichts damit zu tun haben, dann glaube ich auch nicht an diese Idee mit der Invasion aus dem Weltall.«

»Was bleibt dann noch für eine Hypothese? Ich meine, Sie haben doch sicher wieder eine verrückte Eingebung, der wir nun folgen sollen, oder?« Schon bereute sie die Frage, denn er nahm den Zylinderhut ab, fuhr sich über den kahlen Schädel und meinte: »Nun, ich habe keine fertige Theorie im eigentlichen Sinne, aber dieses orangefarbene Grauen breitet sich wellenförmig aus. Es frisst Menschen, es scheint nahezu unverwundbar zu sein«, er deutete auf die abziehenden Zeppeline. »Alles deutet auf einen pflanzlichen Ursprung hin, allerdings keine Pflanze aus dieser Welt.«

»Also doch außerirdisch?«, platzte Sarah heraus.

»Ich glaube vielmehr, dass in dieser Zeit, in der Wissenschaft und Mystik geradezu ungeahnte Höhen erreicht haben, ein kluger Kopf in der Lage wäre, etwas zu beschwören oder zu generieren, das so außergewöhnlich aus der Art schlägt.«

»Interessant«, sagte Sarah langsam, »dies führt uns ... wohin?«

»Ich habe mit einem Bekannten bei Scotland Yard gesprochen und er hat mir die bisherigen Sichtungen auf einer Karte gezeigt. Das Ding hat jetzt monströse Ausmaße, aber es hat klein angefangen.« Er zeigte ihr den Stadtplan.

»Die Ausbreitung erinnert mich spontan an ein Pilzgeflecht oder einen Fluss«, meinte Archibald nachdenklich, »der sich überall verzweigt. Das orangefarbene Grauen scheint nach jedem Opfer zu wachsen und sich schneller auszubreiten.«

»Wenn wir bei diesem Bild bleiben, dann können wir ihm doch bis zur Quelle folgen«, ergänzte Sarah. Verblüfft sah Archibald sie an. Innerlich genoss sie diesen Moment, doch nach außen blieb sie gelassen und sagte: »Nur so eine Idee.«

»Sie erstaunen mich immer wieder«, sagt er, »und ja, ich denke, Sie haben ins Schwarze getroffen.«

»Das Ding ist allerdings kein Fluss«, meinte Sarah.

»Stimmt auffallend, aber es hinterlässt Sporen.«

»Sie meinen Spuren?«, fragte Sarah verwirrt.

»Nein, Sporen, denn dieses Ding verbreitet sich auch durch kleine Tochterpflanzen.« Er zeigte in den Himmel, wo in diesem Augenblick orangefarbene Gebilde zu Boden segelten. Eines der Dinger schlug auf dem Pflaster der Westminster Bridge auf. Unverzüglich entfaltete sich eine blasenwerfende Wucherung.

»Ekelhaft«, meinte Sarah und sah genauer hin. Der Aufschlagpunkt war nur hundert Schritte entfernt. Aus dem orangen Fleck bildeten sich Tentakel, die nach flüchtenden Menschen griffen. Der Colt Navy Automatic Spektralrepetierrevolver in ihrer Tasche war gegen diese Monstrosität vielleicht wirkungslos, aber es kam auf einen Versuch an. Sie zog die Waffe heraus. Die Tentakel wuchsen rasch auf die Länge eines erwachsenen Mannes heran.

Sarah lief auf das Ding zu. Mit ihrer Prothese legte sie an und drückte ab. Der Rückschlag wurde von der Kraftübertragungswelle der künstlichen Hand absorbiert. Einige der an ungesundes Fleisch erinnernden Tentakel wurden durch die Ladung zerfetzt. Für einen Moment hielt die Tochterpflanze still, dann verstärkte sich die Frequenz der um sich schlagenden Fangarme. Blasen bildeten sich und wuchsen zu einer enormen Masse heran. Weitere Tochtergebilde entstanden und das amorphe Gebilde dehnte sich aus. In rasanter Geschwindigkeit bewegten sich die Ableger in Sarahs Richtung.

»Weg hier!«, rief sie Archibald zu und lief los. Gemeinsam legten sie zwei Häuserblocks zurück, bevor sie stoppten.

»Leider ein Fall, bei dem wir mit reiner Waffengewalt nicht weiterkommen«, sagte sie keuchend. »Das Ding blutet nicht einmal.«

»Gut beobachtet, ich denke, selbst eine seltene Pflanzenzüchtung würde zumindest irgendeine Art von Saft absondern.« Archibald lief im Kreis und schloss dabei die Augen.

»Meinen Sie nicht, es wäre angebrachter, an einem anderen Ort über diesen besonderen Fall *nachzudenken*?«, meinte Sarah und schaute zum anwachsenden Grauen hinüber, welches die Brücke überwucherte.

»Kein Blut, kein Saft, diese Entdeckung ist für meine Theorie entscheidend.«

»Welche Theorie genau?«, fragte Sarah, dann sagte sie hektisch: »Wenn das Ding weiter so wächst, ist meine Wohnung bald ... oh nein!« Schon wollte sie loslaufen, als eine Hand sie festhielt.

»Nicht so schnell, werte Sarah, dieser Weg ist uns versperrt, aber mit etwas Glück sollte es uns gelingen, das Übel an der Wurzel zu packen.«

»Wovon reden Sie jetzt wieder?«, fragte sie genervt. Hastig trat sie von der Straße, als eine Dampfdroschke unter Volldampf über das Pflaster holperte. Das Gefährt war nicht nur mit verzweifelten Menschen besetzt, es war vielmehr vollständig damit behängt.

»Was soll dieser Kram mit fehlendem Pflanzensaft nützen?«, fragte sie.

»Für unsere Zwecke ist er sogar entscheidend.«

»Tatsächlich?« Sie hatte bereits eine bissige Erwiderung auf den Lippen, als ihr etwas einfiel. »Was ist eigentlich der dritte Grund, den Sie eben erwähnten?«

»Meine Kontakte zum B.O.O.K.-Club haben einige interessante Recherchen durchgeführt.«

Innerlich sträubte sie sich dagegen, mit diesem ominösen Club zusammenzuarbeiten. Allein die Vorstellung, dass britische Okkultisten sämtliche Bibliotheken des Landes überwachten, war lächerlich. Und auch beängstigend.

»Die da wären?«, fragte sie, als Archibald keine Anstalten machte, etwas zu erläutern.

»Nur eine Person hat im letzten Jahr sämtliche botanischen Werke, das Buch von Eibon und die 1830er Ausgabe der *Letters on Demonology and Witchcraft* von Sir Walter Scott ausgeliehen.«

»Was soll das beweisen?«

»Ferner hat diese Person die englische Übersetzung des *Le Comte de Gabalis* aus dem Jahre 1680, die *Pnakotischen Manuskripte* und die *Daemonolatreia* des Remigius ausgeliehen«, ergänzte er triumphierend.

»Hört sich für mich nach ziemlichem Schmoo an. Diese Titel klingen ja bereits fürchterlich«, sagte Sarah.

»Sie sind fürwahr eine Bedrohung für die psychische Gesundheit, zumindest, wenn man die Lektüre unvorsichtig vornimmt.«

»Sie haben diese Schinken gelesen?« Schon während sie die Frage aussprach, wusste sie die Antwort.

»Leider habe ich darin keine konkreten Möglichkeiten gefunden, meine Theorie über die Nutzbarmachung der Ätherkraft weiter zu ...«

»Diese Auflistung von monströsen Schwarten ist also der dritte Grund?«, fragte Sarah schnell, bevor er noch mehr Details über seine Lieblingstheorie loswerden konnte. Sie kannte diese Geschichten und mochte sie nicht besonders.

»Wir werden sehen, ich habe heute einige der Bibliotheken selbst aufgesucht und identische Auskünfte erhalten. Ich denke, diese Person ist unser Mann.«

»Ist es denn ein Mann?«, fragte Sarah.

»Eigentlich nicht, wenngleich es keine Rolle spielt.« Da er nichts weiter sagte, fragte Sarah: »Wo finden wir die Quelle dieses orangefarbenen Flusses, wenn Ihre Karte richtig ist?«, fragte sie. »Die Zeit läuft uns davon, wenn wir morgen noch in London wohnen wollen.«

»Einverstanden«, meinte Archibald zeigte auf einen Punkt der Karte. »Dort müsste es sein. Im Stadtteil Kew.«

Ihr kam ein Gedanke, der ihr gar nicht gefiel und so fragte sie: »Einen Moment mal!« Sie stieß ihm ihren künstlichen Finger in die Brust. »Sie haben die Bibliotheken aufgesucht und mich erst *danach* vor dieser orangen Gefahr gewarnt?«

»Nach meinen Berechnungen waren Sie nicht in ernsthafter Gefahr«, antwortete er leichthin.

»Nicht in ernsthafter ... Sie ... Sie ... gewissenloser Schmock!«

»Es ist ja nichts passiert, aber bevor noch mehr geschieht, sollten wir nach Kew aufbrechen.«

»Warum soll es dort einen Zusammenhang mit dem Ursprung dieser sonderbaren Pflanzen geben?«, fragte Sarah.

»Die Royal Botanic Gardens liegen in Kew«, erläuterte Archibald. »Wenn wir uns beeilen, sind wir schneller als dieses grauenhafte Monstrum.«

»Diese Person, die kein Mann ist, also eine Frau, die Sie verdächtigen, sie wohnt in Kew?«, fragte sie.

»Offensichtlich«, er sah sie mit einem Blick an, als hätte sie gefragt, ob ein Himmel üblicherweise blau ist.

»Wie kommen wir dort hin? Laufen?« Ihre Frage war scherzhaft gemeint, doch sie hoffte, dass er sie nicht überraschen würde.

»Tatsächlich dürfte das keine Option sein, allerdings habe ich bereits Vorkehrungen getroffen. Meine Verbindung zur örtlichen Polizei öffnet mir eine Menge Türen.«

»Ich bin gespannt«, sagte sie und folgte ihm über Umwege zum Ufer der Themse. In der Ferne konnte sie die orange Flut erkennen, die sich über die nördlichen Stadtteile ausbreitete. Schüsse echoten über das Wasser. Menschen schrien und gelegentlich erklang eine vereinzelte Explosion.

Hoffentlich nur eine Maschine, in der kein Mensch saß, dachte Sarah.

Am Ufer der Themse wartete ein heruntergekommenes und schrottreifes Fischerboot. Der speckige Kapitän trug eine fadenscheinige Admiralsmütze und eine bunte Weste, die sich über seinen beachtlichen Wanst spannte. Archibald winkte ihm zu und sprang an Bord. Der rostige Kahn schaukelte beträchtlich und Sarah glaubte zu sehen, wie Wasser aus dem Dampfkessel rann.

»Was für ein Schrotthaufen«, entfuhr es ihr, als sie an Bord kam. »Das Gerät ist sicher älter als Queen Victoria, oder?«

»Jetzt werd mal nicht frech, kleine Mistress«, sagte der Kapitän und betrachtete sie anzüglich von oben bis unten. Ärgerlich

verschränkte sie die Arme vor ihrer Brust. Wären sie nicht von ihm abhängig gewesen, hätte sie ihm gerne Manieren beigebracht.

»Wir sind da, wir können loslegen«, sagte Archibald zur Begrüßung. »Fahrtrichtung: Kew. Los jetzt!«,

»Nein, Mister, so nicht. Ich will erst Bares sehen, sonst geht hier nix.« Der fette Kapitän rieb sich die schwieligen Hände.

»Ich bin Ihnen doch von der Polizei angemeldet worden, oder nicht?«, fragte Archibald empört. »Das ist kein Spaß!«

»Sicher, doch ohne Kohle in das Händchen lege ich keine Kohlen ins Feuer«, meinte der Kapitän und lehnte sich an die knirschende Reling.

»Kapitän ...?« Archibald hob seine Augenbraue.

»Gibberman«, antwortete der fette Mann mit einem Grinsen, »Kapitän Jack Gibberman«.

»Sehen Sie doch dort rüber, Sie Ignorant«, schrie ihn Sarah an, »London wird von diesem Zeug überwuchert.«

»Ich bin hier sicher, was geht mich London an?«, antwortete der Kapitän.

Vor Zorn bebend blickte Sarah zu Archibald hinüber.

»Die Kleine gefällt mir. Hat Feuer im Arsch, was?« Gibberman rieb sich mit seinen schmutzigen Fingern den Bart.

Bevor Sarah die großkalibrige Waffe aus ihrer Umhängetasche ziehen konnte, legte ihr Archibald die Hand auf den Arm.

»Nun, Kapitän, wir können uns sicher arrangieren«, sagte er freundlich.

»Sie haben es sich also überlegt?« Er deutete mit dicken Stummelfingern auf ein Kanonenboot, welches auf die Stelle losdampfte, wo das orange Geflecht das Ufer erreichte. »Die Jungs werden es nicht schaffen. Ich bin hier weg, bevor es ungemütlich wird. Ob Sie dann an Bord sind, ist nicht mein Problem. Könnte aber scheißunbehaglich werden. Was für ein Dreck dieses Zeugs auch sein mag, ich will ihm nicht begegnen.«

»Sie schmieriger Erpresser!«, zischte Sarah. »Den tapferen Männern auf diesem modernen Schiff dürften Sie nicht einmal die Füße küssen!«

»Technik wird das Problem nicht lösen«, warf Archibald ein.

Schon wollte Sarah zu einer heftigen Erwiderung ansetzen, als sie ein ohrenbetäubender Krach ablenkte. Schnell sah sie zur Stelle hinüber, wo das Kanonenboot tödliche Geschosse in die wuchernde Masse jagte. Die Explosionen zerfetzten das sonderbare Fleisch, doch es zeigte keinen Schaden.

»Es lebt, aber es stirbt nicht«, sagte Sarah beinahe lautlos. Das Geschehen faszinierte sie und in ihrem Hinterkopf hallten die Titel der mysteriösen Bücher wider, die ihr Gefährte erwähnt hatte. Sollte er recht haben? Nicht auszudenken.

»Abgemacht?«, fragte Archibald laut und riss sie aus ihren Gedanken. Der Kapitän spuckte in seine eigene Pranke und schlug dann in Archibalds ausgestreckte Hand ein. Zu Sarahs Überraschung zuckte ihr glatzköpfiger Gefährte nicht zusammen. Was ging dort vor?

Gibberman löste die Leinen und legte mehrere Hebel um. Turbinen rumorten und der Kahn bewegte sich mühsam vom Ufer fort. In der Ferne sah Sarah, wie das Kanonenboot von den fortge-schleuderten Sporen getroffen wurde. Männer sprangen von Bord, als das Geflecht die Planken des Schiffes überwucherte. Sie wandte sich ab und stellte sich neben Archibald an den Bug.

»Hätten besser Kopperwater verteilt, was?« Gibberman lachte gehässig.

»Was meinen Sie bitte?«, fragte Archibald.

»Kopperwater«, wiederholte der Kapitän, »habe dahinten noch einige Säcke, die eigentlich in die Stadt sollten. Das Zeug stinkt vielleicht.«

»Ich glaube, er meint verunreinigtes Eisenvitriol«, meinte Sarah leise. Ihr Begleiter zog eine Augenbraue in die Höhe.

»Mein Vater hat damit früher den Weg vor unserem Haus von Unkraut befreit«, erklärte sie, »das Zeug stank nach Schwefel. So habe ich mir als Kind die Gehenna vorgestellt.«

»Interessant«, meinte Archibald. Sarah wusste nicht zu sagen, ob er ihre Kindheitserinnerung oder die Zusammensetzung des Kopperwater meinte. Ihr fiel etwas ein, das sie dringend wissen wollte. Leise fragte sie deshalb: »Was haben Sie mit diesem Unmenschen ausgemacht? Sie haben ihm doch hoffentlich kein Geld gegeben?«

»Nein, niemals, ich weiß doch, dass Sie dieses Verhalten nicht gebilligt hätten«, antwortete er spöttisch. »Ihre Sparsamkeit ist eines der Prinzipien, die ich so an Ihnen schätze.«

»Was dann?« Ihr Argwohn war geweckt.

»Sie sind doch bereit, auch persönliche Opfer zu bringen, um diese Invasion auf das Zentrum des Empires zu vereiteln, oder irre ich mich?«

»Nein«, antwortete sie gedehnt und abwartend.

»Dann wird es Sie freuen zu hören, dass dieser arme Mann sehr unglücklich darüber ist, dass er seine Abende einsam verbringen muss.«

»Er ist ein widerliches Stinktier«, sagte sie.

»Eben darum ist er ja so einsam, vermute ich. Nun, er hat sich sehr gefreut, als ich ihm sagte, dass Sie sich hinterher gerne einmal mit ihm treffen möchten.«

Für einen Moment hatte sie die Vision, wie sie mit ihrer Handprothese Archibalds Schädel spaltete. Nur mit Mühe erlangte sie die Beherrschung zurück.

Ein Knall ließ sie herumfahren. Hinter ihnen explodierte das Kanonenboot in einer farbenprächtigen Stichflamme.

»Die sind hin!«, rief Gibberman und lachte dreckig.

»Hochinteressant«, meinte Archibald trocken.

»Das mit der Verabredung ist ein Scherz, richtig?«, fragte sie.

»Nicht im Geringsten«, antwortete er und lächelte, »ich werde aber dafür sorgen, dass die Verabredung mit dem Kapitän nicht zustande kommt.«

»Sie wollen ihn betrügen?«, fragte sie amüsiert.

Er hatte, soweit sie wusste, noch nie für sich in Anspruch genommen, die Regeln der Gesellschaft einzuhalten.

»Ich kenne eine freizügige Dame, die mir noch einige *Dienste* schuldet. Sie wird gerne bereit sein, sich mit Gibberman auf ihre Art intimen *Zweikampfes* einzulassen.«

»Mit diesem Widerling?« Sarah verzog das Gesicht.

»Sie hat schon Schlimmeres getan.« Er lächelte. »Sehr viel Schlimmeres.«

»Ich hätte nicht gedacht, dass Sie solche Frauen kennen«, stieß sie hervor.

»Catharine Eddowes ist eine alte Bekannte von mir. Gelegentlich erhalte ich Informationen, wofür ich ihr einige Silberstücke zustecke. Ein gelungenes Arrangement.«

»Wie Sie meinen.« Nachdenklich blickte sie auf das träge Wasser der Themse.

»Wie lange braucht dieser schwimmende Rostfleck noch?«, fragte sie nach einiger Zeit ungeduldig, aber so leise, dass es Kapitän Gibberman nicht hörte. »Das bösartige Drecksstück wird in der Zwischenzeit ganz London verschlingen.«

»Es ist nicht böse«, meinte Archibald leise.

»Was? Es frisst Menschen und zerstört London, ich finde schon, dass das die Kriterien von ‚böse‘ erfüllt.«

»Dieses orange Ding ist fremd in unserer Welt. Es ist weder gut noch böse«, erklärte Archibald.

»Dieser Welt?« Sie verzog das Gesicht. »Ich dachte, die Theorie mit der außerirdischen Invasion sei vom Tisch.«

»Ist sie auch, ich rede von einer Welt, die sich jenseits von Zahnrädern und dampfgetriebenen Kolben bewegt. Der jenseitigen Welt, die allein durch Ätherkraft betrieben wird.«

»Das Jenseits?« Sie verdrehte die Augen.

»Sie klammern sich an Technik, aber das ist ein Irrweg«, sagte er. »Eines Tages werden Sie erkennen, dass wir mit Stahl, Draht und Kohle nur Probleme schaffen und keine lösen.«

»Ich glaube, wir sind da.« Sie zeigte auf eine Anlegestelle mit dem entsprechenden Schild.

»Der Weg zu den Gewächshäusern ist mir vertraut«, erklärte Archibald und sprang von Bord, sobald der Kahn den Steg erreichte. »Folgen Sie mir!«

»Was ist mit der Kleinen?«, fragte Gibberman.

»Fragen Sie in Whitechapel nach Catharine Eddowes«, rief ihm Archibald zu. »Mit dieser lebenslustigen Dame werden Sie mehr Freude haben als mit meiner Partnerin.«

»Sicher?«, rief Gibberman. »Kein Scheiß?«

»Ganz sicher«, rief Archibald, dann war er außer Hörweite.

Zufrieden setzte ihm Sarah nach. Mit seinen langen Beinen schlug er ein schnelleres Tempo an, sodass sie ins Schnaufen kam. Das Korsett behinderte sie enorm.

»Woher wollen wir wissen, dass wir an der Quelle etwas gegen das orange Ding ausrichten können?«, fragte Sarah keuchend.

100

»Wissen wir nicht.«

»Kein Schmoo?«, fragte Sarah und blieb abrupt stehen.

»Ich meine, wir müssen alles versuchen, um London zu retten«, erklärte er. »Was wir genau tun können, entscheiden wir, wenn die Quelle gefunden ist.«

»Kein toller Plan.«

»Besser als die meisten, die ich bisher hatte, oder?«, fragte er.

»Stimmt auch wieder«, musste sie zugeben.

Der Weg zu den Gewächshäusern führte an einem Wasser-lilienhaus vorbei und dauerte nur wenige Minuten.

»Sehen Sie«, rief Sarah, als sie die gigantische Konstruktion der Gewächshäuser erblickte. Im Hintergrund war ein kleiner See zu erkennen. »Fantastisch, obwohl ...« Sie kniff die Augen zusammen und erkannte eine dünne Schicht aus orangenem Geflecht, welches sich über die Scheiben ausbreitete. Schließlich sah Sarah auf den grasbedeckten Boden und erstarrte. »Das Zeug ist hier überall.« Mit ihrer Prothese griff sie hinein und zog einige der haarfeinen Fäden auseinander. Wie kleine Würmer wandten sich die winzigen Tentakel in ihrer Hand. »Ekelhaft!«

»Ganz dünn und fein«, sagte Archibald, »wir sind an der Quelle.«

»Erinnert mich an Zuckerwatte«, sagte sie und schaute sich um. »Sollten hier nicht überall Besucher sein? Oder zumindest Gärtner?«

»Ich fürchte, hier kann uns nur noch eine Person begegnen«, sagte Archibald und deutete auf ein abgenagtes Skelett unter einem Ginsterbusch.

»Die Fäden laufen alle in diese Richtung.« Sarah wies auf die Struktur der wimmelnden Fäden. »Alles mündet in dieses Gewächshaus.«

»Im Gegenteil, ich fürchtete, alles stammt aus dieser Konstruktion aus Stahl und Glas«, erläuterte Archibald und schritt darauf zu. Bei jedem Tritt bemerkte Sarah, wie sich die haarfeinen Tentakel bewegten.

»Sie scheinen zu pulsieren«, murmelte sie. »So, als würden sie Signale weitergeben.«

»Haben Sie je von Helena Petrovna von Hahn-Rottenstern gehört?«, fragte Archibald im Plauderton, während er seinen ominösen Kompass aus der Tasche zog. Sie schüttelte den Kopf, den Blick auf das Gewächshaus gerichtet. Der Überzug aus orangefarbenem Gespinst verhinderte, dass sie etwas im Inneren erkannte.

»Bekannt wurde die Dame als Helena Blavatsky ...« Er steckte den Kompass ein.

»Der Name sagt mir etwas«, warf Sarah ein. »Eine Scharlatanin, die sich mit okkultem Hokuspokus beschäftigt.«

»Angeblich soll bereits im Alter von zehn Jahren ein Exorzismus an ihr durchgeführt worden sein.«

»Sie meinen«, unterbrach ihn Sarah, »dass die Frau besessen war und der Dämon in ihr nun auf der Erde wandelt?«

»Woher haben Sie nur immer diese unausgegorenen Theorien?«, meinte Archibald. »Blanker Unsinn und Aberglaube.«

Sie fragte sich, ob er jemals über seine eigenen Hypothesen kritisch nachdachte.

»Hat diese Helena Blavatsky denn etwas mit dem Grauen in Orange zu tun?«, fragte Sarah, um vom Thema abzulenken.

»Nein.« Nach einer Pause, die sie nahezu wahnsinnig machte, sagte er schließlich: »Es handelt sich in unserem Fall um ihre elf Jahre jüngere Schwester Vera von Hahn.«

»Diese Vera hat also all die okkulten Schwarten ausgeliehen?«

»Exakt, ebenso wie sämtliche Werke ihrer älteren Schwester, doch es gibt noch ein weiteres, winziges Detail, welches das Bild in meinen Augen perfekt macht ...«

»Jetzt sagen Sie schon«, flehte Sarah und blieb stehen, da sie vor der Tür zum undurchsichtigen Gewächshaus angekommen waren.

»Sie ist Botanikerin«, sagte er und stieß das Tor zum Gewächshaus auf.

Eine Woge ging durch die wurmähnlichen Tentakel.

»In was für ein Schlamassel haben Sie mich da wieder reingeführt?«, fragte Sarah leise.

»Herein!«, erklang eine weibliche Stimme und ein schwaches Echo wurde von der hohen Halle zurückgeworfen.

»Wahnsinn«, sagte Sarah und schaute sich um. Jede einzelne Pflanze im Inneren des riesigen Gewächshauses war orange. Aus kleinen Zwiebeln schlüpften permanent neue Tentakelwesen.

Es erschien Sarah wie ein Wunder, dass die ausgemergelte Frau

im Zentrum der Halle überhaupt noch lebte. Bündel aus tausenden der winzigen Fäden wuchsen aus der zusammengekrümmten Gestalt heraus. Die Frau saß inmitten eines Kunstwerks aus Kreidesymbolen und Kristallen, flankiert von einem hohen Stapel alter Bücher. Die wurzelähnlichen Gebilde krochen über die Haut der Frau und pulsierten beständig.

Verdammt, dachte Sarah, als sie die Pakete und Töpfe in der riesigen Halle erblickte. Die Kisten waren mit Adressen auf der ganzen Welt beschriftet.

»Sehen Sie«, raunte sie Archibald zu. Dieser winkte ab und sagte laut: »Vera von Hahn, wie ich vermute?« Während er dies fragte, schien er nicht im Mindesten auf den ungewöhnlichen Anblick zu reagieren.

»Wer wagt es, die zukünftige Herrscherin des Empires zu stören?« Vera von Hahn blickte in ihre Richtung. Sarah bemerkte, dass sich die Tentakel in ihrer Nähe raupengleich bewegten.

»Wer ist so irrsinnig, mich hier aufzusuchen, statt sein Heil in der Flucht zu suchen?«

»Ich möchte Sie im Auftrag der verschreckten Bevölkerung von London auffordern, diese Umtriebe zu unterlassen. Danke«, sagte Archibald und blickte sich sichtlich gelangweilt um.

»Sie müssen wahnsinnig sein!«, erwiderte Vera von Hahn und sie straffte ihre kraftlose Erscheinung.

»Wenn hier eine Schickse meschugge ist, dann ja wohl Sie!«, entfuhr es Sarah. Sie zog ihren Colt Navy Automatic Spektralrepetierrevolver hervor. »Das Spiel ist endgültig aus.«

»Netter Spruch«, bemerkte Archibald, »doch ich fürchte, diese Form von Provokation ist an dieser Stelle ungeeignet.«

»Eine falsche Bewegung von der verrückten Blumenfrau und ich werde ...«, weiter kam Sarah nicht, denn das Geschrei der Frau übertönte ihre Worte.

»Shogotto, Ph-ngloi Carduk mfagn-nafh, Eloi Cthulhu R-lyehoi«, mühsam quollen die gutturalen Laute aus dem Mund von Vera von Hahn. Die umliegenden Tentakel vereinten sich zu kräftigen Strängen und umschlangen Sarah. Sie betätigte den Abzug ihrer Waffe, doch die Fangarme lenkten ihre Hand ab und so zerfetzte der Schuss lediglich eines der Glasfenster. Trotz heftiger Gegenwehr wurde sie eingehüllt und völlig überwältigt. Hilflos sah Sarah zu Archibald hinüber, der sich wie unbehelligt verhielt und eines der okkulten Bücher in seinen Händen hielt. Gerade steckte er eine Hand in seine Anzugtasche, ganz so, als wäre er in den Räumen eines Londoner Clubs.

»Nun, Miss von Hahn, ich verstehe nicht, warum Sie sich mit dieser Kreatur eingelassen haben?«, fragte er und zwinkerte Sarah zu. Sie schluckte. Ihr war nicht klar, was er beabsichtigte, doch sie hoffte, dass es schnell gehen würde.

»Sie sind ... amüsant«, antwortete Vera von Hahn. »Sie scheinen furchtlos zu sein. Eine seltene Eigenschaft bei ... Menschen.«

»Meschugge ist er auch«, murmelte Sarah. Sie verstummte, als ein Bündel Tentakel sich um ihren Hals legte. Etwas kroch ihre Wangen empor. Aus den Augenwinkeln sah sie nur einen orangen Schimmer.

»Erklären Sie es mir«, bat Archibald.

»Es wird bald ohnehin jeder wissen«, begann Vera von Hahn, »Pflanzen sind die reinsten Geschöpfe. Ihre Motive sind klar. Sie führen keine Kriege. Der Starke verdrängt den Schwachen und der Schwächere stirbt und wird zum Nährboden für den Siegreichen. Einfach und schnörkellos. Ein perfekter Organismus. Leider ohne Chancen gegenüber den Menschen. Bis jetzt. Ich vereine die Pflanzen mit äonenalter Macht und werde sie an die Spitze der Evolution führen.«

»Ich habe Darwins Buch gelesen«, bekannte Archibald, »ich fürchte aber, Sie sind einer Täuschung unterlegen.«

Das Orange kroch über Sarahs linkes Auge und sie stöhnte laut auf. Hoffentlich beeilte er sich mit seinem Plan. Wenn er überhaupt einen hatte.

»Sie wollen mich nur täuschen!«, zischte Vera von Hahn.

»Dieses Ding, welches Sie beschworen haben, ist keine Pflanze«, behauptete Archibald.

»Was soll es sonst sein?«, fragte Vera von Hahn, doch ihre Stimme drückte Gereiztheit aus.

»Ein Gezücht von jenseits der Sterne. Ein dunkles Geheimnis, welches niemals hätte heraufbeschworen werden dürfen.«

»Sie reden wie meine übergeschnappte Schwester!«, kreischte sie. Trotz ihrer bedrückenden Lage fiel Sarah auf, dass die Tentakel im Gewächshaus stärker pulsierten.

»Ich fürchte, Ihre Schwester war vorsichtig genug, nicht mit Mächten zu spielen, die unkontrollierbar sind.«

»Ich dirigiere meine Schöpfung, sehen Sie doch nur, was ich erreicht habe. Ich führe die Pflanzen an die Macht! Meine Kreatur wird die Herrschaft der Menschen beenden!«

»Wer kontrolliert hier wen?«, fragte er spöttisch und deutete auf die wurmähnlichen Tentakel, die den Körper der Frau bedeckten.

»Ich habe die Kontrolle!«, brüllte sie ihn an. »Ich habe genug von Ihnen, ich werde Sie vernichten, ich werde ...« Vera von Hahn schrie auf, als Archibald ihr eine Handvoll Pulver entgegenschleuderte. Fasziniert sah Sarah zu, wie die Tentakel vom Körper der Frau abfielen. Schlagartig veränderte sich ihre Farbe und wurde zu einem leichenfahlen Grau. »Nein, nein ... was haben Sie getan?«

Licht drang in das Gewächshaus, als das Geflecht sich von den Glasscheiben verzog.

»Nur etwas Kopperwater, wie ein Bekannter sagen würde.«

»Meine Schöpfung, Sie haben ihr wehgetan«, jammerte Vera von Hahn.

»Ich fürchte, ich habe noch viel mehr getan«, sagte Archibald und legte das alte Buch zurück auf den Stapel. »Die Verbindung wurde unterbrochen. Ich bin kein Fachmann für derartige Beschwörungen, doch ich meine mich zu erinnern, dass diese Art von Kreatur ihrem Schöpfer selten wohlgesonnen ist. Was meinen Sie?«

»Elender Narr!« Die ausgemergelte Frau schnappte sich das oberste Buch und blätterte hastig darin herum.

Ein kräftiger Ruck ging durch das Geflecht, welches Sarah festhielt. Die gesamte Energie schien sich aus den Fasern zurückzuziehen. Kraftlos fielen die Fangarme zu Boden und Sarah war frei. Langsam kehrte das Blut in ihre Glieder zurück. Mit einem Aufkeuchen entfernte sie die Reste des Gezüchts aus den Haaren und hob ihre Waffe auf. Vorsichtig humpelte sie an Archibalds Seite.

»Danke«, murmelte sie.

»Keine Ursache.«

105

Der Boden unter Sarahs Füßen vibrierte. Sie schaute hinunter, dann sah sie zur Seite. Die Fenster waren frei und so erblickte sie die orange Masse, die sich als gigantische Woge auf das Gewächshaus zubewegte.

»Wir sollten hier weg!«, schrie sie.

»Ich bin ganz Ihrer Meinung, Sarah!«, sagte Archibald. »Ich denke, Miss von Hahn wird alleine mit der Situation ohnehin nicht fertig.«

»Wie meinen Sie das?«, fragte sie schnell.

»Die beschworene Kreatur ist nicht mehr an sie gebunden, jetzt wird sie kommen und sich rächen.«

Mit aufgerissenen Augen schnappte sich Vera von Hahn das oberste Buch, schlug es auf und begann mit ihrer Anrufung: »Shogotto, Jambaar wgahnoi-nagl, fhtagn Khutulhu, Hastur, Eloi, fhtagn ...« Vera von Hahn blätterte um. Jedes Leben wich aus ihren eingefallenen Gesichtszügen. Panisch durchforstete sie das uralte Grimoire. »Nein. NEIN! Wo ist die Seite?«

Ein Donnergrollen rauschte heran.

»Nehmen Sie meine Hand«, war alles, was Sarah von Archibald Leach hörte. Das Brausen übertönte jedes weitere Wort. Die orange-farbene Flut brach über ihnen zusammen. Die Beine wurden Sarah unter den Füßen weggezogen. Sie wirbelte in dem ekelhaften Brei umher, als plötzlich jede Bewegung erstarrte. Sie glaubte zu ersticken, als sie zu Boden stürzte. Um sie herum lag orangefarbener Glibber, der sich in Gestank auflöste. Archibald ließ ihre Hand los und zeigte auf die Stelle, wo Vera von Hahn gestanden hatte. Leer.

»Was ist mit dem Grauen in Orange passiert?«

»Zurück zu seiner Heimat, jenseits der Sterne«, antwortete er. Aus seiner Tasche zog er ein herausgerissenes Blatt. »Die Beschwörung hat irgendwie nicht funktioniert.«

»Sie gerissener Schmock«, sagte sie.

»Ich nehme das als Kompliment. Gehen wir.«

»Der Weg ist weit«, meinte Sarah.

»Kapitän Gibberman nimmt uns sicher mit, wenn Sie es wünschen?«

»Danke, dann gehe ich lieber«, sagte sie und stapfte hinkend aus dem Gewächshaus.

Sie glitt in die Wanne. Das warme Seifenwasser entspannte ihre geschundenen Muskeln und sie schnurrte zufrieden. Langsam öffnete sie die Augen und blickte zum Blumentopf auf dem Fensterbrett. Die Knospe war einer orangefarbenen Blüte gewichen. Mit einem Satz sprang sie nackt aus der Wanne. Wasser spritzte, doch sie achtete nur auf die Blume.

Hatte sie sich bewegt? Möglich.

Sarah ging kein Risiko ein und öffnete ein Fenster. Sie warf den Topf ohne zu Zögern hinaus. Das splitternde Geräusch und die empörten Rufe von der Straße ignorierte sie. Erschöpft sank sie erneut in das warme Wasser.

Bevor sie sich in ihren Tagträumen eine gemeinsame Zukunft mit Archibald Leach ausmalte, schwor sie sich, am nächsten Morgen alles Orangefarbene aus der Wohnung zu verbannen. Für immer.

Helena Roth und die
grasgrüne Seide
Isabelle Wallat

»Beeil dich, Helena«, flüsterte Albrecht und schaute weiterhin durch den Türspalt hinaus auf den Flur.

»Geduld ist eine Tugend«, raunte sie ihrem Bruder zu und konzentrierte sich wieder auf ihren kleinen Spion. Der winzige Automat passte gerade so in ihre Hand. Seine sechs kleinen Beine stützten den robusten Körper auf ihrer Hand ab. Vorsichtig zog Helena die letzte Schraube im Gehäuse an. Dann drückte sie mit dem Schraubenzieher auf einen versteckten kleinen Schalter. Ihr winziger Spion erwachte zum Leben. Der kleine Kopf drehte sich auf dem Rumpf einmal komplett herum, bevor er mit einem kaum hörbaren Klick einrastete.

Behutsam setzte sie ihren Helfer auf das Fensterbrett und drückte mit der anderen Hand gegen den Rahmen. Das Fenster in diesem Raum ließ sich nur einen kleinen Spalt breit öffnen, doch dieser reichte voll und ganz aus. Die zarten Beine ihres Spions setzten sich in Bewegung. Er krabbelte über das Fensterbrett und verschwand nach draußen. Helena zog das Fenster wieder zu und drehte sich um – Nur um sich im nächsten Moment zu wünschen, es nicht getan zu haben. Man hatte sie in diesen Vorführraum gebracht, wo ein Teil der Kollektion der Gebrüder Baumann ausgestellt wurde. Hinter gläsernen Vitrinen mit hölzernen Rahmen standen Puppen, an denen das neuste Produkt der Gebrüder Baumann präsentiert wurde: grüne Seide.

Besser gesagt, grasgrüne Seide. Das war natürlich nicht der offizielle Name der Farbe, aber Helena hatte das Grün heimlich so getauft, denn es leuchtete wie der Rasen in Herrn Rosenbaums Garten, der die Pflanzen auf seinem Grundstück mit Pferdemist düngte und sie so zum Strahlen brachte. Und genauso strahlte auch diese Seide. Saftig und glänzend.

Die Intensität der Farbe war unglaublich. Ein solch leuchtendes Grün hatte Helena noch nie zuvor in ihrem Leben gesehen.

Nicht einmal auf einem Gemälde. Da war es kein Wunder, dass man in Meerane über nichts anderes mehr sprach und jeder ein Kleidungsstück aus dieser Seide haben musste.

In diesen Vitrinen konnte Helena Westen und Hemden, wunderschöne Blusen und Röcke sehen. Alles in Grün. Selbst ein grünes Korsett war darunter.

Zugegeben, die Kleidungsstücke sahen sehr schön aus, doch etwas an dieser Seide fand Helena unheimlich.

Schritte erklangen auf den Holzdielen. Im Spiegel der Vitrine sah Helena ihren Bruder auftauchen. Er hatte sich in seinen feinsten Anzug gezwängt und sogar einen Hut dabei. Onkel Leopold war so stolz auf sie beide gewesen. Bis er den wahren Grund für ihr Engagement erfahren hatte.

»Und du bist dir sicher, dass dein Spion nicht entdeckt wird?«, fragte Albrecht noch einmal.

Helena trat von der Vitrine weg und lief auf die gerahmten Fotografien an der Wand zu. Dort waren die Brüder Baumann zu sehen. Hans-Werner Baumann war der ältere der beiden Brüder und auch der Talentloseste in der Familie. Er konnte gut mit Geld umgehen, das war aber auch schon alles. Sein Bruder Franz-Peter hingegen war der kreative Kopf der Familie. Von ihm stammten auch die Entwürfe in diesem Vorführraum. Er hatte jedes Stück einzeln genäht.

Auf einer Fotografie saßen die Brüder auf einem dieser indischen Elefanten. Zwei steife Geschäftsmänner aus Deutschland auf einem Elefanten. Fast hätte Helena gelacht, wenn die Lage nicht so ernst gewesen wäre.

»Niemand wird meinen Spion bemerken. Sei nicht so angespannt Albrecht, das macht alle nur misstrauisch«, erklärte Helena ohne dabei den Blick von den Fotografien zu nehmen. Etwas weiter hinten stand eine Vitrine an der Wand unter den Fotografien. Grüne, fein bestickte Handschuhe lagen darin. Auch Taschentücher mit Monogramm konnte sie entdecken. Diese grüne Seide war wirklich sehr vielseitig.

»Ich bekomme das schon hin«, versicherte Albrecht ihr.

»Du hättest wirklich nicht mitkommen müssen. Ich schaffe das auch allein«, meinte Helena und setzte ihren Rundgang durch den

Raum fort. Schließlich sollte es so aussehen, als interessierte sie sich für diese grüne Seide.

Albrecht blieb an ihrer Seite.

»Auf keinen Fall. Du hast mich schon bei der Sache mit dem Vampir außen vor gelassen. Diesmal bleibe ich nicht auf der Ersatzbank sitzen. Außerdem war Onkel Leopold doch so glücklich.«

Da musste Helena ihm zustimmen. Onkel Leopold wollte sie und ihren Bruder schon seit Jahren für das Familienunternehmen begeistern.

Das Klicken der Tür, die ins Schloss fiel, ließ Helena und ihren Bruder herum fahren. Hans-Werner Baumann stand plötzlich im Raum. Der Anzug saß akkurat, auch der Bart war sauber gestutzt. Das grüne Seidenhemd unter seiner Anzugjacke stach hinter dem Schwarz regelrecht hervor. Mit den wachen Augen eines Geschäftsmannes musterte er seine beiden Gäste. Ein eingeübtes Lächeln tauchte auf seinem Gesicht auf.

»Herr Roth, es freut mich, Sie persönlich kennenzulernen«, Hans-Werner schüttelte Albrecht die Hand, dann wandte er sich zu Helena, um ihr einen Handkuss zu geben. »Und ganz besonders freue ich mich, Ihre Bekanntschaft zu machen, Fräulein Roth. Wo wäre Meerane denn heute, ohne ihre innovative Idee zur Aufrüstung des Ladungsturms!«

»Sie schmeicheln mir. Ich bin sicher, dass auch jemand anders irgendwann auf die Idee gekommen wäre, dampfbetriebene und ausfahrbare Landungsbrücken an der Turmspitze anzubringen«, tat Helena das Kompliment ab. Schließlich hatte sie es nie darauf angelegt berühmt zu werden. Sie hatte nur den Handel für die Firma der Geuckes ankurbeln wollen.

Hans-Werner lächelte weiter. »Sie wollten mit mir über den Verkauf einiger dampfbetriebener Webstühle sprechen«, lenkte er das Gespräch wieder auf das Wesentliche. »Ich war hocherfreut davon zu hören. So können wir unsere Produktion steigern und die Nachfragen aus Berlin und Frankfurt erfüllen.«

Albrecht übernahm von diesem Moment an das Gespräch, wie Onkel Leopold es vorgeschlagen hatte. Helena hatte nichts dagegen gehabt, denn solche Gespräche waren noch nie ihre Stärke gewesen. Sie fand sie unglaublich langweilig.

Hans-Werner führte sie und Albrecht aus dem Vorführraum hinaus und an seiner Sekretärin vorbei, die ein bodenlanges Kleid mit Korsett aus der grünen Seide trug. Sicher zu Vorführungszwecken für potentielle Kundschaft.

Helena tat ganz interessiert, als sie durch die Produktionshallen geführt wurden. Hier arbeiteten die Weber noch an unzähligen Webstühlen. Das stetige Klacken und Klopfen der Stühle erreichte eine Lautstärke, die in den Ohren schmerzte. Über jeden Webstuhl zogen sie die grünen Fäden, wie ein Spinnennetz. Endlose Bahnen liefen am unteren Ende der Webstühle zu großen Rollen zusammen. Auf jedem der Webstühle konnte sie einen Weber oder eine Weberin entdecken, die sich nach vorn beugten, um das Muster zu überprüfen, oder auf den Webstuhl kletterten, um die Lochkarten für die verschiedenen Muster auszutauschen.

***

Hans-Werner Baumann nahm diese Führung wirklich sehr ernst. Nach über zwei Stunden konnten sich Helena und Albrecht endlich verabschieden und die Fabrik der Gebrüder Baumann verlassen. Noch während Helena mit Albrecht über den gepflasterten Weg auf das Fabriktor zulief, spürte sie ein leichtes Ziehen an ihrem Rock. Ihr Spion war wieder da und versteckte sich nun in den Falten ihres Kleides. Über ihnen hörten sie die Rotoren eines Luftschiffes noch bevor es seinen Schatten auf den Hof warf. Es brachte eine Stofflieferung zu einer anderen Firma.

»Das lief doch ganz gut«, meinte Albrecht, als sie nur noch wenige Meter vom Tor entfernt waren. »Ich glaube nicht, dass er was gemerkt hat.«

»Glaube ich auch nicht«, bestätigte Helena und ließ ihre Hand wie zufällig zu ihrem Rock herunter gleiten, um den kleinen Spion in ihrer Hand verschwinden zu lassen.

Am Straßenrand wartete bereits die Kutsche der Familie Roth auf sie. Das Gefährt hatte allerdings keine Pferde vorgespannt. Es wurde von einer kleinen Dampfmaschine angetrieben, die sich hinter der Kutsche befand. Der Schornstein ließ es wie eine Lokomotive

110

aussehen. Der Kutscher hatte sehr lange gebraucht, um sich daran zu gewöhnen. Doch nun sprang er voller Eifer von seinem Platz herunter und hielt Helena die Tür auf.

Ihr Blick fiel auf ein Pärchen, das gerade die Straße hinauflief. Der April hatte den ersehnten Frühling in die Stadt gebracht und die Menschen konnten die dicken Wintermäntel endlich wieder zu Hause lassen. Die Frau trug ein wunderschönes Kleid aus grüner Seide mit einem hauchzarten Ornament, das sich am unteren Saum entlang zog und geheimnisvoll glänzte. Immer wieder fuhr sie mit der Hand über den feinen Stoff ihres Kleides. Ihr Begleiter trug eine robuste Weste aus der grünen Seide. Sie leuchtete unter seiner Anzugjacke hervor. Auf der anderen Straßenseite konnte Helena eine junge Frau erkennen, die sich sichtlich über die grünen Seidenhandschuhe freute, die sich eng an ihre Hände schmiegten. Alle drei schienen nicht mehr zu bemerken, was um sie herum geschah. So sah es in der ganzen Stadt aus und Helena wurde das Gefühl nicht los, dass sich diejenigen Menschen, die die grüne Seide trugen, wie ferngesteuert verhielten.

Sie stieg in die Kutsche und ließ sich auf ihren Platz sinken, ohne dabei wegen der anderen Person zu erschrecken, die sich tief in den Schatten der Kutsche duckte. Albrecht folgte ihr. Erst als sich die Kutsche in Bewegung setzte, zog Friedrich den Vorhang zur Seite, damit wieder Licht hinein fiel.

Einen kurzen Moment gestattete sie sich einen schmachtenden Blick auf ihren Geliebten, doch seine ernste Miene vertrieb die jugendlichen Schwärmereien schnell wieder.

»Gott sei Dank seit ihr zurück«, brach Friedrich das Schweigen. »Sehr viel länger hätte ich es mit dieser Nervensäge nicht ausgehalten.«

Sein Blick glitt zu dem Platz neben sich, wo sich der kleine Gargouille Remi aus seinem Mantel schälte und Friedrich einen verächtlichen Blick zuwarf. »Du sprichst mir aus der Seele«, meckerte der kleine Gargouille und seine Hörner zuckten. »Die ganze Zeit jammert er vor sich hin. *Ach, wo ist bloß meine geliebte Helena? Hoffentlich geschieht ihr da drin nichts. Wäre ich doch nur mitgegangen, um sie zu beschützen!*« Remi warf die Hände in einer theatralischen Geste herum wie eine Diva in der Oper.

Helena presste die Lippen zusammen, um nicht zu kichern. Friedrich jedoch, auf dessen Wangen sich eine verräterische Röte zeigte, schlug Remi mit der Faust auf den Kopf und sagte: »Halt den Schnabel! Du weißt genau, dass ich nicht einfach so auf das Firmengelände der Baumanns gehen kann!«

Da hatte Friedrich recht. Seinem Vater gehörte die größte Stofffirma der Stadt. Viele kleine Webereien und Schneidereien arbeiteten zudem für seinen Vater. Viele meinten, dass die Geuckes mit ihrem Textil-Imperium die Stadt in der Hand hatten. Doch so wie es zurzeit aussah, würden durch die Baumanns, die größten Konkurrenten der Geuckes, die Machtverhältnisse bald anders verteilt.

»Ich glaube Remi und Helena haben mit ihren Vermutungen recht«, meldete sich Albrecht zu Wort.

Helena hielt die Hand hoch, in der sich noch immer ihr kleiner Spion versteckte. Behutsam drehte sie ihn auf den Rücken und öffnete ein winziges Fach am Bauch. Sie hatte erwartet, darin Faserproben zu finden, doch das kleine Fach war voll mit grünem Schleim, der so leuchtete wie die Fäden in der Fabrikhalle. Ein leicht aromatischer Duft ging von dem Schleim aus.

Remi tauchte eine Kralle hinein und schnupperte vorsichtig daran. Angewidert hielt er seine Pranke von sich weg.

»Merde! Das ist ja schlimmer als ich dachte«, fluchte Remi und wischte die Kralle an Friedrichs Hose ab, der ihm daraufhin erneut auf den Kopf schlug.

Helena zückte ein Taschentuch und wischte den Schleim von Friedrichs Hose. »Dann stimmen unsere Vermutungen?«, fragte sie an Remi gerichtet. »Es ist die Seide, die die Menschen dazu bringt, sich seltsam zu verhalten?«

So wie ihre Nachbarin, die vor einigen Tagen einfach auf die Straße gelaufen war und beinahe von einer Kutsche überfahren worden wäre, wenn Albrecht sie nicht rechtzeitig mit sich zu Boden gerissen hätte.

»Genau, chérie. Dieser Schleim stammt von einem Spinnen-Dämon, der eigentlich nicht hier sein dürfte«, erklärte Remi und rieb sich die neue Beule an seinem Kopf. »Die leben sonst in Asien. Zum Beispiel im Süden von China, Thailand und Indien.«

112

»Sind die Baumann Brüder nicht erst vor Kurzem aus Indien zurückgekehrt?«, fragte Friedrich plötzlich.

»Ja, sind sie«, Albrecht lehnte sich auf der Bank zurück und nahm endlich den albernen Hut ab. »Hans-Werner hat die ganze Zeit über nur davon gesprochen, wie großartig die Reise nach Indien war und dass sie dort die Seide gefunden haben und den Farbstoff natürlich.«

»Ich glaube eher, dass der Spinnen-Dämon *sie* gefunden hat«, meinte Remi.

Die Kutsche bog mit einem leisen Rattern in die Auffahrt der Roth-Villa ein und hielt vor dem Eingang. Friedrich stieg zuerst aus und reichte Helena die Hand.

»Dann sollten wir uns das Firmengelände unbedingt noch mal ansehen und den Dämon suchen«, schlug er vor.

Hinter sich hörte Helena Albrecht aussteigen, doch es war Remis Stimme, die alle anderen Geräusche übertönte: »Ja, schnappen wir uns den Dämon, der der Konkurrenz so viel Geld einbringt.«

»Warum wohnt die kleine Nervensäge eigentlich bei euch?«, fragte Friedrich Albrecht leise, während Helena Remis Hut richtete, damit die Hörner nicht zu sehen waren.

»Ich habe keine Ahnung«, raunte Albrecht ihm zu.

»Aber das ist doch ganz klar«, erklärte Remi und sprang die Stufen der Kutsche herunter. »Ich bin Franzose! Frauen finden meinen Dialekt unwiderstehlich.«

Helena musste ein Kichern unterdrücken, als Remi ihr einen Handkuss gab, während die beiden Männer neben ihr nur genervt brummten.

***

Die Wände in Onkel Leopolds Arbeitszimmer waren gesäumt von deckenhohen Regalen. In Leder gebundene Bücher und Aktenordner drängten sich darin dicht an dicht. Auf dem Schreibtisch stand eine kleine Lampe, die durch ein verstecktes Kabel mit der Dampfmaschine im Keller verbunden war. Das Licht flackerte leicht. Helena hatte es noch immer nicht geschafft, dafür zu sorgen, dass die Lampe anständig leuchtete. In der Zimmerecke tickte eine große

Standuhr leise vor sich hin. Dutzende kleine Zahnräder klickten leise in ihrem Innern. Durch die verglaste Tür war das Innere klar zu erkennen, sowie die weiteren Ziffernblätter, welche Temperatur und Luftdruck anzeigten. Eine kleine Spielerei von Helena, von der sich Onkel Leopold nicht trennen konnte.

Nun stand Helenas Onkel hinter seinem Schreibtisch. Friedrichs Vater, Anton Geucke, hatte sich zu ihm gesellt. Beide Männer schauten auf Helenas kleinen Spion, der mitten auf dem großen schwarzen Schreibtisch lag. Sein Bauch war aufgeklappt, sodass die Männer den grünen Schleim sehen konnten.

»Hast du nicht gesagt, dein kleiner Spion werde im Keller Proben sammeln?«, fragte Onkel Leopold und schaute vom Tisch auf.

Helena hatte sich auf einen der beiden Sessel vor dem Schreibtisch niedergelassen und die Beine übereinandergeschlagen. Albrecht hatte es sich auf dem anderen gemütlich gemacht. Friedrich stand hinter ihr und hatte die Hand auf ihre Schulter gelegt. Diese kleine Geste bedeutete Helena viel. Remi stapfte derweil ungeduldig durch den Raum.

»Das hat er auch«, antwortete Helena ihrem Onkel. »Er hat sich an der Hauswand hinuntergeschlichen und ist in den Keller eingedrungen.«

»Die Baumanns sind vor Kurzem aus Indien zurückgekommen«, berichtete Albrecht. »Vielleicht werden sie auch von dem Dämon kontrolliert, so wie die meisten Menschen in der Stadt. Es kommt mir schon so vor, als befänden wir uns in der lächerlichsten Theateraufführung der Welt.«

Da hatte er recht. Die Menschen in der Stadt benahmen sich seltsam. Und alle, die sich wie Marionetten aufführten, trugen die grüne Seide der Baumanns. Es reichte anscheinend auch ein kleines grünes, seidenes Halsband um ein solches Verhalten hervorzurufen.

Anton verschränkte die Arme vor der Brust und sagte: »Wenn das so ist, dann sollten wir alles unternehmen, um den Dämon aufzuhalten. Ich habe heute erfahren, dass die Baumanns kurz davor sind, ihre grüne Seide nach ganz Europa auszuliefern.«

Helena lief es kalt den Rücken hinunter. Wenn die Seide nach ganz Europa ausgeliefert werden sollte – und mit den Luftschiffen würde das nur wenige Tage dauern – dann hätte der Dämon in kürzester Zeit eine ganze Armee von Marionetten.

»Dann müssen wir noch heute Nacht zuschlagen«, sagte Remi voller Tatendrang.

»Du musst mir die Waffen wieder geben, die ich für solche Fälle entwickelt habe«, bat Helena ihren Onkel.

Er verzog missbilligend das Gesicht. Onkel Leopold war ganz und gar nicht damit einverstanden, dass Helena Waffen baute. Es sei zu gefährlich und werde nur zwielichtige Leute anlocken.

»Könnt ihr diesen Dämon denn nicht auch ohne irgendwelche Waffen ausschalten?«, fragte er schließlich.

»Aber ja doch«, antwortete Remi und warf die Hände in die Luft. »Wir kitzeln ihn mit Wattebauschen, bis er erstickt.«

Helena erhob sich von ihrem Sessel und trat an den Schreibtisch heran. »Bitte, Onkel Leopold. Wir müssen diesen Dämon aufhalten, bevor er damit anfängt, Menschen aktiv zu manipulieren.«

Onkel Leopold würde sich so einfach nicht umstimmen lassen, also legte Helena den Kopf ein wenig schief und drückte eine Krokodilsträne heraus. Sie konnte förmlich dabei zusehen, wie ihr Onkel dahinschmolz. Schließlich ließ er die Schultern hängen und wandte sich zu einem der Regale.

»Na gut, du bekommst deine Waffen zurück«, gab er nach. »Aber nur für diese eine Jagd, und wenn ich dich noch einmal dabei erwische, wie du Waffen baust, werde ich deine Werkstatt höchstpersönlich auseinanderbauen und die Teile verkaufen. Habe ich mich klar ausgedrückt?«

Helena lächelte über das ganze Gesicht, als Onkel Leopold einige Bücher aus dem Regal nahm, um den dahinterliegenden Safe freizulegen. Die Tür war mit zusätzlichen Riegeln und Bolzen versehen. Mehrere Zahnräder setzten sich leise klackend in Bewegung, als das Zahlenschloss gedreht wurde. Mit einem leisen Klick lösten sich die Riegel und Bolzen und die schwere Eisentür glitt auf. Eine weitere von Helenas Konstruktionen; die sie extra so gebaut hatte, dass man sie von außen nur mit der richtigen Kombination aufbekam.

In dem überraschend großen Safe lagen eine Kiste mit Granaten, die mit Magnesium gefüllt waren, und einige kleine Handfeuerwaffen,

die Helena entwickelt hatte, nachdem ein Vampir die Geuckes fast umgebracht hatte. Somit stand der heutigen Dämonenjagd nichts mehr im Wege.

***

Der Mond stand schon hoch am Himmel, als Helena zusammen mit Friedrich, Albrecht und Remi den Zaun des Baumann'schen Firmengeländes erreichte. Friedrich hatte den Kragen seines Mantels aufgestellt und schaute sich argwöhnisch um. Vor allem ihn sollte heute Nacht niemand erkennen. Es wäre eine Katastrophe, würde er hier beim größten Konkurrenten seiner Familie auf dem Firmengelände entdeckt. Industriespionage war kein leichtes Delikt – ganz abgesehen von dem Schaden, den der Ruf seiner Familie nehmen würde.

Remi hüpfte auf die kleine Mauer und strich mit den Fingern über das Eisen des Zauns. Es war neu und stabil. Daran würden sie nicht so leicht vorbei kommen.

Fest entschlossen, sich von einem Zaun nicht aufhalten zu lassen, zog Helena ihren Lederrucksack von den Schultern. Es klimperte zum Glück nichts, dafür sorgten einige Kleidungsstücke, die sie zwischen ihre Ausrüstung gesteckt hatte. Zielsicher holte sie ein kleines Stabfeuerzeug heraus, das gerade so in ihrer Hand verschwand. Ein Glaskolben bildete die Mitte des Feuerzeuges. Kleine Messingrohre zogen sich an der Seite entlang. Helena nahm das Gerät fest in die Hand. Die Mündung richtete sie auf das kleinere Tor für Fußgänger und drückte auf den Knopf an der Unterseite. Das Feuerzeug erwachte leise brummend zum Leben. Eine kleine, aber sehr helle Stichflamme züngelte aus der Mündung. Das Feuer fraß sich durch das Schloss wie durch Butter. Schon nach wenigen Sekunden war ein Loch im Schloss und das Tor ließ sich leicht öffnen.

Ohne ein Wort zu sagen schlich sich Helena mit ihren Begleitern im Schutz der Dunkelheit zum Fabrikgebäude hinüber. Ein schwacher grüner Schimmer drang aus den Kellerfenstern in die Nacht hinaus. Helena blickte über ihre Schulter. Albrecht und

Friedrich hatten es auch gesehen. Das grüne Leuchten ließ den Klinkerbau wie aus einer anderen Welt erscheinen.

Sie schlichen um das Hauptgebäude der Fabrik herum zu den Lieferanteneingängen. Hohe Türen und Flaschenzüge prägten diese Seite des Gebäudes. Ganz hinten befand sich eine Tür, die zur Hälfte im Boden versunken war. Nur der steinerne Türrahmen zeigte an, dass sich hier der Eingang zum Kellergeschoss befand. In regelmäßigen Abständen wurde die Wand des Gebäudes von halbrunden Kellerfenstern gesäumt, aus denen das grüne Leuchten drang.

Das gesamte Gelände war von Bäumen und Büschen umgeben, weshalb bisher noch niemandem das unheimliche grüne Licht aufgefallen war.

Wieder trat Helena an die niedrige Tür und hielt ihr Feuerzeug an das Schloss. Das schmelzende Metall verbreitete einen Gestank, bei dem Helena sich abwenden musste. Zum Glück hielt das Schloss dem Feuer nur wenige Sekunden lang stand und Friedrich stieß die Tür zum Keller auf.

Eine schmale Steintreppe führte hinunter in die Dunkelheit. Warum das grüne Licht hier nicht zu sehen war, konnte sich Helena erst nicht erklären. Albrecht blieb dicht hinter ihr, als sie sich die Treppe hinunterarbeiteten und schließlich in einem kleinen Vorraum landeten. Einige Holzkisten standen in den Ecken. Es musste ein Notausgang aus dem Keller sein und der wurde wohl als Lager benutzt.

Unter einer anderen Tür in diesem kleinen schmalen Zimmer drang der unheimliche grüne Schein wieder deutlich hervor. Dort musste sich der Dämon befinden. Oder aber Unmengen der dämonischen grünen Seide.

»Setzen wir die Masken auf«, schlug Helena vor, griff in ihren Lederrucksack und holte eine Eisenmaske hervor. Der Sichtbereich war mit dickem Glas ausgekleidet. Mit Ledergürteln konnte man sich die Maske um den Kopf schnallen, sodass sie Mund und Nase vollkommen verdeckte. Eine winzige Pumpe und ein Filter waren am unteren Ende angebracht. Die kleinen Messingröhrchen blitzten im Mondlicht. Von der Maske ging nach dem Einschalten ein leises Summen aus, welches von der elektrischen Ladung stammte, mit der die Pumpe eine Stunde lang ihren Dienst tun konnte. Durch das Gewicht des kleinen Energiespeichers wurde die Maske allerdings stark nach unten gezogen. Aber das war noch immer besser, als ungeschützt in diesen Keller zu laufen, wo der Dämon sie wohl mit irgendwelchen Gasen zu seinen Marionetten machen konnte. Durch die dicken Gläser konnte Helena immerhin genug von ihrer Umgebung sehen.

Selbst Remi hatte sich eine Maske aufgesetzt, auch wenn sie ihm zu groß war.

»Hat jeder seine Granate und seine Handfeuerwaffe?«, fragte Helena und blickte zu den beiden Männern, die ihr so viel bedeuteten.

Beide hoben die kleinen schwarzen Granaten hoch, die sie ihnen gegeben hatte. Im Grunde waren das nur Blechkugeln, die mit Magnesium gefüllt waren. Nur der Zünder war etwas Besonderes. Zog man den Bolzen heraus, setzte sich in dem kleinen Kasten ein Zahnradgetriebe in Gang, welches eine chemische Reaktion auslöste und somit das Magnesium entzündete, das dann mit über zweitausend Grad Celsius verbrannte.

Viel stolzer war Helena da auf die Handfeuerwaffen. Anstelle des Laufes hatten diese Waffen eine kleine Kammer, in dem sich winzige Spulen befanden. Aus der Mündung trat dann keine Kugel aus, sondern ein Blitz, der genug Kraft hatte, um selbst einen Elefanten außer Gefecht zu setzten. Zum Aufladen musste man nur eine Kurbel am unteren Ende des Griffes anbringen und daran drehen, bis die Spulen im Inneren genug Spannung hatte.

Diese Elektrizität war wirklich eine tolle Sache.

»Und denkt daran, mes amis. Ihr dürft die Seide auf keinen Fall berühren. Ich bin sicher, dass der Dämon sie ausscheidet und im frischen Zustand noch mehr Kontrolle darüber hat, als nach der Verarbeitung«, erinnerte Remi sie alle noch einmal an diese unglaublich unappetitliche Tatsache.

Albrecht brummte nur etwas, dann lief er zur Tür und drückte die Klinke vorsichtig herunter. Mit einer Waffe und einer Granate in den Händen machte sich Helena auf alles gefasst.

Doch was sie in dem weitläufigen Keller vorfand verschlug ihr den Atem.

Der gesamte Keller war mit endlosen Rollbändern vollgestellt, die vom hinteren Ende des Kellers nach vorn zu ihnen führten. Grasgrüne Seidenfäden wurden über die Rollbänder gezogen, hin zu großen Maschinen, die ihnen nun die Sicht auf den hinteren Teil des Kellers versperrten. Dampf stieg von den Maschinen auf, die die Seidenfäden von den Rollbändern aufnahmen. Durch Kupferrohre wurde offenbar erhitztes Wasser ins Innere gepumpt. Dicke Zahnräder trieben Wellen an. Laufbänder führten zur Decke, wo sich weitere Wellen kontinuierlich drehten. Diese führten nach hinten in den Keller. Sie waren in regelmäßigen Abständen durch Keilriemen mit den Rollbändern verbunden und trieben diese an. Das dumpfe Rattern und Klopfen einer Dampfmaschine drang aus dem hinteren Teil des Kellers.

Fasziniert von der Technik trat Helena an die großen Maschinen heran, die tatsächlich fertige Spulen voller grüner Seidenfäden ausspuckten. Diese Maschinen wickelten die Seide automatisch auf die Spulen, wogen und maßen sie offenbar und verpackten sie auch gleich, bevor sie sie ausspuckten. Schließlich wurden die Seidenrollen dann über Scheinen bis zur Wand befördert.

Es juckte Helena in den Fingern, diese Maschinen zu öffnen, um herauszufinden wie sie funktionierten.

»Wir haben Wichtigeres zu tun, Helena«, ermahnte Albrecht sie und verschwand dann hinter einer anderen Maschine.

Helena konnte Friedrichs Gesicht zwar nicht sehen, doch sie war sich sicher, dass er ihr zulächelte.

»Komm schon, chérie. Vielleicht haben wir später noch Zeit hierfür«, meinte Remi, bevor er Helena an der Hand nahm und sie mit sich zog.

Schweren Herzens riss sich Helena von den Verpackungsmaschinen los und folgte den anderen. Es waren tatsächlich die grasgrünen Seidenfäden, die das unheimliche Leuchten in den Fenstern verursachten. Es war das einzige Licht im Keller. Helena konnte kaum hinsehen. Diese intensive Farbe raubte ihr den Verstand.

Am anderen Ende des Kellers befanden sich einige Aufbauten vor den Rollbändern. Die Seidenfäden liefen dort über Rollen und verschwanden hinter den Aufbauten. Der Raum dahinter war dunkel.

Remi tauchte als erster in die Dunkelheit ein. Helena blieb ihm dicht auf den Fersen. Ihre Augen brauchten eine Weile, um sich an das dämmrige Licht zu gewöhnen.

Aber dann sah sie es.

Der Spinnendämon hing an der Decke. Sein massiger, haariger Körper glänzte im Licht einiger Kerzen, die hier hinten standen. Acht lange, haarige Beine wanden sich von dem Körper an die Decke zu einem feinen, grün leuchtenden Netz. Der dicke, runde Kopf war von ihnen abgewandt. Aus dem Hinterteil des Dämons kam ein stetiger grasgrüner Strom, der vor Schleim nur so tropfte. Dieser Strom wurde von u-förmigen Eisenstangen aufgefangen und dann zu einer Düse geleitet, aus der Wasser kam und die Seide vom Schleim befreite. Der Schleim tropfte in eine Regenrinne, die in einer dunklen Ecke im Keller verschwand.

»Wie ekelhaft«, flüsterte Helena.

Weitere Eisenstangen teilten den dicken Seidenstrang in mehrere dünnere auf. Eigentlich eine raffinierte Konstruktion, mit recht einfachen Mitteln.

Ein leises Zischen war von dem Dämon zu hören. Seine Beine zuckten kurz. Friedrich nahm seine Handfeuerwaffe fest in beide Hände und schlich sich unter dem Spinnendämon hindurch. Den Blick fest nach oben gerichtet schob er einen Fuß vor den anderen. Nun wackelte der Kopf, als würde der Dämon gleich aus seiner Starre erwachen.

Friedrich hatte schon fast den Kopf des Dämons erreicht, als ein Bein der Spinne so heftig zuckte, dass ein Faden, der auf die Rollbänder verteilt wurde, riss und nach unten sauste.

Helena hatte sich gerade umgedreht, als sie sah, wie der Faden auf Albrechts Kopf landete. Ihr Bruder hatte noch nicht einmal Zeit, um den Faden zu bemerken, da sackten seine Schultern bereits herunter und der Kopf sank nach vorn.

»Albrecht!«

Helena wollte ihrem Bruder schon zu Hilfe eilen, als ein lautes Zischen die Dampfmaschine im Stockwerk über ihnen übertönte.

»Friedrich! Pass auf!«, schrie Remi, doch da war es schon zu spät.

Die Spinne ließ sich von der Decke fallen und landete genau vor

Friedrich. Dieser hob die Waffe und zielte auf den Kopf des Dämons. Jemand rannte plötzlich an Helena vorbei. Zu spät erkannte sie, dass es ihr Bruder war, der sich kurz darauf auf Friedrich stürzte und ihn zu Boden riss. Seine Waffe flog durch die Luft. Die Männer rangen auf dem Boden miteinander.

Remi rannte nun auf den Dämon zu, seine kurzen Krallen zu Klauen geformt. Der runde Kopf des Dämons drehte sich wie der einer Eule zu ihm. Die roten Augen glühten wie Kohlen in der Dunkelheit. Ein Zischen drang, zusammen mit dünnen Speichelfäden, aus dem Mund. Mit ihren Beinen trat die Spinne nach Remi und verpasste ihm einen Schlag nach dem anderen, während hinter ihr grüne Seide von der Decke hing und langsam von den Maschinen aufgerollt wurde.

Helena musste schnell etwas unternehmen!

Eines der Spinnenbeine erwischte Remis empfindliche Flügel und presste ihn auf den Boden. Helena packte die Granate in ihrer Hand und zog den Bolzen heraus. Ohne lange darüber nachzudenken, rannte sie auf den Dämon zu, stieß ein angreifendes Bein zur Seite und packte mit einer Hand den Kopf der Spinne. Mit der anderen stopfte sie ihm die Granate tief in den Rachen. Die kleinen spitzen Zähne der Spinne ritzten ihren Ärmel auf und schabten über ihre Haut. Etwas traf Helena in die Seite, sodass sie zu Boden fiel.

Als sie aufblickte, war die Spinne in Panik geraten und wich von ihr und Remi zurück. Immer wieder versuchte sie, mit ihren Beinen das Maul zu erreichen. Sie würgte und warf den Kopf hin und her.

Remi war der erste, der sich wieder aufrappelte. Über einen seiner Flügel zog sich eine dünne Blutspur, aber das schien ihn nicht weiter zu stören. Er rannte auf Helena zu, zerrte sie auf die Füße und scheuchte sie mit sich zu den Rollbändern.

Kaum hatte sich Helena von der Spinne weggedreht, gab es einen lauten Knall. Ein grelles Licht erhellte jeden Winkel des Kellers. Helena traute sich nicht, über die Schulter zu der Spinne zu schauen. Der Knall und das Geräusch von etwas Schleimigem, das auf Steinwände geschleudert wurde, reichte ihr schon.

Albrecht, der Friedrich schon zu Boden geworfen hatte und ihn erwürgen wollte, hielt im selben Moment inne und griff sich an den Kopf.

»Los, raus hier!«, schrie Helena, die die Hitze schon in ihrem Rücken spüren konnte.

Das grellweiße Licht wurde sehr schnell von roten Flammen abgelöst. Friedrich riss sich die Maske herunter und versuchte, Luft zu bekommen. Albrecht war schneller wieder bei Sinnen. Er zog Friedrich mit sich auf die Beine und rannte hinter Helena her auf das andere Ende des Kellers zu, wo noch immer die Tür zu dem kleinen Lager offen stand.

Die Flammen fraßen sich in Windeseile an der Seide entlang über die Rollbänder. Sie war wohl auch gutes Brennmaterial.

Mit einem großen Schrecken fielen Helena die Seidenspulen hinter den Verpackungsmaschinen wieder ein. Der ganze Keller würde ausbrennen und sie waren mittendrin!

Helena schaute über die Schulter nach hinten, während ihr Herz vor Angst so schnell schlug, dass es ihr bald aus der Brust springen musste. Albrecht und Friedrich waren direkt hinter ihr.

Remi zog weiter an ihrer unverletzten Hand. Er zerrte sie an den Seidenspulen vorbei in den kleinen Lagerraum, die Treppe hinauf und raus ins Freie.

Doch erst auf der Straße blieben sie stehen. Völlig außer Atem zog sich Helena ihre Maske herunter. Dass ihre Hand von der Spinne verletzt worden war, hatte sie gar nicht mitbekommen. Es hatte sich so angefühlt, als wäre ihre Haut nur angeritzt worden. Doch sie blutete an mehreren Stellen.

»Ist sonst noch jemand verletzt?«, fragte sie und schaute zu den beiden Männern.

Albrecht setzte sich auf die Mauer und riss sich die Maske herunter. Immer wieder strich er sich über das Haar, als wollte er auch die letzten Spuren der Seidenfäden beseitigen.

Friedrich rieb sich noch immer den Hals, doch sein Blick war vollkommen auf Helenas Hand gerichtet.

»Ich werde wieder gesund, aber das muss versorgt werden«, antwortete er ihr mit rauer Stimme.

Er griff in seine Tasche und holte ein besticktes Taschentuch hervor, das sie ihm geschenkt hatte. Eines der wenigen Dinge, die sie sticken konnte. Wortlos begann er, damit ihre Wunden

zu reinigen, während hinter ihnen hohe Flammen aus dem Fabrikgebäude schossen.

Albrecht legte den Kopf in den Nacken. »Das wird mein nächstes Buch werden«, raunte er kaum hörbar.

Remi jammerte derweil weiter vor sich hin und versuchte, die Wunde an seinem Flügel zu untersuchen. Helena jedoch hatte nur noch Augen für Friedrich, der zärtlich ihre Hand abtupfte.

***

Zwei Tage später berichteten alle Zeitungen der Region von dem großen Feuer auf dem Firmengelände der Gebrüder Baumann KG. Der Keller und das Erdgeschoss des Hauptgebäudes seien vollständig ausgebrannt, doch zum Glück sei bei dem Feuer niemand verletzt worden. Die Begeisterung für die unglaublich farbintensive grasgrüne Seide der Baumanns hatte schon eine Woche nach dem Brand rapide nachgelassen. Kaum jemand erinnerte sich noch an die Seide, als die Firma Geucke ihr neuestes Produkt vorstellte: Smaragdgrünen Samt.

Biggels

Gespür für Moos

Andrea Bienek

Biggels hohes, langgezogenes Jaulen zerriss die Stille der Nacht, raubte den Menschen im Berliner Bezirk *Gesundbrunnen* den Schlaf. Wieder und immer wieder heulte er, stundenlang, bis hinter den Fenstern helle Lichter entzündet wurden. Erste Rufe erklangen.

»Welche Töle macht denn da so einen Krach?«, brüllten einige.

»Das ist Biggel, der Beagle des Kommissars!«, wusste jemand.

»Ist der schon wieder ausgebüxt?«

»Den sollta bessa wechsperr'n!«

»Abknall'n sach ich! Dat is doch sowieso nur 'n jelähmta Krüppel!«

»Da muss doch wat passiert sein!«

»Holt endlich mal wer den Kommissar?«

»Ist längst informiert!«

»Wo bleibta denn?«, ...

Das Jaulen verebbte, die Berliner atmeten hörbar auf. Hinter den Fenstern erloschen die Lichter, *Gesundbrunnen* versank erneut in den wabernden Nebeln einer tiefschwarzen Nacht.

Biggel schmiegte sich, so eng sein stählernes Stützkorsett es zuließ, an die neben ihm hockende Ada von Rothenbach, die Ehegattin des Kriminalhauptkommissars. Sie trug stets hochgeschlossene, moosgrüne Kleider mit Tournüre, einer reifrockähnlichen Stütze, die die Stofflagen hinten am Kleid hielt – und Moosgrün war ihre Lieblingsfarbe. Das lange schwarze Haar hatte sie zu einem lockeren Dutt frisiert. Sie sah blutjung aus, aber Biggel wusste, sie war uralt. Winselnd bettelte er darum, sie möge ihre Handschuhe ausziehen, zupfte an den vom grünen Leder geschützten Fingerspitzen.

»Nicht jetzt, Biggel«, ermahnte sie ihn und deutete auf eine große, grobknochige Frau. Deren viel zu weiter Herrengehrock ummantelte nur mäßig eine wallende Rüschenbluse samt hautenger Lederkorsage, die sie zu einer Männerhose trug. Johanna Briemer,

Sie war Ermittlerin und Herrmann von Rothenbach als Partnerin unterstellt. Ebenso wie Ada war sie kein echter Mensch, wovon nur Biggel wusste. Adas Andersartigkeit war ihrem Gatten bekannt, der ihr Geheimnis zu hüten verstand, doch ahnte niemand etwas von Johannas wahrer Identität. Biggel nannte die beiden Frauen *Nicht-Menschen* – und es gab noch mehr von ihrer Sorte. Diese Wesen waren optisch von Menschen nicht unterscheidbar, Biggel erkannte sie daran, dass sie nicht *rochen*. Weder Ada noch Johanna verströmten diesen körperlichen Duft, der den Menschen eigen war.

»Wie geistig umnachtet muss eine Person sein, ihre Beute unter Moos zu verstecken?«, brummte der Kommissar, strich sich mit Daumen und Zeigefinger über seinen imposanten dunklen Schnauzbart. Er war ein athletischer Mann, groß, dunkelhaarig und stets mit Frack, Weste, Plastron – einem krawattenähnlichen Schal – und Zylinder bekleidet. Die vier standen inmitten einer spärlich bepflanzten Blumenrabatte im *Volkspark Humboldthain* und betrachteten einen knöchelhohen, länglichen Hügel zu ihren Füßen. »Ist der Nebel erst fort und der Regen bleibt aus, würde ein jeder sie finden.«

Nein, dachte Biggel. Hier war man mit Bedacht vorgegangen. Das hügelzierende Frauenhaarmoos roch nach Tanne, an der Rabatte wuchsen Laubbäume. Das Moos war frisch und von einer Stelle gehoben worden, die wenige Meter entfernt lag. Bevor er Alarm schlug, hatte Biggel sich einen gründlichen Eindruck von der Lage verschafft. Vom Nebel waren die lanzettförmigen Blättchen des Mooses gut durchfeuchtet, es schickte sich an, auf einer dicken Schicht aus Erde und welkem Blattwerk festzuwachsen.

»Das bezweifle ich«, murmelte Johanna, drehte eine ihrer blonden Locken um den Finger, zog sie lang, schob sie sich zwischen die Lippen. »Diese Sorte Moos ist selbst im trockenen Zustand noch bräunlich grün.«

Dem stimmte Biggel zu.

»Jedoch wird es sich bei Trockenheit lichten und preisgeben, was es verbirgt.«

Diesbezüglich widersprach Biggel. Es würde aussehen wie karges Gras. Die Blättchen würden sich an die feinen Stängel legen, vielleicht würden sie sich kringeln. Doch dieses frische Moos hier bräuchte sehr

lange bis es gänzlich austrocknen würde. Nicht wegen des Wetters. Selbst wenn sich der feuchtkalte Spätherbst plötzlich in einen heißen Sommer verwandelte, es bliebe über Monate sattgrün! Das, was darunter lag, sorgte für genügend Nährstoffe. Hätte Biggel seine Leute nicht gerufen, es wäre buchstäblich Gras über die Sache gewachsen.

Das Knacken von Johannas Knien durchbrach die nächtliche Stille, als sie sich neben dem Haufen niederhockte und aus ihrer Tasche eine handspiegelgroße Lupe zog. Die kinnlangen Locken, die sie stets offen trug, fielen ihr wie ein Vorhang ums hagere Gesicht.

»Was siehst du?«

Eine Schnute ziehend blickte sie auf. »Nichts, der Täter hat keine Spuren hinterlassen.«

»Grab die Beute frei, ich will sehen, weswegen uns Biggel den Schlaf raubt!«

Minuten später.

»Gott im Himmel«, krächzte der Kommissar, blankes Entsetzen verzerrte seine sonst beherrschten Züge. »So jung.« - »So tot«, ergänzte Johanna, drehte sich eine ihrer blonden Locken um den Finger, zog sie lang und schob sie sich zwischen die Lippen.

Zu Biggels Leidwesen sprang Ada auf. »Ich beauftrage den Nachtwächter, einen Karren zu schicken.«

Durch die Feuchte des wabernden Nebels quietschten die Zahnräder an Biggels Stahlkorsett, als er sich erhob, um ihr zu folgen. Zunächst tapste er jedoch zu Johanna, die die Frauenleiche abtastete, deren Kleidung mit Blut besudelt war. Die fleckigen Arme und Beine standen grotesk in unterschiedliche Richtungen ab. Sie war geprügelt und mit einer Metallschnur erdrosselt worden, die ihren Hals bis zur Hälfte durchtrennt hatte. Mit einer Pinzette, die Johanna aus einem Stahlgerät klappte, das in Form und Größe einem Hühnerei glich, fasste sie die Schnur und zog sie aus der klaffenden Wunde. »Kupferdraht«, stellte sie nüchtern fest. »Man nutzt ihn für elektrische Spulen.«

Biggel schnüffelte kurz an dem entstellten Körper, stutzte, schnüffelte erneut. Nur der Eigengeruch der Frau war vorhanden, nicht aber der des Täters. Ein Nicht-Mensch trieb hier sein Unwesen! Er gab kurz Laut, bekam aber nur ein mürrisches »Ruhig, Biggel!« seines Herrn zu hören. Tss, Menschen! Sie verlangten, dass er sie verstand, lernten im Gegenzug aber nicht die einfachsten Laute. Beleidigt drehte er sich um und folgte Ada. Die konnte seine Sprache zwar auch nicht, war aber geneigt, zuzuhören.

Er kam zwar zügig voran, hinkte aber stark. Das Quietschen der nassen Mechanik in und an seinem Körper tat ihm in den Ohren weh, quälte ihn zusätzlich zum stets vorhandenen Schmerz. Vor einigen Jahren hatte er einen schlimmen Unfall mit einem dieser neumodischen Automobile gehabt. Dadurch war er vom Brustkorb abwärts gelähmt und einer seiner Hinterläufe fehlte. Wäre Johanna nicht gewesen, sein Herr hätte ihn töten müssen. Sie hatte eine komplizierte Konstruktion entwickelt, bei der dünne Drähte in sein Rückenmark eingeführt worden waren, die einerseits die Wirbelsäule verstärkten, andererseits die Reize der Nerven an ein außenliegendes Gestänge weiterleiteten, das, unterstützt von Hebeln und Zahnrädern, Gelenke und Rohre betrieb, um seine Bewegungen auszuführen. Eines der Rohre ersetzte das fehlende Bein, die anderen die Kraft der Muskeln. Somit konnte er sich relativ normal bewegen. Doch wo Licht ist, da ist auch Schatten. Der kalte Stahl scheuerte ihm das Fell weg, Abschürfungen verunzierten die kahlen Partien. Wunde, nässende Löcher bildeten sich an den Stellen, wo die Drähte unter die Haut drangen und mit den Knochen verknüpft waren. Doch all das war ihm lieber als der Tod. Winselnd bedeutete er der weit vorausgelaufenen Ada, auf ihn zu warten. Sie tat ihm den Gefallen.

»Bei den Ahnen«, hörte Biggel sein Frauchen flüstern, als die Tote auf den Karren geladen wurde. Ihre Stimme war nur ein Hauchen. »Sie sieht aus wie ich.« *Ja, eine gewisse Ähnlichkeit ist vorhanden*, dachte Biggel. »Oh, und ihr Lippenstift. Altrosa, das ist meine Farbe! Das könnte ich sein.« Diesbezüglich widersprach Biggel. Niemand war wie Ada.

Sein Herr, der Kriminalkommissar, hatte die gesamte Polizeiinspektion mit ihr überrascht. Der als beherrscht, streng und pflichtbewusst geltende Mann war von einer mehrwöchigen

Dienstreise aus dem Ausland zurückgekehrt und plötzlich verheiratet – mit einer Frau, der er vor der Reise nie begegnet war! Doch jegliches Misstrauen fehlte. Wer Ada kennenlernte, war alsbald entzückt von ihr.

Auch für Biggel entpuppte sich Ada als wahrer Glücksfall. Während die täglich von seinem Herrn verabreichte, schmerzlindernde Wirkung des Laudanums beständig abnahm, war Ada in der Lage, ihm seine Qualen gänzlich zu nehmen. Und das hatte einen besonderen Grund. Die ledernen Handschuhe trug sie nur, um ihre Finger zu verbergen, deren Spitzen von moosgrünen, feinen, weichen Nadeln übersät waren. Berührte sie ihn damit, war es mit der Pein vorbei. Solange diese feingliedrige Frau ihn koste, fühlte er sich wie ein junger Hund, der wieder herumtollen, toben und springen konnte. Sie erschuf eine Fantasiewelt, in der sie seine Träume, Wünsche und Empfindungen lenkte. Diese Gabe war Fluch und Segen zugleich. Dem Kommissar gegenüber hatte sie sich als *Dschinn* erklärt. Ein nahezu unsterbliches Wesen, mit einer Lebensspanne, die weit über die eines Menschen hinausging. Daher auch ihr blutjunges Äußeres. Nach ihrem wahren Alter befragt, antwortete sie, bereits seit über zweihundertfünfzig Jahren auf Erden zu weilen – was unter ihresgleichen einem Backfisch gleichkam.

Jedoch war es weniger das Alter, weswegen ihr Geheimnis gewahrt werden musste: Ada ernährte sich von Menschen.

Dazu musste sie nicht zwangsläufig töten, dennoch war die Nahrungsaufnahme alles andere als ungefährlich. Die Dschinn labte sich am Geist eines Menschen. Das, was Biggel zu schätzen, ja, zu genießen wusste, barg ein hohes Risiko, wenn Ada es einsetzte, um ihren Hunger zu stillen. Allerdings nicht bei ihm. Die Gedankenwelt eines Tieres war zu beschränkt, als dass sie Ada hätte sättigen können. Nur die Vielfalt der menschlichen Einbildung war dazu in der Lage. Der Verstand, die Vorstellungskraft und die Macht der Emotionen. Berührte Ada jemanden mit ihren Fingerspitzen, begannen ihre grünen Augen zu leuchten, als wären Gaslampen dahinter entzündet worden. Die feinen Nadeln auf ihren Fingerkuppen drangen durch die Haut des Anderen, suchten blitzartig den Weg zum Rückenmark und verbanden sich mit dessen

Gehirn. Dort erzeugte Ada eine allumfassende Halluzination, in der sie ihre Opfer bis in den Wahnsinn trieb. Je heftiger sie den Menschen forderte, desto größer die Sättigung. Im schlimmsten Fall starb ihr *Schmaus* an Herzversagen, ging es weniger drastisch aus, blieb er geistesgestört. Es brauchte höchste Selbstbeherrschung dafür, die Balance zu halten, um keinen Schaden anzurichten.

Als Biggel davon erfuhr, wunderte er sich über seinen Herrn, der ein solch gefährliches Wesen unter seinem Dach duldete. Doch nicht nur Biggel schien sich an Adas Gabe zu erfreuen. Des Nachts hörte er Laute aus ihrem Schlafzimmer, die eindeutig verrieten, dass selbst der Kommissar es verstand, sie zu genießen. Ihre Fähigkeiten waren vermutlich der Grund, warum er Ada immer häufiger in seine Arbeit miteinbezog. Zum Leidwesen von Johanna. Die Dschinn begleitete ihren Gatten zu Zeugenbefragungen und Verhören, um als Lügendetektor zu fungieren. Sie konnte sich unauffällig nähren und er bekam mehr Informationen, als der Delinquent zu gestehen bereit war.

Ein erster Streifen grauen Lichts begann, den trüben Tag zu erhellen.

»Geh, Hanna, nimm die Leichenschau vor«, sagte der Kommissar bestimmend. »Ada und ich untersuchen den Fundort und stellen erste Nachforschungen an. Wir stoßen später zu dir, in die *Lazarus Kapelle* am Krankenhaus.«

Im Krankenhaus verweigerte man Johanna den Zugang zu den Laboratorien. Die Ärzte dort sahen sich als berufene Heiler, nicht als *Leichenschänder*, wie sie es nannten. Johanna bevorzugte die Kapelle, weil die Toten danach direkt in einen Sarg gebettet werden konnten. Des Weiteren waren ihre fortschrittlichen Instrumente willkommen, da sie die äußere Unversehrtheit wiederherstellen konnten. Selbst bei den Verblichenen, die nicht geöffnet werden mussten.

Die Ermittlerin brummte unwillig. Vor Adas Auftauchen hatten sie diese Dinge gemeinsam durchgeführt. Ihre technische Qualifikation machte sie zur Spezialistin in der Beweissicherung bei Toten, und sie liebte diesen Teil ihrer Arbeit, jedoch gehörten Befragungen und die Spurensuche gleichfalls dazu. Dass der Kommissar dafür neuerdings seine Gattin bevorzugte, schmeckte Johanna nicht. Mit einem letzten Blick aus zusammengekniffenen Augen maß sie Ada von oben bis unten und schwang sich zum Kutscher auf den Bock.

»Bis dahin«, zischte sie. Einen Peitschenknall später war die Kutsche Richtung *Stettiner Bahnhof* verschwunden.

Während der Kommissar das Innere des Moosgrabes untersuchte, schritt Ada die nähere Umgebung ab. Biggel gab Laut, denn er hatte die Handtasche der Toten gefunden.

»Hildegard Raasch«, flüsterte Ada und reichte ihrem Mann einen handbeschriebenen Briefumschlag; sie war ganz weiß im Gesicht, wie die Spitze ihres hohen Halskragens. Ihr Mann sah es nicht. »Der Mörder hat die arme Frau erwischt, als sie ihre Post aufgeben wollte.«

Der Kommissar nahm das Kuvert an sich und steckte es in die Pattentasche seines Fracks. »Dann haben wir endlich eine Spur! Das Grab war leider unauffällig, gewiss bringt uns der Absender weiter.« Forschen Schrittes verließ er den Park. Ada und Biggel beeilten sich, ihm zu folgen.

***

Die Wohnung der Toten befand sich in einem vierstöckigen Vorderhaus, über dessen Front langgezogene Erker verliefen und dessen Giebel mit Türmchen ausgebaut waren. An der hohen, zweiflügligen Bogentür hing ein Messingklopfer, dessen Hämmern laut durch den Flur hallte. Ein schlaksiger Mann in Brokatweste und gestärktem Hemd öffnete. Ada zog einen ihrer Handschuhe aus und begrüßte ihn. Ihre Augen leuchteten in moosgrüner Lumineszenz auf. Sofort änderte sich die Haltung des Mannes, seine Körperspannung ließ nach, der Blick verlor sich im Nichts. Biggel kannte diesen Zustand, der einer Hypnose nicht unähnlich war. Ada erschuf gerade eine Traumwelt, in der sie ihr Opfer komplett kontrollierte. Der Mann war nun in einer Art Trance und würde ihnen alles sagen, was er wusste.

Herrmann von Rothenbach stellte seine Fragen. Sie erfuhren, dass die Tote seit wenigen Monaten die Ehefrau des Mannes war und am Abend zuvor einen Brief an ihre Mutter bei der *Gaststätte zur Post* aufgeben wollte. Sie war nicht zurückgekehrt. Ihr Mann hatte sie die halbe Nacht lang gesucht – vergeblich. Weder sie noch er hatten Feinde, beide waren beliebt und die Ehe glücklich. Nichts deutete darauf hin, dass er der Mörder sein könnte oder wusste, wer es war.

Wieder übernahm der Kommissar die Führung, schritt energisch voran. »Nun können wir ihre letzten Schritte nachvollziehen!« Er eilte die Treppe hinunter und war längst auf dem Gehweg, als Biggel und Ada sich in Bewegung setzten.

Die jung aussehende Frau wirkte bedrückt. Während der Befragung hatte sie den Kopf abgewandt und sich auf die Lippen gebissen, damit ihr Mann nicht sah, wie sie mit den Tränen rang. Biggel zupfte an ihrem Rocksaum, während sie sich ihren dunkelgrünen Dreiecksschal über den Kopf und vors Gesicht band. Es war ein kalter Tag. »Mir ist jetzt nicht nach spielen, Biggel«, murmelte sie. »Du ahnst ja nicht, was ich sah!« Mit einem geschnauften Bellen forderte er sie auf, sich mitzuteilen. Der Kommissar eilte weit vor ihnen, er würde nichts hören. »Ach, weißt du, diese Hildegard sah nicht nur aus wie ich«, flüsterte sie stockend. »Obwohl sie nur ein Mensch war, lebte, liebte, kleidete sie sich wie ich – sie war ich!« Biggel glaubte, sich verhört zu haben, grunzte mehrmals, schüttelte entschieden den Kopf. »Doch, Biggel, ich bin mir sicher. Hast du den Brief gesehen? Das ist *meine* Handschrift!« Zwar konnte er mit Buchstaben wenig anfangen, aber er war sicher, gleich waren sie nicht! »Und sie war ebenso frisch verheiratet. Ach, ihr armer Gatte«, seufzte sie. »Er geht einer anständigen Arbeit nach, ebenso wie Herrmann, und er begann gerade, sie in seine Geschäfte miteinzubeziehen.« Alles keine Gründe, sich mit ihr gleichzustellen, dachte Biggel. »Wir müssen diesen Fall aufklären, wir müssen einfach!« Dem wiederum stimmte Biggel zu.

Auf dem Weg zur Gaststätte befragte der Kommissar Passanten, ob sie etwas gesehen hätten. Alle verneinten. Da Ada nicht jedem die Hand geben konnte, mussten sie es glauben. Am Zielort hatte man das Opfer nicht gesehen. Die Frau war niemals angekommen.

»Wir stecken in einer Sackgasse«, brummte der Kommissar und rieb sich den Schnauzer. »Wieso hat sie keiner gesehen?«

»Für die milde Gabe von nur einer Mark könnte ich mich erinnern«, krächzte eine verlumpt aussehende Vagabundin, die im Schatten einer Gasse kauerte. Auffordernd hob sie ihm ihre knorrige Hand entgegen.

»Eine Mark? Bist du noch recht bei Trost?«

132

»Lass mich«, beruhigte Ada ihn und ging auf die Frau zu. Sie zog sich den Handschuh aus, wickelte den Schal vom Gesicht und wollte die Alte gerade berühren, da zog diese sich blitzartig zurück und schrie wie von allen guten Geistern verlassen: »DU!« Die Panik in den Augen der Alten war unübersehbar. Ihr Blick hetzte zwischen Ada und Herrmann hin und her. »Siehst du den Wald vor lauter Bäumen nicht, Gendarm? Sie war es, SIE! – Aber du wirst mich nicht kriegen, Furie!«, kreischte sie in den höchsten Tönen, wirbelte herum und flüchtete ins Dunkel. »Mich nicht!«

Schweigen. Herrmann, Ada und Biggel starrten stumm auf das Kopfsteinpflaster zu ihren Füßen. »D-Du weißt, dass ich es nicht gewesen sein kann«, murmelte Ada schließlich. »Ich war die ganze Nacht bei dir!«

»Zumindest soweit ich weiß«, entgegnete der Kommissar und schaute nachdenklich auf ihre Fingerspitzen, die gerade im Handschuh verschwanden.

Schweigend schlugen sie den Weg zur *Lazarus Kapelle* ein.

Die Tote war bereits zugedeckt und Johanna hängte gerade ihre blutbefleckte Schürze weg, als Biggel und der Kommissar eintraten. »Ah, keine Sekunde zu früh«, rief sie freudig. Ihre Miene verfinsterte sich schlagartig, als sie Ada erblickte.

Bei dem beißenden Leichengestank hätte Biggel am liebsten gleich wieder kehrtgemacht. Er schlich in die hinterste Ecke des kleinen quadratischen Raumes und rollte sich, soweit es sein Stahlkorsett zuließ, zusammen.

»Ich warte draußen, Herrmann«, keuchte Ada, hielt sich die Finger an den Mund. »Mir ist ein wenig übel.«

Johanna verkniff sich ein Grinsen, der Kommissar nickte knapp, Biggel blieb wo er war. Als der Kommissar das Gespräch mit dem Witwer zusammenfasste, wurde seine Partnerin zunehmend nachdenklich, drehte sich eine Locke um den Finger, zog sie lang und schob sie sich zwischen die Lippen, während sie im Raum auf und ab wanderte.

»Hörst du mir noch zu, Hanna?«

Die Ermittlerin holte tief Luft. »Ist dir eigentlich aufgefallen, wie sehr sich das Opfer und deine Frau ähneln?« Rasch enthüllte sie das blasse Gesicht Hildegards. Mithilfe einer umgebauten Schere, die über Nadel und einen hauchdünnen Faden verfügte, sowie einen Pudersack mit Quaste besaß, schloss Johanna in Sekundenschnelle die klaffenden Wunden und verlieh der Haut einen gleichmäßigen, fast natürlichen Teint.

Der Kommissar legte die Stirn in Falten. »Eine gewisse Ähnlichkeit ist nicht von der Hand zu weisen«, sagte er und nickte. »Fahre fort!«

»Das Opfer wurde postmortal geprügelt«, begann Johanna sachlich. »Daraus schließe ich, dass der Moosgrab-Täter ...« – »Du gibst ihm einen Namen?« – »... sie lediglich strangulieren wollte. Erst danach muss etwas in ihn gefahren sein, weshalb er sie schlug. Die Hiebe waren übermäßig brutal. Derartiges setzt Leidenschaft voraus.« Sie machte eine Pause, blickte den Kommissar eindringlich an. »Verstehst du den tieferen Sinn?«

»Der Mörder war wütend.«

»Nicht nur wütend!«, fuhr sie auf. »Rasend! Übrigens gibt es keinerlei Abwehrverletzungen. Er muss sie aus dem Hinterhalt angegriffen haben. Und ich denke«, sagte sie, jede Silbe betonend, »er hatte es auf jemand anderen abgesehen.«

Die Augen des Kommissars verengten sich zu schmalen Schlitzen. »Womöglich. Wenn du richtig liegst, wird er erneut töten.«

»Und genau das sollten wir nutzen, um ihn zu überführen.«

»Was schlägst du vor?«

Johanna grinste schief. »Deine Frau wäre der perfekte Köder!« *Niemals*!, fuhr Biggel bellend auf. »Halt die Klappe, Hund!«, schnauzte sie ihn an.

Nachdenklich rieb sich der Kommissar mit Daumen und Zeigefinger den Schnurrbart, die Falten auf seiner Stirn wurden tiefer.

»Wenn der Täter eine Art Opferschema hat«, erklärte Johanna eifrig, »bräuchte Ada lediglich die Straße auf- und abgehen, während wir hinter einer Ecke lauern und sie beobachten!«

Die Kiefermuskulatur des Kommissars begann zu arbeiten, zögernd schüttelte er den Kopf. »Meine Frau taugt nicht zum Trug«, sagte er leise – mehr zu sich selbst als zu seiner Partnerin, wie Biggel schien.

»Es ist ohnehin dein Ansinnen, sie in unsere Arbeit miteinzubeziehen!«, rief Johanna. »Gibt es eine bessere Option als diese? Wir passen doch auf sie auf!«

Biggel witterte den Zwiespalt seines Herrn, der an seinem Plastron zerrte, als würde ihm der Krawattenschal die Luft abwürgen. Johanna stand, mit beiden Händen auf den Tisch gestützt, da und grinste schief. Der Blick des Hundes wanderte von einem zum anderen, während er leise Winsellaute hervorstieß.

»Nein«, entschied Herrmann schließlich, reckte das Kinn, richtete energisch seinen Frack. »Wir werden einen anderen Weg finden. Diese Möglichkeit scheint mir zu gefährlich für eine zarte Frau wie Ada.«

»Aber ...«, protestierte Johanna. Eine einzige Handbewegung Herrmanns schnitt ihr das Wort ab.

»Ich denke, ich habe mich präzise ausgedrückt«, sagte er streng. »Ende der Diskussion!« Sich zur Tür wendend, langte er in seine Westentasche, zog ein Chronometer hervor und schaute prüfend aufs Ziffernblatt. »Es gibt übrigens eine Zeugin, Hanna.«

Die Augen der Ermittlerin wurden groß.

»Sie behauptete, mein Weib sei die Täterin.«

Johanna legte den Kopf schräg, hob eine Braue.

»Es gibt viele Frauen, die der meinen ähneln, was deinen Vorschlag ad absurdum führt. Oder glaubst du, sie alle werden demnächst ein jähes Ende finden oder gar zu morden beginnen?« Ohne ein weiteres Wort schritt er aus der Tür. Biggel sprang auf, folgte ihm.

Bevor sie die feuchtkalte Herbstluft erreichten, stellte sich Johanna ihnen im Vorraum in den Weg. »Wir könnten den Fall lösen und niemand würde mehr zu Schaden kommen«, murrte sie leise. Der Kommissar blickte sie finster an, schwieg aber. Mit vor Wut bebenden Lippen fragte sie: »Wer ist diese Zeugin?«

»Eine vagabundierende Vettel, die wir an der *Gaststätte zur Post* trafen.«

»Warum halten wir hier noch Maulaffen feil und befragen sie nicht?« Sie machte Anstalten davon zu stürmen.

»Sie floh bei Adas Anblick.«

Jäh hielt Johanna inne. »Und das macht sie nicht verdächtig?«

»Ada ist mein Eheweib!«, entgegnete er entrüstet. Energisch schob er Johanna beiseite und drängte an ihr vorbei ins Freie.

Sie blickte ihm stirnrunzelnd hinterher, breitete die Arme aus, hob die Hände. »Damit ist Ada über jeden Zweifel erhaben?«

Er drehte sich nicht um, stapfte durch die Tür und verschwand aus ihrem Sichtbereich. »Korrekt!«

Biggel schaute zu Johanna hoch, die ihre Arme abrupt sinken ließ, sodass die Hände gegen die Hüften klatschten. Ihn missachtend, marschierte sie zurück ins Innere der Kapelle. Das Klappern ihrer Gerätschaften verriet, dass sie packte und ebenfalls bald verschwinden würde. Ihr unaufhörliches Murren machte deutlich, dass sie alles andere als erfreut war über die Entscheidung des Kommissars.

Kaum draußen, witterte Biggel den strengen Geruch der Bettlerin und schaute sich um. Trotz ihrer Angst war sie ihnen gefolgt. Wirres graues Haar lugte aus einem Häusereingang, der nur wenige Schritte entfernt lag. Weder der Kommissar noch Ada bemerkten sie.

Es dauerte nicht lange, da holte Johanna die drei ein. Ihr Gehrock hing unordentlich über einer Schulter herab, die Rüschenbluse war nachlässig in die Korsage gestopft. »Spricht etwas dagegen, dass ich die Vettel aufsuche?«, fragte sie Herrmann schroff.

»Die wird uns keine Hilfe sein. Bei dem, was sie zu sehen vermeinte!«

»Ich möchte sie befragen«, beharrte Johanna.

»Wenn du Reichtümer zu verschenken hast«, entgegnete der Kommissar kalt. »Sie will sich ihre Dienste mit einer Mark bezahlen lassen.«

»Das gilt nur für dich, von Blindheit geschlagener Gendarm«, vernahmen sie eine krächzende Stimme.

Johanna fuhr herum. »Wo bist du?«

»Lass die Alte, sie wird dich lediglich ausnehmen, Hanna.«

Doch sie war nicht mehr zu halten. Laut nach der Bettlerin rufend stob sie davon. »Wo sind Sie? So warten Sie doch, ich möchte Sie etwas fragen! Bitte, bleiben Sie stehen!«

»Wollen wir ihr nicht folgen?«, fragte Ada zaghaft.

Herrmann schüttelte den Kopf. »Soll sie ihre Lehren daraus ziehen! Komm, Ada, es ist Mittagszeit, ich wünsche zu speisen.« Ein flüchtiges Lächeln zuckte um seine Mundwinkel. »Du nicht auch?«

Die nächste Nacht in *Friedrichshain*.

»Wenn diese Töle noch eenmal jault, schneid ick ihr die Kehle durch!«

»Dieses Vieh gehört eingesperrt!«

»Ick bring ihn um, dit mach ick wirklich!«

»Ob der feine Herr Kommissar schonma wat von *Erziehung* jehört hat?«

»Wenn ick den erwische!«, ...

Der Kommissar stand zwischen Ada und Johanna und starrte stumm auf den länglichen, flachen Hügel zu seinen Füßen. Biggel lehnte freudig grunzend an Adas bodenlangem, moosgrünem Kleid und sabberte ihr genüsslich den ausladenden Rock voll. Sie alle waren auf sein Rufen hin erschienen. Er war glücklich. Es wurde aber auch höchste Zeit, dass sie etwas unternahmen, dieser Nicht-Mensch hatte erneut zugeschlagen und sein Opfer unter Moos begraben. Nur hatte er diesmal Hedwigia-Moos gewählt, das in halbwegs dichtem Rasen wuchs. In feuchtem Zustand sah es blassweiß bis grün aus, in trockenem schimmerte es eisblau. Die Blätter waren länglich eiförmig, hatten gezähnte Spitzen und waren dennoch weich wie ein Kissen. Ein schönes Moos, befand Biggel, auch wenn es in diesem Fall einem unschönen Zweck diente.

»Deine Vermutung war leider korrekt, Hanna. Der Moosgrab-Mörder hat erneut getötet«, seufzte der Kommissar.

»Wir hätten deine Frau als Köder einsetzen sollen«, brummte sie, hockte sich zu ihrer Tasche hinunter und begann, geräuschvoll darin herumzukramen.

Mit großen Augen blickte Ada ihren Mann an. »D-Dem hast du nicht zugestimmt?«, hauchte sie.

Biggel bellte: *Zum Glück nicht! Wer weiß, was dir passiert wäre!*

»Hätte ich das getan, lägest vermutlich du jetzt dort.«

Johanna schnaufte. »Als ob wir sie nicht zu schützen vermocht hätten!« Ächzend hievte sie eine gewaltige, kupferne Armmanschette aus ihrer Tasche.

»Mutmaßt du nicht ohnehin, sie sei die Täterin?«

Die Ermittlerin schnellte in die Höhe, schaute ihn direkt an. »Offen gestanden? Ja!« Mit flinken Fingern schob sie sich die

Manschette bis zur Schulter über den Arm. Aus dem Kupferkorpus klappte laut schnappend ein Gestänge mit einem Zahnrad am Ende, aus dessen Zähnen kleine Schaufeln glitten.

»Worauf stützt du deinen Verdacht? Etwa auf die Aussage einer geistesgestörten Alten?«

»Mir gelang es nicht, sie aufzufinden«, murmelte Johanna kleinlaut.

»Selbst wenn es so erscheint«, ging Ada dazwischen. »Der Beweis meiner Unschuld wäre erbracht gewesen und dieses Opfer noch am Leben, hätte sich der Täter an mir versucht!« Von ihrem eigenen Ausbruch überwältigt, zwang sie sich zur Ruhe. »Ich vertraue dir, Herrmann. Mir wäre gewiss nichts geschehen«, fügte sie leiser hinzu, hakte sich scheu bei ihrem Mann unter und tätschelte ihm mit von dunkelgrünen Spitzenhandschuhen geschützten Fingern den Unterarm. Der Kommissar ließ es geschehen, blickte sie aber nicht an. Sein Gesicht wirkte steinern, nur die Kiefermuskulatur arbeitete sichtlich.

»Zurück!«, rief Johanna. Die von Rothenbachs gehorchten. Dröhnend startete ein Motor innerhalb der Kupfermanschette, das Zahnrad begann zu rotieren, die Schaufeln drehten sich schnell und immer schneller. In einer weiteren Klappe der Gamasche befand sich ein Schlauch, den Johanna ausrollte und dessen Ende sie auf das Moosgrab hielt. Ein enorm starker Luftstrom wirbelte Dreck und Moos auf, wodurch Johanna in eine finstere Wolke gehüllt wurde. Binnen weniger Sekunden war der begrabene Körper freigelegt.

Die Bettlerin. Ihr Köper war übersät mit blauen Flecken, Abschürfungen und Blutergüssen, der Kopf fast gänzlich abgetrennt, eine Drahtschlinge steckte zwischen den Wirbeln im Nacken.

»Ist das die Zeugin?«

»Ja«, hauchte Ada und schwankte rückwärts.

Johanna hockte sich neben den Kopf des Opfers, drehte sich eine ihrer Locken um den Finger, zog sie lang, schob sie sich zwischen die Lippen. Eine Schnute formend, schaute sie über ihre Schulter zum Kommissar hinauf. »Ich verstehe das richtig«, sagte sie, ohne es als Frage zu formulieren. »Diese Frau hat deine Gattin als Moosgrab-Mörderin entlarvt und ist jetzt das nächste Opfer?«

Herrmann von Rothenbach schwieg, presste die Lippen aufeinander.

Auch wenn sie es nicht aussprach, wusste selbst Biggel, dass, wäre Ada nicht des Kommissars Frau, Johanna sie unverzüglich eingekerkert hätte.

Aus der Ferne hörten sie das Klappern des Leichenkarrens, den Johanna bestellt hatte, als Biggel Alarm schlug. Sofort machte sie sich daran, die Bettlerin aus dem Grab zu bergen. Auch der Kommissar packte mit an.

Etwas fiel klatschend zu Boden, wobei Biggel ein halbes Bellen entschlüpfte. Ein moosgrüner Lederhandschuh lag in der Mitte des Grabes, er war der Alten aus der steifen Hand gefallen.

»Gehört der nicht deiner Frau?«

Biggel sah seinem Herrn an, dass es ihm von Herzen schwerfiel, sich zu bücken und den Handschuh aufzunehmen. Er befreite ihn vom Schmutz, ging zu seiner Frau und hielt ihn ihr hin. »Ist das deiner?«

Stumm nickte Ada.

Natürlich sagt sie ja, dachte Biggel und jaulte entrüstet auf. *Sie hat von Anfang an geglaubt, es ginge hierbei um sie!*

»Hast du deshalb heute andere Handschuhe an?«

»Ich konnte den zweiten nicht finden ...«, antwortete sie flüsternd, senkte den Blick.

Sein Seufzen kam aus tiefster Brust. »Hiermit verhafte ich dich, Ada von Rothenbach, wegen Mordes an Hildegard Raasch und einer ... Vagabundin.« Ada hielt ihm ihre Hände hin. »Ich glaube, Handschellen sind nicht vonnöten«, murmelte er. »Wir werden gemeinsam zur *Musteranstalt Moabit* gehen und dort werde ich dich, zumindest vorerst, inhaftieren.« Erneut nickte Ada stumm, ließ den Kopf hängen. Der Kommissar wandte sich ab und befahl Johanna: »Nimm du die Leichenschau vor. Ich übergebe meine Frau persönlich.«

Dieses Mal murrte die Ermittlerin nicht, als sie zum Karren ging. Niemand außer Biggel konnte ihr breites Grinsen sehen, als sie sich auf den Kutschbock schwang und, mit der Peitsche knallend, davonfuhr.

Der nächste Tag kam und verging ohne einen neuen Mord.

Die Nacht wich bereits einem trüben Morgen, als Biggel und Ada über den Kirchhof der Anstalt auf die Gefängnismauer zuhasteten, die an dieser Stelle niedriger war als um das restliche Gelände. Der Kirchhof diente gleichzeitig als Friedhof und Tote flohen gemeinhin nicht. Der Beagle war nicht von ihrer Seite gewichen, gleich was sein Herr ihm befahl. Kaum war der Kommissar gegangen, hatte Ada ihre Gabe zur Flucht genutzt und den Wächtern vorgegaukelt, sie sei verstorben. Daraufhin wurde sie in einen Leichensack gesteckt und in das Häuschen der Aufseher verfrachtet, das direkt am Kirchhof der Anstalt lag. Dort unbemerkt hinauszugelangen war ein Kinderspiel gewesen.

Sie erreichten gerade die schulterhohe Gefängnismauer, da erscholl hinter ihnen ein Ruf: »Stehen bleiben, Ada von Rothenbach!« Zögernd drehte sich die Angesprochene um. Ihre Augen weiteten sich. Aus dem Häuschen trat niemand anderes als ... sie selbst!

Schlendernd setzte sich die Frau in Bewegung. Sie trug ein Kleid, das dem von Ada bis auf die Naht glich. Moosgrün, hochgeschlossen, schmal in der Taille und mit Tournüre. In den Händen hielt sie einen Stecken, an dessen Ende eine Drahtschlinge baumelte, um die Hüften hatte sie eine Kordel geschlungen, an der eine Trinkflasche hing.

Ada schluckte. »W-Wer bist du?«

»Ist das nicht offensichtlich?«, antwortete die Andere mit ihrer Stimme.

Ohne abzuwarten, dass ihr Ebenbild sie erreichte, wirbelte Ada herum, erklomm blitzschnell die Mauer, überwand sie und rannte davon. Biggel bemühte sich vergeblich, ihr zu folgen. »Verdammt«, hörte er die andere Frau fluchen. Sie sauste an ihm vorbei und schaffte es ebenso mühelos, die Mauer hinter sich zu lassen. Frustriert begann Biggel zu winseln. Als er in der Ferne Adas Stimme hörte, verstummte er und begann zu lauschen. Das Rattern von Zügen sagte ihm, dass sie am Betriebsbahnhof angelangt sein mussten. Das war weit, sehr weit. So fein sein Gehör auch war, diese Entfernung stellte eine erhebliche Herausforderung dar. Sich setzend verfiel er in eine konzentrierte Starre. Er bemühte sich, nicht einen einzigen Laut zu verpassen.

Etwas zischte durch die Luft, ein kurzer Aufschrei folgte, dann ein Gurgeln. Hatte die Drahtschlinge sich um den Hals seiner Ada gelegt, wie um die Hälse derer, die in den Moosgräbern ihr Ende gefunden hatten? Das dumpfe Hämmern von Prügeln war zu hören, gleich darauf das Keuchen eines gierigen Luftholens und ein schmerzerfülltes Stöhnen.

»Du bist stärker, als ich vermutet habe«, grunzte eine Stimme, die genau wie die von Ada klang, aber nicht ihre sein konnte. »Nie hätte ich gedacht, es mit einer Dschinn zu tun zu haben. Doch das wird dir nicht helfen!«

»Warum tust du das?«

»Weil er dich bevorzugt!«

»Mich bevorzugen? Wer?« Gleich darauf ein Aufschrei: »JOHANNA?«

»Jetzt verstehe ich auch, wie du ihn verführen konntest«, hörte Biggel nun die Stimme der Ermittlerin. »So lange Jahre arbeiteten Herrmann und ich miteinander. Wir waren eine eingeschworene Partnerschaft, verließen uns blind aufeinander – bis er dich anbrachte! Den liederlichen Künsten einer Dschinn erlegen. Pah!«

»Bist du d-der Moosgrab-Mörder?«

Gehässiges Lachen. »Hat dir meine kleine Hommage an deine Lieblingsfarbe gefallen?« Das Lachen brach abrupt ab. »Als ich die Verwechslung bemerkte und erkannte, dass ich nicht dich, sondern eine andere Frau erwischt hatte, gab es kein Zurück mehr. Der Fall hätte uns wieder zusammenbringen können. Doch erneut bevorzugte er dich!«

»Wenn du ihn liebst, warum hast du ihn dir nicht längst genommen?«

»Weiber!«, höhnte Johanna. »Denken nur an *Liebe*!« Sie spie das Wort förmlich aus. »Es gibt weit mehr als das! Unsere Verbindung war besonders. Von Kameradschaft und Verlässlichkeit geprägt, konstruktiv, effizient und inniger als *Liebe*! Wie überaus gewöhnlich von dir, mich nun in die Rolle der Gattin zu zwingen.«

»Du wirst mich nie ersetzen können, auch ich bin besonders!«

»Besonders einfältig, ja. Beantworte mir eine Frage: Wie hast du dich des Drahtes erwehren können?« Das Donnern eines vorbeifahrenden Zuges übertönte alle anderen Geräusche. Nur Johannas verwundertes »Ein stählerner Halskragen?« konnte Biggel verstehen.

»Verliere ich meinen Kopf, verliere ich mein Leben«, seufzte Ada.

Ein Platschen erklang. »Das geht gewiss auch anders!«

Adas markerschütterndes Schmerzgebrüll übertönte das Donnern des nächsten Zuges. Biggel jaulte auf.

»Biggel? Was tust du denn hier?«, erklang plötzlich die Stimme seines Herrn hinter ihm. Mit einem Ruck fuhr er herum.

»Wieso zersetzt du dich nicht, Missgeburt?«, fluchte Johanna weit hinter der Mauer. »Diese Tinktur lässt jeden Körper zerfließen!« Das Staunen in ihrer Stimme war unüberhörbar.

»Ada ist am Leben, korrekt?«, fragte der Kommissar Biggel. Die zankenden Frauen konnte er nicht hören. Biggel bejahte bellend.

»Dein Gebräu wirkt nicht, weil ich kein *Mensch* bin, wie du bereits herausgefunden hast«, jammerte Ada. Gewiss stand sie schlimme Qualen aus. Biggel drehte sich wieder zur Mauer, jaulte, war krank vor Sorge. »Herrmann weiß das ebenfalls – und das ist auch der Grund, warum du mich nie ersetzen kannst. Selbst, wenn du mir aufs Haar gleichst!«

»Ist sie dort hinüber?«, fragte der Kommissar und deutete auf die Mauer. Biggel bellte.

Das dumpfe Poltern mehrerer Schläge drang an Biggels Ohr, kurz darauf das nächste Platschen. Diesmal brüllte Johanna.

»Du siehst, für dich gilt das gleiche. Wir werden verätzt, nicht zersetzt«, hörte Biggel Adas weinerliche Stimme. »Lass es uns beenden. Hier und jetzt.«

»Komm, Biggel, zeig mir wo sie sind.«

***

Der Umweg über die *Ulanen Kaserne* war für Biggel eine wahre Geduldsprobe, doch sein Herr bestand darauf, sich dort mit einem Säbel auszustatten. Er wisse nicht, wem er trauen könne, sagte er.

Beides, Kaserne und Anstalt, lagen nah am Betriebsbahnhof, daher stießen Biggel und Herrmann rasch auf die Frauen, die inmitten von Weichen zwischen rostigen Gleisen standen und einander taxierten. Die eine bewaffnet mit einer kupfernen Drahtschlinge, die andere mit einem rundgebogenen Stahlstreifen. Ihre Haut wies Verätzungen auf, die Kleider waren eingerissen, die Frisuren zerzaust. Sie glichen einander wie Zwillinge. Hinter ihnen ragten die von Metallbändern gehaltenen dunklen Bretter der gewaltigen Wartungshallen in den trüben Himmel.

»Ada?«, rief der Kommissar.

Die Frauen wirbelten zeitgleich zu ihm herum. »Ja?«

142

Ratlos tauschten Biggel und sein Herr einen Blick. Sie konnten sie nicht unterscheiden. Wie gern hätte Biggel geholfen, doch die Nicht-Menschen verströmten keinerlei Geruch! Winselnd legte er sich auf den Boden, legte eine Pfote über die Schnauze.

»Zeigt mir eure Hände«, forderte der Kommissar. »Handflächen nach oben.«

Beide gehorchten. Zwanzig Fingerkuppen bestückt mit feinsten grünlichen Nadeln zeigten sich ihm.

»Du – fass mich an!«, befahl er und deutete auf die Ada mit der Drahtschlinge.

»Das geht nicht, Liebster«, sagte die Angesprochene. »Diese Teufelin von Johanna hat eine Tinktur gebraut, die menschliche Körper aufzulösen vermag. Wir sind über und über damit besudelt! Berühre ich dich, wirst du verletzt, womöglich passiert Schlimmeres. Das könnte ich nicht ertragen!«

»Vermaledeit noch eins!«, fluchte der Kommissar. »Wie kann es angehen, dass ich euch nicht unterscheiden kann? Ada, Johanna, was muss ich tun, um diese Farce zu beenden?«

»Töte eine, leb mit der anderen.«

»Ich wünsche meine Frau *und* meine Partnerin!«

»Du musst dich entscheiden.«

»Sie ist ein Wandelbalg, Herrmann«, jammerte die Ada mit dem gebogenen Stahlstreifen in der Hand. »Wenn es sein muss, ersetzt sie uns alle! Du musst uns *beide* töten. Nur dann wird die Geschichte enden.«

Geschlagen schloss der Kommissar die Augen. »Das kann ich nicht tun«, seufzte er.

Ein bekannter Geruch umschmeichelte Biggels Nase, er nahm die Pfote von der Schnauze und setzte sich auf. Moos. Das Hedwigia-Moos des letzten Grabes! Schnüffelnd erhob er sich, tapste auf die beiden Adas zu.

»Komm mir nicht zu nah, Biggel«, warnte ihn die Stahlstreifen-trägerin. »Auch dir kann die Tinktur gefährlich werden.«

Danke für den Hinweis, dachte Biggel und stellte sich auf die Hinterbeine. Seine empfindlichen Ballen waren durch den schweren Stahl seiner Mechanik geschützt, den Pfoten würde nichts geschehen sofern er nicht in eine Pfütze trat. Die schwarz glänzende Nase zuckte in der kalten Herbstluft. Jetzt hatte er sie!

Wütend bellte er Johanna an. Sie war es, das wusste Biggel genau. An ihr haftete der Geruch von Moos. Als sie das Grab freigelegt hatte, wirbelte der ganze Dreck auf, dabei musste etwas an ihr hängen geblieben sein. Sein Gebell überschlug sich, er trippelte einige Schritte zurück, um nicht hinzufallen. Schnell fand er sich wieder neben seinem Herrn ein, der augenblicklich den Säbel zückte und forsch auf die Ada mit der Drahtschlinge zuging, die Biggel als Johanna verbellte.

»Bist du von Sinnen?«, keuchte diese auf. »Kein Hund vermag ein nicht-menschliches Wesen, ganz gleich ob Dschinn oder Wechselbalg, zu wittern! Das liegt in der Natur der Sache!« Aus ihrem Blick sprach tiefe Verzweiflung, als sie sich der anderen zuwandte. »Johanna, sag doch etwas! Dir müsste diese Tatsache ebenso bekannt sein wie mir. Lass das nicht zu!«

»Ich bin Ada«, kam die frostige Antwort. »Niemand ist wie ich.«

Richtig so, stimmte Biggel ihr bellend zu. *Endlich siehst du es ein.*

Der Kommissar warf seinem Beagle einen Blick zu, hob den Säbel, holte zum Schlag aus, hielt aber noch einmal wie fragend inne. Biggel schnaufte ein bestätigendes Bellen. Das glänzende Metall zischte durch die Luft, zerteilte gnadenlos Fleisch und Knochen. Mit einem dumpfen Klatschen landete der Kopf auf der hölzernen Gleisschwelle.

Ada zuckte zusammen, schloss die Augen. Langsam sackte sie auf die Knie, barg ihr Gesicht hinter den Händen. Ihr entging, wie sich Johannas Körper verflüssigte und als zäher schwarzer Schleim im Schotter des Gleisbetts versickerte.

Herrmann half seiner Ada auf. »Mich zieht es heim«, sagte er rau, zog sich zum Schutz einen Ärmel über die Finger, um ihre Hand nehmen zu können. Sie nickte, lächelte zaghaft. Biggel gesellte sich an ihre Seite. Gemeinsam wandten sie sich zum Gehen. Der Kommissar blickte stumm geradeaus, Ada hingegen tastete nach einer ihrer gelösten Haarsträhnen, drehte sie sich um den Finger, zog sie lang und schob sie sich zwischen die Lippen.

Marinikum Amethysta

Denise Mildes

1. Februar 1851

»Wir sinken! Wir sinken!«

Die gellenden Schreie von Witt und Thomsen prallten an Wilhelm Bauer ab. Er wusste, dass der *Brandtaucher* dem Untergang geweiht war, noch ehe die Tauchfahrt richtig begonnen hatte. Am liebsten hätte er sich für seine törichte Nachlässigkeit geohrfeigt. Ein winziger Fehler genügte, um die Mühen der letzten Jahre zu zerstören.

Das verdammte Gewicht, fluchte er innerlich.

Ein dumpfes Geräusch, gefolgt von metallischem Kreischen riss ihn aus seinem Zorn. Die Nieten auf der Steuerbordseite hielten dem Druck nicht mehr stand und pfiffen wie Geschosse durch das sinkende Boot. Ein eisiger Schwall ergoss sich in den Innenraum und fegte Thomsen von den Beinen. Witt zerrte wie besessen am Pumpenhebel und brüllte gegen den nahenden Tod an.

Das hier war kein Unterseeboot, kein technisches Wunderwerk, kein Meisterstück der Ingenieurskunst, sondern ein eiserner Sarg, indem sie in der Kieler Förde begraben werden würden.

Schreie, das Tosen des eisigen Wassers und reißendes Metall übertönten jedweden Gedanken in Wilhelm Bauers Geist. Doch gerade als der Ingenieur sich seinem Schicksal ergeben wollte, wurde etwas in den *Brandtaucher* gespült.

Ein Stein.

Faustgroß.

Durchfurcht wie erkaltete Lava.

Glänzend wie eine Schwertklinge.

Allein die Gegensätze des seltsamen Findlings zwangen Bauer,

ihn fasziniert zu betrachten. Aber das, was die Augen des Ingenieurs wahrlich bannte, war, dass der Stein in einer Farbe schillerte, die in der Natur nur selten vorkam, und die gewiss noch nie jemand zuvor in der Schwärze des Meeres gesehen hatte.

Der Stein schimmerte in kräftigem Violett.

Dunkler als Flieder, satter als zarter Lavendel und durchwirkt mit schimmerndem Silberglanz.

Für einen winzigen Moment glaubte Bauer, es sei ein gewaltiger Amethyst, als er jedoch die Hand danach ausstreckte und seine Finger die Oberfläche berührten, durchströmte ihn wohlige Wärme. Sein Geist wurde angefacht, unendliche Möglichkeiten rauschten durch seinen Verstand. Er strich über den Stein, der sich trotz der groben Kanten seidig weich anfühlte.

Die Angst vor dem Tod verflog.

Mit einem Mal wusste Wilhelm Bauer, dass er nicht sterben würde, nicht sterben konnte, nicht sterben durfte.

Denn das, was seine Finger berührten – was auch immer es sein mochte –, war etwas Besonderes, etwas Großartiges, etwas Gewaltiges. Und er hatte es entdeckt!

30. Juli 1914

Karl-August Wagner rieb sich besorgt die Stirn. Das Papier in seinen Händen war zerknittert, seine Finger zitterten. Seit ihn die Nachricht erreicht hatte, saß er auf der Parkbank und starrte auf die Spree. Allein der Gedanke, dass Heinrich etwas zugestoßen sein konnte, machte ihn rasend. Vor drei Jahren hatte ihm das Marinikum seine Frau gestohlen, jetzt hatte es sich augenscheinlich seinen Sohn geholt. Zwei Tage war es her, dass der Kontakt zur Unterseefabrik abgebrochen war.

Von Anfang an war Karl-August gegen die Bemühungen seines Sohnes gewesen, sich in der *Brandtaucher* um eine Anstellung zu bemühen.

Es hatte nichts genützt.

Sein Sohn war verliebt in die neue Welt der Maschinen, Zahnräder und Dampfantriebe, und seine Augen hatten gestrahlt, als er den Vertrag der *Wilhelm Bauer AG* erhalten hatte.

Schließlich hatte er klein beigegeben, erinnerte er sich doch daran, denselben Gesichtsausdruck einst bei sich selbst im Spiegel gesehen zu haben.

Niemand hätte ihn 1870 davon abhalten können, in den Krieg gegen Frankreich zu ziehen.

Vielleicht hatte er gehofft, sein Sohn würde die gleiche Ernüchterung erleben, wenn der Traum von glorreichen Taten zum Albtraum wurde.

Nun jedoch schien es, als sollte Heinrich nicht mehr aus dem Albtraum zurückkehren.

Karl-August fasste einen Entschluss.

Morgen sollte die *Bismarck*, das Versorgungsunterseeboot, von Kiel aus aufbrechen, um in der *Brandtaucher* nach dem Rechten zu sehen. Die Werksleitung, die weit entfernt von den Tiefen der Ostsee ihren Sitz hatte, ging davon aus, dass lediglich ein Sender des Amethysta-Netzwerkes ausgefallen war, und man plante, einen Techniker in die Tiefe zu entsenden, um den Schaden zu beheben.

Gewiss würde Admiral Baumgartner ihm einen Platz an Bord der *Bismarck* besorgen.

Denn entgegen den Beschwichtigungsversuchen der Werksleitung glaubte Karl-August nicht an einen defekten Sender. Das bohrende Gefühl in seiner Magengegend sagte ihm, dass etwas anderes geschehen sein musste. Er faltete den Zettel, erhob sich und machte sich auf zum Kioskhäuschen, um eine Fahrkarte nach Kiel zu erstehen.

Wie hatte sich die Welt doch verändert, kam es ihm in den Sinn, als er den Gehweg entlangtrottete. Die Kutschen waren verschwunden, stattdessen wanden sich fliederfarbene Gondelwagen in irrsinnigem Tempo über die Schienen und transportierten graugesichtige Menschen zu den Marinikum-Fabriken.

Marinikum Amethysta!

Das Metall hatte das ganze Reich verändert. Zum hundertsten Mal verfluchte Karl-August die Unterseeboote von Wilhelm Bauer, ohne die das Metall nie entdeckt worden wäre.

Heute war es überall.

Es ließ sich in jede erdenkliche Form gießen und pressen, war widerstandsfähig gegen jegliche Art von Beschädigung, härter als

Stahl, glänzend wie Messing und doch flexibel und leicht zu verarbeiten. Jeder Stoff, den man mit dem lavendelfarbenen Metall überzog, wurde nahezu unzerstörbar. Selbst in gasförmigem Zustand verlor es seine leitenden Fähigkeiten nicht und ermöglichte eine gänzlich neue Form der Kommunikation. Hatte man vor Jahren Werner von Siemens für seine Idee eines Fernsprechers bewundert, so belächelte man den einfältigen Kauz heute nur noch.

Für das Amethysta-Netzwerk benötigte man keine endlosen Kabel. Es genügte eine winzige Apparatur, die die Größe einer Schnupftabakdose hatte, und in deren Innerem sich ein Marinikum-Kristall befand, der an einen Draht angeschlossen war. Berührte man diesen, stieß das Marinikum kleine Gaswölkchen aus, die die Bilder gespeicherter Kommunikationspartner zeigten. Mit leichtem Fingerdruck auf das jeweilige Bild wurde die Verbindung zu demjenigen hergestellt, den man zu sprechen wünschte.

Wie genau das funktionierte, wollte Karl-August lieber nicht wissen. Ihm genügte die Tatsache, dass das winzige Gerät jeden speicherte, mit dem man in Kontakt trat, um sich fernzuhalten von derlei Gerät. Während er sich durch die Menschenmenge schob, stiegen links und rechts von ihm veilchenfarbene Wölkchen auf und tauchten sein Sichtfeld in violettes Zwielicht.

Und wie stets, wenn er von Marinikum Amethysta umgeben war, breitete sich ein unbehagliches Gefühl in ihm aus.

»Dieses verdammte Metall«, grummelte er und umrundete eine beleibte Dame, die von oben bis unten – wie sollte es anders sein – in Lila gekleidet war.

Karl-August ließ seinen Blick ein letztes Mal über den Luisenhain schweifen. Einst waren hier Ausflugsdampfer gekreuzt, hatten die Städter, die sich nach Erholung und Grün sehnten, zum Müggelsee gebracht, zur Brauerei nach Friedrichshagen oder zu den Badewiesen nach Rahnsdorf. Aber vergnügliche Ausflüge waren seit langem Geschichte. Heute ging es nur noch um Marinikum.

Ein spitzer Schrei durchbrach seine Gedanken. Karl-August riss den Kopf herum und erspähte dessen Quelle. Ein Junge – kaum zehn Jahre alt – rannte mit einem Laib Brot unter dem Arm direkt auf eine Reihe herannahender Gondelwagen zu.

»Nein!«, schrie er.

Aber es war zu spät.

Der Junge prallte gegen die Führungsgondel, Blut spritzte, das Brot flog im hohen Bogen davon. Wie eine Stoffpuppe wurde er durch die Luft gewirbelt und klatschte auf die Gleise.

Der Gondelwagen bremste nicht!

Der reglose Körper geriet unter die messerscharfen Marinikumräder und wurde zweigeteilt. Das Blut und die zerrissenen Gedärme glitten von dem *Wundermetall* ab, der Wagen rollte unbeirrt seinem Bestimmungsort entgegen.

Karl-August eilte auf die Straße und beugte sich über den zerschundenen Leichnam. Hilfesuchend blickte er auf, aber niemand, nicht ein einziger Passant, hielt inne.

Gleichgültigkeit!

Auch das hatte Marinikum dem Reich beschert. Wer starb, hatte die fliederfarbene Maschinerie verlassen und war somit keinerlei Beachtung mehr wert.

»Geschieht dem Bengel recht«, raunte eine krächzende Stimme. Karl-August blickte auf. Am Straßenrand stand ein dickbäuchiger Herr in Bäckerkluft und rieb sich den Schnauzer.

»Wegen eines Brotes verdient er den Tod?« Karl-August erhob sich und trat dem Mann mit zornigem Blick entgegen.

Der Bäcker zog die Augenbrauen zusammen: »Was kümmert Sie das überhaupt?«

»Und weshalb kümmert es Sie gar nicht? Es ist gerade jemand gestorben, mein Herr!«, erwiderte er und breitete verständnislos die Arme aus.

Der Bäcker wandte sich ab und stapfte zu seinem Laden. »Diebe! Wartet's nur ab, bis sie die Liquidatoren einführen. Dann wird es sich das Gesindel schon gut überlegen, mich zu bestehlen.«

Fassungslos sah Karl-August dem Mann nach, der mit watscheligem Gang in seinem Geschäft verschwand.

Liquidatoren.

Der neueste Schrei!

Zweibeinige Automaten, die durch die Straßen patrouillieren sollten. Apparate aus Marinikum, unzerstörbar, unbesiegbar, die

mittels des Amethysta-Netzwerkes von der zentralen Gendarmerie gesteuert werden sollten, um Verbrecher, Delinquenten, Arbeitslose und Faule ausfindig zu machen und in die Fabriken zurückzuführen.

Weshalb man sie *Liquidatoren* getauft hatte, diese Frage stellte sich niemand. Kopfschüttelnd trat Karl-August an das Kioskhäuschen. Er hörte, wie hinter ihm eine veilchenblaue Kehrmaschine die Fetzen des Toten einsaugte.

31. Juli 1914

Karl-August kannte die Hansestadt Kiel noch aus seinen Kindertagen. Jetzt war sie kaum wiederzuerkennen. Bereits zu Beginn der Marinikum-Hysterie war die Stadt vollgestopft, dreckig und laut gewesen. Nun hatte sie sich dem Schicksal vollends ergeben.

Zwar gab es nach wie vor die Promenade an der Kieler Förde und ein paar Bäume kämpften gegen den rußgeschwängerten Himmel an, aber ansonsten glänzte alles im violetten Schein des Marinikums.

Die Heimatstadt des Wundermetalls schmückte ihre Häuserfassaden seit Neuestem damit. Selbst die Menschen, die auf der Promenade flanierten, hatten sich dem neuen Zeitalter angepasst. Frauen trugen zu wallenden Reifröcken lavendelfarbene, mit Marinikum-Nieten besetzte Korsagen. Ihre Turmfrisuren – selbstverständlich färbte jede Dame, die etwas auf sich hielt, ihr Haar lila - verzierten sie mit den typischen Arbeiterbrillen der Unterseefabrik. Die pflaumenfarbenen Gläser, der einzige Schutz gegen das gleißende Leuchten des erhitzten Metalls, spiegelten die Sonne wider.

Kiel war stolz auf seine wirtschaftliche Vormachtstellung, und so wunderte es nicht, dass es hier den ersten Luftschiffhafen des Reiches gab. Wie hatte der Kaiser seinem jubelnden Volk am zwanzigsten Todestag Wilhelm Bauers zugerufen?

»Wir haben uns das Meer untertan gemacht, nun greifen wir nach den Sternen.«

Die zigarrenartige Form hatten die Luftschiffe eindeutig vom Unterseeboot geerbt, ansonsten unterschieden sie sich gewaltig. Ein Skelett aus Marinikum-Rohren bildete den Körper, darüber war eine Haut aus derbem Leinen gespannt, deren Nähte mit Marinikum-Fäden durchwirkt waren. Stabil und grazil zugleich, und so sehr

Karl-August die neue Welt auch verabscheute, als ein derartiger Koloss - die *Brandflieger* - über den Himmel schwebte, packte selbst ihn Bewunderung.

»Oberstleutnant Wagner?« Ein Matrose war an ihn herangetreten, nahm das rotblaue Käppi ab und setzte zum Gruß an.

Karl-August hob die Hand: »*Herr* Wagner wäre mir lieber«, entgegnete er, woraufhin der junge Mann sich entspannte und ein dünnes Lächeln zeigte.

»Wie Ihr wünscht, Herr Wagner. Mein Name ist Friedrich Lohstein. Ich bringe Euch zur *Bismarck*. Es ist nicht weit. Darf ich Eure Tasche nehmen?«

Er winkte ab und folgte ihm: »Wer hat das Kommando auf der *Bismarck*?«, erkundigte er sich.

»Kapitänleutnant Schreiber, Herr Wagner«, lautete die Antwort und ließ jede Farbe aus Karl-Augusts Gesicht verschwinden.

»Auch das noch«, stieß er aus und rieb sich die Stirn.

»Sie sind mit ihm bekannt?« Der Junge musterte ihn neugierig.

»Bekannt?« Er beschleunigte seine Schritte, obschon es ihm widerstrebte, die Zeit bis zu dem unfreiwilligen Wiedersehen zu verkürzen: »Er hat unter mir gedient, war Ausbilder der neuen Rekruten, ehe der Wahnsinn Besitz von ihm ergriffen hat«, schnaubte er und lief noch schneller.

Lohstein eilte ihm nach: »Was meinen Sie mit Wahnsinn?«

Karl-August blieb stehen und blickte in die unschuldigen und warmherzigen braunen Augen des jungen Matrosen. Dann räusperte er sich, ließ den Blick fallen und ging weiter: »Er ist infiziert, von jener Krankheit, die das gesamte Volk befallen hat.«

»Sie meinen das Marinikum? Man sagte mir bereits, dass Sie ein Gegner des Fortschritts sind. Wenngleich mir unbegreiflich ist, weshalb. Es ist doch so vieles besser geworden, seit ...«

»Besser?«, unterbrach er ihn und hielt abermals inne.

Der Matrose blickte verwirrt: »Unser Volk ist die mächtigste Nation der Erde. Niemand, nicht einmal mehr die Engländer kämen auf die Idee, uns anzugreifen. Die Vormachtstellung, die uns das Marinikum beschert hat, sichert den Frieden auf der Welt. Das können Sie unmöglich abstreiten.« Der ganze Eifer der neuen

Generation stand in sein Gesicht geschrieben. Seine Augen leuchteten wie die eines Kindes am Weihnachtsabend.

Karl-August schüttelte den Kopf: »Sie sind jung, mein lieber Friedrich. Sie wissen es nicht anders zu sehen.«

»Wie meinen Sie das?«, fragte der Junge und knetete nervös sein Käppi.

»Zuviel Macht in den Händen Weniger hat der Welt noch niemals gutgetan. Statt im Amethysta-Netzwerk zu stöbern, sollten die Menschen die Bibliotheken aufsuchen. Dort findet sich alles zu den Irrungen der Mächtigen.«

Für einen Augenblick weiteten sich die Augen des Jungen. »Eine Bibliothek?«, fragte er zaghaft.

Karl-August hob die Hände: »Ein Ort, an dem man Bücher ausleihen kann, Friedrich.«

Der Matrose lachte auf: »Ich weiß, was eine Bibliothek ist, Herr Wagner. Ich verstehe nur nicht, was mir die Worte alter oder gar toter Männer bringen sollen.«

»Haben Sie je in einem Buch gelesen?«, erwiderte Karl-August aufgebracht. Kaum jemand las heutzutage noch, und er, der an die umfangreiche Büchersammlung seines schlichten Heims dachte, konnte sich darüber nur wundern. Und ärgern.

Das jedoch glitt an der heutigen Jugend ab, wie der Schmutz von den Marinikum-Fassaden.

»Alles, was man an Information und Wissen benötigt, ist doch im Amethysta-Netzwerk gespeichert. Das geht schneller, es erzählt einem alles, was man wissen will. Man braucht keine schweren Bände herumzutragen und sich die Augen zu verderben an den winzigen Buchstaben.«

Karl-August zog eine Augenbraue in die Höhe: »Wer will heute noch etwas wissen?« Resignation schwang in seiner Stimme mit. In einer Zeit, die von Metall, Antrieben und Gasnetzwerken beherrscht wurde, machte es keinen Sinn, über gute alte Werte zu debattieren. Und so schaltete er ab, als Friedrich aufgeregt antwortete: »Ich, Herr Wagner. Mich interessiert zum Beispiel, wie es gelingen kann, Marinikum auch in der Lebensmittelherstellung einzusetzen. Dort lauert ungeahntes Potenzial. Man könnte die Ernte verdreifachen, wenn es gelänge, den Wachstumsprozess ...«

Das Geplapper begleitete ihn bis zum Hafen. Das Wiedersehen, das ihn erwartete, sollte weitaus unerfreulicher sein als die begeisterten Worte des jungen Friedrich.

***

Der Kapitänleutnant hockte in seinem Büro an einem monströsen Schreibtisch, seine Finger huschten über die violett leuchtenden Tasten des Memorandors, einem kastenförmigen Gerät, das Papierakten nahezu ersetzt hatte.

Als Schreiber die Eintretenden erspähte, lief sein kantiges Gesicht rot an: »Sie betreten unter keinen Umständen die *Bismarck*, Oberstleutnant! Den Weg hätten Sie sich sparen können! Und es ist mir gleich, wie oft mich Admiral Baumgartner darum bittet!« Er verengte die Augen zu Schlitzen. Seine Unterlippe stand hervor und erinnerte Karl-August an den sabbernden Hund seines Vaters. Irgendwann hatte er ihn erschossen, weil er mit seiner Gebissfehlstellung nicht in der Lage war, etwas anderes als seinen Schwanz zu jagen.

»Ich gehöre schon lange nicht mehr zur Marine, Kapitänleutnant«, gab er zurück und senkte den Blick.

»Und wie kommen Sie dann auf die Idee, ich ließe Zivilsten auf mein Boot? Das kann doch nur ein schlechter Scherz sein!«

Ein Kloß bildete sich in Karl-Augusts Kehle. Schreiber hasste ihn, daran hatten auch die zwanzig Jahre nichts geändert, die inzwischen vergangen waren.

Einst hatte er Schreibers Karriere vereitelt. Nachdem der dritte Rekrut unter dessen Aufsicht übel zugerichtet im Lazarett gelandet war, hatte er Meldung gemacht. Schreiber war degradiert und nach Kiel versetzt worden.

Sein Aufstieg zum Kapitänleutnant war zweifelsohne dem Aufstieg des Marinikums geschuldet. Je skrupelloser umso besser lautete offenbar heute die Devise.

»Mein Sohn arbeitet in der *Brandtaucher*, und ich mache mir große Sorgen«, sagte er und suchte in Schreibers Blick nach Mitgefühl.

Vergeblich.

»Es gibt überhaupt keinen Anlass zur Besorgnis. Es handelt sich um einen technischen Defekt, der schnell behoben sein wird. Sie werden hier warten!« Er verschränkte die Arme vor der Brust.

Karl-August hob flehend die Hände: »Ich bitte Sie. Lassen Sie mich mitkommen. Ich habe Geld!«

Schreiber machte eine wegwerfende Handbewegung: »Geld? Interessiert mich nicht!« Er musterte ihn lange, strich sich übers Kinn und hielt ihm den ausgestreckten Zeigefinger entgegen: »Aber Sie können etwas für mich tun.«

»Alles, was Sie wollen.«

»Sie haben immer noch großen Einfluss. Admiral Baumgartner ist, wie ich hörte, ein guter Freund von Ihnen.«

Karl-August beschlich ein beunruhigendes Gefühl, dennoch nickte er.

»Dann sehen Sie zu, dass diese unsägliche Notiz, die ich Ihnen zu verdanken habe, aus meiner Akte verschwindet. Ich könnte schon längst Oberkommandeur der *Brandtaucher* sein, aber dank Ihnen gondele ich immer noch zwischen dieser verlausten Stadt und dem Zentrum der Macht hin und her. Verschaffen Sie mir den Posten, und Sie können von mir aus mitfahren!« Schreiber grinste diabolisch.

Karl-August zögerte. Einem Sadisten wie Schreiber das Kommando über die Unterseefabrik zu geben, war eine weitere irrsinnige Idee in der Reihe irrsinniger Ideen, die die Menschen beherrschten, seit Wilhelm Bauer das unsägliche Metall aus der Tiefe gehoben hatte. Die Sorge um Heinrich ließ dies jedoch als geringen Preis erscheinen und so willigte er schließlich ein.

»Sobald wir wohlbehalten zurück sind, bekommen Sie, wonach Sie verlangen. Ich gebe Ihnen mein Wort.« Er starrte auf den Boden.

»Nein. Sie werden das jetzt sofort in Bewegung bringen«, fauchte Schreiber und deutete auf Friedrich: »Besorg mir auf der Stelle ein Amethyophon!« Dann wandte er sich wieder an Karl-August: »Ihr Wort nützt mir nämlich nur etwas, wenn Sie es ins Netzwerk sprechen, direkt in Admiral Baumgartners Ohr.«

Schweren Herzens und mit gelähmter Zunge führte er das Ansinnen des Kapitänleutnants aus. Danach fühlte er sich wie

Doktor Faustus höchstpersönlich, der seine Seele soeben in Mephistopheles' Hände gegeben hatte.

1. August 1914

Sie bestiegen die *Bismarck* im Morgengrauen. Kapitänleutnant Schreiber, der Matrose Friedrich, der Techniker, dessen Name Gustav war, und zuletzt Karl-August, der zum ersten Mal ein Unterseeboot betrat.

Das Gefährt strahlte von innen noch mehr Kälte aus als die violette Außenhaut. Metallstreben, Rohre, Hähne und Ventile säumten die Wände. Ein lavendelfarbener Tiefenmesser leuchtete im schummrigen Licht der Leuchtstoffröhren, eine weitere neue Erfindung, von der vor ein paar Jahren niemand auch nur geahnt hätte, dass so etwas möglich sein könnte.

In Karl-Augusts Brust schwelte eine seltsame Ahnung, die ihm zuflüsterte, er solle verschwinden. Zudem hatte er das Gefühl, als kämen die lila glänzenden Wände auf ihn zu.

»Sie pflanzen sich dort hin, Wagner«, brummte Schreiber und drückte ihn in einen Ledersitz auf der Backbordseite. Er baute sich vor ihm auf und hob drohend die geballte Faust: »Sie werden tun, was ich sage, wenn ich es sage! Sollten Sie auch nur ein einziges Mal meine Befehle missachten, schick ich Sie auf den Grund der Ostsee! War das deutlich?«

Karl-August nickte.

»Und nur, damit Sie es wissen: Ich erhielt gestern Abend die Nachricht, dass ich ab nächstem Monat das Kommando über die *Brandtaucher* erhalte.« Er grinste und strich sein farbloses Haar zurück.

»Herzlichen Glückwunsch«, presste Karl-August hervor. Schreiber fing seinen Blick auf und hielt ihn mit seinen Eis-Augen gefangen: »Erwarten Sie keine Dankbarkeit von mir. Ich erhalte endlich, was mir seit Jahren zusteht.« Er beugte sich hinab und tippte ihm gegen die Brust: »Sie sehen, es gibt für mich keinen Grund mehr, Sie lebend zurückzubringen. Also sollten Sie meine Gunst nicht strapazieren, denn sonst wäre ich geneigt, Sie und Ihren jämmerlichen Bengel in den Schächten der Fabrik zu verscharren. Verstehen Sie, was ich sage?«

Karl-August schluckte schwer. Das Gefühl, nicht mehr vom Meeresgrund zurückzukehren, hatte er schon vor dieser Drohung gehabt, dennoch war er entschlossen, für das Leben seines Sohnes zu kämpfen. Auch wenn es im Augenblick lediglich bedeutete, Schreiber nicht wütend zu machen.

»Natürlich ... Kapitänleutnant«, erwiderte er und schlug die Augen nieder.

»Fein. Da wir nun alle über unsere Aufgaben informiert sind, kann es losgehen.« Er drehte sich um und deutete auf den Techniker: »Sie da! Von Ihnen erwarte ich, dass Sie diesen verdammten Sender reparieren. Wir können uns keine Lieferengpässe leisten.«

Dem schlaksigen Gustav schlotterten die Knie bei diesen harschen Worten, er sank zitternd in den Sitz und hielt die Werkzeugkiste fest umklammert.

Schreiber warf die Maschinen an und schrie Friedrich Befehle zu, die dieser im Eiltempo ausführte. Mit einem Ruck startete die *Bismarck* und tauchte bei Sonnenaufgang in die Tiefe der Ostsee.

***

Fünfundvierzig Minuten später schälten sich die Umrisse der Fabrik backbords aus der Dunkelheit. Karl-August spähte aus dem Bullauge der *Bismarck*: Wie eine blutige Pocke klebte die *Brandtaucher* auf dem Meeresboden. Ihr violettes Glimmen durchbrach die Schwärze der lichtlosen fremden Welt, in die sich die Menschen gewagt hatten, um das Reich mit dem schillernden Glanz des lavendelfarbenen Metalls zu überziehen. Als sich das U-Boot weiter näherte, erkannte er die Querstreben des Kuppelbaus, die die glänzenden Metallplatten des Gebäudes stützten. Sie waren in der kräftigen Farbe von reifen Pflaumen und glommen ebenso zwielichtig wie die gesamte Fabrikanlage.

Für einen Augenblick kam es Karl-August vor, als pulsierte das satte Lila, würde atmen, pochen wie ein Herz, doch als er sich die Augen rieb und erneut hinsah, lag die *Brandtaucher* still da und glänzte im Lichterschein des U-Bootes wie ein Juwel.

»Wie sind die Druckverhältnisse in der Fabrik?«, wollte Karl-August wissen und erntete einen finsteren Blick vom Kapitänleutnant.

»Keine Sorge, Herr Wagner«, knirschte Schreiber, wobei er die Anrede aussprach, als habe er auf etwas Fauliges gebissen: »Das Marinikum gleicht den Meeresdruck von selbst aus. Es ist, als wollte es, dass wir hier sind.« Er wandte sich ab und kläffte Friedrich einen weiteren Befehl zu.

***

Ein Ruck schleuderte Karl-August zur Seite, als das U-Boot an der Andockstation festmachte. Der Sicherheitsgurt hielt ihn jedoch im Sitz und schnürte sich schmerzhaft in seine Schulter.

»Maschinen stopp. Luke öffnen!«, befahl Schreiber, öffnete geschickt die Gurtschnalle und sprang aus dem Stuhl. Friedrich sauste an Karl-August vorbei und drehte schnaufend das Handrad der Einstiegsöffnung. Der Kapitänleutnant stieß ihn beiseite und legte selbst Hand an.

Der Techniker, dem offenbar von der Fahrt übel geworden war, regte sich nicht. Er hatte die Augen geschlossen und atmete schwerfällig.

Die Luke öffnete sich quietschend.

»Schluss mit Ausruhen. Heben Sie Ihren Allerwertesten, oder ich mach Ihnen Beine!« Schreiber postierte sich vor dem Techniker.

Dieser riss erschrocken die Augen auf: »Jawohl«, gab er kleinlaut zurück und nestelte am Schloss seines Gurtes.

»Nun stellen Sie sich nicht so an, Sie Kielratte!« Er verpasste Gustav eine Ohrfeige und wandte sich an Karl-August, der längst aufgestanden war und sich vorsichtigen Schrittes der Luke näherte.

»Willkommen auf dem Meeresgrund, Herr Wagner«, bellte er und stieß ihn durch die Öffnung.

»Friedrich, sieh zu, dass du diesen Bastard nicht aus den Augen verlierst. Bewegung, Bewegung! Ich werde dem Herrn Techniker ein wenig Dampf machen. Das Marinikum kommt schließlich nicht von selbst an die Oberfläche!«

Schreibers Gezeter hallte ihm nach und Karl-August war froh, als er endlich die Landungsbrücke betrat.

Bis er sah, was sie dort erwartete.

Er presste sich die Hand auf den Mund, während er die Metalltreppe hinabstieg. Seine Sinne wurden geflutet von dem, was zu seinen Füßen lag. Der süßliche Gestank nach Verwesung drang ihm in die Nase, legte sich auf seine Lippen und hinterließ den Geschmack des Todes auf seiner Zunge. Er würgte, seine Augen brannten, Tränen rannen seine Wangen hinab. Als er die Brücke betrat und seine Schritte von den gewaltigen, violett schimmernden Wänden widerhallten, stieß er einen gequälten Seufzer aus.

Direkt vor seinen Füßen, neben dem Steuerungspult, an der Laderampe, im Durchgang zur Fabrik türmten sich Leichenteile. Abgerissene Glieder, Köpfe, aus deren Münden die Zungen hervorquollen wie Würste, tote Augen, die aus den Höhlen getreten waren, aufgerissene Leiber, aus denen sich Darmschlingen über den blutigen Boden schlängelten, geborstene Rippen, die aus den zerfetzten Körpern hervorragten wie faulige Zähne.

»Oh mein Gott«, ertönte hinter ihm die Stimme des Matrosen. Friedrich übergab sich. Der Gestank von Fäulnis mischte sich mit der bitteren Essenz des Entsetzens. Karl-August legte ihm die Hand auf den Rücken: »Das ist nicht Gottes Werk, mein Junge.«

»Wer tut so etwas?«, wimmerte er und hielt sich den Bauch.

»Verdammt nochmal! Was ist das für eine Sauerei?« Die kalte Stimme des Kapitänleutnants zerriss den Moment des Schmerzes. Er stieg die Stufen hinab, den Techniker vor sich hertreibend. Dieser zitterte am ganzen Körper und richtete seinen Blick mit bebenden Lippen auf seine Werkzeugtasche.

»Sie reparieren den verfluchten Sender«, fauchte Schreiber und schubste ihn vorwärts. Gustav trat dabei in eine Pfütze aus Gedärmen und Blut und schrie auf.

»Stellen Sie sich nicht so an, Herrgott!« Der Kapitänleutnant verpasste dem Techniker abermals eine Ohrfeige und wandte sich dann an Karl-August: »Sie und ich sehen uns um. Wer immer das getan hat, kann ja nicht weggelaufen sein.« Schreiber strich seine Uniformjacke zurück und beförderte eine lila schimmernde Pistole zutage.

Karl-August sah den Kapitänleutnant ungläubig an.

»Was ist? Oh, ich verstehe. Nein, eine Waffe kann ich Ihnen nicht geben, ich bin ja nicht verrückt!« Er beugte sich hinab und hob eine bluttriefende Eisenstange auf: »Das sollte genügen.«

»Sollten wir nicht Verstärkung anfordern?«

Schreiber fuhr herum: »Sie sind so einfältig, wie Sie feige sind. Verstärkung? Wie sähe das denn aus? Als zukünftiger Oberkommandeur soll meine erste Handlung darin bestehen, Verstärkung zu rufen? Wenn ich meine Arbeit damit beginne, dieses kleine Problem nicht selbst zu lösen, wie lange, glauben Sie, werde ich Oberkommandeur sein? Verstärkung? Sie können doch nur den Verstand verloren haben!«

»Kleines Problem?«, wagte Karl-August zu widersprechen. »Dort liegt ein Dutzend toter Männer!«

»Ja, Sie Genie. Und wir werden jetzt herausfinden weshalb.«

Schreiber machte kehrt und stapfte Richtung Fabrikeingang: »Friedrich, achte darauf, dass niemand den werten Herrn Techniker stört! Die Anlage muss schnellstmöglich wieder hochgefahren werden«, rief er dem Matrosen zu und bedeutete Karl-August, ihm zu folgen.

***

Blutspuren wiesen ihnen den Weg in die Fabrikhalle, einen ovalen Raum, in dessen Mitte ein gewaltiger fliederfarbener Hochofen thronte. Dort türmten sich weitere Leichenteile. Karl-August betrachtete trotz seines Entsetzens ihre Gesichter eingehend. Ob eines davon Heinrich gehörte, vermochte er nicht zu sagen. Die abgerissenen Schädel waren über und über mit Blut besudelt.

»Das kann unmöglich das Werk eines Einzelnen sein«, wisperte er.

Schreiber blieb abrupt stehen und taxierte ihn: »Hören Sie auf, Panik zu verbreiten. Hier geht es weder um Sie noch um mich, sondern um die Zukunft des gesamten Reiches. Die Öfen müssen schnellstmöglich wieder zum Laufen gebracht werden. Begreifen Sie das nicht?!«

»Und die Arbeiter? Kümmert Sie deren Schicksal gar nicht?«, gab Karl-August zu bedenken und deutete auf die Leichen.

»Pah! Menschen können ersetzt werden. Aber niemand kann das Marinikum ersetzen, es bedeutet viel mehr als ...«

Ein langgezogener Schrei unterbrach den Kapitänleutnant. Die beiden Männer hoben gleichzeitig die Köpfe. Ein weiterer Schrei folgte und hallte durch die Fabrik.

»Verdammt. Das war der Techniker!«, fluchte Schreiber und entsicherte die Pistole.

»Und der Junge«, ergänzte Karl-August.

»Sie bleiben dicht hinter mir, verstanden?« Der Kapitänleutnant hielt die Waffe im Anschlag und schritt voran. Doch gerade als sie die Fabrikhalle verlassen wollten, stellte sich ihnen jemand in den Weg.

Schreiber blieb stehen und richtete die Pistole auf den blondgelockten Mann, der im Durchgang stand. Er hielt eine blutige Axt in der rechten Hand. Karl-August starrte ihn mit aufgerissenen Augen an, und als Schreiber den Finger am Abzug durchziehen wollte, riss er den Arm des Kapitänleutnants herum. Der Schuss löste sich dennoch und die Kugel landete in der Wand.

»Was zum Teufel soll das?«, brüllte Schreiber und stieß ihm den Ellenbogen ins Gesicht.

»Das ist mein Sohn, mein Sohn!«, schrie Karl-August und hielt sich die Wange.

Schreiber versetzte ihm einen Faustschlag in die Magengrube.

»Ihr Sohn? Das hätte ich mir ja denken können.« Er hob die Waffe: »Und jetzt können Sie zusehen, wie ich Ihre Brut ins Jenseits befördere!«

Noch ehe Schreiber abdrücken konnte, stürmte der Blonde los. Er hob das Beil und rammte es dem Kapitänleutnant in die Brust. Ein knirschendes Geräusch, gefolgt von einem feuchten Schmatzen ertönte, als Heinrich die Axt aus der Wunde zerrte.

»Heinrich! Nein!«

Schreiber schrie wie am Spieß, das Blut strömte aus seiner Brust wie eine Fontäne, spritze in Heinrichs Gesicht, der erneut mit dem Beil ausholte. Der Kapitänleutnant sackte zusammen, ein Gurgeln drang aus seiner Kehle, er röchelte Worte, die Karl-August nicht verstand, und platschte schließlich auf den Boden wie ein nasses Bündel.

Heinrich ließ die Axt sinken.

»Was hast du nur getan, mein Sohn?« Karl-August machte einen Schritt auf ihn zu.

»Vater?«, fragte er, ließ das Beil fallen und wich zurück.

»Ja, ich bin es.«

Sein Sohn sank auf die Knie und grub das Gesicht in seine Hand-flächen. Schluchzen drang aus seiner Brust. »Vater?«, wimmerte er.

»Ich war in Sorge um dich«, wisperte Karl-August, während Tränen in ihm aufstiegen. Die namenlose Furcht, die er verspürt hatte, als der Kontakt zur *Brandtaucher* abgerissen war, verwandelte sich in Zorn. Er fiel über Heinrich her, packte dessen Schultern und schüttelte ihn: »Was hast du getan? Hast du all diese Männer umgebracht?«

Heinrich ließ die Hände sinken und jaulte wie ein angeschos-senes Tier. Karl-August prügelte wild auf ihn ein. Wieder und wieder zischten seine Hände durch die Luft und gingen auf Heinrichs Kopf nieder wie Peitschenhiebe.

»Sag mir, was du getan hast. Sag es mir! Sag es!«, schrie er dabei und hieb auf ihn ein, bis ihn die Kraft verließ und er neben ihm zu Boden sank.

Heinrich streckte die Hand nach seinem Vater aus, zog sie aber wieder zurück: »Es tut mir leid, Vater«, flüsterte er. Karl-August schluchzte: »Was sagst du da?«

»Verzeih mir.«

»Du kannst keine Vergebung erwarten. Was ist bloß aus dir geworden? Ein Monster. Ein Mörder. Wieso nur? Wieso? Welcher Dämon hat Besitz von dir ergriffen? Welches düstere Wesen pocht in deiner Brust? Welcher Teufel zwang dich zu diesem Werk?« Er krümmte sich vor Gram. Ihm war, als hätte man ihm das Herz aus der Brust gerissen. Sein Sohn war zu einem Ungeheuer geworden, das bestialisch mordete, ohne Gewissen, ohne Skrupel, ohne Mitleid.

»Vater, ich brauche deine Hilfe«, sagte Heinrich und berührte mit den Fingerspitzen das Gesicht seines Vaters. Karl-August zuckte zusammen und schlug die Hand seines Sohnes weg: »Dir kann niemand mehr helfen. Nicht einmal Gott.«

Heinrich stand auf und ergriff die Axt: »Niemand darf die Fabrik verlassen. Niemand darf je wieder herkommen.« Er hob das Beil.

Karl-August hielt sich schützend die Arme vors Gesicht: »Wieso willst du mich töten? Ich bin dein Vater. Heinrich. Tu das nicht.«

»Jeder, der herkommt, muss sterben«, sagte er kalt.

»Was redest du denn da? Was ist nur in dich gefahren?«

Er holte aus, doch es gelang Karl-August, dem Hieb auszuweichen. Er rollte sich auf die Seite und prallte dabei gegen den Leichnam des Kapitänleutnants.

»Die *Brandtaucher* muss versiegelt werden. Für. Alle. Zeit!« schrie Heinrich und schwang die Axt.

Karl-August duckte sich weg, der Schlag traf den Toten und trennte dessen Arm ab. Blut sickerte auf sein Gesicht, er ruderte mit den Armen und bekam etwas zu fassen.

Die Pistole!

Er lud sie durch und richtete sie auf seinen Sohn. Ein jämmerliches Wimmern drang aus seiner Kehle, doch tief in seinem Inneren wusste er, dass er es tun musste.

Heinrich sah auf die Waffe, dann suchte er den Blick seines Vaters. Karl-August erschrak.

Die Augen seines Sohnes schimmerten lila.

Der Schuss hallte durch den Raum.

Heinrich brach zusammen. Die Axt ging klirrend zu Boden.

Karl-August schrie seinen Schmerz hinaus. Er prallte als Echo von den Marinikum-Wänden wider, fraß sich durch seinen Verstand, raubte ihm den Atem. Es war, als würde die Qual ihn zerquetschen. Er ließ die Pistole fallen und schlug sich die Hände vor die Augen.

Und dann roch er es.

Ein beißender Gestank lähmte jeden Versuch, nach Luft zu schnappen. Nie zuvor hatte Karl-August etwas Vergleichbares gerochen. Es war nicht nur Verwesung, es war mehr. Mehr als Tod und Verderben, mehr als Zersetzung und Moder, mehr als der giftige Brodem, der aus den Schloten der Marinikum-Fabriken aufstieg. Ein Geruch, der direkt aus der Hölle emporzusteigen schien.

Das sonderbare Gefühl, das in ihm tobte, seit sich das Reich dem Marinikum verschrieben hatte, war plötzlich stärker. Es drückte gegen seine Brust, sein Herz trommelte dagegen an, aber es war ihm, als würde die Präsenz des Bösen, des Unbeschreiblichen, des Widersinnigen, ihn zermalmen.

Einmal mehr bestätigten sich seine Ängste.

Hier lauerte etwas.

Etwas, das mächtig war, etwas, das zerstörerisch war, etwas, das *alt* war.

In einem Anflug von Panik sprang er auf die Beine und stürmte aus der Fabrikhalle. Er hastete durch die violetten Flure, die nun tatsächlich zu atmen, zu pulsieren schienen.

Sein eigener Tod kümmerte ihn nicht mehr. Der Tod seines Sohnes kümmerte ihn nicht mehr. Die zerstückelten Leichen interessierten ihn nicht länger.

Das, was hier lauerte, war schlimmer als sterben.

Er war hinter ihm her, er fühlte den kalten, stinkenden Atem in seinem Nacken. Er verlor die Orientierung in den Gängen. Die Wände waberten, der Glanz des Marinikums warf sein Bild zurück, als würde es ihn verspotten. Je tiefer er in die Fabrik vordrang umso intensiver schillerte das Violett. Bis es die lichtverschlingende Farbe von Auberginen angenommen hatte.

Karl-August torkelte in einen finsteren Gang, aus dem nichts als Schwärze drang. Blind von der Dunkelheit tastete er sich an der Wand entlang. Das Gestein war mit einem schleimigen Film überzogen, der den üblen Gestank dessen, was ihm auf den Fersen war, noch übertraf. Seine Füße versanken in einem geleeartigen Sumpf. Plötzlich stieß er gegen etwas. Ein dumpfes Klingen, gleich einem Glockenschlag, ertönte. Karl-August starrte angestrengt in die Finsternis. Er streckte die Hände aus und berührte eiskaltes Metall. Seine Finger umschlossen eine Kante, erkundeten den geheimnisvollen Gegenstand. In seinem Kopf fügte sich das Bild eines Behälters zusammen, der ... sich von ihm entfernte. Quietschend glitt er aus seinen Händen.

Das hier war eine Lore!

Er war in der Mine!

Doch kaum hatte er den Gedanken gefangen, schlängelte sich etwas aus dem Schatten. Er konnte nicht erkennen, was es war, nur, dass es sich um seinen Hals wickelte.

Kalt und glitschig.

Es würgte ihn.

Etwas glitt in seine Ohren, über seine Wangen, seine Stirn. Als es sich in seine Nasenlöcher bohrte, schrie Karl-August auf. Er konnte

spüren, wie es sich im Inneren seines Kopfes bewegte, hinter seine Augen kroch. Es zwängte sich hinter seine Augäpfel und presste sie aus ihren Höhlen. Ein Meer aus Blut und Farben war das Letzte, was er sah.

Blut, so rot.

Blut, so blau.

Blut, so silbern.

Ein Gefängnis, errichtet aus dem Lebenssaft der Menschen, der Meeresbewohner und selbst der Götter, um das Unaussprechliche zu bannen. Karl-August hörte die Gedanken der Kreatur, sah die toten Männer in der Fabrik, sah seinen Sohn, der unter dem Zwang des Ungeheuers den Verstand verloren hatte. Er lauschte der alten Wut, dem unbändigen Zorn, den Rachegelüsten.

»R'lyeh! R'lyeh! R'lyeh!«, flüsterte eine glucksende Stimme.

Und während sich das Monster durch seinen Geist wühlte, begriff er das ganze Ausmaß: Die Gier nach Marinikum Amethysta hatte den Boten des Untergangs befreit.

***

Karl-Augusts Kopf zerbarst unter dem Druck der Tentakel wie eine reife Tomate. Die Kreatur ließ den toten Körper mit den violetten Augen achtlos fallen, wandte sich ab und machte sich auf ihren langen Weg. Es war Zeit, die Großen Alten zu erwecken.

Aconitum Napellus
Dunkelblaues Gift

Ashley Kalandur

Unter Alexander bildete sich rasch eine warme Blutlache. Für einen Moment dampfte der stetige Strom, erkaltete dann aber schnell auf dem eisigen Waldboden. Es war Februar und der Frost hatte die Gräser milchig weiß gefärbt. Nun schmolz der Reif unter dem blutigen Fluss, der Moos und Wurzeln dunkel färbte. Der Vollmond eröffnete dem jungen Mann einen unverschleierten Blick auf seine eigene Situation, die er, einerseits durch den Schock, andererseits durch seine Ausbildung zum Jäger ohne den störenden Faktor der Emotion erfasste. Die Wunden waren tief, das Biest hatte ihn aus dem Hinterhalt erwischt – ohne Rückendeckung im Wald auf die Jagd zu gehen, war natürlich auch ein dummes Unterfangen gewesen. Jugendlicher Leichtsinn und ein großer Teil Selbstüberschätzung hatte ihn in diese Situation gebracht. Mit schwindenden Kräften realisierte er, dass seine einzige Chance auf Rettung ein für ihn unmöglicher Notruf war. Für ihn undenkbar, da sein anbarisch betriebener Arm, der das dafür notwendige Funkgerät enthielt, von dem Wesen derart in Mitleidenschaft gezogen worden war, dass eine Benutzung in diesem Moment hoffnungslos schien. Alexander versuchte es trotz alledem. Die Schmerzen bei der kleinsten Bewegung des zerfleischten Armes und die psychische Anstrengung, um die winzigen Mechanismen durch seinen Geist zu bewegen, kosteten ihn fast vollständig seine verbliebene Kraft. Er spürte, wie die Kälte sich immer weiter durch seine Sehnen fraß und seine Gedanken lahmlegte. Einige Momente später jedoch hatte er das dringende Bedürfnis, sich jeglicher Kleidung zu entledigen, da die Kälte einer durchdringenden Wärme gewichen war und diese ihn völlig einzunehmen schien. Doch die spärlichste Bewegung kam ihm in diesem Zustand wie ein illusionäres Unterfangen vor und deshalb wartete er auf die Dunkelheit, die ihn schließlich auch umfing.

***

Alexander Phelan war in einer ähnlich kalten Nacht, vor einundzwanzig Jahren, mit nichts als Decken bekleidet und mit einer handgeschriebenen Notiz um den dünnen Arm gebunden, vor dem Hause des Lords und der Lady Hadbrough abgelegt worden. Die Lady hatte sich glücklicherweise des zitternden und abgemagerten Säuglings angenommen und ihn so vor einem qualvollen Hungertod bewahrt. Ihre Amme hatte vor Kurzem für ein Kind der Familie sorgen müssen, sodass es dem schmalen und extrem blassen Kind bald besser ging. Innerhalb kürzester Zeit entwickelte sich der zierliche Junge zu einem lebhaften und sehr flinken Kind, das durch die weitläufigen Räume der Familienresidenz eilte und offenbar mit seiner überbordenden Energie vollkommen überfordert zu sein schien. Er blieb schlank und drahtig und entwickelte ansehnliche Züge, die ihm, kaum zum Manne gereift, viele weibliche Verehrerinnen einbrachten. Er konzentrierte sich jedoch vor allem auf die Lehrstunden seines Ziehvaters, der sich, wie er dem Jungen schon früh offenbart hatte, mit der Jagd auf übernatürliche Wesen widmete. Alexander schien in der Ausbildung zum Jäger aufzugehen, opferte jede Sekunde seiner freien Zeit dem Studium alter Folianten und handgeschriebener Manuskripte. Er lernte längst vergessene Sprachen, um auch die ältesten Papiere übersetzen und verstehen zu können, und begleitete den Lord auf nächtliche Wachgänge in die umliegenden Wälder.

Selten jedoch konnten sie eines der Wesen erspähen und so gut wie nie erlegten sie eine der mythischen Kreaturen, die Alexander so innig studiert hatte. Meist waren es niedere Ghoule, die auf dem örtlichen Friedhof ihr Unwesen trieben und mit einem gezielten Schuss, aus speziell für Lord Hadbrough angefertigten Waffen, erledigt werden konnten. Hilfe und Unterstützung fanden Alexander und sein Ziehvater in dem introvertierten, und für den Jungen in frühen Jahren unheimlichen Professor Okhotnik. Dieser hatte sein halbes Gesicht durch Implantate ersetzt. Unter anderem durch Okulare und verschiedenfarbige Linsen, die sich, je nach Bedarf, vor die Linse schieben ließen und so dem Professor unterschiedliche Ebenen der Realität offenbarten. Sämtliche anbarischen

Apparate und auch ein Großteil der maschinellen Annehmlichkeiten im Gutshaus waren von dem Professor installiert worden, sodass er ein unerlässlicher Begleiter und Eingeweihter im Kampf gegen die mythische Bedrohung wurde.

Alexander pflegte zu Professor Okhotnik eine reservierte Beziehung. Die Blicke, die der Alte ihm oft zuwarf und die Strenge, die er nur bei ihm an den Tag zu legen schien, schreckten den Jungen ab. Doch war der Professor stets freundlich und half Alexander, wenn dieser Fragen bezüglich der Funktionalität einiger Waffen oder mechanischer Spielereien hatte.

Was der Junge zwar bemerkte, jedoch nie auszusprechen wagte, war der widerliche Geruch, der von dem kauzigen Mann ausging. Solange er sich erinnern konnte, stank der Professor nach Chemie und Tod. Doch der größte Gestank, wohl auch die Ursache für die Note des Professors, ging von seinem Medizinschrank aus. Oft trug der wunderliche Mann Flakons oder Fläschchen aus diesem Schrank bei sich. Ein ganz besonderer und ihm sehr teurer Glasbehälter schien ein milchiges Fläschchen zu sein, das eine dunkelblaue Flüssigkeit enthielt. Dieses trug er fast unentwegt bei sich. Und der Geruch, der von dieser Phiole ausging, war es, der das Aroma des Professors prägte. Dieser besondere Geruch und die Kombination verschiedenster anderer Odeurs ließen Alexander nicht selten würgend zurück. Doch aus Angst und Scham sprach er den Alten nie darauf an.

***

Jetzt erinnerte er sich an diese Gerüche. Halb in Erinnerung, halb in der schmerzvollen Realität, holten sie ihn ins Bewusstsein zurück: Das Erste, was er bemerkte, war, dass er nicht mehr auf dem kalten Waldboden lag. An den Fingern seiner linken Hand spürte er weiche Decken und eine angenehme Wärme, die sich langsam in seinem gesamten Körper ausbreitete. Noch wagte er nicht, die Augen zu öffnen, denn in einem kurzen Anflug von Panik dachte er an die tückische, tödliche Hitze des Erfrierens zurück. Er ließ einige Augenblicke verstreichen, bis er langsam die Lider hob und zu blinzeln wagte. Noch bevor er die Augen vollständig geöffnet hatte, erreichten ihn andere Eindrücke, die ihm bestätigten, nicht mehr im winterlichen Wald zu liegen. Er hörte das stetige Tropfen von Flüssigkeit; es schien nicht das Tropfen eines Wasserhahnes zu sein, viel gedämpfter wirkte es. Und es schien aus kurzer Entfernung zu kommen. Auch das leise Piepen einer Maschine und das dumpfe elektronische Brummen, das solche Geräte immer begleitete, drangen in sein Bewusstsein. Alexander neigte den Kopf ein wenig zur Seite, da er selbst durch die geschlossenen Lider das strahlende Licht über seinem Kopf erkennen konnte. Um nicht sofort geblendet zu werden, blickte er in Richtung der Maschine, die ihn offensichtlich mit Nährstoffen und anderen medizinisch notwendigen Dingen versorgte. Einige bereits vergilbte Schläuche hingen an umgedrehten Glasflaschen, die entweder eine durchsichtige oder eine Flüssigkeit von fast durchscheinend blauer Farbe enthielten. Das tropfende Geräusch kam von dieser Vorrichtung und Alexander realisierte langsam, wo er war ...

Er schaffte es immer noch nicht, den rechten, anbarischen Arm zu bewegen. Dieser war während des Angriffes eindeutig schwer verletzt worden, doch das Neigen des Kopfes strengte den jungen Mann zu sehr an. Alexander konzentrierte sich auf das Atmen und die ihn umgebenden Geräusche und Empfindungen. Er war allein in dem Raum. Bis auf das stetige Piepen und Tropfen schienen auch keine anderen Geräusche zu existieren. Allein sein rasselnder Atem unterbrach diesen eingespielten Rhythmus mit feuchter, schmerzhafter Unregelmäßigkeit. Er wusste nicht, wie viele Stunden oder gar nur Minuten vergingen, bis die Klinke einer Tür betätigt wurde.

Erstaunlich war, dass dieses Geräusch, obwohl eindeutig sehr weit von ihm entfernt, für ihn klar und deutlich vernehmbar war. Schritte näherten sich, ließen ein altbekanntes Muster erkennen. Sie wurden lauter und endeten schließlich abrupt. Wieder bewegte sich eine Klinke, doch dieses Mal schien die dazugehörige Tür direkt neben Alexanders Kopf geöffnet zu werden. Ein leises Quietschen erklang, als sie geöffnet wurde. Die wohlbekannten Schritte näherten sich und der damit verbundene Geruch, der sich seit seiner Kindheit in seinen Geist gefressen hatte.

»Ich sehe, dass Du wach bist, Alexander. Die Anzeige auf den Geräten verrät dich.« Der junge Mann hörte den schweren osteuropäischen Akzent, aber auch das Amüsement in der Stimme des Professors und versuchte, seinen Kopf in die Richtung des Alten zu drehen. Es fiel ihm auch dieses Mal schwer, jedoch ließ es sich bereits um einiges leichter bewerkstelligen. Der Druck hinter seinen Augen flaute ab und übrigblieb die einnehmende Wärme in seinen Gliedern und eine Taubheit, die ihn wieder schläfrig werden ließ.

»Du brauchst nicht zu sprechen. Aber laut den Anzeigen erholst du dich sehr schnell. Wenn es so weitergeht, wirst du in ein paar Tagen das Bett verlassen können.« Auch wenn Erleichterung in der Stimme des Professors mitschwingen sollte, hörte Alexander einen bedrohlichen Unterton. Dieser war zwar nie ein Mensch von Freundlichkeit gewesen, doch so offenkundig war es bisher noch nie nach außen gedrungen. »Du hast verdammtes Glück gehabt, dass dich das Biest nicht an Ort und Stelle zerfleischt hat. Du bist gerade so mit dem Leben davongekommen und schon wieder auf dem Wege der Besserung. Ich glaube, ich muss dir nicht erklären, wie viele Schutzengel über dich zu wachen scheinen.« Eine Pause entstand, als der alte Mann an den Gerätschaften hantierte, Flaschen und Behälter austauschte und einige Knöpfe drückte. »Lord und Lady Hadbrough waren krank vor Sorge um dich und ich könnte verstehen, wenn sie dich bis auf Weiteres nicht mehr aus dem Haus lassen würden. Dein rechter Arm wurde sehr schwer verletzt. Es blieb mir leider nichts anderes übrig, als die mechanischen Teile deiner Ausrüstung zu entfernen. Wenn du wieder völlig genesen bist, werde ich dir neue Teile einsetzen. Aber bis dahin, gönne dir und deinem Arm Ruhe.« Professor Okhotnik drückte wieder auf einige Knöpfe und stach eine dünne Kanüle in eine Vene von Alexanders linkem Arm. Als das Medikament sich in seinen Gliedern verteilte, fühlte es sich zunächst eisig an und er zitterte leicht, doch schnell verging diese Empfindung und übrig blieb nur ein Gefühl von Taubheit und Ohnmacht. Alexander schloss die Augen und öffnete sie erst Tage später wieder.

**

Mittlerweile erhellte Tageslicht das Krankenzimmer und seine Schmerzen waren zum größten Teil abgeflaut. Einzig die Stellen, an denen der Tropf des Professors hing, waren wund und schmerzten bei

Bewegung. Die Einstiche an Händen und Ellenbogen waren rötlich verfärbt und ein unangenehmes Jucken breitete sich von diesen Stellen aus. Alexander hätte nichts lieber getan, als die Kanülen aus der Haut zu reißen und die geröteten Einstichwunden zu kratzen, bis das Gefühl verging. Doch er regte sich nicht und schaute sich erneut um. Seine Umgebung hatte sich geändert. Vom klinischen Raum im Untergeschoss des Herrenhauses war er in sein eigenes Bett verlegt worden und das sanfte Klopfen der Heizanlage beruhigte ihn. Als kleines Kind schon hatte er im Winter an den Heizungsrohren gehorcht und versucht, den geheimen Morsecode der Rohre zu entschlüsseln. Doch bis auf wenige sinnvolle Buchstabenkombinationen kam meist nur Kauderwelsch heraus. Die Vermutung eines eingesperrten Goblins oder anderen Wesens im Keller bestätigte sich, auch Jahre später, als er die Kellergewölbe ohne Begleitung und auch ohne größere Panikattacken betreten konnte, nicht. Er konnte eine gewisse Enttäuschung nicht unterdrücken und hatte tagelang mit schlechter Laune und Appetitlosigkeit zu kämpfen, bis ihn sein Ziehvater in die Geheimnisse der Familie einweihte und Alexander sich seither der Erforschung tatsächlicher Bedrohungen widmete.

Alle Anzeichen sprachen dafür, dass die Schläuche und Maschinen abgeklemmt worden waren und Alexander nun eigenständig Medikamente und Nahrung zu sich nehmen konnte.

Er fühlte sich blendend. Nicht zuletzt die frische Luft und die Sonnenstrahlen, die durch die geöffneten Fenster drangen, vitalisierten seine Sinne. Der Duft von Kaffee und Toast drang ebenso in seine Nase wie die erdigen Gerüche aus dem Garten. Langsam richtete er sich auf und er war nicht überrascht, dass der Schmerz und die Taubheit vollständig aus seinen Gliedern gewichen waren. Er riskierte einen ängstlichen Blick auf seinen rechten Arm, den er geschient und in dicken Verbänden vermutete, doch weit gefehlt. Rosige Haut überspannte seinen muskulösen Unterarm. Nichts deutete darauf hin, dass dieser vor einiger Zeit noch schwer verletzt gewesen war. Er sah die Risse noch vor seinem geistigen Auge. Die tiefen Furchen, in denen sich schwarze Blutströme gebildet hatten und, gemischt mit hydraulischer Flüssigkeit, auf den Boden getropft waren. Keine Narben waren zu sehen, weder auf dem rechten noch auf dem linken

Arm. Und auch andere Stellen, die in dieser Nacht in Mitleidenschaft gezogen worden waren, schienen wie von Wunderhand verheilt zu sein. Wie lange war er ohne Bewusstsein gewesen, dass nichts, aber auch rein gar nichts auf den Angriff hindeutete?

Alexander schlug die Decke zurück und war nicht überrascht, darunter, bis auf ein Nachthemd, unbekleidet zu sein. Doch es störte ihn kaum. Obwohl die Brise aus dem geöffneten Fenster frisch war, fror er nicht und richtete sich auf. Vorsichtig berührten seine Zehen den Boden vor dem Bett. Den Teppich hatte man vor einiger Zeit erneuert, doch als er seinen Fuß darauf setzte, fühlte sich das seidene Gewebe irgendwie rau und ungewohnt kratzig an. Als hätten tausende Schuhe es plattgedrückt und die Saug-Kehrmaschine, eine Erfindung des Professors, es unregelmäßig wieder aufgerichtet. Es schien einfach falsch zu sein, wie sich das Material unter seine Zehen schmiegte und zugleich jede Faser zu spüren war. Gerade, als er beschloss, zum geöffneten Fenster zu gehen, ertönten wohlbekannte Schritte vor der Tür und Alexander blieb, wo er war. Der Professor betrat das Zimmer, ohne vorher zu klopfen – bisher war dies ja auch nicht nötig gewesen. Die Überraschung, die sich auf seinem faltigen Gesicht ausbreitete, schien jedoch nur zu einem kleinen Teil echt zu sein. Fast, als würde Alexander durch eine Maske blicken. Etwas anderes forderte außerdem die Aufmerksamkeit des jungen Mannes: Professor Okhotniks Geruch schien sich verstärkt zu haben. Roch der Alte bis dato nur in unmittelbarer Nähe, war sein durchdringender Odor nun schon von der Tür aus zu Alexander vorgedrungen. Auch wenn er versuchte, sich seinen Abscheu gegen diesen Geruch nicht anmerken zu lassen, musste der Professor es doch bemerkt haben, denn er runzelte für einen Augenblick die Stirn. Schließlich straffte er sich und ging auf seinen Patienten zu. Mit jedem Schritt wurde der Geruch intensiver und unangenehmer für Alexander, sodass es schon bald in seinen Nasenhöhlen brannte und eine klare Reaktion auf seinen Zügen zu hinterlassen schien, denn Okhotnik näherte sich ihm nun vorsichtiger. Er griff, kurz bevor er vor Alexander stand, in seine Brusttasche und beförderte jenen Flakon heraus, den er schon seit Alexanders Kindheit immer bei sich getragen hatte. Jedoch war kaum mehr der Boden des Gefäßes mit seinem einstigen Inhalt bedeckt. Trotz der geringen Menge faszinierte ihn die dunkelblaue Farbe der Flüssigkeit und stieß ihn gleichermaßen ab. Seine Muskeln spannten sich, doch seine anerzogene Selbstbeherrschung verhinderte, dass er floh.

»Wie ich sehe, magst du das hier nicht.« Er hob das Fläschchen höher. Alles in Alexanders Körper kämpfte gegen den Drang an, fortzulaufen. Langsam schüttelte er den Kopf und hoffte, dadurch von der *Folter* des Fläschchens erlöst zu werden. Doch weit gefehlt. Anstatt den Flakon einzustecken, betrachtete der Professor ihn interessiert.

»Weißt du, was das ist?« Er wartete keine Antwort ab. »Es ist ein Serum aus den Wurzeln des *Aconitum napellus,* des Blauen Eisenhutes. Für Menschen ist der Inhalt dieses Flakons schon in geringster Menge tödlich. Für andere Wesen könnte er die einzige Heilung sein.« Er sah dabei Alexander tief in die Augen, als könnte er darin etwas erkennen, von dem selbst der junge Mann noch keine Ahnung hatte. Jedoch, wie der Alte *andere Wesen* betont hatte... Es keimte eine schreckliche Vermutung in ihm auf.

»Wie lange habe ich geschlafen?« Alexander wollte endlich Gewissheit.

Der Professor blinzelte und schien kurz zu überlegen. Das Okular, sein mechanisches Auge, krächzte vernehmlich und nach einigen Sekunden antwortete Okhotnik auch: »Etwa drei Wochen, nachdem du das letzte Mal bei Bewusstsein warst. Der Tag, als ich deine anbarischen Teile aus dem Arm entfernt habe.«

Alexander überlegte kurz.

»Aber in dieser Zeit hätten meine Wunden niemals so vollständig heilen können. Sie müssen sich verrechnet haben.«

Der Professor schüttelte den Kopf.

»Keinesfalls. Aufgrund der Umstände deiner Verletzung hätte ich schon früher mit deiner Genesung gerechnet. Beziehungsweise... Ich habe, für das seelische Wohl deiner Zieheltern darauf verzichtet, dich früher aus deiner Ohnmacht erwachen zu lassen. Denn, wärest du bereits am dritten Tag nach der Attacke gesund und munter durchs Haus spaziert, dann wären Lord und Lady Hadbrough sicher in einer ungünstigen Lage gewesen und dein Schicksal hätte eine andere Wendung genommen. Und bevor du mich verurteilst: nichts zu danken.«

Alexander nahm sich Zeit, über die Worte des Alten nachzudenken und die düsteren Gedanken an den Tag der Jagd und die schmerzhafte Zeit auf dem Waldboden langsam wieder hervorzuholen. Er versuchte sich zu erinnern, was es für ein Wesen gewesen war, das ihn damals angegriffen und tödlich verwundet zurückgelassen hatte. Die Erinnerung an heißen Atem in seinem Nacken. Scharfe Krallen auf seiner Haut und warmes Fell auf seinem Körper. Doch plötzlich schien der Angriff an Bedrohlichkeit verloren zu haben. Mit jedem Gedankenfetzen schlich sich auch eine andere Seite in seine Erinnerung. Aus dem tödlichen Blitzen der goldenen Augen wurde reiner Überlebenswille, aus den gefletschten Fängen die Warnung, nicht weiter in das Gebiet des Wesens vorzudringen. Die Krallen in seinem Arm und Körper, deren tödliche Spitzen lebenswichtige Organe zu verschonen schienen. Die Wärme seines eigenen Blutes unter seinem Körper, die ihm eher etwas wie Ruhe verschaffte, als ihn in den Angstzustand vor dem drohenden Tod zu versetzen. Das Monstrum wollte ihn gar nicht töten.

Alexander bemerkte den fragenden Blick seines Gegenübers und räusperte sich laut. Er wusste, er hätte gegen das Vorgehen des Alten schimpfen müssen. Er ahnte, dass Okhotnik genau dies von ihm verlangte, doch Alexander spürte auch, dass der Professor das Richtige getan hatte. Er konnte ihm nicht böse sein.

Stattdessen richtete er seinen Blick wieder auf das Glasfläschchen, das sich immer noch in den Händen des Alten befand und seinen abstoßenden Geruch verströmte.

»Was hat es damit auf sich?« Okhotnik hob den Flakon ein wenig an und betrachtete den winzigen Rest von Flüssigkeit darin.

»Das ist das Mittel, mit dem ich dich die letzten Wochen ruhiggestellt habe. Außerdem hatte ich gehofft, dass es den Prozess deiner Verwandlung aufhalten könnte, jedoch war die Dosis zu klein und nun habe ich nur noch diesen kleinen Rest. Es wäre meine nächste Bitte gewesen, nachdem Du mir die Hölle heiß gemacht hättest, was ironischerweise nicht passiert ist.«

»Um was für eine Bitte handelt es sich? Professor?«

»Ich weiß, wie ich den Fluch von dir nehmen kann, noch vor dem nächsten Vollmond. Jedoch brauche ich dafür bedeutend mehr von diesem Mittel.«

Alexander horchte auf. Der Alte hatte seine Vermutung ausgesprochen. Er wusste, seit dem Angriff musste etwas mit ihm geschehen sein, wusste, dass die schnelle Heilung einen anderen Grund hatte als gute Pflege mit Hühnerbrühe und Wadenwickeln.

»Von welchem Wesen sprechen wir genau?« Alexanders Herz schlug bis zum Hals, als der Professor zur Antwort ansetzte. Er hatte jedes Buch gelesen und jede Eigenart der Monster, die sie jagten, auswendig gelernt. Das einzige Wesen, das auf seine Erinnerung und die Erwähnung des Vollmondes passte, war ...

»Ein Lykanthrop, wir sprechen von einem Werwolf.«

Der junge Mann musste sich wieder setzen. Seine eigene Vermutung und die Aussage Okhotniks nahmen ihm für kurze Zeit die Luft. Doch in seinem Innersten war er schon darauf gefasst gewesen. Er hatte es gespürt, wie man eine nahende Krankheit spürt. Die unglaubliche Heilung, die verstärkte Wahrnehmung, alles waren Zeichen gewesen und er konnte sie nicht ignorieren.

»Was muss ich tun, um es aufzuhalten?« Eine Entschlossenheit erfasste ihn, dem Professor bei der Suche nach der dunkelblauen Pflanze behilflich zu sein und diesen Fluch von sich zu nehmen. »Wo finde ich diese Pflanze?« Ein schmales Lächeln zeichnete sich auf den Lippen des Alten ab.

»Das, mein Lieber, ist das nächste Problem.«

***

Drei Tage später streifte Alexander durch die Straßen Londons. Wenige Läden führten exotische Kräuter und noch weniger hatten die wirklich giftigen auf Lager. Hinzu kam, dass Winter war und die meisten Vorräte aufgebraucht waren und vor dem nächsten Sommer nicht aufgestockt werden konnten. Jedoch wurde er ohnehin in diesen speziellen Kräuterstuben nicht fündig. Er spürte den Druck, der auf seiner erfolgreichen Suche lastete. Alexander musste das Medikament nach Aussage des Professors vor dem Vollmond einnehmen, um einer Verwandlung zu entgehen und von dem Fluch der Lykanthropie geheilt zu werden. Doch weder ein Destillat aus den Wurzeln des Blauen Eisenhutes noch die Wurzel selbst waren in der Stadt aufzutreiben. Und der junge Mann fühlte ganz deutlich, dass der Mond am Himmel voller wurde. War es am Anfang nur ein unterschwelliges Ziehen seiner Sinne gewesen, wurde die Anziehung des Erdtrabanten nun von Tag zu Tag stärker und endete nicht selten damit, dass er sich des Nachts in den Straßen der Stadt umherwandernd wiederfand, ohne zu wissen, wohin er wollte und aus welchem Grund er überhaupt seine Unterkunft verlassen hatte.

***

Voller Frust beschloss Alexander nicht selten, seine Wut in schäbigen Pubs zu ersäufen. Doch nicht nur menschliches Gesindel sammelte sich zu später Stunde in den Kaschemmen nahe der Themse. Neben vielen abgewrackten Tagelöhnern und Dirnen waren auch nicht-menschliche Wesen in den Kneipen anwesend. Seine immer besser werdenden Sinne warnten ihn nicht nur einmal vor einem Untoten oder halbmechanischen Jäger, die die menschliche Sorte, der Lord Hadbrough angehörte, nach und nach zu ersetzen schienen. Die zahlreichen Kompressoren und Pumpen, die in den Körpern dieser Halbmaschinen untergebracht waren, warnten ihn schon einige Straßen bevor er dem Jäger überhaupt über den Weg lief. Kein Wunder, dass er mit seiner Prothese nie ein Wesen vor die Flinte bekommen hatte. Sie hatte ihn schlicht und einfach verraten. Nun merkte er schnell, wie stark die Stadt von dieser anderen Art von Leben bevölkert war. Sie lebten, größtenteils unerkannt, unter den Menschen und versuchten ebenso ihre Existenz zu sichern, wie alle anderen es versuchten.

Er bestellte sich ein Guinness und erntete augenblicklich schiefe Blicke. Seine irischen Wurzeln zu verraten war in London ebenso verpönt, wie gegen das Königshaus oder die neue viktorianische Ära zu wettern. Doch Alexander ignorierte den Drang, dem Wirt das Starren aus dem Gesicht zu prügeln und nippte an dem schalen Bier, das er vorgesetzt bekam. Immerhin war es tatsächlich irisches Bier und Alexander einigermaßen zufrieden.

***

Tief in Gedanken versunken bemerkte er erst nicht, dass sich jemand zu ihm gesellt hatte. Das Sinnen über die Beschaffung des Heilmittels forderte seine gesamte Aufmerksamkeit und das Bier tat nicht einen geringen Teil dazu, um den Rest seiner Wahrnehmung zu betäuben. Als er den Kopf hob, saß neben ihm eine junge Frau. Etwa so alt wie er selbst, mit eng geschnürtem Korsett und atemberaubender Tournüre. Der Stoff ihres Kleides war in einem dunklen Blau gehalten, das ihn sofort wieder an seine Aufgabe erinnerte. Ein Hut gleicher Farbe war tief in ihr Gesicht gezogen, konnte aber ihre offensichtliche Schönheit nicht verbergen. Sie saß still, die Hände in Spitzenhandschuhen verborgen und im Schoß gefaltet, und sah ihn ungeniert an.

Alexander nickte zur Begrüßung und hob sein fast leeres Glas, um ihr zuzuprosten. Jedes Wort, das er hätte herausbringen können, wäre zu trunkenem Gestammel geworden.

Sie lächelte und straffte ihren Körper, sodass mehrere Lagen von Stoff und Spitze übereinanderrieben und eine verlockende Symphonie bildeten, die Alexanders Aufmerksamkeit erregte.

»Ich kann Ihnen bei Ihrer Suche behilflich sein. Rein zufällig bin ich im Besitz einer ausreichenden Menge *Aconitum napellus*, um Ihren Professor zufriedenzustellen. Doch bevor ich sie Ihnen aushändige, möchte ich Sie um einen Gefallen bitten.« Sie legte reizende weiße Zähne frei, die ihr Lächeln noch anziehender machten. Alexander wurde überrollt von Gefühlen, die ihm bis dato völlig fremd gewesen waren. Er nickte und hoffte, dass sie dies als Zustimmung auffasste. Mittlerweile war ihm fast alles recht, um an die Wurzel zu kommen.

»Sie müssen mich heute Nacht begleiten. Natürlich ohne jede weitere Verpflichtung, nur diese Nacht, danach bekommen Sie die Pflanze.«

Ohne Verpflichtung, das hörte sich gut an. Augenblicklich versuchte er die Taubheit des Bieres abzuschütteln und erhob sich schwankend von seinem Platz. Die Dame lächelte erneut und verließ das Lokal zuerst. Alexander bezahlte seine Zeche und eilte ihr nach.

***

Vor der Tür umfing ihn die nächtliche Kälte des frühen März, noch nicht ganz Frühling und kaum mehr Winter, doch tödlich, sollte man nicht die passende Kleidung besitzen. Kleine Wölkchen bildeten sich vor seinem Mund und der Nase, als er die klare Nachtluft durch seine Lungen strömen ließ. Mit jedem Atemzug verflog auch die Wirkung des Alkohols und war fast völlig verschwunden, als er mit Panik feststellte, dass die Dame nicht zu sehen war. Nur der Hauch ihres Parfums lag noch in der Luft und ließ ihn ahnen, dass sie vor einigen Sekunden noch hier gewesen sein musste. Er schaute sich um, doch er konnte sie in keiner der kleinen Gassen entdecken. Ohne groß darüber nachzudenken, beschloss Alexander, seinen Sinnen zu vertrauen und dem Duft der Unbekannten zu folgen. Stunden, so schien es ihm, irrte er durch Londons Gassen, verlor die Fährte nach einigen Metern und fand sie schließlich in einer anderen Straße wieder. Sie führte aus der Stadt hinaus in ein kleines Waldstück, das an einen winzigen Friedhof grenzte. Dort wartete die Frau. Mittlerweile hatte sie sich ihres Hutes und der Handschuhe entledigt und winkte ihm, näher zu kommen. Zögernd folgte Alexander ihrer Aufforderung und trat schließlich an sie heran.

»Wie ich sehe, hast du mich gefunden.« Ihr Lächeln wurde spitzer und eine Erkenntnis schlich sich in Alexanders Bewusstsein.

»Es war ein Test!« Seine Stimme klang rauer, als er es gewohnt war. Tiefer und auch um einiges bedrohlicher, als er es gewollt hatte. Doch das wohlige Schaudern, das er an ihr wahrnahm, ließ es ihn nicht bereuen. Natürlich war es ein Test gewesen, hier im Mondlicht und wieder einigermaßen nüchtern fühlte er ihre Verbundenheit. Sie war wie er, nicht mehr ganz Mensch, dennoch Mensch genug, um ihn und vor allem Andere in die Irre zu führen. Für einen kurzen Augenblick blitzten Ihre Augen im Mondlicht und es schien, als würden sie die Farbe des Mondes reflektieren.

»Hilf mir bitte.« Die Frau drehte ihm den Rücken zu und ließ ihn die seidenen Bänder ihres Korsetts lösen. Auch ohne die Enge der Schnürung war sie schlank und offensichtlich erleichtert, dieser Folter entkommen zu sein. Doch Alexander verstand ihr Verhalten immer noch nicht. Auch wenn die Berührung ihres Rückens ihn wie mit Stromstößen durchfuhr, wagte er es nicht, ihr diese Empfindung noch deutlicher zu zeigen. Er war sich sicher, dass sie es auch so spüren musste und war nicht erstaunt, dass sie ihm wieder ein wissendes Schmunzeln schenkte, als sie sich umdrehte.

***

Alexander erinnerte sich nicht mehr an viele Dinge, die in jener Nacht geschehen waren. Doch er war an diesem Morgen mit einem neuen Gefühl aufgewacht, das ihn mit einigen Zweifeln zurückließ. Josephine, ihren Namen gab sie erst am Ende der Nacht preis, hatte ihm eine Phiole mit dem blauen Gift überreicht und dabei, ebenso wie er, die Nase gerümpft. Er schwenkte den Glasbehälter von einer Seite zur anderen und beobachtete, wie sich die Flüssigkeit darin bewegte. Die Farbe des Medikamentes variierte, abhängig vom Winkel des Lichteinfalls, von einem dunklen Blau bis hin zu Violett. Die genaue Wirkung kannte Alexander nun durch Josephines aufklärende Worte. Der Professor hatte niemals seine Heilung im Sinn gehabt. Dem alten Mann musste bekannt gewesen sein, dass Alexander anders war. Der Überfall im Wald hatte nur das Unvermeidliche ausgelöst. Von Geburt an war sein Schicksal vorherbestimmt gewesen. Seine Familie war eine Sippe von Werwölfen und ihr letzter Nachkomme durch die Hoffnung seiner Eltern genau den Leuten übergeben worden, die ihre Vernichtung zu verantworten hatten. Alexanders Eltern waren von Jägern verfolgt und getötet worden. Seine Rettung hatte er einer Tante zu verdanken, die ihn an der Schwelle der Hadbroughs aussetzte. Die Lady des Hauses war bekannt für ihre Neutralität und die Offenheit gegenüber der übernatürlichen Welt. Sie verriet ihrem Mann nichts von Alexanders Herkunft und zog ihn wie einen Sohn auf.

Doch Okhotnik, selbst Nachfahre einer osteuropäischen Jägerfamilie, erschlich sich das Vertrauen der Frau und beobachtete den Jungen von klein auf. Er hatte auf den Tag gewartet, da sich erste Anzeichen zeigten und Alexanders schnelle Genesung nach der Wolfsattacke war ihm Zeichen genug. Was Josephine und auch ihn vor ein Rätsel stellte, war die Tatsache, dass die Menge des Medikamentes am Anfang gereicht hätte, um Alexander zu töten. Warum der alte Mann es nicht getan hatte, war ihnen nicht klar.

***

Als er das Anwesen der Hadbroughs erreichte, war der Mond bereits aufgegangen und befand sich schon hell und fast vollkommen rund am Himmel. Alexander hatte noch zwei weitere Tage in seinem Londoner Hotelzimmer verbracht und diese Zeit bewusst vergehen lassen, bevor er zum Professor zurückkehrte. Er hatte noch einige Stunden mit Josephine verbracht und ihren Geschichten über seine

Familie gelauscht. Ihm war klar geworden, dass sie das Bindeglied zwischen seiner bisherigen und der neuen Welt geworden war, deren neue Eindrücke von Tag zu Tag stärker an seinem Wesen zerrten. Er ließ einen letzten sehnsüchtigen Blick zum Himmel schweifen, bevor er das Haus betrat. Wohl wissend, dass er es möglicherweise nicht mehr verlassen würde.

***

Der Professor saß an seinem Schreibtisch, der voll von kleinen Erfindungen und Papieren war. Überall lagen Schläuche, Drähte, Zahnräder und anbarische Leiter verstreut. Der alte Mann schien das Eintreten Alexanders zuerst nicht zu bemerken, drehte sich jedoch kurz darauf zu ihm herum. In seinen Augen lag eine tiefe Abscheu, die er nur sehr schwer mit einem Lächeln übertünchen konnte.

»Du hast es geschafft, mein Junge.« Er erhob sich schwerfällig aus dem quietschenden Sessel und kleine Mechanismen klickten an seinen mechanischen Implantaten. Alexander waren diese Geräusche nie so intensiv aufgefallen wie jetzt. Seine Nerven waren zum Zerreißen gespannt und jede Faser seines Körpers auf Verteidigung eingestellt. Wenn er es zugelassen hätte, wäre ihm ein Knurren über die Lippen gerollt, doch er hielt es mit größter Anstrengung zurück. Stattdessen zog er die Phiole mit dem blauen Gift aus der Brusttasche und reichte sie dem Alten. Mit zitternden Fingern und tiefen Zweifeln im Gesicht vergraben nahm Okhotnik das Fläschchen an sich. Er öffnete den Verschluss und augenblicklich verteilte sich der beißende Geruch des Mittels im Raum. An Alexanders Reaktion erkannte der Professor, dass er nicht getäuscht worden war und seine Züge entspannten sich ein wenig.

»Nun denn, Alexander. Wir haben nur noch wenig Zeit. Wollen wir?« Der Alte wies mit einer Hand auf die Liege, die auf der anderen Seite im Raum stand. Er sah, wie angespannt der Jüngere war. Alexander bemerkte sein eigenes Zittern zunächst nicht. Erst dann, als der Professor näher zu ihm trat und das Brennen des Medikamentes in seiner Nase intensiver wurde. Er drehte den Kopf weg vom Alten, vom Gift, hin zum Fenster. Durch die großen Scheiben konnte er die beinahe perfekte Rundung des Mondes sehen und ballte die Finger zur Faust.

»Warum haben Sie mich nicht direkt vergiftet, als Sie erkannten, was aus mir werden würde?« Das Knurren, das er vorher zu unterdrücken vermocht hatte, stahl sich bei diesen Worten in seine Stimme und machte sie tief und guttural.

»Warum denkst du, dass ich dich töten möchte?« Er lächelte ein hässliches Grinsen, das Alexanders Wut noch anheizte. »Hätte ich das gewollt, würdest du heute nicht vor mir stehen. Nein, ich benötige dich als Forschungsobjekt. Ich möchte tatsächliche eine Heilung für diese Krankheit finden. Doch da ich davon ausgehe, dass du dich kaum freiwillig als mein Versuchskaninchen zur Verfügung stellen würdest, musste ich dich ruhigstellen. Und für eine Zeit hast du mir vertraut? Habe ich nicht recht?«

Alexander fühlte, dass sich durch seinen Zorn die Muskeln in seinem Körper spannten und verhärteten. Erst zu spät allerdings merkte er, dass sich die Nägel seiner geballten Finger in seine Handflächen geschnitten hatten.

»Und jetzt sei ein liebes Versuchskaninchen und leg dich hin, damit ich dich von deinem Fluch befreien kann.«

Das war zu viel.

Alexanders Finger schnellten nach vorn und ergriffen den Professor an der Kehle. Immer fester drückte er, bis er das befriedigende Knirschen des Genicks hören konnte und der Alte in seinen Händen zusammensackte. Noch während der tote Körper zu Boden fiel, griff Alexander nach der Phiole mit dem dunkelblauen Gift und warf es, sicher und ohne Zweifel zu Josephine, die alles stumm beobachtet hatte. Sie versteckte das kleine Fläschchen noch im Gehen in einer ihrer vielen Taschen. Im Notfall wäre sie ihm zu Hilfe gekommen, doch Alexander wusste, dass er von nun an keine Hilfe mehr brauchen würde.

***

Als sie das Haus verließen und sich erneut das Mondlicht in Josephines Augen spiegelte, wusste er, sein altes Leben war vorüber

Ein Traum in Königsblau

Dennis Frey

Henri sah mit glasigem Blick auf den pompösen Mann vor sich, der ihm mit gewichtiger Miene den Brief entgegenhielt, aus dem er ihm grade vorgelesen hatte. Sein Kopf dröhnte wie einer seiner mechanischen Webstühle und er war drauf und dran, den Boten zu bitten ihn zu zwicken. Er war Ingenieur, kein Arzt, aber er ahnte doch, dass er unter Schock stand.

Mit tauben Fingern nahm er das Papier. Bestand eine Chance, dass diese ganze Anfrage nur ein Scherz seiner Angestellten war? Nein. Da prangte das Siegel mit der französischen Lilie.

»Ich befürchte, seine Hoheit hat da etwas falsch verstanden, ich –«

Die linke Augenbraue des Boten hob sich beinahe bis an den Rand seiner etwas altmodischen gepuderten Perücke. »Seid Ihr nicht der berühmte Henri Dupois, Erfinder des färbenden Webstuhls?«

»Ja, schon, aber –« Der Bote unterbrach ihn erneut, dieses Mal etwas lauter. »Und seid Ihr nicht unserem geliebten Louis Philippe I, König von Frankreich, zur Treue verpflichtet?«

»Natürlich, lang lebe der König, aber –« Erneut wurde der Andere etwas lauter, behielt aber seinen sachlichen Tonfall bei, als würde er aus einem Backrezept vorlesen. »Dann sehe ich keinen Grund, warum Ihr unserem Herrscher seine kleine Bitte abschlagen solltet. Zumal er Euch fürstlich entlohnen wird.«

Dieses Mal platzte Henri mit seinem Einwand heraus, bevor man ihm wieder ins Wort fallen konnte. »Aber es ist unmöglich, ein völlig neues Blau zu erfinden! Ich kann natürlich einen neuen Ton mischen, aber eine nie dagewesene Farbe ...«

Jetzt verstummte er von selbst mitten im Satz, als wäre er ausgebrannt. Die Miene des Boten war eisig, als er antwortete.

»Dann werdet Ihr wohl einen Weg finden müssen, oder seine Hoheit wird sich gezwungen sehen, anzunehmen, dass Euer guter Ruf nicht mehr als heiße Luft ist.«

Henri bemerkte kaum, wie der Mann das Büro verließ. Kurz hallte das Brummen der Webstühle aus der Fabrikhalle herein, bis sich die Tür hinter dem ungebetenen Besucher schloss. Henri hatte alles, was er besaß, und noch dazu die Investitionen einiger Freunde in diese junge Fabrik gesteckt. Wenn der König von Frankreich jetzt erklärte, dass er keine gute Arbeit ablieferte, könnte er die Halle eigentlich auch gleich niederbrennen. Dann bliebe ihm nur, auf den Straßen von Paris zu betteln, oder, noch schlimmer, wie seine Schwester nach England auszuwandern, wo man sich herzlich wenig um die Meinung des französischen Königs scherte.

Er hätte nicht sagen können, wie lange er schon so dasaß – eine Minute, eine Stunde – als die Tür sich erneut öffnete und der Maschinenlärm ihn aus seinen Gedanken riss. Henri blickte auf und sofort verdüsterte sich sein ausdrucksloses Gesicht. Eine junge Frau stand vor ihm, grade über zwanzig, in den robusten Kleidern eines Arbeiters, die mit Öl verschmiert waren. Sie lächelte etwas nervös und rückte die Mütze auf ihren kurzen blonden Haaren zurecht. Henri presste die Lippen zusammen. So hatte eine Frau nicht herumzulaufen – und in seiner Fabrik galt das gleich zweimal. Sie öffnete den Mund, um etwas zu sagen, doch jetzt war es an Henri, unhöflich dazwischenzureden. »Mademoiselle Maude, wir haben das doch bereits besprochen. Ich werde sie *nicht* als Mechanikerin einstellen. Das ist ungehörig. Und ich habe grade wirklich anderes zu tun, als mit Ihnen zu diskutieren.« Sie hatten das schon mehr als ein Mal durchgesprochen. Maude Catinot mochte sich mit Mechanik auskennen und einen wachen, intuitiven Geist haben, aber sie war trotzdem eine Frau. Sie würde die übrigen Arbeiter ablenken und insgesamt dem Ruf des Werks schaden.

Ungeduldig winkte Maude ab. Ihr Lächeln war ein wenig verblasst.

»Schon klar, Dupois. Aber nehmen wir mal an, jemand hätte ... *zufällig* den Boten belauscht. Und dieser jemand wüsste eine Möglichkeit, an eine Farbe zu kommen, die der König unter Garantie noch nicht gesehen hat. Würdest du so jemanden einstellen?«

Henri straffte sich. Mit einem Mal machte ihm nicht einmal mehr Maudes Akzent etwas aus – sie klang nach Unterschicht und den Dampfwerken im umkämpften Saarland und er konnte beides nicht ausstehen – in diesem Moment hätte er jeden Makel an ihr übersehen, um sich an diesen Strohhalm Hoffnung klammern zu dürfen.

»Ich könnte mir vorstellen, eine solche Person einzustellen, Mademoiselle. Aber sie müsste liefern, bevor ich es offiziell mache. Der gute Ruf, den mir ein glücklicher König bringt, könnte so manches Manko in meiner Arbeiterschaft ausgleichen.«

Sie verzog unwillig den Mund, doch gleichzeitig glühte Vorfreude in ihren Augen. Henri wusste, dass sie seit über einem Jahr versuchte, Anstellung in den verschiedensten Werken um Paris zu finden und jetzt hatte sie endlich eine Schwachstelle gefunden. Es ging ihm gegen den Strich, so von sich zu denken, aber er war hier in einer Notlage.

Maude ließ sich in den gepolsterten Stuhl gegenüber von Henri fallen und legte die Füße auf den Schreibtisch.

»Dann lass uns doch mal drüber reden, ob du genug Grund für Albträume hast, Dupois.«

***

Henri war sich noch nie so sicher gewesen, eine Nacht voller Albträume zu haben. Sein Lebenswerk war dabei, in sich zusammenzustürzen und ihm war völlig klar, dass sein Erfolg mehr auf Glück als auf seinem handwerklichen Können beruhte. Er würde sich nicht mit einer neuen, genialen Erfindung wieder hocharbeiten, wenn er aus dem Geschäft mit den Webstühlen flog. Zu sehen, wie seine Königliche Hoheit mit einer einzigen, unsinnigen Bitte die Karte anzündete, auf die Henri alles gesetzt hatte, war unerträglich. Ein Mantel in einem Blau, wie die Welt es noch nicht gesehen hat. Es wurde wohl langsam Tradition auf dem Thron von Frankreich, nicht mehr alle Tassen im Schrank ... Henri unterbrach den Gedanken. Gedanken führten zu Worten und solche Worte zu Besuchen von der Staatsgewalt.

Verstohlen wie ein Einbrecher öffnete er die Hintertür seines eigenen Hauses, sah sich noch einmal um und winkte Maude dann, ihm zu folgen. Er war sich nur zu deutlich bewusst, was seine Nachbarn denken würden, wenn sie die Frau in Hosen bei ihm ein- und ausgehen sehen würden und er war entsprechend unruhig.

»Entspann dich, Dupois. Oder vielleicht besser nicht. Vielleicht träumst du ja heute Nacht davon, dass man mich hier sieht.« Sie grinste, doch unter dem aufgesetzten Ausdruck schien sie verletzt. Henri fiel es leicht so etwas zu sehen, doch er hatte keine Ahnung, wie er sich entsprechend verhalten sollte.

»Das ist ... nicht ... ähm –« Er verhaspelte sich, kam ins Stottern und brach dann ganz ab, doch Maude hatte ihren schweren Rucksack bereits ins Wohnzimmer gebracht.

»Schicke Bude! Wo schläfst du denn?« Sie fragte es ganz ungeniert und Henri lief für sie beide rot an, führte sie aber dennoch ins Schlafzimmer. Er hatte ihren Plan nicht einmal ansatzweise verstanden. Sie hatte mit technischen Fachbegriffen, okkulten Andeutungen und Wörtern um sich geworfen, von denen er sich nicht einmal sicher war, ob es sie wirklich gab. Und jetzt hatte er sie in sein Schlafzimmer gelassen und sie baute einen komplizierten, aber recht handlichen Apparat an zwei Pfosten seines Himmelbettes an.

Würde Henri mit elektrisch geladenen Kupferstangen am Bett überhaupt einschlafen können?

»Ich verstehe immer noch nicht, was wir hier eigentlich tun«, er klang mehr wie ein beleidigtes Kind und nicht wie ein Mann, der diese Situation voll unter Kontrolle hatte, und auch Maude schien das aufzufallen. Sie kicherte leise und zog schwungvoll eine weitere Schraube an.

»Wir besorgen dir die Traumfarbe unseres lieben Königs. Und dazu brauchen wir etwas aus einem Traum.«

»Was Sie sagen, Mademoiselle, ergibt keinen Sinn.«

»Es ergibt für *dich* keinen Sinn, Dupois. Großer Unterschied.«

Sie klopfte liebevoll auf die Apparatur und zog dann einen wesentlich kleineren Gegenstand aus ihrer Tasche. War das ein ...

»Ein Taschenspiegel? Entdecken Sie jetzt doch noch Ihre weibliche Seite?«

Der Blick, den Sie Henri zuwarf, hätte Metall schneiden können.

»Das ist ein Artefakt, das mein Großvater auf Reisen entdeckt hat. Lässt man einen Schlafenden auf den Spiegel atmen, kann man ihn in seinen Träumen besuchen. Und dort wartet unsere Beute.«

Das war beinahe zu skurril, um ein reines Hirngespinst zu sein.

»Und wir wollen einen Nachtmahr fangen?«

Maudes Augen wurden groß.

»Himmel, nein, das wäre Selbstmord! Wir wollen eine Nachtmähre – ein weiblicher Alb ist wesentlich sanfter als ein männlicher«, erklärte sie.

»Sehen Sie, selbst bei Wesen, die es nicht wirklich gibt, ist das so.«

Er hätte sich dafür verfluchen können, dass er seine Zunge nicht besser im Zaum hielt. So verrückt das alles auch war, Maude Catinot und ihre Schlafpferde waren traurigerweise das, was einer Lösung seines Problems am nächsten kam. Und er würde sich nicht nachsagen lassen, dass er nicht alles versucht hätte.

Maudes Augen verengten sich gefährlich, aber sie schien seine kaum hörbare, gemurmelte Entschuldigung gelten zu lassen. Der Traum, Ingenieurin zu werden, musste ihr sehr am Herzen liegen.

»Nun«, fuhr sie fort, »deine Albträume werden mit etwas Glück eine Mähre anlocken. Sie verstärken die Träume, um Männchen anzulocken, die sich von der menschlichen Angst ernähren.« Henri wurde etwas mulmig zumute, doch Maude fuhr unbeeindruckt fort. »Wenn eine Mähre auftaucht, wird sie über dir stehen und in deinen Traum eindringen. Sobald wir sie dort sehen, löst mein wacher Körper den Apparat aus.« Sie deutete auf die Stangen.

»Und für mich ist das ungefährlich?«, fragte Henri.

»Theoretisch ja.«

»Theoretisch? Heißt das, du hast es noch nie ausprobiert?« In seiner Stimme klang leichte Panik mit, was ihn selbst beunruhigte, und er verfiel versehentlich ins vertrauliche *Du*.

»Es ist eine Erfindung meines Großvaters. Er hat es getestet. Das Schlimmste, was uns passieren kann, ist, dass ein Nachtmahr kommt, während wir die Mähre noch gefangenhalten. Das nehmen die sehr übel.«

»Und das weißt du weil ...?«

»Wie gesagt mein Großvater hat es getestet.«

185

Ihre plötzlich so verschlossene Miene verriet Henri mehr, als er hatte wissen wollen. Er war sich mit einem Mal sicher, dass ihr Großvater tot war – und dass der gute Catinot nicht an Altersschwäche gestorben war.

Trotzdem schlüpfte Henri unter seine Decke, als Maude eine einladende Geste machte.

»Ich würde mich ja zu dir legen, Dupois, aber kuscheln ist nicht gut für die Albträume.« Sie zwinkerte schelmisch und schon war die Trauer wieder hinter einer eisernen Maske verborgen. Er würdigte sie keiner Antwort und schloss die Augen, fest entschlossen schlecht zu träumen. Er hörte Maudes Schritte auf dem Teppich und all die Horrorszenarien, die er sich den ganzen Tag ausgemalt hatte, wirbelten durch seinen Kopf, während die Erschöpfung ihn auch schon übermannte.

***

»Wo sind wir hier?«

Henri sah sich um und streckte dann angewidert die Zunge heraus. »London.«

»Ist das jetzt ein normaler Traum, oder –«

»Nein«, unterbrach er die Frau neben sich. »Ganz eindeutig ein Albtraum.«

Es war natürlich nicht wirklich London, er hatte keine Ahnung, wie die Stadt aussah, aber so hatte er sie sich immer vorgestellt. Überall stank es nach Schweiß, abgestandenem Bier und schaler Minzsoße. Die Leute waren schmierig und aufgedunsen und niemand schien einer ehrlichen Arbeit nachzugehen. Da drüben war sogar ein Kerl, der öffentlich auf die französische Flagge urinierte!

Henri kam gar nicht dazu, mehr zu sagen, als ihm eine fettige Hand auf die Schulter klopfte und ihn der Dunst extremen Knoblauchatems einfing.

»Henri! Mein alter Freund. Kannst du mir vielleicht deine Hose leihen?«

Vor ihnen stand ein widerwärtiger, zahnloser Mann, dessen Alter man unter den zahllosen Dreckschichten unmöglich schätzen konnte. Maude würgte beinahe von dem Geruch, der von dem Kerl ausging.

Henri bewegte sich wie eine willenlose Puppe, zog seine feine Hose aus und gab sie dem Mann, der sie überstreifte und dabei schmierige schwarze Fingerabdrücke auf dem weichen Stoff hinterließ.

»Prima. Ich schicke meine Freunde vorbei, falls sie auch was zum Anziehen brauchen.«

Kaum war er verschwunden, kicherte Maude leise.

»Das ist dein Albtraum? Die Gosse von London und ein alter Mann nimmt deine Hose mit?« Sie bemühte sich, nicht an Henri hinunterzuschauen, der seine Blöße mit den Händen bedeckte, während mehr und mehr Londoner mit dem Finger auf ihn zeigten und lachten.

»Entschuldige bitte«, erwiderte er gereizt. »Ich hoffe mein Albtraum ist dir nicht zu gemütlich. Ich finde das schlimm.«

Sie winkte ab. »Ich weiß nur nicht, ob du es schlimm genug findest, um ... Oh.«

Verstohlen wies sie an das andere Ende des Platzes, wo zwischen den lachenden Gestalten eine einzelne, in schwarz gewandete Person zu sehen war, deren Gesicht völlig ausdruckslos blieb.

»Ist sie auch Teil deines Albtraums?«

Henri schüttelte fasziniert den Kopf. Er hätte die Frau gar nicht wahrgenommen, aber jetzt, wo er sie direkt ansah, konnte er spüren, dass sie nicht hierher gehörte. Dass sie ein Eindringling war.

Freudig grinsend machte Maude eine Bewegung, als würde sie auf einen unsichtbaren Knopf in ihrer Hand drücken. Ein allumfassendes Summen ertönte, dann ein Krachen und die dunkle Frau stürzte zu Boden – und mit ihr zerbrach die Szene.

Henri fuhr zusammen und hätte sich beinahe ängstlich an die Frau geklammert, hielt sich aber im letzten Moment noch zurück. Sie befanden sich jetzt auf einer endlosen Ebene mit einem Boden aus poliertem schwarzen Stein und vor ihnen stand, tatsächlich, ein schwarzes Pferd. Es stampfte nervös mit den Hufen, schien aber von einer unsichtbaren Kraft gehalten zu werden.

Maudes Lächeln wirkte mindestens ebenso nervös, als sie auf die Gestalt zuging. Trotzdem hielt sich Henri dicht hinter ihr. Er verstand nicht einmal im Ansatz, was hier vor sich ging und wollte lieber jemanden in seiner Nähe haben, selbst wenn dieser Jemand Maude Catinot war, die ganz offensichtlich nicht völlig zurechnungsfähig war. Aber da hatten sie ja etwas gemeinsam.

»Du bist unsere Gefangene«, sagte Maude mit fester Stimme. Es war eine fantastische schauspielerische Leistung. Das Zittern überhörte man beinahe. »Wir lassen dich wieder gehen, wenn du uns etwas von der Farbe deines Fells gibst.«

Die Stute schnaubte unwillig und stampfte erneut mit dem Huf auf. Erst jetzt bemerkte Henri, dass ihr Fell gar nicht schwarz war, wie er zuerst angenommen hatte. Vielmehr schien es keine bestimmte Farbe zu haben und war zugleich schwarz, blau, rot, grün und gelb. Sobald er sich aber auf einen Farbton konzentrierte, nahm dieser an Intensität zu.

Die Nachtmähre schüttelte den Kopf. Nein? Maude ballte die Fäuste. Ein anderes Druckmittel als die Gefangenschaft hatten sie nicht. Entweder dieses düstere Wesen spielte mit, oder sie befanden sich in einem klassischen Patt. Henri seufzte. Vielleicht war es an ihm, zu versuchen ihr ein besseres Angebot zu machen, immerhin war er auch derjenige, um den es hier ging.

»Wir können dich nicht gehen lassen, bevor wir die Farbe nicht haben«, begann er und Maude drehte sich beinahe erschrocken zu ihm um. Dass die Frau nicht damit gerechnet hatte, dass er für sich selbst sprechen konnte, bestärkte Henri nur in seinem Vorhaben. »Aber ich werde es dir noch einfacher machen. Ich brauche dein Blau wirklich dringend. Es geht um mein Leben, um meinen großen Traum, also bin ich bereit, dir für deine Hilfe drei Wünsche zu erfüllen. So macht man das doch im Märchen, oder?«

Er hatte nicht wirklich damit gerechnet, doch die Stute beruhigte sich etwas und legte den Kopf schief. Dann stampfte sie erneut auf den Boden. Bedeutete das Zustimmung? Immerhin hatte er nicht mehr das Gefühl, dass sie am liebsten seinen Kopf unter ihren stampfenden Hufen gehabt hätte.

Grade wollte sich ein kleines bisschen Hoffnung in Henri breit machen, als sich eine eiskalte Hand um sein Herz schloss und zudrückte. Mit einem Mal waren sie zurück auf den Straßen seines Albtraum-Londons, doch die Leute wirkten monströser als zuvor, hatten fürchterliche Klauen und Zähne und kamen langsam auf ihn zu.

»Oh weh«, hörte er Maude murmeln. Die ganze Szenerie war jetzt dunkler und wurde stetig noch düsterer. Als würde die Sonne hinter den Dächern untergehen und dabei jegliche Wärme mit sich nehmen.

»Oh weh? *Was*, oh weh?«

»Oh weh, ein Nachtmahr ist im Anmarsch. Nur ein echter Alb kann deinen zerbrochenen Traum zurückholen und derart verstärken.«

Henri spürte wie ihm das Blut aus dem Gesicht wich und fragte sich unwillkürlich, ob sein Körper in diesem Augenblick ebenfalls blass wurde. Er dachte an Maudes Großvater, der einen solchen Traum vermutlich nicht überlebt hatte.

»Aber wir haben hier eine gefangene Nachtmähre!« Seine Stimme überschlug sich panisch.

»Denkst du, das weiß ich nicht?«, blaffte sie ihn an. Stille. Er wartete auf einen genialen Lösungsvorschlag von Maude, doch sie sagte nichts. Dann warf sie einen zögernden Blick zur Mähre, die jetzt wieder als stumme Frau neben ihnen stand. Sie machte keine Anstalten, zu fliehen, oder sie anzugreifen, als wäre ihr der Ausgang dieser Situation völlig gleichgültig. Wie intelligent waren diese Wesen eigentlich? Zumindest keine bloßen Tiere, immerhin hatten sie sich in gewisser Weise unterhalten. Bei der Vorstellung, die Nachtmähren könnten nur so klug wie gewöhnliche Pferde sein, kam Henri sich plötzlich selbst dumm vor – dann wurde ihm klar, dass sein panischer Geist abschweifte und er riss sich ins Hier und Jetzt zurück.

»Können wir mit ihm reden? Mit ihm verhandeln oder die Situation erklären?«

»Das hat keinen Zweck.« Sie schüttelte energisch den Kopf und Henri war geneigt, ihr zu glauben. Die Monster von London kamen mit fiesem reißzähnigen Grinsen näher. »Wir müssen das hier abbrechen, bevor er im Traum eintrifft. Wir müssen den Albtraum beenden.«

»Und wie machen wir das?« Er verfluchte sich dafür, dass seine Stimme nicht einmal halb so fest klang wie ihre.

»Denk an etwas Schönes, etwas Beruhigendes. Mit so etwas kann der Alb nichts anfangen. Wenn der Albtraum zu einem Traum wird, ist die Tür für ihn geschlossen.«

Henri bemühte sich nach Kräften, aber die Gassen, die mittlerweile in finsterster sternenloser Nacht lagen, und die nahenden Monstrositäten halfen nicht grade bei der Suche nach glücklichen Gedanken. Krallen funkelten im Licht der einzigen gasbetriebenen Straßenlaterne, unter der Henri und Maude standen. Auch Maude wurde jetzt sichtlich unruhig und das lenkte ihn sogar noch mehr ab.

»Himmel, Dupois, ich hatte gehofft, nicht zu solchen Mitteln greifen zu müssen.«

Mit diesen Worten packte sie ihn am Kragen und küsste ihn wenig zärtlich auf den Mund. Es war nicht grade sein Traum von einem Kuss, doch die Intensität und die Wärme die darin lagen, sprengten den eisigen Klammergriff, der ihn blockiert hatte. Mit einem Mal fielen ihm hundert schöne Begebenheiten und Erfolgserlebnisse ein, die wie ein warmer Tee an einem Wintertag durch ihn flossen. Die Bürger von London waren verwirrt stehengeblieben und kratzten sich mit langen Klauen an den schuppigen Köpfen. Das war nicht die Reaktion, die sie erwartet hatten, nicht die Emotionen, die der Träumer bei ihrem Anblick verspüren sollte. Und der Traum platzte wie eine Seifenblase. Er verblasste nicht langsam, sondern brachte Henri mit einem Schlag zurück in sein Bett. Ein eisiger Schweißfilm bedeckte seine Haut und das Blut rauschte ihm in den Ohren. Die Maschinen am Bettpfosten erstarben grade mit einem letzten, elektrischen Knacken und er selbst hatte immer noch die Lippen zum Kuss gespitzt. Hastig bemühte er sich um einen neutralen Gesichtsausdruck, doch das Lächeln auf Maudes Gesicht, die auf einem Stuhl neben dem Bett saß, sagte ihm, dass er zu langsam gewesen war. Sah er da etwas Röte in ihren Wangen? Diese Frau trug so viele Masken, dass er kaum sagen konnte, was die durchblitzende Wahrheit und was sorgfältig einstudierte Manipulation war.

»Nun«, sagte er und stemmte sich mit leisem Ächzen hoch, »das hat wohl nicht funktioniert. Trotzdem danke für den Versuch, Mademoiselle.«

»Bitte. Wir waren doch schon beim *Du*, Dupois. Und ich würde nicht sagen, dass es nicht funktioniert hat.« Sie zeigte auf etwas und Henri krabbelte schnell und ausnahmsweise nicht auf seine Würde bedacht an das Fußende seines Bettes, wo auf dem Boden ein schwarzer Hufabdruck zu sehen war. Daneben befand sich ein kleiner Haufen und er befürchtete schon, die Stute könnte ihm aus Rache einen Pferdeapfel hinterlassen haben, doch dann erkannte er, dass es sich um ein feines Pulver handelte, das die merkwürdige Farbe des Nachtmährenfells hatte.

»Du hast bekommen, was du wolltest, aber du warst unvorsichtig. Du weißt nicht zu welchem Preis.«

Drei Wünsche für eine Handvoll Farbe. Wie das eben manchmal so ist, war ihm das im Traum richtig vorgekommen, wie eine geradezu geniale Idee, doch jetzt war er sich nicht mehr so sicher. Was könnte sich ein Fabelwesen, von dessen Existenz er vor wenigen Stunden noch nicht einmal geahnt hatte, von ihm wünschen?

***

Henri sah mit glasigen Augen auf den pompösen Mantel vor sich. Er war königsblau. Eine wunderschöne Farbe, doch von dem unbestimmten Ton der Nachtmähre hatte er so gar nichts. Alles umsonst. Maude sah ähnlich bestürzt auf den Stoff und vergaß zur Abwechslung, ihre wahren Gefühle zu verstecken. Sie hatten nicht einmal die Möglichkeit, es erneut zu probieren – König Louis war mit hochherrschaftlicher Ungeduld und einer kleinen Entourage bereits vor einer halben Stunde in der Werkshalle eingetroffen und ließ sich jetzt, wenn auch nur widerstrebend, vom Vorarbeiter herumführen, bis Henri und Maude den Mantel fertiggestellt hatten.

Henri öffnete gerade den Mund, ohne wirklich zu wissen, was er eigentlich sagen wollte, als hinter ihm die Stimme des Mannes ertönte, der ihm den ganzen Schlamassel eingebrockt hatte. Louis Philippe I.

»Ah, Ihr seid fertig. Führt mir Euer Meisterwerk vor.«

Henris Mund stand noch immer offen und er konnte sehen, wie Maudes Gesichtsausdruck sich veränderte. Es war faszinierend. Was war das jetzt? Resignation oder Hoffnung?

»Sehr gern, Eure Hoheit. Möchtet Ihr vielleicht Eure Augen schließen, bis Monsieur Dupois Euch den Mantel angelegt hat? Ihr solltet das Stück gleich an Euch sehen.«

Der König sagte nichts, hatte aber wohl eine entsprechende Geste gemacht, denn Maude scheuchte Henri mit einer Handbewegung in Louis' Richtung. Was hatte sie vor? In ein paar Minuten würde der König den Mantel sehen und das verfluchte Stück wäre immer noch blau wie eine Kornblume.

Doch er weigerte sich nicht, dazu hatte er nicht mehr die Kraft. Er versuchte einfach nur sein Bestes, um keinen der Höflinge anzusehen, die beim Anblick des königsblauen Stoffes leise kicherten. Die Mistkerle hatten natürlich gewusst, dass Henri an der Aufgabe scheitern würde und waren alleine deshalb hier. Aasgeier. Mit einer etwas zu groben Bewegung warf Henri den Umhang um die Schultern des Königs und schloss die Schnalle. Noch immer das gleiche Blau. Der Umhang hatte sich nicht auf magische Weise verändert. Mühsam unterdrückte Henri ein abfälliges Schnauben, das auf den König sicher einen völlig falschen Eindruck gemacht hätte.

»Nun, kann ich meine Augen öffnen?«

Henri nickte und es dauerte einen kleinen Moment, bis ihm klar wurde, dass Louis ihn nicht sehen konnte.

»Ja, Euer Hoheit«, antwortete er mit einiger Verspätung.

Die Begleiter des Königs kicherten jetzt etwas lauter, während der Herrscher selbst wortlos den Stoff durch seine Finger gleiten ließ. Seine Augen waren groß und Maude stieß Henri aufgeregt den Ellbogen in die Seite. Sie flüsterte etwas, das Henri aber nicht verstand.

Mit einem Mal blickte König Louis wieder auf. Sein Kopf ruckte nach oben und die Augen funkelten wütend. Henri zog ängstlich den Kopf zwischen die Schultern, bis ihm klar wurde, dass die Wut sich nicht gegen ihn richtete.

»Was lacht ihr so dümmlich!?«, fuhr Louis sein Gefolge an, das schlagartig verstummte.

»Nun, Euer Hoheit«, begann einer zu erklären. »Es ist nur so, dass dieser Umhang ganz eindeutig ...« Seine Stimme wurde immer leiser und brach schließlich ganz ab, als ihm klar wurde, dass der König nicht unzufrieden zu sein schien. Ganz im Gegenteil. Und Henri verwirrte das mindestens ebenso wie den Höfling.

Wieder bohrte sich Maudes spitzer Ellbogen in seine Seite, doch diesmal verstand er ihre Worte. »Nur einer träumt die Farbe des Mantels.«

Das war es also. Es war der Mantel des Königs und er selbst sah genau die Farbe, die er sich erträumt hatte.

»... ganz eindeutig ein Meisterwerk ist«, beendete Louis Phillipe I. den Satz. »Ich habe ein weiteres Anliegen, Monsieur Dupois.«

Innerlich seufzte Henri auf. Die Anliegen des Königs hatten ihn schon in genug Schwierigkeiten gebracht. Natürlich nickte er trotzdem ergeben.

»Ich erwarte, dass Ihr diese Farbe nie für jemand anderen herstellt. Ich will der Einzige sein, der ein solches Wunderwerk besitzt!«

Erneut nickte Henri. Er hätte ohnehin um nichts in der Welt versucht, noch einmal eine Nachtmähre zu fangen. Seine letzte Angst war, dass einer der königlichen Anhängsel darauf bestand, dass der Umhang einfach nur blau war und damit vielleicht die Illusion zerstörte. Einige der Männer bewegten sich unruhig, als würden sie mit sich kämpfen, nicht genau das herauszuschreien.

Der Blick des Königs legte sich auf sie.

»Ich denke, ich werde diesen wundervollen Mantel den Kronjuwelen und dem königlichen Erbschatz hinzufügen. Oder spricht irgendetwas dagegen?«

Seine Stimme war lauernd und Henri war heilfroh, dass er sich wieder nicht auf ihn konzentrierte.

Ein Zögern in dem Pulk der Begleiter, dann begannen alle gleichzeitig und äußerst hastig zu verneinen. Es sei wirklich ein beeindruckender Mantel, diese strahlende Farbe, absolut wert, in den Kronschatz einzugehen.

Henri unterdrückte ein Lächeln und warf einen Blick zu Maude, deren Mundwinkel ebenfalls zuckten. Das Problem der Farbe hatten sie gemeinsam gelöst, nun war es an Henri, sich mit vier Wünschen herumzuschlagen, die er zu erfüllen hatte. Er konnte nur hoffen, dass weder Maude noch die drei Wünsche der Nachtmähre ihn mehr kosteten, als es ein Versagen vor dem König getan hätte. Ganz sicher war er sich da mittlerweile nicht mehr.

Das Türkis
des vergessenen Sommers
Sabrina Železný

Der Dampf hing wie Nebel über dem Hafenviertel, und er stach sauer in Kaylas Nase und Lungen, als sie aus dem Haus trat. Sie blieb stehen und zog den filzigen Schal über ihrem Mund noch etwas höher. Eine Schutzbrille wäre auch gut gewesen, für die Augen, die von der sauren Luft zu tränen begannen — aber für solche Dinge war in Kaylas Familie schon lange kein Geld mehr übrig.

Kurz wandte sie sich um und ließ den Blick über die weite Flussmündung schweifen, stählernes Grau, das sich mit dem schmutzigen Weiß der Dämpfe vermischte und die Sicht schluckte. *Río de la Plata*, Silberfluss, diesen Namen hatte der Strom einst getragen, aber Kayla hatte nie gehört, dass ihn jemand noch so nannte. »*Río de la Muerte*«, murmelte ihr Vater bisweilen, *Todesfluss*, und meistens sagte er das, bevor er sich mit Mundschutz, aber bloßen Händen aufmachte, um am Flussufer nach Schrott zu suchen, der gesäubert und poliert ein paar Centavos einbringen konnte. Es brachte aber so wenig ein, dass Kayla mittlerweile überzeugt war, dass das Müllsammeln für ihren Vater vor allem eine Beschäftigung war, die ihn vor den nagenden Gedanken bewahrte. Manchmal fragte sie sich, was er mit all den Abfällen anfing, die er nicht verkaufen konnte. Genug davon gab es. Der Fluss war die Müllhalde der Stadt, der Reichen wie der Armen, und die träge Strömung trug rostige Zahnräder, verbeulte Kesselteile und entzweigebrochene Kolben mit sich, die hier, direkt an der Mündung, strandeten. Als ob sie sich am Ufer festklammerten und nicht hinaus aufs freie Meer getrieben werden wollten.

Ich würde mich nicht wehren, dachte Kayla und sah noch kurz in die Richtung, in der man einst — Großvater hatte davon gesprochen — die Weite des Ozeans erahnt hatte. Großvater hatte noch von anderen Dingen erzählt, aber vieles war so gründlich in seinen letzten krampfhaften Hustenanfällen untergegangen, dass Kayla sich kaum noch daran erinnern konnte. Was spielte es heute auch für eine Rolle, dass das Wasser des Flusses zu Großvaters Kindertagen nicht giftig gewesen war und die Menschen im Hafenviertel sauberen Wasserdampf geatmet hatten? Das war lange vorbei. Im bitteren Jargon der arbeitslosen Hafenarbeiter hatte die ganze Stadt längst einen neuen Namen erhalten: *Malos Aires*. Schlechte Lüfte. Buenos Aires war es nur noch dort, wo die Menschen genug Geldscheine besaßen, um die Luft zu filtern.

Kayla riss den Blick vom Wasser los, packte den zerklüfteten Lenker ihres klapprigen Rads und schwang sich endlich in den Sattel. Vater mochte Müll aus dem Todesfluss fischen, doch es war Kayla, die ihre Familie ernährte: die einzige, die noch eine feste Anstellung besaß, und es war ein Arbeitsplatz, der nicht — wie Vaters und Mutters in der Fabrik — von einer stampfenden, zischenden Dampfmaschine verschlungen werden konnte. Es war eine Knochenarbeit, weil sie Stunden auf dem Rad verbrachte und sich zur völligen Erschöpfung strampelte, aber sie konnte nicht leugnen, dass sie diese Arbeit doch irgendwie mochte. Vielleicht, weil die Fracht ihres hüpfenden Fahrradkorbs verboten war und das Verbotene zu den wenigen Dingen gehörte, die die Augen ihres kleinen Bruders noch zum Leuchten bringen konnten.

»Was hattest du heute im Korb?«, rief Milo ihr jeden Abend entgegen, wenn sie zur Tür hereinkam. Kerzengerade saß er dann im Bett. Es spielte keine Rolle, dass Kayla ihm nur Worte geben konnte. Denn mehr als die Namen ihrer geheimen Ladungen kannte auch sie nicht.

Das rhythmische Stampfen großer Kolben brachte das Pflaster zum Vibrieren und übertrug sich auf Kaylas Fahrrad. Wie ein feines Summen kribbelte es unter ihren Fingern — das sichere Zeichen, dass sie die Fabrik fast erreicht hatte.

Rómulo wartete schon an dem schmalen Gittertor, wie immer mit hängenden Schultern, das Gesicht fast zur Gänze hinter seinem Schal und der tief in die Stirn gezogenen Schirmmütze verborgen. Nur die Augen waren noch frei. Ein stechender Blick unter buschigen Brauen hervor empfing Kayla.

»Bist spät«, knurrte der Zuarbeiter und hielt ihr den Korb hin. »Sieben Fuhren hast du heute, sieh zu, dass du alles schaffst. Fängst drüben in Retiro an, bei Familie Serna.« Er wartete, bis sie den Korb am Lenker befestigt hatte, dann drückte er ihr den schmalen Zettel in die Hand, auf dem nacheinander ihre Routenziele und die zugehörigen Lieferungen verzeichnet waren. »Mach mir keinen Ärger, hörst du?«

»Natürlich nicht«, sagte Kayla und versuchte sich an einem Lächeln, auch wenn sie wusste, dass Rómulo es hinter ihrem Schal kaum sehen würde — und es ihn vermutlich auch gar nicht interessierte. Vater sagte immer, er und Rómulo seien einst Freunde gewesen, doch Kayla konnte sich nicht recht vorstellen, dass der kauzige Fabrikarbeiter jemals irgendjemandes Freund gewesen war. Zu eigenbrötlerisch und ewig griesgrämig kam er ihr vor.

Müsste er nicht glücklicher sein, wo er doch hier *arbeiten darf? Oder darf er* sie *auch nie sehen?*

Sie nickte Rómulo noch einmal zu, aber der hatte sich schon wieder abgewandt und schlurfte zurück durch das Tor. Kayla überflog den Zettel, legte sich in Gedanken ihre Route durch die schnurgeraden Straßen von Buenos Aires zurecht — Buenos Aires, wo es diesen Namen noch verdiente. Buenos Aires, wo die Menschen sich das leisten konnten, was Kayla ihnen brachte.

Jeden Tag aufs Neue bemühte sie sich, nur auf Straßen- und Familiennamen zu blicken, und jeden Tag aufs Neue misslang es ihr, weil die anderen Worte daneben Kaylas Augen wie magisch anzogen.

Erdbeerrot und Veilchenfarben, stand da bei Familie Serna, und Kayla gestattete sich einen kurzen Moment, in dem sie die Namen dieser Farben wie besondere Bonbons kostete und in ihrem Mund zerfließen ließ. Erdbeerrot ... Sie hatte einmal Erdbeeren gegessen, als Vater noch Geld gehabt hatte, um mit ihr auf den Markt zu gehen und Leckereien zu kaufen. Wässrig hatten sie geschmeckt, mit einem Hauch von Süße, und sie waren grau gewesen. Grau wie alles. Rot kannte Kayla, sie besaß ein einziges verblassendes Haarband in diesem Ton, das sie an Festtagen benutzte, wenn sie sich die Haare flocht. Es fiel ihr schwer, sich diese Farbe auf Erdbeeren vorzustellen. Aber was Familie Serna sich aus der Fabrik kommen ließ, musste tausendmal schöner sein als Kaylas altes Haarband. Wieder einmal juckte die Versuchung in ihren Fingern, nicht nur die Abdeckung des Korbes zu lüpfen, sondern auch die Bänder der schwarzen Samthüllen aufzuziehen und nur einen einzigen Blick auf den Inhalt zu erhaschen.

Energisch rief sie sich zur Ordnung. Es war verboten, dieser Versuchung nachzugeben. Farben — wirkliche, leuchtende Farben jenseits von ausgeblichenem Grau, blassem Braungrün und anderen Abfallprodukten der Fabrik — waren ein Luxusgut, das sich in Buenos Aires nur noch wenige leisten konnten. Kayla gehörte nicht zu ihnen. Sie lieferte sie nur aus, und sie würde diese Arbeit verlieren, wenn sie die Grenze übertrat und einen Blick auf die Inhalte des Korbes warf. Besser, sie machte sich jetzt auf den Weg zur Familie Serna, anstatt weitere Farbnamen ...

Sommertürkis.

Ihr Blick blieb daran hängen, als sie den Zettel gerade schon zusammenfalten und in ihre Jackentasche schieben wollte. Alle anderen Worte und Buchstaben auf dem kleinen Stück Papier verschwammen wie in einer Dampfwolke, aber dieses eine, schlichte schwarze Linien, leuchtete Kayla verlockend entgegen.

Sommertürkis.

Sie hatte eine Lieferung Sommertürkis in ihrem Korb.

Kayla grub die Zähne in die Unterlippe, bis es schmerzte, ballte die Hand zur Faust, sodass sie den Zettel nicht mehr sehen musste, und stopfte ihn einfach so in ihre Tasche, ohne ihn zu falten. Dann stieg sie aufs Rad und strampelte los, kümmerte sich nicht um das harte Trommeln winziger Steine, die gegen die Schutzbleche schlugen, nicht um das Kolbenstampfen, das langsam hinter ihr zurückblieb. Ihr Herz schlug in einem anderen Rhythmus.

Damals im Sommer, sagte Großvaters Stimme in ihrer Erinnerung, leise und ohne Husten, *da war der Himmel ganz türkis. Nicht einfach blau. Blau war das Meer. Der Himmel war sommertürkis, und an guten Tagen gab es gar keine Wolken. Dann fuhren wir hinaus an den Strand, für zwölf Centavos mit der schnaufenden Straßenbahn. Aber das war alles, was es uns kostete, den Himmel anzusehen. Sommertürkis. Das gab es für alle, und die Luft schmeckte gut.*

200

Der Fahrtwind, und nur er, trieb Kayla die Tränen in die Augen. Sie verdrängte das Bild, wie sie damals mit Milo bei Großvater auf dem Bettrand gesessen hatte. Jetzt gehörte das Bett Milo, und Großvater war nicht mehr da. Auch seine alten Geschichten nicht mehr. Kayla hatte den Himmel nie ohne Wolken gesehen, das Meer nie anders als grau, und sie hatte keine Ahnung, wie es sein mochte, dieses Sommertürkis.

Sie kannte nur den Glanz in Milos Augen, wenn Großvater ihnen davon erzählt hatte.

An der nächsten Kreuzung riss sie den Lenker hart herum, verhakte sich fast mit dem Reifen in den polierten Gleisen der Straßenbahntrasse und rang nach Luft. Das tadelnde Bimmeln der herannahenden Bahn und das fast verächtliche Zischen, mit dem das Gefährt überschüssige Dampfwolken ausstieß, rissen Kayla endgültig aus ihren Gedanken. Kein saurer Dampf, wie Kayla ihn in ihrem eigenen Viertel atmete, wo die Kessel undicht waren und das Wasser giftig. Hier im Herzen von Buenos Aires, wo sogar die Straßenbahngleise glänzten und schimmerten, war der Dampf ganz rein. *Gute Lüfte.*

Kayla trat weiter in die Pedale und ließ den Blick über die Häuserfronten schweifen. Hochmütige Fassaden, auf denen Steinblumen blühten und verschlungene Ornamente wuchsen. Aber auch sie waren blass. Die Reichtümer, welche die Menschen von Buenos Aires sich leisten konnten, waren eingeschlossen hinter den Mauern und hohen Fenstern.

Sieh mich an.

Das Flüstern kam, als Kayla gerade die Nummer 143 erreicht hatte, das Portal mit den breiten Treppen, den Sitz der Familie Serna. Sie bremste so heftig, dass es ihren Oberkörper nach vorne warf und der Korb am Lenker bedenklich schaukelte.

Sieh mich an. Du willst es.

Sanft und verträumt wie die Stimme ihres Großvaters, wenn er wieder in der Vergangenheit gekramt hatte.

Kayla schüttelte den Kopf. Sie öffnete die Korbklappe und wählte die samtenen Hüllen mit der richtigen Beschriftung aus. *Erdbeerrot, Veilchenfarben.* Namen ohne Versuchung, ohne Flüstern, aber als ihre

Finger gegen die Schutzhülle des Sommertürkis stießen, hatte sie das Gefühl, dass es ihren ganzen Körper zum Vibrieren brachte. Vielleicht stimmte es, dass man verrückt wurde, wenn man zu lange zwischen Gift und Müll am Ufer des Todesflusses wohnte. Vielleicht ging es so weit, dass man die Farben flüstern hörte.

Mit einer Hand lockerte sie den Schal und schob ihn unter ihr Kinn, während sie die Stufen emporstieg. Die Reichen von Buenos Aires wollten gern das Gesicht ihrer Farblieferantin sehen, und ein Atemschutz war in diesem Teil der Stadt ja auch nicht nötig. Vater hatte einmal im Scherz gesagt, Kayla würde wahrscheinlich die gesamte Familie überleben, weil sie in den guten Vierteln arbeiten durfte — ein Scherz, zu dem damals am Abendbrottisch keiner gelacht hatte. Allenfalls das Klappern des Bestecks in fast leeren Blechschüsseln hatte wie Hohngelächter geklungen.

Das Hausmädchen öffnete Kayla die Tür und bat sie herein; nur in den Vorraum, keinen Schritt weiter. Aber Farbessenzlieferungen nahm man nicht auf der Straße entgegen. Kayla wartete voller Unbehagen, bis Doña Morgana eintrat, die hochgewachsene älteste Tochter der Familie Serna. Das dunkle Lederkorsett ließ sie noch schmaler wirken, als sie ohnehin schon war. Sie grüßte Kayla mit einem knappen Nicken, streckte die Hand nach den Schutzhüllen aus und wandte ihr dann den Rücken zu, um die Farben zu betrachten.

Unwillkürlich senkte Kayla den Kopf und starrte auf ihre Schuhspitzen. Die Lieferung prüfen, ohne dass die Farblieferantin es sehen und vielleicht einen Blick auf das verbotene Gut erhaschen konnte — das machten sie alle so. Wahrscheinlich, weil die Farben sich abnutzten, einen Teil ihrer Leuchtkraft verloren, wenn zu viele neugierige Augen sie betrachteten.

»Gut«, sagte Doña Morgana schließlich. Kein Lächeln lag in ihrer strengen Stimme, doch immerhin drehte sie sich noch einmal zu Kayla um und warf ihr eine Münze zu. Fünfzig Centavos. Ein Abendessen für die ganze Familie. Eine neue Ampulle von Milos Medizin.

Zu Großvaters Zeiten hätten wir davon alle an den Strand fahren und das Sommertürkis bewundern können.

Kayla straffte sich. »Danke«, murmelte sie rau, aber wie üblich erntete sie keine weitere Reaktion von Doña Morgana.

Kleine Trinkgelder wie diese waren das Beste an der Arbeit der Farblieferantin. Sie schob die Münze in die Jackentasche, als sie wieder nach draußen trat, und ihre Fingerspitzen streiften dabei den zerknüllten Zettel mit den nächsten Stationen ihrer Route.

Zweimal Smaragdgrün hieß es da, das hatte sie sich eingeprägt, eine Lieferung für den Herzog von Medina, der bestimmt kein Herzog war, den aber alle so nannten. Wer das Sommertürkis bekam, hatte Kayla sich nicht gemerkt, aber sie wusste, dass es ganz am Ende ihrer Liste stand.

Du hast genug Zeit, um mich anzusehen, flüsterte es aus dem Korb, kaum dass sie wieder in die Pedale trat.

»Hör auf!«, zischte Kayla ärgerlich und umklammerte den Lenker fester. Jetzt war es schon so weit, dass sie mit ihrer Lieferung sprach! Verbissen starrte sie auf den Weg, kämpfte darum, die Einbildung einer flüsternden Farbe aus ihrem Kopf zu verbannen. Und Milos leuchtende Augen natürlich.

Weißt du noch, Kayla?, hatte er am Abend nach Großvaters Beerdigung gewispert, die schmächtigen Arme um ihren Hals geschlungen. *Das Sommertürkis? Wie es wohl aussieht ...* Und dann hatte er zu husten begonnen. Sein kleiner Körper hatte schmerzhaft in Kaylas Armen gebebt.

Er hatte keine Antwort erwartet, und sie hatte auch keine für ihn gehabt. Aber jetzt schlummerte genau diese Antwort im Korb an ihrem Lenker. Kayla stellte sich vor, wie sie sich heute Abend mit einem verschwörerischen Lächeln zu Milo an den Bettrand setzen würde. Und mit einer Antwort. *Sommertürkis, weißt du ...*

Konnte ein einziger Blick wirklich so sehr schaden? Würde man es der Farbe tatsächlich anmerken? Kayla war jetzt seit fast anderthalb Jahren Farblieferantin, mit dreizehn hatte sie angefangen, und noch nie hatte sie Sommertürkis im Korb gehabt. Es musste eine wirklich seltene und kostbare Farbe sein.

Was auch bedeutete, dass das Verbot umso schwerer wog.

Sie bog in die Straße ein, die zum Anwesen des Herzogs von Medina führte, eine leichte Steigung, die Kaylas Lungen schier zum Bersten brachte. Die breite bleiche Häuserfront war schon in Sicht, als Kayla stoppte, sich über den Lenker beugte und rasselnd nach Atem rang.

Aus dem Korb kam jetzt kein Flüstern, aber sie hatte auch genug eigene Stimmen im Kopf. Milos. Großvaters. Ihre eigene, wenn sie sich vorstellte, wie es sein musste, ihrem kleinen Bruder tatsächlich das Sommertürkis zu beschreiben.

Nur ein einziger Blick. Niemand würde es erfahren.

Das Atmen fiel ihr leichter, kaum dass die Entscheidung getroffen war. Kayla zerrte das Rad auf den Gehweg und in den Schatten eines kleinen Torwegs. Hier sollte sie unbeobachtet sein. Und sie verlor ja nicht viel Zeit. Ein bisschen innehalten und zu Atem kommen musste sie schließlich so oder so.

Ihr Herz pochte warm und kraftvoll, als sie die Korbabdeckung zurückschlug. Wie kleine Kinder schmiegten sich die schwarzen Samthüllen aneinander. Kayla zögerte. Noch war Zeit, ihre Entscheidung zu überdenken und alle Regeln einzuhalten.

Sie dachte an Milo und presste die Lippen zu einem schmalen Strich zusammen. Langsam streckte sie die Hand nach der richtigen Hülle aus, hob sie behutsam aus dem Korb und strich für Sekunden mit den Fingerkuppen über die samtene Oberfläche. Ein ganz einfacher Knoten verschloss das Säckchen, sie würde ihn leicht öffnen und ebenso leicht wieder selbst knüpfen können. Es würde wirklich niemandem auffallen. Außerdem war sie bisher immer zuverlässig gewesen, hatte keine Fehler gemacht. Hatte sie es sich nicht verdient, wenigstens einen kurzen Blick auf eine einzige Farbe zu werfen? Für Milo.

Ihre Finger waren schweißfeucht vor Aufregung, als sie nach dem Knoten tastete, aber schließlich gelang es Kayla, ihn aufzuziehen. Sie schob zwei Finger in den schwarzen Stoff, um die Öffnung weiter zu dehnen. Jetzt gab es kein Zurück mehr.

Es leuchtete ihr aus dem dunklen Samt entgegen, als wolle das Türkis sie grüßen. Warm, kraftvoll, lebendig, eine Farbe, in der Kayla hätte versinken mögen. Das Sommertürkis blieb in seiner gläsernen Phiole, und dennoch tasteten seine Finger sanft nach Kaylas Erinnerungen, brachten Großvaters leise Worte zum Schwingen und einen Sommerhimmel zum Strahlen, den Kayla so nie gesehen hatte. Sie schloss die Augen, fühlte ihr eigenes Lächeln fremd auf den Lippen, und hinter ihren Lidern leuchtete noch immer das Türkis.

Behutsam zog Kayla die Bändchen der Stoffhülle wieder zu und verknotete sie. Ihre Aufregung war einem tiefen Gefühl von Glück und Wärme gewichen. So sah es also aus. Nur ein kurzer Blick, aber jetzt kannte sie die Farbe, die ihr Großvater so geliebt hatte. Jetzt konnte sie Milo davon erzählen, auch wenn es schwer sein würde, Worte zu finden.

Das Lächeln nistete noch immer in ihren Mundwinkeln, als Kayla das Rad wieder aus dem Torweg schob und das letzte Stück Steigung zum Anwesen emporradelte. Anstrengend war das noch immer, doch sie hatte das Gefühl, dass die Steigung sie nun weniger außer Atem brachte als zuvor.

Sie lehnte das Fahrrad gegen den rostigen Zaun und blieb für einen kurzen Augenblick stehen, um die Fassade des Herrenhauses zu betrachten. Der Herzog von Medina galt als Exzentriker, hatte angeblich die Welt mit einem selbstgebauten Luftschiff bereist und mehrere Bücher über fremde Kulturen und ihre Bräuche verfasst. Es hieß, dass sich die feine Gesellschaft von Buenos Aires bisweilen in seinem Salon traf, um englischen Tee in chinesischen Porzellantassen zu trinken, in französischen Journalen zu blättern und um Mitternacht mit Geistern zu sprechen. Alle seine Bediensteten waren indianischer Herkunft, eigenhändig von ihm ausgewählt und eingefangen in den wilden Weiten Patagoniens, der kargen Einsamkeit der Kordilleren, dem hitzigen Flimmern des Urwalds. Er beherrschte alle ihre Sprachen, erzählte man sich, und er kannte alle ihre Geheimnisse, ihren Aberglauben und ihre Magie. Vor einigen Monaten hatte man eines seiner Hausmädchen, eine Patagonierin, erhängt aufgefunden, obwohl Gerüchte umgingen, sie sei mit der Uhrwerkskette zunächst erdrosselt und erst im Nachhinein an einen Deckenbalken geknüpft worden. Ob das stimmte, wusste Kayla nicht, aber sie fand es unheimlicher als mitternächtliche Gespräche mit Geistern.

Mit etwas zittrigen Fingern nahm sie die beiden Hüllen aus dem Korb, in denen sich das Smaragdgrün für Medina verbarg. Auch eine Farbe, die Kayla nie gesehen hatte, aber eine stumme Farbe, die nicht flüsterte und lockte, wie es das Türkis getan hatte. Nein, jener Regelbruch würde Kaylas einziger bleiben.

Mit einem mulmigen Gefühl durchschritt sie das Tor, stiefelte die Auffahrt zum Anwesen hinauf und betätigte schließlich die Türklingel.

Schwere Schritte näherten sich, und Kayla sank der Mut. Das war keines der Hausmädchen. Das war der Herzog selbst.

Es knarrte, als die Tür geöffnet wurde. »Du kommst spät«, sagte der breitschultrige, hochgewachsene Mann im Türrahmen und hielt vielsagend seine Taschenuhr empor. Für einige Sekunden schwieg er, und Kayla konnte das feine, vorwurfsvolle Ticken hören, bis der Herzog die Uhr zuschnappen und in seine Westentasche gleiten ließ. »Meine Lieferung«, setzte er gebieterisch hinzu.

Schweigend hielt Kayla ihm die beiden Samthüllen hin, den Blick halb gesenkt, und wartete darauf, dass Medina sich umwandte, um sein Smaragdgrün zu begutachten.

Stattdessen hielt er inne, kaum dass seine Finger die Schutzhüllen berührt hatten.

Kayla biss sich auf die Zunge, zwang sich, ruhig zu atmen, und starrte auf ihre Schuhspitzen.

»Sieh mich an«, sagte der Herzog streng.

Ihr Herz flatterte. Stand ihr das Schuldbewusstsein so sehr ins Gesicht geschrieben? Ahnte er, was sie getan hatte? Vielleicht sollte sie sich schnell eine Erklärung einfallen lassen, warum sie zu spät kam, damit er nicht dachte …

Er fasste grob nach ihrem Kinn und hob ihren Kopf, blickte ihr streng direkt in die Augen.

»Es tut mir leid«, flüsterte Kayla, »die Steigung …«

»Du unverschämtes Gör!«, zischte der Herzog. »Du hast die Farben angesehen!«

Sie zuckte zusammen, spürte, wie ihre Augen sich vor Entsetzen weiteten. Wie konnte er das wissen? »Das … das ist nur ein Missverständnis …«, begann sie, doch Medina packte sie schon an den Schultern und zerrte sie durch die Tür.

»Und eine Lügnerin bist du obendrein«, stieß er hervor. Seine Finger gruben sich jetzt schmerzhaft in Kaylas Oberarme. »So etwas hat nicht frei herumzulaufen. Ich werde auf der Stelle der Fabrik Bescheid geben.«

Erschrocken zog Kayla die Luft ein. »Nein! Bitte tun Sie das nicht! Wie kommen Sie überhaupt darauf, dass ich die Regeln gebrochen habe?«

Er lachte hart auf und schob sie grob ein paar Schritte vor sich her. Auf dem glatten Marmorboden fanden Kaylas Sohlen keinen Halt, und hätte der Herzog ihre Arme nicht so grob umklammert, wäre sie vielleicht ausgeglitten.

Vor einem Wandspiegel blieb er stehen, ohne sie loszulassen, und sah ihr über die Schulter. »Deswegen, Mädchen«, sagte er trocken.

Zitternd hob Kayla den Kopf, fand den Blick ihres Spiegelbilds und erstarrte.

Das blasse Gesicht, das strähnige Haar und die abgetragenen, groben Kleider waren nur zu vertraut. Doch statt der nebelgrauen Augen, die Kayla von sich kannte, leuchtete ihr rein und kraftvoll das Sommertürkis aus ihren Iriden entgegen. Strahlte. Ließ sich nicht verbergen.

»Oh, bitte«, hauchte sie. »Das wollte ich doch nicht. Es war doch nur ...« Sie brach ab. *Für meinen Bruder* hatte sie sagen wollen, aber es fühlte sich falsch an, Milo dem Herzog auszuliefern — und sei es auch nur mit Worten, sei es auch nur als Entschuldigung für das, was sie getan hatte.

»Es war ein großer Fehler«, erwiderte Medina kalt und ließ sie los. »Ich dulde keine Fehler, und der Fabrikdirektor zweifellos ebenso wenig.« Er entwand ihr die beiden Schutzhüllen des Smaragdgrüns, die sie noch immer hielt, und schenkte Kayla noch einen eisigen Blick. »Du wartest hier und rührst dich nicht von der Stelle.« Sein verkniffener Mund zeigte deutlich, was der Herzog nicht extra aussprach: Das Mädchen in seinem Vorzimmer widerte ihn an. Nicht nur, weil es eine Regelbrecherin war, sondern auch, weil er sie hatte anfassen müssen und weil sie ihm Dreck ins Haus brachte. Noch nie hatte Kayla so viel Abneigung in den Augen eines anderen Menschen gelesen.

»Und wenn du dich doch bewegst«, setzte Medina noch halb über die Schulter hinzu, »wird es dir sehr leidtun.«

Eingeschüchtert blieb Kayla stehen, wagte noch nicht einmal, sich vom Spiegel abzuwenden. Sie hörte die Schritte des Herzogs leiser werden, eine Tür, dann das mechanische Klicken einer Wählscheibe und das bronzene Summen, mit dem sich eine Äther-Verbindung aufbaute. Er tat es tatsächlich. Er sagte in der Fabrik Bescheid. Und ein einziger Blick auf Kayla würde jedem genügen, um zu wissen, dass Medina die Wahrheit sagte.

Sie werden mir kündigen, dachte sie und schloss die Augen, um das schreckliche Leuchten des Türkis nicht immerzu sehen zu müssen. Dann drängte sich ein weiterer Gedanke in ihr Bewusstsein, kalt und klar wie eine Messerklinge: *Sie werden mich einsperren.*

Im Nebenzimmer sprach der Herzog, die Worte kamen wie Axthiebe, doch Kayla wollte nichts hören. Erst, als sie das Klicken vernahm, mit dem das Sprachrohr wieder eingehängt wurde, und über das sanfte Endsummen der sich auflösenden Äther-Verbindung das Klirren einer Kette, riss sie den Kopf hoch.

Schlagartig war da wieder die Erinnerung an das tote Hausmädchen.

Die Gerüchte. Mit Worten gemalte Bilder, die Kayla nicht in ihrem Kopf haben wollte.

Und in all das zuckte wie ein hörbar gewordener Blitz das Kettenrasseln, das Wort *erdrosselt* und eine wilde, schmerzhafte Idee, was jenes Hausmädchen sich vielleicht hatte zuschulden kommen lassen, um auf diese Weise sterben zu müssen.

Kayla schnappte nach Luft, und noch bevor sie ihren Entschluss überdenken konnte, rannte sie los.

Sie kam ins Straucheln, stolperte und fasste einmal an der Klinke vorbei, aber beim zweiten Versuch konnte sie die Haustür doch aufreißen und über die breiten Stufen nach unten jagen. Ob der Herzog ihr folgte, ob er irgendetwas hinter ihr herschrie, Kayla wusste es nicht. Sie wusste nur, dass sie hier wegmusste, dass sie einen verhängnisvollen Fehler gemacht hatte und ihr jetzt noch genau eine Sache zu tun blieb, damit sie die Regeln nicht ganz umsonst gebrochen hatte: Sie musste zu Milo.

***

Das Rad quietschte protestierend, als Kayla es zu noch größerer Eile als normalerweise antrieb. Am Lenker hüpfte der Korb. Das Sommertürkis flüsterte nicht mehr, alles, was Kayla hörte, war ihr eigenes Keuchen bei jedem verzweifelten Pedaltritt. Nur schnell fort, so rasch wie möglich fort vom Haus des Herzogs, so schnell wie möglich nach Hause. Nur lang genug, dass Milo ihr noch einmal in die Augen sehen und sie ihm sagen konnte: »So sieht es aus, weißt du?«

Sie war schon fast am Ende der Straße, als ihr aufging, dass es nicht nur ihr Keuchen war, das ihre Flucht begleitete.

Etwas war hinter ihr. Folgte ihr. Und stieß dabei rhythmisch den Atem aus wie ein großer Hund, der in gewaltigen Sätzen voranjagte — und der eine rasselnde Kette hinter sich herzog.

Kayla rang nach Atem, riss das Lenkrad herum und ließ das Fahrrad in die nächste Seitenstraße sausen, kämpfte darum, den Lenker nicht aus ihren schweißnassen Händen gleiten zu lassen. Sie sah sich nicht um, nicht bei diesem Tempo, und sie vermochte auch nicht zu sagen, ob das angestrengte Keuchen hinter ihr näher kam.

Doch sie ahnte, fürchtete, wusste, was es war.

Wenn du dich doch bewegst, hatte der Herzog gesagt, *wird es dir sehr leidtun.*

Sie hatte es für eine leere Drohung gehalten. Aber offensichtlich hatte Medina die Wahrheit gesagt. Kayla trat heftiger in die Pedale, stieß nur auf Leerlauf und zwinkerte panisch, weil ihr Tränen der Verzweiflung in die Augen steigen wollten. Endlos lang zog sich die Straße, und unendlich langsam schien Kayla voranzukommen — ihr Jäger immer dicht hinter ihr.

Kristallklar standen ihr die Worte ihres Großvaters im Gedächtnis, die er in einem seiner letzten klaren Momente gesprochen hatte. *Als sie beschlossen haben, dass Farben kostbar sind,* hatte er gesagt, schweratmend in seine Kissen gebettet und den Blick ins Leere gerichtet, *dass es nicht mehr genug Farben gibt für alle Menschen, da haben sie auch angefangen, die Ungehorsamen zu bestrafen. Haben die Farbdiebe eingesperrt und ausgepeitscht. Und als es nicht geholfen hat, da haben sie zu anderen Mitteln gegriffen.*

Das Fahrrad holperte über ein Schlagloch, und Kayla schrie erstickt auf, riss am Lenker und wusste doch, dass sie das Gleichgewicht nicht mehr wiederfinden konnte. Hart prallte sie auf das Pflaster, spürte den Schmerz um einen Wimpernschlag verzögert und robbte hastig unter dem Rad hervor. Den Korb vom

Lenker reißen und sich auf die Füße stemmen war eins. Der Blick auf ihren Verfolger das zweite.

Ein massiger Körper aus galoppierender Schwärze, dessen Umrisse flackerten, waberten, der das Licht aus der Umgebung aufzusaugen schien. Augen, in denen gefangene Helligkeit loderte. Zähne aus Finsternis. Um den dicken Hals eine rostige Kette, die schaurigem Lachen gleich über das Pflaster rasselte.

Ein Farbverschlinger.

Kayla presste den Korb an ihre Brust, warf sich herum und rannte los. Jeder Schritt jagte stechenden Schmerz durch ihr linkes Knie, und wahrscheinlich war sie so langsamer als mit dem Fahrrad — doch sie hatte nicht die Zeit, es wieder aufzuklauben, Schwung zu nehmen und weiter zu radeln. Ihre Füße trommelten auf das Pflaster, ihr Gesicht glühte, und das Keuchen der Kreatur hinter ihr wurde lauter. Kam näher.

Es gab Geschichten, die Kayla Großvater nie geglaubt hatte. Die sie dem Delirium seiner Medikamente zugeschrieben hatte. Oder vielleicht dem Irrsinn, denn Großvater hatte so viele Jahre lang saure Dämpfe eingeatmet, war es da nicht klar, dass er am Ende nicht mehr bei Verstand gewesen war? Und er hatte zeit seines Lebens Freude an Schauermärchen gehabt, an Geschichten von dunklen Wesen, die aus dem Schatten traten, wenn Teller nicht leer gegessen, Kleider nicht sorgsam gefaltet, Regeln nicht eingehalten wurden. Keines dieser Wesen hatte es je gegeben.

Kayla kam ins Stolpern und fing sich gerade noch. Ihre Hand am Korb rutschte ab, die Finger glitten unter die Abdeckung, und plötzlich durchzuckte sie eine Idee, wirr und verzweifelt, aber vielleicht eine Chance auf Vorsprung. Im Lauf zerrte Kayla eine der Schutzhüllen hervor, vergewisserte sich nur, dass es nicht das Sommertürkis war, und schleuderte sie über die Schulter nach hinten. Es klang dumpf, als samtumhülltes Glas auf dem Boden aufschlug und barst. Im nächsten Atemzug ein Brüllen, das Kaylas Ohren dröhnen ließ.

Sie hastete weiter, auch wenn ihre Lunge in Flammen zu stehen schien. Doch das Keuchen des Farbverschlingers war für einen Moment verstummt, folgte ihr nicht, sondern hatte einem zornigen Grollen, Schnappen und Schmatzen Platz gemacht.

Wenn das weiterhin funktioniert, kann ich es schaffen.

Kayla rannte und tastete schon nach der nächsten Farbe. Es war das Sommertürkis, sie stopfte es im Lauf in ihre Jackentasche, schloss die Finger um eine neue Hülle und bog keuchend um die Ecke. Mit jedem Schritt, so kam es ihr vor, schmeckte die Luft wieder saurer. Da vorne lag schon der Hafen. Es war nicht mehr weit bis nach Hause. Wenn sie nur den Farbverschlinger abhängen konnte!

Die Menschen in der Stadt, hatte Großvater manchmal gesagt, *haben die alten Weisheiten unseres Landes vergessen. Sie denken nur noch an Stein und Stahl, an Zahnräder, Turbinen und physikalische Formeln. Dabei sind wir bloß Fremde, die über das Meer gekommen sind, auf Schatzsuche an die Mündung des Silberflusses. Aber jene, die vor uns hier gelebt haben, die noch von Zauberei und anderen Welten wussten, die haben wir damals erschlagen oder vertrieben, und ihr Wissen mit ihnen. Wusstest du, dass sie Geschöpfe aus Dunkelheit herbeirufen konnten, die findigen Patagonier?*

Hinter Kayla erklang wieder das stoßweise Keuchen, und sie schleuderte die nächste Farbe über die Schulter zurück, fragte sich, was sie dem Farbverschlinger da zum Fraß vorwarf. Es war nicht wichtig, solange er seinem Instinkt folgte, die Verfolgung unterbrach und sich mit einem Aufheulen auf die ausströmende Farbessenz stürzte, die Farbe trank und verschlang, wie es seine Bestimmung war.

Kayla bog auf die Hafenpromenade ein und wurde langsamer. Sie konnte nicht mehr. Ihr Herz raste, das Atmen war eine Qual. Reine Säure schien ihre Lunge zu füllen, aber es blieb keine Zeit, den Schal wieder höher zu ziehen, damit er Mund und Nase bedeckte. Mit einem Aufschluchzen schleuderte sie den gesamten Korb hinter sich. Das würde den Farbverschlinger hoffentlich eine Weile beschäftigen. Nur das Sommertürkis trug sie noch in ihrer Jackentasche. Sie schloss die Finger darum, spürte die schlanke Phiole, die sich unter ihrem Griff erwärmte. Ein paar Häuserblöcke noch, dann war sie daheim.

Und plötzlich wurde ihr klar, dass sie Milo nicht mehr sehen durfte.

Er würde ihr in die Augen blicken. Sie hatte ihm vom Türkis erzählen wollen, doch tatsächlich würde sie es ihm *zeigen.* Und was, wenn die Farbe sich genauso in seine Iriden schlich, wie sie das bei Kayla getan hatte? Wenn Milo wie seine Schwester für die wenige

Zeit, die ihm noch blieb, als Farbdieb gebrandmarkt blieb, obwohl er keiner war? Wenn der Farbverschlinger sich auch auf ihn stürzte?

Kayla brach in die Knie. Ihr Atem rasselte, sie fühlte sich, als atmete sie Blut, saures Blut. Obwohl ihr Körper glühte, war ihr kalt. Das Einzige, was sich gut, richtig und tröstlich anfühlte und doch am allerfalschesten sein musste, war die Phiole in ihrer Hand.

Sommertürkis.

Hinter ihr schnaufte etwas, und Kayla schluchzte auf, zwang die Tränen aber nieder. Sie halfen ihr jetzt nichts.

»Ich wollte das nicht«, presste sie hervor, sagte es den Pflastersteinen, auf denen sie kniete. Aber bestimmt war es für den Farbverschlinger, der hinter ihr stand, der innegehalten hatte, weil er vermutlich begriff, dass Kayla ihm nicht mehr davonlaufen konnte. »Ich wollte doch nur meinem Bruder erzählen ...« Sie brach ab und rang nach Luft. Ihr war, als könnte sie niemals wieder zu Atem kommen.

Die Kreatur grollte, tastete mit Krallen aus Dunkelheit nach Kayla.

»Ich weiß, was du bist«, flüsterte sie. »Der Herzog hat dich gerufen, nicht wahr? Mit indianischer Magie. Er ist ein viel größerer Dieb als ich.« Sie wischte sich mit dem Handrücken über die Augen. »Hast du auch das Hausmädchen getötet? Welche Farbe hatte sie sich angesehen?« Mit jedem Wort, das sie sprach, schwand die Angst ein bisschen mehr und machte Wut Platz. »Wirst du mich auch erdrosseln? Oder wirst du mir nur die Augen aus dem Kopf hacken wie eine Krähe?«

Nichts geschah. Der Farbverschlinger stand nur da, und sie hörte ihn schnaufen.

Langsam drehte sie sich um. Seine flackernden Augen waren genau auf einer Höhe mit ihren. Es stand Schmerz darin. Jahrhundertealter Schmerz.

Kayla schluckte. Wieder dachte sie an Großvaters Geschichten. »Wesen wie dich hat man damals gerufen, um das Land zu verteidigen, nicht wahr? Um die Schwachen zu schützen. Und ...« Sie schloss die Finger etwas fester um die Phiole. »Und die Farben. Aber jetzt trägst du eine Kette und bist die Kreatur des Herzogs. Er zwingt dich, die Schwachen zu jagen und die Farben zu verschlingen.« Angestrengt holte sie Luft. »Doch das war niemals deine Bestimmung.«

Da senkte er den Kopf und schloss die lodernden Augen.

»Wenn du mich lässt«, flüsterte Kayla, »will ich dir die Kette abnehmen.«

Er grollte leise. Zitterte. Sie begriff, dass er sich quälte.

Vorsichtig rutschte sie auf den Knien näher und streckte die Hände nach seinem Hals aus. Der Farbverschlinger verharrte still, ließ die Augen geschlossen, aber sein Körper — geballte, pure Finsternis einer anderen Welt — bebte unter Kaylas Fingern.

Es war nicht leicht, die Kette zu lösen. Kayla fragte sich, was geschehen würde, wenn der Farbverschlinger erst einmal frei war.

Was er verschlingen wird, wenn er die Wahl hat?

Mit einem leisen Klirren glitt die Kette auf das Pflaster.

»Du bist frei«, wisperte Kayla. »Lass dich nicht wieder fangen von einem wie dem Herzog ...«

Der Farbverschlinger warf den Kopf in den Nacken und riss die Augen auf. Kayla erwartete ein triumphierendes Brüllen, doch aus dem geöffneten Schlund drang nur ein heiseres Röcheln, ein Würgen. Dann brach die Kreatur zusammen, zuckte in wilden Krämpfen.

Unwillkürlich hob Kayla die Hand, aber da traf sie der Blick des Farbverschlingers. Stumm und eindrücklich und nicht zu missverstehen: *Geh.*

***

Später würden die Leute des Hafenviertels von diesem Tag als dem Tag des Regenbogens sprechen, der urplötzlich hervorgebrochen war und sich mitten über den Fluss und hinauf in die graue Wolkendecke geschwungen hatte. Keiner wusste so sicher, ob es vielleicht verboten war, ihn anzusehen, aber die Nachricht verbreitete sich wie ein Lauffeuer. Die Menschen traten aus ihren Häusern und versammelten sich am Hafen. Für einen einzigen Nachmittag schmeckte die Luft im Viertel nicht mehr so sauer.

Kayla ging nicht mit den anderen an den Hafen. Sie trug Milo auf dem Arm, er schmiegte sich an sie, hustete und lächelte dabei.

»So ist es also«, flüsterte er ein ums andere Mal und lugte zu Kaylas Augen auf. »So sieht es aus.«

215

Sie trug das Bündel mit ihren Sachen über der Schulter. Als Farbdiebin konnte sie nicht länger daheim bleiben. Ihre Anstellung war verloren, eine neue würde sie nicht finden. Nicht mit Sommertürkis in den Augen.

Vater schob die Tür des alten Lagerhauses auf. Staubbedeckte Kessel schlummerten in einer Ecke, hier wurde schon lange nicht mehr gearbeitet.

Doch das Wichtige stand im Zentrum.

»Die Pläne«, sagte Vater heiser, »stammen noch von Großvater. Er verstand sich darauf. Er sagte mir immer wieder: *Junge, das Beste wäre es, wenn wir ein Luftschiff bauten und aus der Stadt verschwänden. Sie macht uns krank.*«

Kayla starrte es einfach an und wiegte Milo in ihren Armen. »Deshalb das Müllsammeln«, flüsterte sie. »Du hast das Schiff wirklich gebaut.«

Er hob die Schultern. »Ich denke, dass es fliegt. Weit genug zumindest, um euch aus der Stadt zu bringen. Großvater meinte immer, dass jenseits von Buenos Aires die Farben vielleicht noch frei sind.«

»Ich dachte, sie seien alle aufgebraucht.«

Vater schüttelte den Kopf und lächelte bitter. »Farben verbrauchen sich nicht, Kayla. Sie leuchten für alle. Denk an Großvaters Sommerhimmel ... Ich sehe ihn in deinen Augen.« Vielleicht hatte Großvater recht gehabt, und vielleicht konnte Kayla nichts anderes tun, als auf die Suche nach den Farben zu gehen, Brüder und Schwestern des Sommertürkis. Auf jeden Fall brauchte sie klare Luft für Milo. Sanft drückte sie ihn fester an sich.

»Weißt du, wo ihr hinkönntet?«, fragte Vater, und Kayla dachte an ein unglückliches Hausmädchen, das mit einer Kette um den Hals gestorben war, und nickte.

»Ja«, sagte sie. »Patagonien.«

In ihrer Jackentasche flüsterte das Türkis in seiner Phiole. Es klang, als ob es lachte.

Hellbraun

Leben oder Tod

Daniel Schlegel

Orangeroter Schein erhellte die Nacht.

Edgar erklomm den Kamm der Sanddüne, das Gewehr schussbreit in den Händen. Von der anderen Seite schallte Lärm, eine Kakophonie aus Gekreisch und Getöse. Heißer Brodem sowie Aschepartikel wehten ihm entgegen und boten einen Vorgeschmack auf die Hölle, die ihn erwartete.

Wie ein riesiger Wurm fraß sich eine Feuerschneise quer durch das Zeltlager. Die Windschutzkuppel der Bohrstelle, ein zwanzig Meter hohes Gerüst aus Tuch und Stahl, stand lichterloh in Flammen. Ihr Anblick ließ Edgar für einen Moment glauben, die Sonne wäre vom Firmament auf die Erde gestürzt. Funken stiegen wie brennende Schneeflocken in die Luft und entzündeten neue Brandherde. Panisch rannten die Menschen zwischen den Zelten umher, hin- und hergerissen zwischen dem Versuch, die Feuer zu löschen, und dem Trieb, das eigene Leben zu retten.

»Bei Gott und der heiligen Dampfmaschine«, ächzte jemand hinter Edgar. »Da! Da hinten! Seht ihr das? Das ist die Kreatur!«

Edgar verbiss sich einen Kommentar und folgte dem Fingerzeig. Ihm stockte der Atem.

Inmitten der Brände trottete eine Gestalt. Trotz der Entfernung wirkte sie roh und ungeschlacht, breiter als der stärkste Mann, den die Expedition zu bieten hatte. Flammenzungen schossen aus ihrem Arm und leckten nach den umstehenden Zelten. Öllampen zerbarsten in gleißenden Stichflammen, die die Kreatur ungerührt über sich ergehen ließ.

»Es gibt keine Geister!«, blaffte Edgar und hoffte, dass die Männer nicht der Mut verließ. In ihren Mienen sah er Angst, die unsinnige Furcht vor abergläubischem Geschwätz. Sein Wille und sein klarer

Verstand waren alles, was diesen verängstigten Haufen zusammen-
hielt. »Es gibt keine Geister!«, wiederholte er. Die Zeit für sachliche
Argumente war vorüber, nun galt es, Stärke zu demonstrieren. Er
fasste den Griff des Gewehrs fester und hastete die Düne hinab,
hinein in das tobende Flammenmeer.

Die Hitze war beinahe unerträglich. Rauch erschwerte die
Orientierung, von überall ertönten Schreie. In Scharen strömten
die Arbeiter an ihm vorbei und fluteten hinaus in die Wüste. Dass
sie Angst vor der Kreatur hatten, lag auf der Hand, aber dass seine
engsten Mitarbeiter ebenfalls der Hysterie anheimfielen, erschüt-
terte ihn. Als er einen Blick über die Schulter riskierte, sah er, dass
ihm kaum mehr die Hälfte folgte.

Die Feuer wurden schwächer, und sogleich änderte er die
Richtung und lief tiefer ins Lager. Vor ihm reckte sich eine
Flammensäule gen Himmel – er war auf dem richtigen Weg. Edgar
stoppte und ging hinter einer Kiste in Deckung. Heinrich und Igor,
der klägliche Rest seiner Begleiter, der nicht Fersengeld gegeben
hatte, bezogen auf der gegenüberliegenden Seite Stellung, um die
Kreatur ins Kreuzfeuer zu nehmen.

Qualm wallte durch die Reihen der Zelte, der Untergrund erbebte
von schweren Schritten. Behäbig wälzte sich die Rauchwolke in
Edgars Sichtfeld.

»Ein simpler Schuss zwischen die Augen«, sprach er sich Mut
zu. Plötzlich erspähte er in den Schwaden den Umriss eines Kopfes.
Er zögerte nicht, sondern legte an und drückte ab. Weitere Schüsse
fielen und prasselten auf die Kreatur ein. Unvermittelt geriet sie ins
Straucheln. Sie stolperte rückwärts, woraufhin die Rauchwolke sie
verschluckte. Mit einem unmenschlichen Brüllen stob sie wieder
hervor, überbrückte die Distanz zu den beiden Mitstreitern mit
einem Satz und schleuderte sie wie Puppen beiseite. Sie wirbelte
herum, rasend vor Wut.

Binnen eines Wimpernschlages schloss die Kreatur zu ihm auf.
Der Hieb verkam zu einem Schemen, eine Faust aus Feuer und
Asche, als schlüge der Qualm selbst nach ihm. Mit der Gewalt einer
Lokomotive krachte sie gegen den Gewehrlauf und schmetterte ihm
die Waffe aus den Händen.

Instinktiv ging er auf Abstand – doch das Wesen setzte nicht nach. Stumm harrte es aus, umwallt vom rußigen Schleier, der sich allmählich lichtete. Es beugte sich herab, und ein knöcherner Ziegenschädel kam zum Vorschein.

Die Angst übermannte Edgar, zerrte an der Mauer, die seinen Verstand vor dem Glauben an Geister und Dämonen abschirmte. Der Anblick dieser Kreatur war ein Festmahl für seine Zweifel. »Es gibt keine Geister!«, brüllte er, als reichte dies aus, um die Kreatur zu vertreiben.

»Und doch stehe ich vor dir ...«, raunte sie. »Ihr ignoriertet die Warnungen, nährtet meinen Zorn. Ihr hättet umkehren sollen, als sich euch die Gelegenheit bot ...«

Edgar resignierte. Alles ging in Flammen auf – dabei hatte ihre Expedition so fabelhaft begonnen.

***

Vom Grund des Loches aus schimmerte der Himmel nur als greller Punkt. Fernab der Erdoberfläche ersetzten Gaslampen die Sonne und spendeten schmutziges gelbes Licht. Eisenplatten verkleideten die Wände und bewahrten sie davor, vom Sand verschüttet zu werden. Die Luft verwob sich hier unten zu einem seltsamen Gemisch aus stickigem Dunst und kühlem Hauch.

»Ihre Meinung?«, fragte Heinrich, ein grobschlächtiger, untersetzter Kerl, und leuchtete über den Boden.

»Sieht vielversprechend aus.« Bedächtig fuhr Edgar mit den Fingerspitzen über die hellbraune Erde. Er spürte die Andeutung von Feuchtigkeit, die ihr innewohnte. Eine vage Hoffnung durchströmte ihn.

Es hatte eine Ewigkeit in Anspruch genommen, eine geeignete Bohrstelle ausfindig zu machen, und eine weitere, um diese von den Sandmassen zu befreien. Tiefer und tiefer hatten sie graben müssen, um auf eine neue Schicht zu stoßen. Auf die Tonnen weißgelben Sandes und toter, bröckeliger Erde folgte nun hellbrauner Boden. Edgar griente. Er hatte gefunden, wonach er gesucht hatte.

»Haben wir Wasser entdeckt?«

215

»Gut möglich.« Seine Ungeduld gewann die Oberhand. Er wollte nicht warten, bis seine Mitarbeiter mit schwerem Gerät anrückten und ihm Gewissheit verschafften. Eilig schaufelte er mit den bloßen Händen eine Kuhle. Die Erde verdunkelte sich um eine Nuance, wurde feuchter und kälter. In Gedanken erschuf er einen gewaltigen, mit Wasser gefüllten Hohlraum, der nur wenige Meter unter ihren Füßen darauf harrte, erschlossen zu werden. Der Lohn ihrer Mühe war zum Greifen nahe.

Eine Aufzugsplattform führte sie zurück ins Tageslicht. Obwohl eine Kuppel über der Bohrstelle thronte, überwältigte der gleißende Sonnenschein Edgars Augen. Silhouetten schälten sich heraus, die die Gestalt von Menschen, Krankonstruktionen und Maschinen annahmen. Edgar überließ es Heinrich, die Männer anzuweisen, und schritt zum Ausgang. Ehe er der Bohrstelle gänzlich den Rücken kehren konnte, vernahm er bereits Heinrichs harschen Befehlston und das auflebende Geschnatter der Dampfmaschinen.

Endlose Dünen, die erstarrten Wellen eines Sandmeeres. Unter einem strahlend blauen Himmel erstreckte sich die Wüste bis an den Horizont und darüber hinaus. Gleich einem Teppich säumte eine Zeltstadt die Kuppel. Ein menschlicher Ameisenhaufen baute eifrig an der Rohrleitung, die das Wasser hinüber zu den aufgestellten Tanks pumpen sollte. Träge glitt der Schatten eines Luftschiffs, auf dessen Rumpf ein geschwungenes *H* prangte, über Edgar hinweg. Wenn alles nach Plan verliefe, würden sie schon morgen die erste Fuhre nach Neu Konstantinopel transportieren.

»Herr Eriksson?«

Edgar fixierte die beiden jungen Männer, die sich einen Pfad durch das rege Treiben bahnten. Schweiß tränkte die Hemden von Igor und Roland, seinen Gehilfen, die ihn seit Expeditionsbeginn begleiteten.

»Herr Eriksson«, wiederholte Igor mit russischem Akzent. »Wüstenvolk wurde unweit des Lagers gesichtet. Ist offenbar auf dem Weg hierher. Und vor Ihrem Zelt warten Besucher.« Es klang wie eine Warnung.

»Wer?«

»Männer. Und eine Frau. Sind heute Morgen mit einer Karawane eingetroffen.«

Edgar schwante Böses. Wer die Männer waren, war ihm schleierhaft, doch die Frau verhieß Ärger. Man hatte ihn vorgewarnt, dass ihm die Presse nachstellen würde, und jede Faser in ihm sträubte sich, auch nur ein Wort mit denen zu wechseln. Ewig aufschieben konnte er es allerdings nicht. Bevor er die Besucher in Empfang nahm, entschied er, einen Inspektionsrundgang durch das Lager zu unternehmen. Die Arbeiter, größtenteils Schwarze und Einheimische, grüßten ihn pflichtbewusst, sobald er sie passierte. Der Bau der Rohrleitung stimmte ihn zuversichtlich. Jeder Handgriff saß, zügig verschraubte man die einzelnen Bauteile. Er schritt weiter, vorbei an Vorratslagern, dem Luftschifflandeplatz bis hin zur Halde. All die Erde, die man aus dem Boden hervorholte, wurde hier in einiger Entfernung zum Lager aufgeschichtet. Nach dem drängenden Hinweis Igors, die Gäste nicht zu vergraulen, kehrte er schließlich um.

Als Edgar sein Zelt erreichte, merkte eine Schar fremder Leute auf. Flink löste sich ein Mann aus der Gruppe und hielt mit ausgestreckter Hand auf ihn zu. Sein Lächeln wirkte wie eingemeißelt, wie die Fratze eines Automaten. Angesichts der Hitze musste er in seinem dunkelblauen Anzug geradezu kochen. Die Brosche an dessen Kragen, ein doppeltes W auf grünem Grund, weckte Edgars Argwohn. »Was hat ein Mitarbeiter der Wackering Werke hier verloren?«

»Er möchte Sie beglückwünschen«, meinte er augenzwinkernd. »Herrling Industries ist sicherlich stolz auf Ihre Leistung. Lassen Sie mich Ihnen versichern, dass Wackering Ihnen den Erfolg keineswegs missgönnt. Wie Ihnen jedoch schwerlich entgangen sein dürfte, nutzt Ihre Expedition Ausrüstung aus unserem Hause. Umgerüstete Exoskelette, Körperanzüge für die Lastenträger, allerlei Maschinen ...«

»Kommen Sie zum Punkt.«

»Man hat mich entsandt, um die Qualität unserer Fabrikate sicherzustellen. Ein gewöhnlicher Vorgang in Anbetracht der Dimension Ihrer Unternehmung. Unser Ruf ist uns wichtig.«

»Wir sind bereits seit drei Monaten in der Wüste«, schnaufte Edgar. »Sie haben sich viel Zeit gelassen, Herr ...«

»Herr Dorff. Nun, unsere Mittel sind begrenzt, wir können nicht jedem Geschäftsfreund jederzeit über die Schulter schauen.«

217

»Hören Sie, wir brauchen keinen Pfau, der auf- und abstolziert, ein wenig die Geräte betätschelt und jedermann von seiner Arbeit abhält. Fahren Sie heim.«

»Wir machen keinen Ärger. Es geht nur um die reibungslose Funktion unserer Maschinen.« Dorff trat näher, sodass niemand bis auf Edgar ihn hören konnte, und tauschte sein falsches Lächeln gegen ein raubtierhaftes Grinsen. »Stellt sich heraus, dass Ihre Unternehmung scheitert, werden böse Stimmen unken, es läge womöglich an einer fragwürdigen Wertarbeit der Wackering Werke. Sehen Sie, wir sind Geschäftsmänner, wir machen Geschäfte. Einerlei, dass Ihr Unternehmen uns den Auftrag vor der Nase weggeschnappt hat. Aber fallen Sie auf die Schnauze, tut dies dummerweise auch Wackering. Ich hege daher kein Interesse daran, Ihnen Stöcke zwischen die Beine zu werfen. Zudem können wir von Ihrem Ruhm zehren, sollte Ihre Glückssträhne anhalten. Wir gewinnen alle. Also lassen Sie mich die Maschinen kontrollieren, verstanden?« Er ging auf Abstand, die Hand freundlich zum Abschied darbietend.

Edgar blieb ruhig. »Igor, begleiten Sie unseren Gast – und lassen Sie ihn nicht aus den Augen«, fügte er leise an.

»Ich danke für Ihre Kooperation.« Zusammen mit Igor und einem Großteil der versammelten Männer brach Dorff auf. Ganz gleich, ob er es vernommen hatte oder nicht, wenn er kein Idiot war, wusste er, dass er von nun an unter Beobachtung stand.

»Wackering?«, flüsterte Roland skeptisch. »Dass die sich hier blicken lassen.«

»Sie sichern sich lediglich ab, weil die Presse von unserer Unternehmung berichtet.« Als hätte er mit seinen Worten ein Gespenst in die Freiheit entlassen, gesellte sich die Frau zu ihnen. Sie war jung, er schätzte sie auf Anfang zwanzig, und zu allem Übel nicht unansehnlich. In seinen fünfzig Lebensjahren hatte er zwar gelernt, der Versuchung weiblicher Reize zu widerstehen, allerdings kreisten seine Sorgen um Roland, der angesichts eines hübschen Gesichts vielleicht zu viel ausplauderte.

»Fräulein Elisa Florenz vom Neu Konstantinopler Boten«, stellte sie sich vor und zückte in einer fließenden Bewegung Stift und Notizbuch.

Flüchtig schweifte Edgars Blick zu Roland, der in Betörung erstarrt war. »Geh zu Heinrich und überprüf den Fortschritt der Bohrung. Nun zu Ihnen«, richtete er das Wort an das Fräulein, nachdem Roland sich nickend entfernt hatte. »Machen Sie's kurz, meine Arbeit wartet nicht.«

»Zuerst Glückwunsch zu Ihrem Erfolg. Dass die Neu Konstantinopler Regierung anstelle der Wackering Werke Herrling Industries den Vorzug gegeben hat, um die Wasservorkommen der Wüste zu erschließen, ereilte Sie bestimmt überraschend.«

»Ersparen wir uns die Floskeln. Zeit ist ein knappes Gut.«

»Ebenso wie Wasser ...«

Edgar rümpfte die Nase. In seinen Augen glichen diese Presseleute Hyänen – witterten sie eine Schwäche, rissen sie einen in Stücke.

»Wie stehen Sie zum Umgang der Regierung mit dem Wasser? Empfinden Sie es als notwendig, Wolkenmaschinen zu betreiben, um Neu Konstantinopel einen Hauch europäischen Wetters zu bescheren, wo es doch so viele nützlichere Verwendungsmöglichkeiten gibt?«

»Meine Aufgabe ist es, das Wasser zu fördern, nicht dessen Verwendung zu hinterfragen.«

»Sie vertreten doch gewiss eine Meinung.« Ihr Augenaufschlag entlockte ihm keine Reaktion. Dennoch nicht gewillt klein beizugeben, änderte sie ihr Vorgehen. »Gemeinhin hält man große Stücke auf Sie, und das offenbar zu Recht. Innerhalb des ersten Monats haben Sie bereits ein beachtliches Vorkommen ausfindig gemacht. Verraten Sie mir Ihr Geheimnis. Warum haben Sie mehr Erfolg als die Konkurrenz?«

»Glück?«

»Da muss doch mehr dahinterstecken. Woher wissen Sie, wo ein Vorkommen liegt?«

Er zögerte. Gänzlich wollte er weder sie noch die Presse vergraulen. Ein Knochen für die Hyänen. »Ich suche nicht direkt nach Wasser. Es ist eher eine Farbe. Nun, sehen Sie die Wüste, den Sand, diesen gelblich weißen, mitunter hellbraunen Farbton? Der reicht bis tief in die Erde. Kommt er jedoch mit Wasser in Berührung, verdunkelt er sich. Es ist ein hellbrauner Farbton, nur eine Facette dunkler als der Sand. Man spürt die Feuchtigkeit nicht, aber man sieht sie. Letztlich ist es aber nur ein Indikator, ein Hinweis, womöglich auf dem richtigen Weg zu sein.«

»Herr Eriksson sucht also nicht nach einem Silberstreif am Horizont, sondern nach einem hellbraunen Flecken Erde?«

»Wenn Sie das so ausdrücken wollen.«

»Hat diese Farbe einen bestimmten Namen? Oder soll ich sie schlicht *Erikssons Farbe* nennen?«

Eine beunruhigte Stimme zupfte an Edgars Aufmerksamkeit. Wild winkend rannte ihm Igor entgegen.

»Probleme«, keuchte er. »Die Nomaden!«

»Was für Probleme?«

»Ich verstehe ihre Worte nicht, aber sie scheinen sehr erbost.«

»Verflucht ...« Edgar knarrte und strich sich nachdenklich durch die Haare. Eine Auseinandersetzung mit den Wüstenbewohnern konnte den gesamten Zeitplan durcheinanderbringen. Zumindest musste er sich nun keine Ausrede einfallen lassen, um das Fräulein abzuwimmeln. »Ich sehe mir das an. Pass du derweil auf die Dame auf.«

Er fand sie nahe der Bohrstelle, etliche, in bunte Tücher gehüllte Gestalten, die mit aggressivem Tonfall und ruppiger Gestik mehrere seiner Mitarbeiter in eine Diskussion verwickelt hatten. Unter ihnen erspähte er Dorff, der sich süffisant lächelnd an der Debatte beteiligte.

»Was ist hier los?«

»Das Wasser«, erklärte Roland, während sich der Wortführer der Nomaden in einer fremden Sprache empörte. »Sie fordern, dass wir damit aufhören.«

»Darüber diskutieren wir? Über solch einen Schwachsinn? Nein, wir werden nicht aufhören, unter keinen Umständen! Nicht wegen einer Handvoll aufgebrachter Kameltreiber. Das Vorkommen wird ausgeschöpft.«

»Gebt ihnen doch Geld als Entschädigung«, schlug Dorff vor. »Eine gängige Methode der Streitschlichtung. Ein paar Münzen, um sie milde zu stimmen.«

Roland schüttelte den Kopf. »Das haben wir bereits versucht, aber sie haben abgelehnt. Sie bestehen darauf, dass wir das Wasser der Wüste nicht stehlen dürfen.«

»Dann bietet mehr.«

Edgars Geduldsfaden riss entzwei. Entschlossen trat er dem Wortführer gegenüber. »Die Regierung hat euch bereits entschädigt, alter Mann. Mit Geld. Viel Geld! Euer Volk hat bereitwillig zugestimmt. Deswegen werden wir hier bleiben und unseren Auftrag ausführen.«

»Sie sagen«, übersetzte Roland den erzürnten Wortschwall, »dass wir sie hintergangen haben.«

»Hintergangen? Unfug!«

Dorff lachte. »Was habe ich gesagt? Die wollen schlicht mehr Geld.«

»Die bekommen nicht einen Schilling!«

Der Nomade erbrach ein Kauderwelsch an Wortfetzen, die noch fremdartiger und wirrer als die bisherigen Anschuldigungen klangen. Dann drehte er um und stapfte mitsamt seines Gefolges davon.

»Sie ...« Roland stockte. »Sie sagen, dass wir verflucht sind. Dass uns ein grausamer Tod bevorsteht, wenn wir nicht aufhören.«

»Wollen die Krieg gegen uns führen? Gut, wir stellen ab sofort Wachposten auf.«

»Nein, sie ... äh ... sie sprachen von einem Wesen. Es soll den Sand durchstreifen und sich aus dem Leib einer Ziege erheben, wenn jemand dessen Ruhe stört. Die Nomaden meinen, es wird über uns herfallen und alles niederbrennen. Ein dämonischer Wüstengeist oder so ähnlich. *Nish'ur* genannt.«

»Pah, abergläubisches Geschwätz. Es gibt keine Geister.«

»Was spricht dagegen?«, warf Dorff ein, als ginge es ihm lediglich darum, Unruhe zu stiften.

»Vor allem der gesunde Menschenverstand.« Edgar musterte die verbliebenen Gesichter. Seine Mitarbeiter aus Neu Konstantinopel wirkten teilweise amüsiert, teilweise unbeeindruckt. Die einheimischen Arbeiter strahlten jedoch eine tiefe Verunsicherung aus. »Es gibt keine Geister! Und jetzt zurück an die Arbeit! Kein Tropfen Wasser wird in diesem Boden verbleiben!«

»Herr Eriksson?«, fragte Roland, als sich die Menge aufgelöst hatte. »Die Nomaden haben von ausgetrockneten Oasen berichtet. Und von Menschen, die verdurstet sind.«

»Aha?«

»Erlauben Sie mir, dem auf den Grund zu gehen.«

Edgar grübelte. Seit Beginn der Expedition gierte Roland danach, sich zu beweisen, und er witterte nun offenbar seine Gelegenheit. Aber eigentlich interessierte Edgar das Geschwätz der Nomaden nicht. Er hielt es für eine Lüge, eine Übertreibung, um ihnen Geld abzuluchsen. Nur wenn das Pressefräulein Wind davon bekam und darüber berichtete, dass sie möglicherweise kaltschnäuzig Menschen in der Wüste krepieren ließen, drohte ein Skandal – und vielleicht der Verlust des Auftrags. »In Ordnung. Überprüf das.«

***

Nach einer Woche kehrte Roland mit dem Luftschiff zurück. Verhärmte Mienen, stumpfe Blicke, hängende Schultern – die Niedergeschlagenheit der Mannschaft nahm die Botschaft vorweg und dämpfte Edgars Freude über das erfolgreich erschlossene Grundwasserreservoir.

»Vier Oasen sind völlig ausgedörrt«, erklärte Roland gefasst.

Edgar ahnte den Grund, wagte allerdings nicht, ihn auszusprechen. »Ein Zufall?«

»Wahrscheinlich nicht. Die Oasen liegen alle nahe der ersten Bohrstelle. Wir haben ihnen das Wasser abgegraben.«

»Gleich vier auf einmal?«

»Die neuen Pumpmaschinen arbeiten sehr effektiv – offensichtlich zu effektiv.«

»Keine Schwarzmalerei, Roland. Hätten wir die Pumpen nicht, könnten wir niemals derart viel Wasser schöpfen.«

»In der Tat. Es fand sich kein Wasser mehr in der Erde.« Roland wurde kreidebleich. »Wir haben überdies eine Karawane entdeckt. Sie ist zwischen den ausgetrockneten Oasen gestrandet.«

»Verflucht ...« Edgar stemmte die Hände in die Hüfte, ließ den Blick schweifen, dachte nach. »Wie kann das sein? Die Regierung ersäuft die doch schier im Geld und gibt ihnen Unterkünfte in Neu Konstantinopel. Es besteht keine Notwendigkeit, weiterhin durch die Wüste zu kriechen.«

»Vermutlich hängen sie an ihren Traditionen.«

»Die Tradition, im Staub zu leben? Das soll einer verstehen, ich tue es nämlich nicht.«

»Eventuell sollten wir die Förderung einstellen. Vorerst, bis wir das Problem abschätzen können.«

»Wegen ein paar Unbelehrbaren? Man hat sie gewarnt. Soll man sie nun auch in ihren Hütten einschließen?«

»Wenn die Presse davon erfährt ...«

Edgar schnaubte. »Kein Wort zu denen. Kein einziges. Das Vorkommen ist beinahe erschöpft, daher werden wir ohnehin bald aufbrechen. Dann lassen wir dieses unsägliche Kapitel hinter uns.«

Roland rang sich ein gequältes Lächeln ab. Galgenhumor blitzte auf. »Bleibt zu hoffen, dass es sich bei Nish'ur bloß um ein Märchen handelt.«

***

Die Expedition zog es tiefer in die Wüste. Edgar ließ mehrere Probebohrungen durchführen, brach jedoch eine nach der anderen ab. Der verheißungsvolle Farbton stellte sich nicht ein, die Sandmassen schienen unendlich. Das Glück war ihm entfleucht, dennoch ermahnte er sich zu Geduld und Besonnenheit. Bereits jetzt hatte er mehr erreicht als viele seiner Konkurrenten. Innerhalb von drei Monaten zwei achtbare Wasservorkommen auszubeuten gelang nur den wenigsten. Manche Unternehmungen brachten Jahre in der Wüste zu, ohne überhaupt einen Tropfen zu fördern. Mit derselben Gelassenheit betrachtete er den Besuch der Wüstennomaden. Zwar hatte ihr Gefasel einen Moment für Unruhe gesorgt, doch die hatte sich schnell wieder gelegt. Ebenso bereitete ihm Dorff weniger Kopfzerbrechen als erwartet. Er hielt die Maschinen wie versprochen in Schuss – wäre nicht diese kalte Abschätzigkeit in seinen Augen, er hätte ihn als wertvollen Mitarbeiter bezeichnet. So blieb er ein Vertreter Wackerings, ein Agent der Konkurrenz, die danach trachtete, ihn zu ruinieren.

Als wäre der ausbleibende Erfolg nicht schlimm genug, entwickelte sich die Situation bald zu einer Misere. Eine Nachricht fegte durch das Lager, gleich einer Ladung Dynamit, die vor seinen Füßen explodierte: Weitere Oasen waren ausgetrocknet. Es dauerte nicht lange, bis es dem Pressefräulein zu Ohren kam. Allerdings trieb sie nicht der journalistische Ehrgeiz in sein Zelt, sondern die Empörung.

»Haben Sie davon gewusst?«

»Das kommt vor«, beschwichtigte er, halb von der Landkarte aufsehend. Etliche schwarze Punkte bedeckten sie wie ein Ausschlag – ein jeder wies auf eine fehlgeschlagene Bohrung hin.

»Sie müssen die Bohrungen umgehend stoppen, um weiteres Leid zu verhindern.«

»Die Arbeit wird fortgesetzt.«

»Unzählige Menschen sind bedroht! Ein komplettes Dorf musste umsiedeln, weil die Brunnen versiegt sind.«

»Die Regierung wird ihnen neue Behausungen zur Verfügung stellen. In Neu Konstantinopel.«

»Sie reißen sie damit aus ihrer Heimat, das ist Ihnen bewusst?«

»Eine rückständige Heimat. Im Gegenzug lassen wir sie am Fortschritt teilhaben.«

»Spielen Sie nicht den Wohltäter, ich habe mit der Luftschiffbesatzung gesprochen! Schon Ihre erste Bohrung hat etliche Oasen trockengelegt, und Sie wussten davon! Wie, um Himmels Willen, können Sie so rücksichtslos weitermachen? Immerhin sind dabei Menschen umgekommen!«

»Das war ein bedauerlicher Unfall. Allerdings hätte er vermieden werden können, hätten die Nomaden unsere Warnungen nicht blindlings in den Wind geschlagen.«

Das Fräulein schnappte nach Luft. »Ist das Ihre Entschuldigung?«

»Für was soll ich mich entschuldigen? Für deren Ignoranz?«

»Begreifen Sie nicht? Sie lassen Menschen sterben! Und wofür? Für das Geld, das Ihnen Herrling zahlt? Für den Profit, den Sie erwirtschaften? Zahllose Menschen werden dem Ehrgeiz eines Mannes geopfert!«

Genervt warf Edgar den Stift auf den Tisch. »Ersparen Sie mir die Selbstgefälligkeit. Sie klagen um die Wüstennomaden, aber was wird aus den Menschen in Neu Konstantinopel? Sollen Hunderttausende,

gar Millionen verdursten, weil eine Handvoll Wilder es nicht lassen kann, durch die Wüste zu schlendern? So viel Wasser liegt ungenutzt unter der Erde. Wir machen es nutzbar! Weil es gebraucht wird. Für die Menschen, für die Maschinen ...«

»Man speist gewaltige Wassermengen in die Wolkenmaschinen ein, um den Himmel über Neu Konstantinopel zu bewölken – erzählen Sie mir nicht, dass das überlebensnotwendig ist.«

»Die Wolkenmaschinen sind zweitrangig, die erhalten nur einen Bruchteil des geförderten Wassers. Ohnehin entscheiden weder Sie noch ich, was notwendig ist, sondern die Regierung.«

»Der Tod von Menschen wird dabei stillschweigend hingenommen?«

»Dass Menschen sterben, liegt wohl kaum in meinem Interesse. Aber letztlich läuft es darauf hinaus: Entweder weichen die oder wir. Und der Fortschritt macht nicht vor ein paar Kameltreibern Halt, ebenso wenig kann man Neu Konstantinopel in angenehmere Gefilde versetzen. Das Wasser wird gebraucht.«

»Dann lassen Sie mir keine Wahl. Ich werde zurück nach Neu Konstantinopel reisen und über diesen Vorfall berichten.«

Edgar presste die Lippen zusammen, spannte den Kiefer an, atmete durch. »Da werden Sie sich gedulden müssen. Die Luftschiffe fliegen erst heimwärts, wenn wir Wasser gefunden haben.«

Ihr Blick spießte ihn förmlich auf. »Schinden Sie Zeit, so viel Sie wollen. Die Welt wird davon erfahren. Ich weiß auch schon, wie der Titel meines Artikels lautet: *Erikssons Farbe. Dem einen bedeutet sie Reichtum und Ruhm – den anderen Verderben und Tod* ... Ich bete darum, dass Sie bis an Ihr Lebensende keinen Tropfen Wasser mehr finden.« Erzürnt stürmte sie aus dem Zelt.

***

Die nächsten Tage verliefen ereignislos. Als die eigenen Vorräte zur Neige gingen, entsandte Edgar in der Nacht heimlich die Luftschiffe, um Nachschub aus Neu Konstantinopel herbeizuschaffen. Wie erwartet reagierte das Pressefräulein erbost, er tat es mit einem Achselzucken ab. Er war es leid, mit ihr zu diskutieren.

Währenddessen begann es unter den Arbeitern zu rumoren. Bei seinen Rundgängen vernahm er wiederholt ängstliches Geraune. Nie offen, immer hinter seinem Rücken, wie ein Gewisper im Wind. *Nish'ur* flüsterte es – das ausgemerzt geglaubte Märchen über den Rachegeist hatte sich zurück in die Köpfe gedrängt. Woraus sich diese plötzliche Angst speiste, blieb ihm ein Rätsel. Wie eine Krankheit breiteten sich die Gerüchte aus und infizierten die abergläubischen Narren. Da die Moral zusehends litt, wies er Heinrich an, den Arbeitern Disziplin einzurichten. Unter seiner strengen Hand versiegte das Geschnatter beinahe vollständig, wenn auch nicht gänzlich. »Irgendjemand kann nie seine Klappe halten«, grummelte Heinrich. »Es sind eben Wilde. Faseln ständig von Geisterwesen und solchem Unfug.«

Dorffs Vorschlag, sämtliche Arbeiter auszuwechseln, verwarf Edgar. Das Ergebnis rechtfertigte die Kosten nicht, zumal es nicht viel benötigte, um denselben Irrsinn ein weiteres Mal zu entfesseln. Überdies saß ihm das Pressefräulein im Nacken. Eine erfolgreiche Bohrung, mehr könnte er wohl nicht zu Wege bringen, ehe ihn Herrling Industries als Bauernopfer der wütenden Meute preisgab und irgendwo nach Amerika oder Asien versetzte.

Eines Morgens senkte sich ein hellbraunes Leichentuch über die Expedition. Sandstürme peitschten gegen die Zelte und zwangen die Mannschaft zu einer mehrtägigen Pause. Eingepfercht in seinem Quartier grübelte Edgar über der Landkarte. Sowohl Zeit als auch Vorräte strebten dem Ende entgegen – er bezweifelte, dass es ihm gelänge, das Pressefräulein erneut zu überrumpeln. Nachdem die Stürme verebbt waren, bot sich ihm ein erbärmliches Bild. Mehrere Maschinen waren beschädigt, die Getriebe vom Sand verstopft, der selbst durch die winzigsten Schlitze rieselte. Etliches Werkzeug sowie eine Ladung Exoskelette lagen unauffindbar unter den Dünen begraben.

Energisch trieb er die Expedition an. Man brach die Zelte ab und marschierte in sengender Hitze stetig gen Horizont, weiter und weiter und immer weiter. Luftspiegelungen erschufen Wasserpfützen, die ihn unentwegt daran erinnerten, warum er dies alles auf sich nahm. Manchmal fürchtete er, die hellbraune Farbnuance nicht mehr

erkennen zu können, dass er sie vergaß angesichts der Wüste, die nichts kannte als eine endlose, gleichfarbene Weite.

Nach Tagen legte er sich fest, und die Expedition schlug ihr Lager auf. Den Ort hatte er mit Bedacht gewählt. Mehrere Oasen lagen in der Nähe, die womöglich von einem riesigen unterirdischen See genährt wurden. Noch bevor die Windschutzkuppel errichtet war, entsandte er Boten, um die Wüstenbewohner zu warnen. Die erste Bohrung blieb erfolglos, die zweite jedoch versprach Hoffnung.

Zusammen mit Heinrich stieg er zum Grund der Bohrstelle. Er schwankte. War das die Farbe? Harrte hierunter ein Wasserreservoir ungeahnten Ausmaßes? Der letzte Erfolg, den die Expedition erringen mochte?

»Lassen Sie mich«, gebot Heinrich und stieß den Spaten in die Erde. Rasch hatte er ein Loch von einem halben Meter Tiefe ausgehoben.

Edgars Herz raste, das Blut rauschte in seinen Ohren. Zweifellos, das war sie. Erikssons Farbe.

***

Tags darauf beäugte Edgar einen zerstörten Lastkran. Stahlstreben waren umgeknickt, hatten nachgegeben wie dürre Streichhölzer, sodass sich die gesamte Konstruktion zur Seite geneigt hatte und in den Sand gestürzt war. Das Emblem der Wackering Werke glich der Inschrift eines Grabsteins. Vergeblich hatten die Arbeiter versucht, das Gerüst wieder aufzurichten, woraufhin er beschloss, einen neuen Kran hochzuziehen.

»Das ist also Wackerings Wertarbeit?«, knurrte Edgar, dem die Verzögerung sauer aufstieß. »Die Streben sehen aus, als wären sie geschmolzen.«

»Materialverschleiß«, deutete Dorff. »Die Sonne erwärmt das Metall ...«

»Mitten in der Nacht? Lächerlich! Selbst am Tag wäre ... Was für billiges Metall habt ihr da verbaut?«

Dorff grunzte und präsentierte ein finsteres Grinsen. »Wackering schweißt keinen Schrott zusammen. Ich garantiere Ihnen, dass das allerfeinster Stahl ist.«

»Dann bleibt nur eine Möglichkeit: Sabotage.«

»Sabotage?«

»Die Arbeiter legen zu regelmäßigen Zeiten die Arbeit nieder, um zu beten. Jemand könnte die Gelegenheit genutzt haben.«

Dorff lachte. »Verdächtigen Sie mich? Weshalb sollte ich mir mein eigenes Grab schaufeln? Eher war es Nish'ur.«

Edgar musterte ihn. Dorff hatte die Arme zu einem Bollwerk vor der Brust verschränkt und wirkte überaus angespannt. Verheimlichte er etwas? Geistig vermerkte Edgar eine Notiz, ihn von Igor nun rund um die Uhr beobachten zu lassen. Falls er etwas im Schilde führte, würde er es erfahren.

Im Verlauf des Tages sprossen die Schreckensgeschichten wie Unkraut aus dem Boden. Nish'ur hier, Nish'ur da. Edgars Mitarbeiter fochten darum, die aufgeflammten Ängste einzudämmen, doch ein grausiger Fund zerstob sämtliche Bemühungen und fachte das Geplapper zu einem Flächenbrand an. Unweit des Lagers hatte man einen Tierkadaver gesichtet, eine Ziege, enthauptet und bestialisch ausgeweidet. Als Edgar sie in Augenschein nahm, verstand er, weshalb die Arbeiter derart besorgt waren: Es erschien, als hätte sich das Innere der Ziege nach außen gekehrt. Als wäre ihr eine Kreatur entstiegen.

Roland ertrug den Anblick nicht und wandte sich ab. »Die Nomaden haben davon berichtet«, ächzte er.

Ihn so zu sehen, wie er zitternd zu Boden blickte und um Atem rang, versetzte Edgar einen Stich. »Wir sind Wissenschaftler, Geschäftsleute, Männer der Vernunft. Vor solch einem Blödsinn fürchten wir uns nicht.«

»Der Kran, nun die Ziege ... Falls wir uns irren und die Gefahr unterschätzen ...«

»Reiner Aberglaube! Es gibt keine Geister.«

»Verstehen Sie, ich ... Ich weiß, dass das verrückt ist, aber mir ist äußerst unwohl dabei. Vielleicht sollten wir tatsächlich die Bohrungen einstellen und verschwinden. Nur um sicherzugehen.«

»Das tun wir nicht. Neu Konstantinopel braucht das Wasser. Woher stammt überhaupt die Ziege?«

»Die Arbeiter verfügen über eine kleine Herde. Sie benötigen die Ziegenmilch für ihre Gebräuche und Rituale.«

»Wohl um Geister zu beschwören?« Edgar spie in den Sand. »Ich sage Ihnen, das ist die Tat eines Menschen, eines Scharlatans. Schafft den Kadaver fort und sorgt dafür, dass die Arbeiter zur Arbeit erscheinen. Bestraft jene, die sich weigern.«

In der Nacht brach ein Feuer aus. Zwei Zelte fielen den Flammen zum Opfer, jedoch wurde niemand verletzt. Edgar vermutete einen leichtfertigen Umgang mit den Öllampen, die Arbeiter bezeichneten es als Nish'urs Werk. Als das Sonnenlicht die Wüste flutete, entdeckte man hufenförmige Fußspuren von beängstigender Größe. Es erforderte Heinrichs herrische Strenge, um die Menschen zur Räson zu rufen.

Bis zum Abend gelang es ihnen, das erste Wasser zu fördern.

Am nächsten Tag spielte sich die Szenerie von Neuem ab. Vereinzelte Brände in der Nacht, Fußspuren im Sand, gekrönt von Erzählungen über eine riesige, schattenhafte Gestalt, die durch das Lager schlich. Egal, was Edgar verkündete, egal, wie hart die Bestrafung für Ungehorsam ausfiel, die Unruhe war kaum zu bändigen. Selbst die Bekanntmachung, den Lohn zu verdoppeln, vermochte die Arbeiter nur schwerlich zu beruhigen. Tagsüber leisteten sie ihren Dienst, doch sobald die Dämmerung hereinbrach, flüchteten sie in ihre Zelte und beteten um Gnade. Wasser hatten sie an diesem Tag nicht gefördert.

In der folgenden Nacht blieben sie verschont. Ob die patrouillierenden Wachmannschaften den Scharlatan abgeschreckt hatten, wusste Edgar nicht. Ohnehin spielte es keine Rolle, denn die Arbeiter hatten ihr eigenen Schlüsse gezogen: Der Rachegeist war besänftigt. Wenn sie kein Wasser förderten, so erregten sie auch nicht dessen Zorn. Edgar verzweifelte. Die Expedition drohte zu scheitern, ehe sie überhaupt das Vorkommen erschlossen hatten. Der letzte Streich, ein letzter kolossaler Erfolg, nur eine Armlänge entfernt und dennoch unerreichbar.

Während er die Massen tatenlos ausharrender Arbeiter beobachtete, keimte in ihm ein Verdacht. Er malte sich aus, wie ein Mann falsche Fährten legte, wie er Gerüchte verbreitete und die Menschen zur Panik anstachelte. Wem traute er so etwas zu? Wer profitierte am meisten? *Dorff*, hallte der Namen durch seinen

Kopf. Misslang die Expedition aufgrund streikender Arbeiter, würde niemand Dorff zur Rechenschaft ziehen. Ihn, Edgar Eriksson, würde man dagegen zum Hauptschuldigen ernennen. Die Expedition scheiterte nicht wegen fehlerhafter Maschinen, sondern wegen eines unfähigen Leiters. Es würde nie Ruhe einkehren, solange Dorff hier sein Unwesen trieb. Das erste Luftschiff, das gen Neu Konstantinopel schipperte, würde er für ihn und seine Begleiter reservieren – es mussten nur die Tanks mit Wasser gefüllt werden.

»Roland, mitkommen!«, forderte Edgar und marschierte durch die Menschenmenge. Er riss die Aufmerksamkeit der Arbeiter an sich, versicherte sich, dass jedes Ohr und jedes Auge auf ihn gerichtet war. Dann versprach er ihnen einen Lohn, der ihren jetzigen um das Zehnfache überstieg – und somit jedweden Aberglauben beseitigte.

Vom Mittag bis zum Abend schnauften die Dampfmaschinen und Wasserpumpen auf Hochtouren. Edgar gab Weisung, die Nacht durchzuarbeiten, und zog sich in sein Quartier zurück.

»Ich habe mir die Karten angesehen«, bemerkte das Pressefräulein, als es unversehens in Edgars Zelt rauschte. »Sie wissen, dass höchstwahrscheinlich mehrere Oasen trockengelegt werden, und trotzdem treiben Sie die Bohrung voran?«

»Das ist meine Aufgabe, Fräulein Florenz, dafür bezahlt man mich. Morgen geht die erste Fuhre in die Stadt. Es steht Ihnen frei, die Mannschaft zu begleiten.«

»Ich bitte Sie inständig, die Arbeiten einzustellen, Herr Eriksson. Das mündet sonst in einer Katastrophe.«

»Gehen Sie als Chronistin der Ereignisse nun nicht etwas zu weit?«, fragte er trocken. »Sie können gern über die Geschehnisse berichten, aber reden Sie mir nicht in meine Arbeit.«

»Es ist mehr als das! Sie begehen Unrecht!«

»Ihr Mitleid für diese Kameltreiber in allen Ehren, aber diese Debatten haben wir bereits zur Genüge geführt, und gelinde gesagt bin ich Ihnen überdrüssig. Es dürfte Sie zudem interessieren, dass ich Boten ausgeschickt habe. Sie werden die Wüstenbewohner informieren, um ihnen ausreichend Zeit zu geben, umzusiedeln. Denken

Sie daran, wenn Sie Ihren Artikel schreiben und mich als kaltherziges Ungeheuer porträtieren.«

»Gibt es denn keinen anderen Weg?«, insistierte sie.

Der Anblick ihrer flehenden Augen betrübte ihn. »Bricht in Neu Konstantinopel die Wasserversorgung zusammen, stehen weit mehr Leben auf dem Spiel, als wir in der gesamten Wüste zu finden vermögen. Und wenn ich das Wasser nicht fördere, tut es ein anderer. Wackering ist geradezu versessen darauf, meine Nachfolge anzutreten.«

Sie schien etwas sagen zu wollen. Doch im letzten Moment verließ sie der Mut und sie machte kehrt.

Als er sich zum Schlafen legte, erwachte draußen tumultartiger Lärm. »Herr Eriksson! Herr ... Das Lager brennt!«

Es verstrich ein Moment, ehe er vollends begriff. Blitzartig sprang Edgar auf und durchwühlte seine Truhe. Keine Zeit mehr für Überlegungen, jede Sekunde zählte. Gewehr, Munition, mehr war nicht vonnöten. Trieb Dorff das Spiel auf die Spitze? Dafür würde er diesen Dreckskerl zur Strecke bringen. »Sag allen Bescheid!«, befahl er. »Wir werden den Unruhestifter zur Rechenschaft ziehen!« Wutentbrannt hastete er hinaus.

Orangeroter Schein erhellte die Nacht.

***

Nish'ur. Ziegenschädel, ein Mantel aus Rauch und versengtem Ziegenfell, der rechte Arm von Feuer umhüllt. Edgar gestand sich ein, einen flüchtigen Augenblick gezweifelt zu haben.

»Beende die Farce, Dorff! Ich weiß, dass du es bist!« Er schrie, doch statt einer Antwort spie ihm die Kreatur Flammen entgegen. Keineswegs erpicht darauf, einen Narrentod zu sterben, wirbelte Edgar herum, klaubte das Gewehr aus dem Sand und gab Fersengeld. Blindlings hetzte er durchs Lager. Er musste zurück, musste Dorff in einen Hinterhalt locken ... Etwas kollidierte mit ihm. Eine Gestalt im Augenwinkel – nein, zwei – und er ging zu Boden.

»Rennen Sie um Ihr Leben, verdammt! Dieses Scheißvieh wird uns alle abschlachten!« Dorffs Blick zuckte panisch umher, während

231

er dem dunkelhäutigen Arbeiter auf die Beine half. Wohl im Glauben, dass Edgar ihm folgte, schleppte er sich und den Mann den Abhang hinauf. »Über die Düne! In den Schatten sind wir sicher!«

Konsterniert schaute Edgar ihm nach. Die Angst lähmte ihn. Zeit, einen klaren Gedanken zu fassen, blieb ihm nicht. Eine Druckwelle erfasste ihn und schleuderte ihn durch die Luft.

Der Boden erzitterte, als fürchtete er sich vor dem, was auf ihm wandelte.

Als Edgar die Augen öffnete, erspähte er Nish'ur. Auf Knien kraxelte er die Düne empor, aber ehe er den Kamm erreichte, explodierte in seinem Rücken ein grauenhafter Schmerz. Samt dem Blut, das aus der Schusswunde sprudelte, entrann ihm die Kraft. Mit sonderbarer Nüchternheit ging ihm auf, dass er sterben würde. Er fiel in den Sand, wälzte sich herum – Nish'ur thronte über ihm. Solch ein Wesen, das allem widersprach, was er gelernt hatte, ein leibhaftiger Geist ... Mit jeder verstreichenden Sekunde, die er die Kreatur betrachtete, verflüchtigten sich sowohl Furcht als Faszination. Die Erkenntnis, dass Geister nicht existierten, spendete keinen Trost.

Metallschienen und Blechplatten zierten Nish'urs Körper wie eine Rüstung, Abgasrohre ragten aus dem Rücken, menschliche Haut lugte zwischen dem Ziegenfell hervor. Der rechte Arm endete in einer halb geschmolzenen Röhre. Behäbig streifte das Wesen sich den Schädel vom Kopf.

»Was soll das?«, keuchte Edgar. »Bist du wahnsinnig geworden? Oder verdingst du dich heimlich für Wackering?«

»Weder noch.« Als sich Roland herabbeugte, erkannte Edgar die vielen Schnitte und die schweren Brandwunden, die sein Gesicht verunstalteten. Auch seine Stunden waren gezählt. »Es ging nur darum, eine weitere Katastrophe zu verhindern.«

»Katastrophe? Hat dir das Pressefräulein das eingetrichtert?«

»Nein. Ich war es, der sie zu Ihnen schickte. Ebenso die Gerüchte, die Ziege, die Feuer ... Trotz all meiner Warnungen haben Sie weitergemacht. Sie können nicht aufhören, daher musste ich Sie aufhalten. Für ein paar Regenwolken das Leben der Wüstenbewohner zu riskieren, ist es schlicht nicht wert.«

»Bloß wegen diesem verdammten Unfall?«

»Hätten Sie sie mit eigenen Augen gesehen, würden Sie anders denken. Männer. Frauen. Kinder. Kleine Mädchen und Jungen. Alle tot. Qualvoll verdurstet. Das darf sich nicht wiederholen.«

»Du vergisst die Menschen in Neu Konstantinopel in deiner Waagschale. Denen droht das gleiche Schicksal.«

»Nein, tut es nicht. Neu Konstantinopel ist in der Lage, andere Mittel und Wege zu finden. Die Wüstenbewohner hingegen sind dem Untergang geweiht. Im Gegensatz zu Ihnen habe ich mich entschlossen, Verantwortung zu übernehmen.«

»Sinnlos, es werden neue Expeditionen geschickt.«

»Wenn die Menschen von den Vorfällen erfahren, werden sie die Regierung dazu zwingen, andere Wege zu beschreiten.«

»Du idealistischer Narr, das wird nichts ändern. Wenn es um das eigene Leben geht, ist sich jeder selbst der Nächste! Nichts wird sich ändern!«

»Vielleicht ja doch. Vielleicht ja doch ...« Roland setzte den Ziegenschädel auf und schaute hinunter auf das niederbrennende Lager. »Die Farbe der Erde, nach der Sie suchen. Ich habe sie dort gefunden, in der fast ausgetrockneten Oase. Sie erinnerte mich an etwas. Wenn man Blut aus der Kleidung wäscht, bleibt ein ähnlicher Farbton zurück. Du kannst waschen und waschen, aber er wird ewig an dir kleben.« Mit schwerfälligen, von Verletzungen gezeichneten Schritten schlurfte Roland in den Feuersturm.

Edgar blieb liegen. Stumm beobachtete er, wie Blut und Leben im Sand versickerten.

Die bronzene
Silbermünze

Daniel Huster

Der Mann mit dem Monokel stand mitten in der kleinen Ansammlung von Schaulustigen, die sich vor den verschlossenen Toren des alten Varieté-Theaters um Oskar, einen wackligen Holztisch und den darauf liegenden Stapel mit Spielkarten versammelt hatte. Schon seit Beginn der Vorstellung ließ er die Finger des Jungen nicht mehr aus den Augen, verfolgte jede seiner Bewegungen.

»Sehen Sie her«, sagte Oskar und ließ den Stapel durch seine Finger fliegen.

»Das ist wahre Magie.«

Eine abgegriffene Karte, die mal in Oskars linker, mal in seiner rechten Hand verschwand, kam nun unter dem Hut eines älteren Herrn mit Krückstock wieder zum Vorschein. Verhaltener Applaus. Die Leute wollten mehr.

»War das Ihre Karte?«

Der Herr zeigte ein zahnloses Lächeln, und ein Pfennig landete in Oskars Mütze, die vor ihm auf dem Tischchen lag.

»Vielen Dank. Es folgt das nächste Stück.«

Der Abend war bisher recht gut verlaufen. Nachdem er seinem Vater Albert etwas Warmes zu Essen gebracht hatte – schon seit fast einer Woche reichte ihm die Dame von der Volksküche bloß wässrigen Eintopf über die Theke – , hatte sich Oskar seinen Zauberkoffer unter den Arm geklemmt, war die steile Treppe vom Dachgeschoss des Theaters hinabgestiegen, und hatte gewusst, dass die Leute heute Freude an der Magie haben würden. Doch jetzt stand da dieser Kerl, der ihn stets mit seinem Blick verfolgte. Der Mann mit der halbierten Brille. Er machte ihn nervös. Oskars Finger wurden zittrig.

»Aufgepasst!«

Er klatschte in die Hände. Nun nahm er die großen Ringe aus dem Koffer – hartes, robustes Metall. Einer der Zuschauer stöhnte auf, als er sie ineinanderschob, ohne dass der Stahl auch nur den kleinsten Schaden davontrug. Ein alter Trick, aber die Leute applaudierten.

»Das wollen wir doch mal sehen.«

Als ein strammer Offizier mit glänzenden Stiefeln vergeblich versuchte, die Ringe wieder voneinander zu trennen, fing ein kleiner Junge lauthals zu lachen an. Der Herr ohne Gebiss nahm ihn an die Hand und hielt sich einen Finger vor den Mund. Lediglich der Mann mit dem Monokel schien nicht im Mindesten von Oskars Künsten beeindruckt zu sein.

»Wie machst du denn das?«, fragte eine junge Frau, die die Haube eines Dienstmädchens trug. Ihr strohig blondes Haar war verfilzt, ihre Finger von der Arbeit schwielig. Aber dieser freudig erregte Glanz, den Oskar nun in ihrem Blick erkannte, ließ das Kind in ihr wieder zum Vorschein kommen. Von wegen junge Frau. Sie konnte keine dreizehn Jahre alt sein. Ebenso wie er.

»Das ist wahre Magie, meine Dame. Einfach nur Magie.«

Oskar nahm die Ringe wieder entgegen und zog sie mit einer schnellen Bewegung auseinander. Es klang als würde ein Säbel gezogen. Der Offizier schnaubte, begnügte sich aber mit einem Kopfschütteln und ging mit stechenden Schritten über die Straße davon. Eine Droschke rumpelte an ihm vorbei. Sie stotterte und dampfte. Das Mädchen sah Oskar lange an. In ihren Händen hielt sie eine Spielkarte. Woher auch immer sie gekommen war. Ein kleines Herz mit rotem D. Er hatte sie wirklich eine *Dame* genannt.

»Wahre Magie oder doch bloß Betrug?«

Oskar brauchte sich nicht umzudrehen, um zu wissen, woher die Stimme kam. Er hatte längst damit gerechnet. Sie klang ebenso hart wie er sie sich vorgestellt hatte, aber um einiges beherrschter.

»Wie bitte, mein Herr?«, entgegnete Oskar, sah an dem Mädchen vorbei und versuchte, dem Blick des Mannes standzuhalten. Dem Auge, das durch das Monokel so verzerrt aussah. Irgendwie vergrößert, aber gleichzeitig entstellt. Das schwache Licht der Gaslaternen spiegelte sich im Glas. Der Mann trug einen hohen Zylinder, und sein Bart war überaus gepflegt. Im Gegensatz zu all den anderen Zuschauern – größtenteils einfache Leute – hatte er ganz sicher nicht nur sonntags Fleisch

auf seinem Teller liegen. Sein Anzug spannte um den Bauch. Er prüfte seine Westentasche.

»Ich spreche von Betrug, meine Herren.«

Er machte einen Schritt auf Oskar zu und zeigte ein Lächeln, das nicht über die spröden Lippen hinauskam. Seine Zähne waren gelblich und klein. Von teurem Tabakrauch verfärbt.

»Fast schon ein Verbrechen, könnte man sagen. Jemanden zu hintergehen ...«, er warf dem Mädchen einen mitleidigen Blick zu, »... und ihn dann noch so zu belügen, kann ich nicht gerade als nobel bezeichnen.«

Die Leute machten ihm Platz. Das junge Mädchen wurde zur Seite gedrängt, und der Herr mit dem Monokel stand genau vor Oskars Tischchen, auf dem noch immer seine Mütze lag. Ein paar einzelne Groschen hatte er verdient. Sein ganzer Lohn für diesen Abend.

»Ich habe nicht gelogen«, sagte Oskar, griff nach dem Geld und ließ es in seiner Jackentasche verschwinden. Seine Stimme klang zittrig. Er biss sich auf die Lippen.

»Ha, du kleiner Dieb.«

Der Mann nahm ihm die Ringe ab, betrachtete sie eingehend durch seine einseitige Sehhilfe und nickte wie jemand, der nun seinen Verdacht bestätigt wusste.

»Und ob du gelogen hast, Kleiner.«

Er drehte sich zu den Schaulustigen um, deren Blicke nun alle auf ihn gerichtet waren. Er klatschte in die Hände, so wie Oskar es getan hatte.

»Aufgepasst!«, rief nun auch er.

Der Arm des Mannes zuckte kurz im Ärmel, und schon hielt er einen weiteren Ring in seiner Hand. Niemand hatte es genau gesehen. Die Leute hörten auf zu tuscheln.

Jetzt schlug der Zauberer die drei Ringe klirrend aufeinander – eins, zwei, drei – und warf sie hinauf in die Luft. Als er sie auffing, hingen sie wie an einer Kette. Einer mit dem anderen verbunden. Doch nun waren es fünf, und die Menschen fingen an zu jubeln.

»Ist das wahre Magie?«, fragte der Mann in die Runde und musste seine Stimme heben, da sich nun immer mehr Menschen zum Publikum gesellten. *Nein*, lautete die Antwort. Aber das brauchte nicht gesagt zu werden. Jeder wusste, dass es so war. Wieder griff er an die Tasche seiner Weste als hätte ihn etwas gestochen.

So wie Oskar es vorgemacht hatte, zog der Mann die Ringe auseinander, hielt sie kurz hoch und gab sie ihm zurück. Ein selbstgefälliges Grinsen. Es waren nur noch zwei.

»Nein, meine Herren. Übung und Geschick. Die Grundpfeiler der Zauberkunst.«

Jetzt hatte er es doch gesagt und nickte einem der Hafenarbeiter zu. Ein grober Kerl mit breiten Schultern, mit Backenbart und Schwabbelkinn. Auch ihn hatte Oskar noch nie zuvor gesehen.

»Egal was dieser Junge euch erzählt. Wahre Magie hat niemals existiert.«

Neben dem Breitschultrigen sah Oskar das Mädchen mit dem blonden Haar. Sie umklammerte die Karte und verschwand in der Menge.

»Und dieser kleine Teufel hier ...«

Mit einem Mal beugte sich der Mann zu Oskar herunter. Ein wuchtiger Riese, der wie ein Schatten auf ihn stürzte. Er senkte die Stimme, sodass nur noch der Junge ihn hören konnte. Die kleinen gelben Zähne direkt vor seiner Nase. Oskar roch sauren Kohl und Bratensoße.

»Du siehst zu, dass du verschwindest. Hast du mich verstanden? Keine Konkurrenz, das ist die Devise.«

Und dann ging alles ganz schnell. Erneut griff der Mann nach seiner Westentasche. Er krallte sich förmlich daran fest. Seine Finger verkrampften sich, und er biss sich auf die Zunge. Schneeweiße Lippen und zuckende Augen. Mit einem Mal schien all die boshafte Erregung, die gerade noch in ihnen abzulesen war, in Panik und Verwirrung umzuschlagen. Der Mann holte tief Luft. Er japste, hielt sich am Tisch fest und presste sich die Hand auf die Brust. Die Krempe des Zylinders rutschte ihm über die Stirn. Ein Herzanfall? Ein Krampf? Oskar überlegte keine Sekunde.

Einen Dieb hatte er ihn genannt, ihn lächerlich gemacht. Das Mädchen hatte er verscheucht. Was auch immer dieser Mensch in seiner Tasche verbarg, Oskar würde ihn gleich davon befreien und ihm zeigen, was Übung und Geschick hier wirklich bedeuteten. Morgen würde er für seinen Vater nicht zur Volksküche gehen.

240

Morgen würde er eine fette Scheibe Fleisch kaufen. Vielleicht gleich einen ganzen Braten.

Der Blick hinter dem Monokel wirkte verschwommen, das Auge leicht getrübt. Es wurde erst wieder klar, als Oskars rechte Hand das kleine, metallische Etwas bereits in seiner Jacke verstaut hatte. Es hatte sich komisch angefühlt, aber dafür war auch später Zeit. Seine Finger wurden ruhiger. Niemand hatte es gesehen.

Dem Mann schien es wieder besser zu gehen. Für den Bruchteil einer Sekunde fixierte er sein Gegenüber und richtete sich dann wieder auf.

»Und wenn Sie einen wahren Meister der Zauberkunst bestaunen möchten ...«

Er wandte sich wieder seinem Publikum zu und tat so, als wäre nie etwas gewesen. Er räusperte sich und tarnte seine Atemnot in einer langen, dramatischen Pause.

»Dann kommen Sie in meine Vorstellung.«

Er hustete und schluckte.

»Der Große Garonelli. Premiere am kommenden Freitag.«

Er schlug sich mit der Faust auf die Brust. Der Breitschultrige begann zu klatschen, und die Leute klatschten mit.

»Und für Sie, meine Herren«, Garonelli hob die Hände und genoss seinen Applaus, »mache ich einen Sonderpreis.«

Er drehte sich in Richtung des Theaters, unter dessen Dach Oskars Vater auf die Heimkehr seines Sohnes wartete. Er betrachtete die Fassade und zischte dem Jungen noch etwas aus dem Mundwinkel zu.

»Und für euch wird es besonders preiswert«, sagte er so, dass seine Stimme beinahe im Beifall unterging.

»Ansonsten winkt das Armenhaus.«

Er schritt die ersten Stufen zur Eingangstür hinauf und zog einen langen Schlüssel aus der Tasche. Dann verschwand er im Theater, und einer nach dem anderen ließen auch die Leute Oskar alleine auf der Straße zurück.

241

***

»Das war Garonelli?«

Albert schob den Hebel seines dampfbetriebenen Rollstuhls nach vorn, und das Gefährt setzte sich in Bewegung. Es stockte, quietschte und pfiff aus den Ventilen. Man hörte eine Pumpe schnaufen, und die Räder drehten sich weiter.

»Und du hast ihn bestohlen? Mutig, aber das hättest du besser nicht getan.«

Oskar stand in der Tür und stellte seinen Koffer auf den Holzdielen ab. Seine Beute steckte noch immer zusammen mit den Pfennigen in der Jackentasche. Auf dem Weg die Treppe hinauf hatte er kurz einen Blick darauf geworfen. Und war enttäuscht worden. Bloß eine kleine, schäbige Silbermünze; noch dazu durch klebrig bronzenes Zeug verfärbt. Ein rostig schimmernder Belag, der einen abstoßend stechenden Geruch von sich gab. Für den Braten würde sie niemals reichen. Vielleicht für ein paar Scheiben Wurst.

»Weißt du, was er getan hat? Und das vor all den Leuten.«

Er dachte an das blonde Mädchen, an die *Dame*, und bemerkte, dass sich seine Finger zur Faust verkrampften. Aber Albert legte seinem Sohn eine Hand auf den Arm. Kleine Falten breiteten sich wie Netze um seine warmen Augen aus. Oskars Hand entspannte sich.

Sein Vater war ein großer Mann gewesen, das hatte er auf einer alten Daguerreotypie gesehen. Und manchmal sah er es immer noch, auch wenn Albert die Beine fehlten. Eine Größe, die aus dem Inneren kam. Nur der Rest Erbsensuppe, der rechts in seinem Mundwinkel klebte, störte dieses Bild. Oskar konnte nicht anders und lächelte.

»Du lässt dich zu leicht provozieren, mein Sohn. Aber wie oft habe ich dir das schon gesagt?«

»Ein- oder zweimal«, antwortete Oskar, und sein Vater erwiderte das Lächeln. Dann drückte er auf einen Knopf in der Armlehne, und der Rollstuhl wendete um einhundertachtzig Grad.

»Das Problem ist nur«, sagte Albert und fuhr in Richtung seines Arbeitstisches, auf dem Zangen, lange Drähte und dutzende von

242

Messingröhren lagen, »dass wir uns Garonelli nicht zum Feind machen sollten.«

Er griff nach einer Lupe und betrachtete eine federbetriebene Spule, die über dem Tisch in einer Halterung schwebte.

»Du meinst, weil ...«

»Weil er jetzt der Hausherr ist. Ihm gehört nun das Theater. Turgujev ließ uns umsonst hier wohnen, aber Garonelli wird das sicher nicht mehr tun. Er sitzt wahrscheinlich gerade unten im Büro und schreibt hohe Summen in den Mietvertrag.«

Oskar dachte an die Volksküche und an das Geld in seiner Tasche. Ansonsten winkt das Armenhaus. Das hatte der Zauberer gesagt.

»Ich werde mich darum kümmern«, sagte er, und Albert warf ihm einen Blick über die Schulter zu.

»Dann solltest du dich bei ihm entschuldigen und ihm zurückgeben, was du gestohlen hast. Ich will auch gar nicht wissen, was es ist.«

Oskar sagte nichts, aber diesen widerwärtigen Kerl auch noch um Verzeihung zu bitten, das hatte er ganz sicher nicht damit gemeint.

»Oder willst du, dass ich mal mit ihm ...«

»*Nein!*«

Das war zu laut gewesen. Augenblicklich tat es ihm leid.

»Nein, bitte«, wiederholte Oskar leiser. »Ich bin schuld und ... will das selber machen.«

Albert nickte, nahm seine Brille von der Arbeitsplatte und drückte sie sich auf die Nase.

»Nun gut. Aber nimm dich in Acht. Nach allem, was ich bisher über unseren Zauberkünstler weiß ... ich bin mir nicht sicher, aber ... er scheint zu allem fähig zu sein.«

Oskar lachte auf. Das hätte er ihm nicht zu sagen brauchen. Aber Alberts Blick war ernst. Er drehte an einer Kurbel und die Spule über dem Tisch rollte sich auf. Dann knarrte es, und in ihrem Inneren brach etwas knirschend entzwei.

»Gott verdammt, dieser Schrotthaufen.«

Er schlug mit flacher Hand auf die Tischplatte, sodass die Zangen flogen und die Messingröhren klimperten. Einer der langen Drähte fiel vom Tisch und zuckte wie eine krampfende Schlange.

»Ich kümmere mich darum«, wiederholte Oskar. Er nahm seinen Zauberkoffer und ging durch den Flur in seine Kammer. Der Herbst war beinahe vorüber, und mit dem Winter kam die Kälte. Er hörte den Wind, der oben gegen die Dachbalken drückte. Oskar musste sich etwas einfallen lassen.

***

Turgujevs Varieté-Theater war für die, die es sich leisten konnten, lange Zeit eine der besten Adressen der Stadt gewesen. Nur weil er und Oskars Vater sich noch aus früheren Tagen kannten, hatte er ihn und seinen Sohn bei sich aufgenommen. Und auch nach seinem Tod vor über einem Jahr – er war auf der Bühne während eines Auftritts verunglückt –, hatte sich niemand über ihre Anwesenheit beschwert. Das Theater war geschlossen worden, und keiner der Leute wunderte sich über den Jungen, der Tag für Tag aus der Hintertür trat und erst am späten Abend wieder dort hineinging. Niemand fragte, wo er denn wohnte. Doch damit war es jetzt vorbei.

Nach weiteren zwei Tagen auf der Straße – Oskar hatte seinen Tisch diesmal unten am Hafen aufgestellt – hatte er noch immer nicht genug Geld in seiner Mütze gesammelt, um Garonellis Forderung auch nur annähernd begleichen zu können. Sein Vater hatte recht behalten. Der Zauberer hatte Albert direkt am kommenden Morgen dazu gezwungen, einen Mietvertrag zu unterzeichnen. Als er kurz in seine Westentasche gegriffen hatte, war Oskar von einem Schaudern ergriffen worden. Garonelli hatte ihn angesehen, doch gesagt hatte er nichts.

»Hey, willst du mich veralbern?«

Oskar schüttelte den Kopf, um diesen Blick aus den Gedanken zu verscheuchen. Es war Mittwochmorgen und das Publikum sehr schlecht gelaunt. Der Mann vor ihm – im Moment sein einziger Zuschauer – trug ein zerrissenes Arbeiterhemd. An der Stelle, an der eigentlich seine rechte Hand hätte sein müssen, schimmerte ein doppelter Messinghaken. Eindeutig ein Fischer, der die Fangnetze bediente.

»Ich habe genau gesehen, wie du den Pfennig in deinen Kragen geworfen hast. Das war doch eine andere Münze. Die hier sieht ganz … Was hast du damit gemacht?«

Oskar sah hinab auf seine ausgestreckte Hand. Es waren antrainierte Bewegungen. Immer derselbe Ablauf. Gleich kamen die Karten, danach wieder die Ringe dran. Am Anfang immer der Trick mit den Pfennigen. Aber es war kein Pfennig, der da auf seiner Handfläche lag. Er hatte bloß in seine Tasche gegriffen und nun lag da die Münze, mit der er doch kein Fleisch mehr kaufen konnte. Der Matrose hatte recht. Sie sah wirklich irgendwie anders aus.

»Du brauchst mehr Übung, Junge«, sagte der Seemann und wandte sich ab. Er ging in Richtung Fischfabrik und drehte sich noch einmal um.

»Geh Freitag zu Garonelli«, rief er. »Da kannst du noch was lernen.«

Aber Oskar hörte gar nicht hin. Er sah die Münze an und versuchte herauszufinden, was ihn daran störte. Die Farbe war immer noch dieselbe. Aber dieser bronzene Belag, er schien irgendwie ... schmieriger zu sein. Er berührte die Münze mit dem Finger und schob sie auf seiner Handfläche herum. Etwas löste sich davon ab und hinterließ eine glitzernd schimmernde Spur, die sich mit seinem Schweiß vermischte.

»Was zum Teufel?«

Oskar schreckte auf, als eine kreischende Möwe mit einem Satz auf seinem Tischchen landete und ohne Umschweife damit begann, sein Mittagessen in schnabelgerechte Happen zu zerteilen – zwei alte Scheiben Roggenbrot und ein Stückchen Gouda. Sie schluckte gierig und krächzte. Auch für sie würde der Winter kommen.

Als sie davonflatterte, sah die Münze wieder so wie vorher aus. Das schmierige Zeug war entweder getrocknet oder gar nicht erst da gewesen. So wenig wie er in der letzten Zeit geschlafen und gegessen hatte, hielt Oskar auch Letzteres für möglich. Er steckte die Münze zurück in seine Tasche und zog den Pfennig wieder aus dem Kragen. Dann nahm er den Rest vom Käse und kaute darauf herum.

Es dauerte fast eine Viertelstunde, bis eine Gruppe kichernder Mägde auf dem Weg zum Fischmarkt vorbeikam und sich um seinen Tisch versammelte. Die *Dame* mit dem blonden Haar war diesmal leider nicht dabei. Oskar dachte an die Spielkarte, die sie in der Hand gehalten hatte, und griff nach seinem eigenen Stapel. Er machte einen Fächer, doch fiel er fast zu Boden. Am Eingang der Fabrik lehnte der Breitschultrige und blickte zu ihm herüber.

Am kommenden Tag wurde es stärker. Und diesmal konnte Oskar es nicht auf seine Einbildung schieben. Er bemerkte es erst, als er durch die Hintertür in das Theatergebäude trat. Vor ihm lag der Flur, bedeckt mit rotem Teppich, über den schon Generationen von Künstlern zur Bühne abgebogen waren. An den feuchten Stofftapeten hingen noch die Werbeposter. Zerfleddertes Papier gefangen hinter brüchigem Glas.

Turgujevs verzauberte Steinschlosspistole.

Der letzte Auftritt von Oskars großem Vorbild.

Er griff in seine Tasche und spürte augenblicklich, dass etwas nicht stimmte. Oskar suchte mit den Fingern nach der Silbermünze, und als er sie endlich zwischen all den Pfennigen herausfischte, spürte er ein Brennen. Diesmal war sie glühend heiß. Dann hörte er die Stimme.

»Ich weiß, dass er sie hat, also lüg mich nicht an. Du hast ihn beauftragt, mir die Münze zu stehlen.«

Oskar sah sich selbst im Glas des alten Plakats. Die Stimme kam aus dem Treppenhaus. Es war die von Garonelli, und so laut wie sie herunterschallte, musste die Tür zum Dachgeschoss offen stehen. Oskar dachte an seinen Vater, doch dann wurde die Tür bereits zugeschlagen, und polternde Schritte stürmten die Stufen hinunter.

Wenn er ihn hier mit der Münze erwischte? Was, wenn er ihn sah? Oskar vernahm ein leises Zischen und bemerkte erst jetzt, wie sehr seine Hand bereits schmerzte. Kleine, rote Brandblasen breiteten sich darauf aus. Schnell steckte er die Münze zurück. Keine Sekunde zu früh. Garonelli kam schon um die Ecke.

»Wenn man vom Teufel spricht«, rief der Zauberer, machte einen langen Schritt auf ihn zu, packte Oskar kurzerhand am Kragen und drückte ihn gegen die Wand.

»Wo ist sie? Du elender kleiner Dieb.«

Diesmal war es Lebergeruch, der Oskar entgegenschlug, während Garonellis kleine Zähne aufeinanderkrachten wie die eines zornigen Totenschädels. Immer wieder schlug er Oskar mit dem Rücken gegen die Wand, sodass das Holz dahinter knarrte. Das gerahmte Plakat tanzte schon am Nagel.

»Rück sie sofort raus, sonst kann dein Vater auch für dich noch einen Rollstuhl bauen.«

Oskar sah in Garonellis Augen. Das eine war wieder verzerrt. Es flackerte vor Wut hinter der Linse des Monokels. Er meinte es ernst, aber die Münze würde Oskar ihm trotzdem nicht geben. Er spürte ihre Hitze durch den Stoff auf seiner Haut. Er roch es bereits und fragte sich, wann die Baumwolle wohl brennen würde.

Dann fiel der Rahmen mit dem Poster von der Wand. Turgujevs abgedrucktes Lächeln. Der reichverzierte Messingrahmen krachte auf den Teppich, sodass das Glas zersprang und Scherben auf Garonellis teuren Anzug spritzten.

»Verdammt, was ...«

Der Zauberer ließ Oskar los. Dieser spürte, wie die Münze sich durch den Stoff seiner Jacke brannte. Es fühlte sich an, als würde sie sich wie von selbst in seiner Tasche bewegen; so als wollte sie heraus, um sich auf Garonelli zu stürzen.

»Lassen Sie meinen Jungen in Ruhe! Hören Sie, es reicht.«

Diesmal war es die Stimme von Albert, und Oskar traute seinen Augen kaum, als er sah, wie sich sein Vater die Treppe hinunterschleppte. Eine Stufe nach der anderen. Die rissige Cordhose hatte er unter den Stümpfen verknotet.

Verwirrt sah Garonelli von Oskar zu Albert, strich sich die verbliebenen Scherben vom Anzug und schüttelte immer wieder den Kopf. Es reichte wirklich, und das schien selbst er gerade einzusehen.

»Bis morgen habe ich sie zurück«, sagte er und hob den Zeigefinger. »Hast du das verstanden, Kleiner? Sonst kannst du deinem Vater auch gleich die Vordertreppe runterhelfen.«

Garonelli wandte sich ab. Er richtete den Zylinder und zog seine Ärmel glatt. Die Schwalbenschwänze des Fracks flogen hinter ihm her.

»Und sieht man dich noch einmal am Hafen, dann komme ich und helfe nach.«

Er entfernte sich in Richtung Bühne. Nur noch ein einziger Tag. Ansonsten winkt das Armenhaus.

»Was machst du denn?«, rief Oskar und rannte zu seinem Vater. Er ignorierte die Scherben, die unter seinen Schuhen knirschten ebenso wie die Münze, die sich weiter durch die Jacke fraß. Erst als er Albert erreicht hatte und ihn in die Arme schloss, bemerkte er, dass sie das gar nicht mehr tat. Er berührte kurz seine Tasche. Die Münzen waren kalt.

»Er hätte dich umbringen können«, sagte Albert, und Oskar dachte an den flackernden Blick. Er griff seinem Vater unter die Arme und zog ihn eine Stufe höher.

»Danke, mein Sohn, doch ich muss dir etwas zeigen.«

Jetzt sah Oskar auch den Grund dafür, warum sein Vater die Hose so merkwürdig verknotet hatte. Eine Maschine kam darunter zum Vorschein. Ein schmales Gestell aus Messing, das an beiden Enden so etwas wie dreiachsige Räder trug.

»Erinnerst du dich an die Spule über meinem Arbeitstisch?«, fragte Albert, und sein Sohn nickte.

»Was sagst du noch immer vor einem deiner Kunststücke?«

»Aufgepasst!«, antwortete Oskar und klatschte in die Hände. Dann geschah der Zaubertrick, und Albert wurde wie von selbst die Treppe wieder hinaufgezogen. Die Räder glitten über den Teppich, die Achsen schlugen an den Stufen um, und die Fahrt setzte sich fort. Oskar musste sich eingestehen, dass er die langen Drähte, die wie zuckende Schlangen über die Stufen hinauf ins Dachgeschoss führten, bisher überhaupt nicht bemerkt hatte. Ein Theater voller Zauberer. Und sein Vater war der beste.

***

»Ich muss dir etwas erzählen«, begann Albert und ließ sich von seinem Sohn zurück in den Rollstuhl helfen, der oben vor dem Treppenabsatz stand. Die Mechanik war noch eingeschaltet. Die Ventile pfiffen wie wütende Kessel.

»Ich dir auch«, antwortete Oskar und hielt die Münze in der Hand.

Nachdem Albert ihnen beiden einen Tee gekocht und dabei Oskars Bericht gelauscht hatte, nahm er die kleine bronzene Silbermünze schließlich selber in Augenschein. Sie war kaum so groß wie sein Daumennagel. Er drehte sie zwischen den Fingern.

»Und die hast du Garonelli gestohlen? Ich dachte schon, sie wäre wertvoll.«

246

»Für ihn scheint sie das durchaus zu sein«, antwortete Oskar.

Albert setzte sich seine Brille auf, drehte den Rollstuhl zum Arbeitstisch und spannte die Münze in einen Klemmhalter mit Lupe ein. Es dauerte eine Weile, bis er endlich weitersprach. Oskar stand gebannt daneben.

»Diese Beschichtung ist wirklich einzigartig. Ich glaube, es könnte so etwas wie Rost sein. Aber warum dann dieser Glanz? Die Münze ist auf jeden Fall einige Jahre alt. Außerdem bin ich mir sicher, dass sie nicht aus Deutschland ...«

Jetzt sprach er nicht weiter, und Oskar hörte ihn nicht einmal mehr atmen.

»Nein, das kann nicht sein.«

Albert fing an, in einer seiner Schreibtischschubladen zu kramen. Er murmelte vor sich hin, während alte Magazine, Notizblöcke und Zeitschriften flatternd durch das Arbeitszimmer flogen.

»Kannst du das nicht endlich lassen? Was wolltest du sagen?«

Albert hielt inne und zog ein vergilbtes Passepartout mit einer Trägerplatte hervor. Oskar kannte das Bild. Es war die alte Daguerreotypie.

»Du hast bessere Augen als ich«, sagte Albert, und Oskar betrachtete das Bild durch die Lupe. Er legte den Rahmen auf der Tischplatte ab und sah seinen Vater in jüngeren Jahren. Er stand in einer Gruppe von lächelnden Herren. Das war lange vor den Einigungskriegen. Er hatte seine Beine noch, sodass er den Mann, der neben ihm stand, bei Weitem überragte.

»Das ist Turgujev, nicht wahr? Ich hatte fast schon vergessen, wie er aussah.«

»Sieh hin Oskar, was siehst du noch?«

Die Vergrößerung ließ all die Gesichter unscharf erscheinen, aber er brauchte trotzdem nicht lange, bis er ihn gefunden hatte. Der einzige, dessen Lächeln nicht ganz ehrlich wirkte. Und natürlich trug er ein Monokel.

»Du hast ihn also die ganze Zeit gekannt?«, fragte Oskar und trat einen Schritt vom Tisch weg.

»Und hast nichts davon gesagt?«

»Ich wusste nicht, wer er war. Er hieß damals noch anders, und du siehst ja, wie jung er ohne Bart wirkte.«

Albert drehte an der Kurbel, sodass sich die lange Spule über dem Tisch mit einem Surren wieder aufwickelte. Diesmal knirschte nichts im Inneren.

»Garonelli muss ein Künstlername sein, aber ich weiß nicht, wie er wirklich heißt. Wir trafen ihn damals in Prag. Ständig kam er mit seiner Vernunft und stritt sich mit Turgujev, der schon damals ein sehr begabter Magier war. Wahre Magie, das hast du von ihm. Garonelli versuchte ihm das auszureden. Es kam sogar zu einer Schlägerei.«

»Sieht sein Auge deshalb so aus?«

»Gut möglich. Das Monokel lag zersplittert am Boden.«

Oskar nickte. Das erklärte schon einiges. Jetzt wandte er den Blick wieder der Münze zu.

»Sieh mal!«

Die bronzene Farbe war wieder etwas glitschig. Oskar berührte sie mit dem Finger. Lauwarm, aber nicht so heiß wie in der Nähe des Zauberers. Es schien, als würde sie leben, doch bewegen tat sie sich nicht.

»Was ist das bloß?«

Albert zog die Augenbrauen hoch. Dann nahm er eine Pinzette, blickte durch die Lupe und kratzte an der Münze herum.

»Ich glaube, sie gehörte Turgujev«, sagte er dann. »Er spielte damals ständig mit Münzen herum. Er ließ sie verschwinden und aus dem Nichts wieder erscheinen.«

»Garonelli hat sie also selber nur gestohlen? Eine von Turgujevs Trickmünzen?«

Albert roch an der Pinzette und zog dabei die Nase kraus.

»Ob Magie oder ein Trick, das kann ich dir nicht sagen. Aber eines ist für mich jetzt klar ...«

Der schimmernde Belag auf der Münze wurde immer flüssiger. Ein rostig zäher Tropfen fiel schmatzend auf das Bild, das immer noch auf der Tischplatte lag. Er landete genau auf dem Gesicht von Garonelli.

»Ich glaube Turgujevs Tod hatte nichts mit einem Unglück zu tun«, sagte Albert, als sich in das bronzene Schimmern langsam immer mehr Rot zu mischen begann. Kleine, dünne Fäden. Und jetzt erkannte auch Oskar den eigentümlichen Geruch. Es war der süßliche Duft von getrocknetem Blut.

»Du meinst, Garonelli hat ihn umgebracht?«

Oskars Vater sagte nichts, doch sein Sohn ballte die Hände zu Fäusten. Er dachte an Turgujev und all die Tricks, die er ihm abgeschaut hatte. Garonelli hatte alles zerstört, hatte ihn lächerlich gemacht, seine Kundschaft vergrault. Ebenso die *Dame*. Und warum? Nur einer alten Feindschaft wegen?

»Du wolltest doch, dass ich sie ihm wiedergebe, sagtest du das nicht?«

Albert schüttelte den Kopf und streckte bereits die Finger nach der Münze aus, aber sein Sohn war um einiges schneller. Er steckte sie zurück und wischte sich das Blut – Turgujevs Blut – an den Hosenbeinen ab.

»Er ist zu gefährlich«, sagte Albert. »Das Beste wäre, wir packten unsere Sachen.«

»Ich werde mich darum kümmern«, entgegnete Oskar. »Morgen ist die große Premiere. Bis dahin wollte er sein Geld.«

»Nein, mein Sohn, du ...«

Oskar hörte ihm gar nicht mehr zu. Er musste hinunter ins Theater, musste etwas suchen. Und schließlich wurde er auch fündig.

***

Am kommenden Abend hingen bunte Plakate an den Toren des Theaters. Der Saal war bis auf den letzten Platz gefüllt. Die Menschen lachten laut und lehnten sich in die weinroten Polster. Der Offizier mit den glänzenden Stiefeln schlug sich auf die Schenkel. Er trug heute Zivil, und man sah, dass ihm der Säbel fehlte.

Oskar, der sich hineingeschlichen hatte, saß derweil im hinteren Bereich des Zuschauerraumes im Schatten eines schweren Vorhangs. Eine alte Frau, die eine gepuderte Perücke trug, sah ihn über ihre Schulter hinweg an. Sie hatte ein Opernglas dabei und tuschelte mit ihrem Mann.

Oskar schlug eine Zeitung auf und tat so, als würde er nichts davon bemerken. Die Schlagzeile war alt, dennoch drückte sie ihn tiefer in den Sitz.

Turgujevs verzauberte Steinschlosspistole. Kugeltrick mit tragischem Ende.

Er hatte lange nach ihr suchen müssen, aber in einer der Kisten mit Zauberutensilien hatte er sie schließlich doch noch gefunden.

Sogar das Pulver in einem schmalen, ledernen Beutel. Die Zeitung hatte direkt obenauf gelegen. Oskar hatte die Pistole kurzerhand in seinen Zauberkoffer gepackt. Dieser stand nun neben ihm auf dem frisch gewienerten Parkett.

Er ließ die bronzene Silbermünze über seine Fingerglieder wandern. Sie fühlte sich eindeutig wärmer an als noch vor wenigen Minuten. Wahrscheinlich spürte sie, dass Garonelli in der Nähe war.

Oskar brauchte nicht lange nachzudenken, um herauszufinden, was die Münze vorhatte; was er nun für sie tun musste. Sie hatte doch schon einmal versucht, den Zauberer umzubringen. Der Herzanfall. Genau an der richtigen Stelle. Ein Einschuss durch die Westentasche. Und er, Oskar, hatte Garonelli versehentlich gerettet, indem er ihm die Münze stahl. Ironie des Schicksals. Aber das würde er bald korrigieren. Und Turgujevs Münze würde ihre Rache bekommen.

»Warum eigentlich erst jetzt?«

Als sich die Frau umdrehte, bemerkte Oskar, dass er die Frage laut ausgesprochen hatte. Warum erst jetzt? Garonelli musste sie doch seit einem Jahr mit sich herumgetragen haben; hatte sie wahrscheinlich nach Turgujevs Tod wie eine Trophäe von der Bühne aufgehoben; den glatten Durchschuss als Unfall getarnt. Keine Konkurrenz. Wieso kam die Rache dann so spät? Der große Vorhang wurde aufgezogen. Die Leute in den ersten Reihen standen auf und klatschten. Der ganze Saal schloss sich dem Beifall an, als Garonelli auf die Bühne trat.

Es lief alles nach Plan. Kaum hatte der Zauberer seine Stimme erhoben und wie durch Zufall eine strahlend weiße Taube aus seinem Taschentuch gezogen, waren die Leute ihm bereits verfallen. Es folgten die Nummer mit der schwebenden Jungfrau und letztlich auch der Trick mit dem Orangenbaum. Als Garonelli die Früchte von dem Automaten pflückte und sie zum Beweis der Echtheit verspeiste, war die Frau vor Oskar so sehr mit Staunen beschäftigt, dass sie nicht merkte, wie ihr die Perücke vom Schädel rutschte. Der Offizier verlangte, selbst die Orangen zu prüfen und untersuchte sie genau, als der Breitschultrige ihm eine brachte.

Ein Meister des Handwerks. So hatte Garonelli sich genannt. Mit erhobenen Armen trat der Zauberer seinem Beifall entgegen.

»Nun möchte ich Sie bitten, mir ein weiteres Kunststück zu nennen«, sagte er. »Was immer es auch ist; mit Handwerk und Geschick wird es mir gelingen.«

Oskar sprang von seinem Platz auf. Darauf hatte er gewartet. Er hob die Zeitung hoch in die Luft, und noch bevor ein anderer etwas hätte sagen können rief er:

»Der Kugeltrick!«

Und Garonelli erstarrte. Oskar sah selbst von ganz hinten, wie das Auge hinter dem Monokel zuckte als hätte ihn ein Faustschlag getroffen.

»Turgujevs verzauberte Steinschlosspistole.«

Die Leute drehten sich um. Oben in den Logen fingen die ersten an zu klatschen. Eine raue Stimme wiederholte Oskars Forderung.

Garonelli gab seinem breitschultrigen Assistenten ein Zeichen. Kurz darauf wurde Oskar zwischen den Reihen entlang und schließlich die schmalen Stufen zur Bühne hinaufgeschoben. In seiner Hand trug er den Koffer.

»Du hältst dich für schlau, Kleiner«, zischte Garonelli, als der Junge neben ihm zum Stehen kam. »Willst eine Revanche.«

Oskar spürte die Münze und all die Menschen um sie herum. Seine Hände fingen an zu zittern.

»Können Sie den Trick oder können Sie ihn nicht? Ich will wissen, ob Turgujev nicht der Bessere war.«

Er bemerkte Garonellis Zorn. Der Zauberer lachte leise auf.

»Du bist also dahintergekommen? Das hatte ich befürchtet. Dein Vater war schon damals ein kluger Mann, aber Turgujev nur ein Träumer. Ebenso wie du. Ich habe ihn bloß von seiner Torheit befreit. Seine *wahre Magie* hat ihm da auch nicht mehr geholfen.«

Oskar ballte die Finger zur Faust. Am liebsten hätte er auf ihn eingeschlagen, hier vor all den Leuten. Stattdessen zog er die Pistole aus dem Koffer, und die Menschen im Saal johlten vor Begeisterung. Garonelli nickte nur und grinste.

»Ich kann diesen Trick und werde es beweisen. Ich fange die Kugel, und zwar mit meinem Mund.«

Garonelli trug ein Lächeln zur Schau, das seine kleinen gelben Zähne betonte. Erst als Oskar auch die Münze aus der Tasche holte, gefror es zur Grimasse. Sie war glühend heiß und brannte förmlich darauf, sich in die Brust des Zauberers zu bohren. Sie zuckte und vibrierte. Beinahe riss sie sich los. Oskar hielt sie ihm hin und ignorierte den Schmerz in seinen Fingern. Turgujevs Blut vermischte sich mit seinem und tropfte schimmernd auf die Bühnenbretter.

»Damit es wie beim letzten Mal geschieht, fehlt noch eine Kleinigkeit.«

Garonelli starrte ihn an und machte einen Schritt zurück. Dann war es die Münze, die er nicht mehr aus den Augen ließ.

»Was hast du damit gemacht? Sag, was für ein Trick das ist!«

»Es ist kein Trick, bloß wahre Magie. Aber was spielt das für eine Rolle?«

»Nimm sie ihm weg«, rief Garonelli, aber der Breitschultrige hörte ihn nicht. Er schien durch etwas abgelenkt zu sein, das oberhalb der Bühne geschah.

Oskar hielt die Pistole in die Luft und das Publikum applaudierte. Alle Augen waren nun auf ihn gerichtet. Er hatte sie schon mit reichlich Pulver gefüllt und jetzt schob er die Münze langsam in den Lauf hinein. Sie passte gerade so, war wie dafür gemacht.

»Wahre Magie oder doch bloß Betrug?«, fragte Oskar und legte den Finger an den Abzug. Er dachte an Turgujev, an den Tod des großen Magiers. Die zuckende Rache durchströmte seine Finger. Auch die Waffe wurde heiß. Stimmen aus dem Publikum.

»Er kann das, Junge. Schieß!«

Der Offizier johlte laut und klatschte in die Hände. Die Frau mit der Perücke quietschte vor Vergnügen. Garonelli, der nur drei Meter entfernt stand, hob nun schützend beide Hände. Der Zylinder verrutschte. Oskar sah das Auge hinter dem Monokel. Es zuckte panisch und verängstigt. Doch irgendetwas stimmte nicht. Warum konnte er nicht schießen? Seine Finger wurden taub.

»Aufgepasst, das Schwarzpulver!«, hörte er da eine hohe Stimme, die ihn von oben warnte. Das Surren einer metallenen Spule. Oskar dachte gerade noch an die glühende Münze im Lauf, als er spürte, wie ihm die Waffe aus der Hand gerissen wurde, und die Welt in einem Nebel explodierte.

Am Anfang war der Schmerz. Eher ein Brennen, das sich seinen Arm hinaufarbeitete. Als Oskar die Augen aufschlug, sah er das Gesicht seines Vaters, dessen Falten nun nicht nur seine Augen, sondern sein ganzes Gesicht erobert hatten. Neben ihm stand ein junges Mädchen mit strohblondem Haar. Es war die *Dame*, und auch sie sah zwar glücklich, aber angeschlagen aus.

»Da, ich glaube, er wacht auf«, sagte sie, aber Albert schüttelte den Kopf.

»Das wird noch eine Weile dauern. Glaub mir Kind, ich kenne das.«

Sie atmete tief ein und nickte.

»Ich muss mich bedanken, weil Sie mich reingelassen haben. Das Geld für den Eintritt bekam ich einfach nicht zusammen.«

»Hätte ich es nicht getan, wäre alles nur noch schlimmer gekommen. Ohne deine Hilfe hätte ich es nicht geschafft.«

Sie seufzte und berührte Oskars Arm. Er spürte ein Kribbeln. Das erste gute Gefühl.

»Wird er wieder zaubern können?«, fragte sie, und aus dem Augenwinkel sah Oskar die Spielkarte, die aus ihrem Ärmel ragte. Das kleine Herz mit rotem D. Konnte sie es etwa auch?

Albert zuckte mit den Schultern.

»Ich habe mir größte Mühe gegeben. Ein wenig Übung wird wohl nötig sein. Es steckt wirklich etwas Magisches in diesem Jungen, sonst hätte er nicht überlebt.«

»Ansonsten hätte die Münze wohl auch nie so eine Wirkung gehabt«, ergänzte das Mädchen »Ich kenne das von anderen Dingen.«

Sie zog die Karte hervor und strich ihr sachte über den Rücken. Langsam bog sie sich und zitterte.

»Ich habe schon auf der Straße vermutet, dass er mehr als nur ein Zauberer ist. Ein Magier eben. Ich wusste bloß nicht, dass es andere gibt.«

»Und genau das hat dieser Münze erst das Leben eingehaucht. Ohne es zu wissen, hat mein Sohn ihre Kraft damit erweckt. Aber Garonelli ...«

»Was ist mit ihm?« Oskar schreckte auf. »Ist er tot? Sagt, ist er tot? Ich habe gar nicht abgedrückt. Ich wollte nicht, er ...«

»Später Oskar, später.«

Schon fielen ihm die Augen wieder zu. Es dauerte noch fast einen Tag, bis Oskar sich länger als zehn Minuten wach halten konnte. Dann bemerkte er, dass seine rechte Hand nicht greifen wollte. Er sah nur einen doppelten Messinghaken – wie der Fischer einen trug. Albert hatte einen störrischen mechanischen Daumen angeschraubt, aber er arbeitete bereits an einer ausgefeilten Handprothese, die schon in Einzelteilen auf dem Arbeitstisch lag.

Von oben bis zur Bühne waren es mehr als sieben Meter. Die surrende Spule hing noch immer am Gerüst. Hätte das Mädchen nicht am Abend vor der Hintertür gestanden und sich an Alberts Stelle an den Drähten zu Oskar hinuntergelassen, wäre die Steinschlosspistole zusammen mit dem Jungen in Dutzende von Fetzen zerrissen. Sie hatte sie ihm aus der Hand geschlagen. Ihr strohblondes Haar war an den Spitzen verbrannt.

Doch so hatte auch Garonelli überlebt, denn die bronzene Münze hatte ihr Ziel um wenige Zentimeter verfehlt. Sie steckte tief in seiner Brust, jedoch weit genug vom Herzen entfernt. Dennoch, Turgujev würde der Zauberer nicht so schnell vergessen.

»Und auch dir sollte er nicht mehr zu nahe kommen, mein Sohn«, sagte Albert und lächelte. »Sonst könnte es sich die Münze nochmal anders überlegen.«

»Wahre Magie sollte man nicht unterschätzen«, sagte die *Dame*, ließ die Spielkarte fliegen und schob sie zurück in ihren Ärmel.

»Das Theater gehört nun wieder uns?«, fragte Oskar und legte seine gesunde Hand in ihre.

»Du kannst die Bühne gern betreten«, sagte Albert. »Aber ich habe jetzt Appetit auf Erbsensuppe.«

Die graue Einöde des Vergessens

Fabian Dombrowski

Schwerfällig öffnete sich zu Charuns Füßen die Frachtluke des Luftschiffes. Unter ihm kroch lautlos der Schatten des Stahlgiganten über das Blätterdach des Urwaldes, der ihr Eindringen mit windstillem Missmut hinnahm. Allein ein Schwarm vielfarbiger Vögel regte sich zwischen den Baumwipfeln und kreuzte in verspielten Bahnen ihren Kurs. Entschlossen trat Mara neben Charun. Ihre rotgoldenen Haare steckten in einem strengen Zopf, der sich irritierend stark vom Anthrazit ihrer Einsatzuniform absetzte. Sie deutete auf einen von hohen Felsen umringten See, eine in die Landschaft geworfene Spiegelscherbe, in deren Tiefe sich Wolken mit dem Himmelblau verwirbelten. »Da ist unser Ziel!«, meinte sie.

»Bist du dir sicher?«

Mara schwieg, doch ihr Augenrollen war Antwort genug. Er biss sich auf die Lippen und schluckte weitere Nachfragen runter. Zu gut erinnerte Charun sich wie die meisten ihrer Streitigkeiten begonnen hatten - damals. Nein, das brauchte er jetzt nicht. Es reichte schon, ihre feurigen Locken zu sehen und die Vorstellung kehrte zurück, wie seine Hände durch die LockenMähne fuhren oder er sein Gesicht darin verbarg, während sie vor dem Schlafen ein, zwei letzte Seiten las. Gesten und Rituale, die er halb vergessen geglaubt hatte.

»Bist du bereit?«, erkundigte sich Mara und mit ihren Worten verschwand die Vergangenheit wieder in eine sorgsam gehütete Schublade.

»Wenn du meinst, ob ich bereit bin, eine mythische und vermutlich nicht existente Waffe aus einer Ruine zu bergen, dann ja. Wenn du aber davon sprichst, mich aus dieser Höhe abzuseilen, bin ich eher skeptisch.« Sein Blick wanderte zu der offenen Frachtluke und den mindestens zweihundert Metern luftigem Abstand bis zum Boden. Charun fühlte sich unwohl und das lag sicher nicht an der kratzigen und schlecht geschneiderten Matrosenuniform, mit der die Luftwaffe ihn als Zivilsten ausgestattet hatte.

»Sei kein Spielverderber. Du hast doch früher auch jede Gelegenheit genutzt, dich an mir festzuklammern.« Sie nahm einige der Stahlseile und Karabinerhaken und klinkte sie an die dafür vorgesehen Ösen der Gurtgeschirre, die sie beide trugen. So verbunden hingen sie fest aneinander, ihre Gesichter nur eine Handbreit voneinander entfernt. Die Nähe verwirrte Charun: Einerseits gab es da Spannung, die ihn sich weit fortwünschen ließ, andererseits eine altvertraute Wärme, die ihm bei dem Gedanken an den Absprung ungewohnte Sicherheit gab.

»Bringen wir es hinter uns«, sagte er. Mara ließ sich nicht lange bitten und befestigte die Verankerung des Drahtseils an ihrem Haupttragegurt. Sie gab den diensthabenden Matrosen ein Handzeichen, die Seilwinde zu lösen, und sprang, Charun mit sich nehmend, in die Tiefe.

Geschockt vom Zug des freien Falls machte dessen Magen einen Satz. Einen Lidschlag lang kämpften die Euphorie der Schwerelosigkeit und die Panik vor dem ihnen entgegenrasenden Urwald in seiner Brust miteinander. Ein aufgeschreckter Vogel wich ihnen aus. Schon sah Charun mehr Details in den nahenden Baumwipfeln, als ihm lieb war. Mara lachte beseelt vom Rausch der Geschwindigkeit. Dann schlugen die Bremsen der Seilwinde an. Der Sturz verzögerte und sie glitten in kontrolliertem Tempo weiter abwärts. Knapp über dem Blätterdach landeten sie auf einem Felsvorsprung des Berges am See.

Charun brauchte ein wenig, um sich zu fangen und seinen weichen Knien Stand zu verschaffen, bis er sich umsehen konnte: Was ihm aus der Höhe wie ein einfacher Felsvorsprung vorgekommen war, wurde umringt von den zerbröckelnden Überreste einer Balustrade, wie die zerschlagene Krone eines gefallenen Königs. Im Gestein des Berges rahmten Zeichen und Siegel die scharf geschnittenen Kanten eines Torbogens ein, hinter dessen Schwelle sich undeutliche Stufen in die Dunkelheit abzeichneten.

Mara löste die Karabiner, die sie aneinander banden, und trat einen Schritt zurück. Mit leicht geneigtem Kopf sah sie Charun von unten an.

Die mit Feuerhaar gekrönte Schildmaid lächelte ihn, den Fährmann, an. Sternenlicht glänzte in ihren Augen und sie umschlang seinen Nacken mit beiden Armen. Ein Versprechen formte sich auf ihren Lippen und ihre Stimme trug es laut hinaus in die Welt, weg von dem Felsvorsprung und über den Spiegelsee und die Kronen Jahrtausende alter Bäume hinweg: »Wir werden bis in die Ewigkeit beieinander sein.«

Was war das gewesen? Eine Erinnerung? Eine Vision? Seine über-reagierende Fantasie? Charun wusste es nicht, aber es hinterließ ihn ratlos. Mit einem Mal war das Licht verändert gewesen, als hätte die Sonne sich in einem unmöglichen, der Physik widersprechenden, Winkel verschoben. Eine fremde und doch wohlbekannte Mara war vor ihm aus dem Grau vernebelter Vergangenheit aufgestiegen. Ein halbgeträumter Traum. Ein Blinzeln in ein verlorenes Leben. Wo war es hergekommen?

»Hast du das gesehen?«, fragte er Mara.

Ihre aufgerissenen Augen nahmen die Antwort vorweg. »Ja, du warst kurz diese Gestalt aus flüssigem Schatten und Sternenlicht und ich hatte das Gefühl, dass ...« Sie stockte.

»Was? Was für ein Gefühl?«

»Nichts«, wiegelte sie ab, »wir sind wegen etwas anderem hier. Das war nur die Verwirrung durch das Adrenalin und die unge-wohnte Situation. Diese Absprünge vom Luftschiff sind am Anfang äußerst gewöhnungsbedürftig.« Charun glaubte keinen Moment, dass sie das ernst meinte. Die Landung mit einer Vorrichtung, die eigentlich zum Entern eines anderen Luftschiffes gedacht war, hatte seinem Puls sicherlich ganz neue Takte beigebracht, aber für Halluzinationen reichte es nicht.

Mara wendete sich ab und fischte zwei wuchtige Spezialbrillen aus ihrem Taschengürtel, an dem Ausrüstung von einer Feldflasche bis zu einem Beil hing. »Da drin gibt es nicht viel Licht, aber mit denen hier sollte es gehen.«

Erst irrte Charuns Blick unter der Apparatur, die seine ganze Augenpartie verdeckte, blind umher, bis die geschliffenen Quarze, die als Gläser dienten, durchsichtig wurden. Er starrte in eine sämtli-cher Farben und Schatten beraubte Welt. Das Feuer in Maras Mähne die Töne des grünen Waldes und des blauen Himmels und selbst das subtile Spiel leichter Nuancen des Felsens wurden von einem beständig gleichen Grau geschluckt, das wie ein warmer Mantel jegliche Oberflächen umschmiegte. Die rege Dynamik des Lebens verlief sich so in umfassender Gleichförmigkeit. Genauso machte die Brille Licht und Dunkelheit gleich, sodass sich dort, wo vorher nur die Andeutung von Treppen in die Gebeine des Berges erkennbar gewesen war, nun ein sich in die Tiefe streckender Gang fand.

Seite an Seite traten Mara und Charun unter dem Torbogen durch.

Gemessenen Schrittes streifte der Fährmann mit seiner Braut, der Schildmaid, durch den Palast. Sie führten Gespräche über die jüngsten Züge im endlosen Spiel der Sterblichen und Unsterblichen, die sie beobachtet hatten. Während sie in den lichten Korridoren wandelten, beratschlagten sie ihre eigenen Pläne, ihre Figuren zu bewegen, und loteten aus, wo die Schwächen und Stärken der verschlungenen Absichten der anderen Götter lagen, und wo die einfacheren Gemüter der niederen Wesen versuchten aufzubegehren. Ihr Gefolge stand bereit, sich willenlos für sie aufzugeben. Mit in Seidenroben versteckten Messern an den Höfen, zusammengeschlossen zu Heeren in blitzenden Panzern und mit wortgewaltiger Rhetorik auf den Marktplätzen würde es nicht zögern die eigene Würde, den Besitz und das Leben für seine Götter zu opfern. Ein Wink genügte, es zur Tat schreiten zu lassen.

Früher oder später fanden sie sich immer auf den Galerien hin zum Sonnenuntergang, wo der Wind aus den Bergen des ewigen Herbstes in ihre Haare und Gewänder fuhr. Sie waren einsam, denn die Unsterblichen waren stets einsame Geschöpfe gewesen, aber wenigstens waren sie es gemeinsam.

Da war es schon wieder. Charun schwirrte der Kopf. »Was ist das nur für ein Ort?«

Maras Blick war unter der Spezialbrille nicht deutbar, aber wenn sie mitbekommen hatte, dass er sich auf die blitzartige Erscheinung bezog, zeigte sie es nicht, sondern antwortete stattdessen: »Ein Tempel der alten Götter.«

»Sehe ich selbst. Ich bin Archäologe, weißt du. Wie habt ihr ihn eigentlich gefunden?«

»Einige Piraten haben ihn als Basis benutzt. Es gibt mehrere von den Terrassen, auf denen wir gelandet sind. Sie haben sie als Ankerpunkte verwendet. In dieser Gegend ist das kaum aufgefallen, bis die neue Handelsroute eröffnet wurde.«

»Ja, ich erinnere mich dunkel an einen Zeitungsartikel, der so etwas erwähnte. Aber wenn wir schon dabei sind: Warum sind wir nicht direkt vor Anker gegangen?«

»Weil ein Kriegsschiff nun einmal etwas anderes ist als ein zweckentfremdeter Luftfrachter, Charun. Könntest selbst du bemerkt haben. Außerdem macht es mit den Enterleinen deutlich mehr Spaß.«

»Ansichtssache«, grummelte er und folgte Mara auf der Treppe in tiefere Ebenen. Für ihr augenfälliges Alter waren die Stufen in bestem Zustand. Charun bewunderte die Arbeit der Steinmetze, die offensichtlich über ihre Auftragsarbeit und Lebenszeit hinaus gedacht hatten. Eine Qualität, die der Gegenwart abging, genauso wie die Sorgfalt, die in filigrane Fresken, Siegel und Zeichenfolgen geflossen war, die in einem geschlossenen Teppich die Wände bedeckten. Einige der dargestellten Szenen erkannte Charun aus den Mythen des Fährmannes: der stete Wechsel von Nähe und Ferne zwischen ihm und seiner Braut; der Grenzfluss zur Tundra, dem Reich der Toten; seine Gottwerdung während des Streits der Zwillinge. Zu anderen Darstellungen fand er keinen Zugang. »Warum glauben deine Vorgesetzten eigentlich, wir könnten hier unten eine Waffe finden?«, fragte Charun.

»Die Piraten, die wir festsetzen konnten, haben geplaudert. Einer ihrer Erkundungstrupps hat anscheinend etwas in den tieferen Kavernen gefunden.«

»Ich hab den Bericht gelesen. Aber das kann so ziemlich alles sein, besonders bei den Fachkenntnissen deiner lieben Freibeuter über die alten Kulte.«

»Jetzt lass deinen akademischen Snobismus stecken«, fuhr Mara ihn an. »Was auch immer es ist, die Erbauer dieses Tempels haben gute Sicherheitsvorkehrungen getroffen, die die Piraten einige Besatzungsmitglieder gekostet haben.«

Charun schnaubte verächtlich: »Was ändert das? Was früher wertvoll und mächtig gewesen ist, mag uns heute nichts bedeuten. Es ist nicht unwahrscheinlich, dass wir wenig mehr als ein paar Mumien und ein Arsenal rostiger Schwerter finden.«

»Du weißt, was unsere Gefangenen berichtet haben.«

»Ja ... ein großes Schiff aus Elfenbein und Silber. Die Barke des Fährmannes über die Nachtgewässer, meist bekannt als die *Argo*. Aber die hätten euch alles erzählt, um nicht sofort hingerichtet zu werden. Und ihre Täuschung war nur erfolgreich, weil dein General Mummius der irren Idee anhängt, es hätte diese Götter einst wirklich gegeben. Woher kommt es eigentlich, dass so viele die Geschichten ernst nehmen, dass einst Unsterbliche dieses Land beherrschten und die Menschen es irgendwann schafften, sie zu überwinden und zu verbannen? Wenn das wahr ist, dann bin ich der Fährmann höchstpersönlich.« Mara sah ihn für einen Moment seltsam an, als ob sie nicht verstünde, wie er so denken könne. »Ja, was soll ich eigentlich hier, Mara? Götter haben in der Wissenschaft nichts zu suchen, außer als fiktive Ausgeburten menschlicher Fantasie. Nur weil sie in den Köpfen unserer Ahnen real waren und ich deren *Vorstellungen* als Archäologe ernst nehmen muss, heißt das nicht, dass sie tatsächlich existierten!«

Er war mit jedem Wort lauter geworden und dröhnend hallte seine Wut von den Felswänden wider, ergänzt vom Echo in den verborgenen Winkeln dieses Unterreichs. Mara reichte es. »Komm runter, Charun! Genau deswegen habe ich dich dazu geholt - als Archäologe und Mensch, dem ich vertraue! Mummius ist ein Militär durch und durch - und ein Jünger der Kulte dazu; er braucht ab und zu eine Stimme der Vernunft, die ihn auf dem Boden hält. Er will die *Argo* als neues Spielzeug in seinem Waffenarsenal. Doch wenn du noch einen Grund brauchst: Besser wir schauen uns das dort unten einmal an, als einem unnötigen Mythos ohne Überprüfung zu erlauben, vor sich hinzuwuchern, in dem altvorderen Zivilisationen Massenvernichtungswaffen zugeschrieben werden.« Im allgegenwärtigen Quarzgrau der Spezialbrillen verzerrten sich Maras Züge zu einer Fratze des Zorns. Die Abwesenheit der Farben gab ihrem Gefühlsausbruch eine ungeahnte Kälte. »Alles klar, Charun? Können wir weitermachen!?«

»Alles klar«, antwortete der und bereute seine kleine Ansprache bereits. Mara hatte es nicht verdient, seine Aufregung abzubekommen und eigentlich hatte er das auch vermeiden wollen. Aber es war schwer, nicht in alte Gewohnheiten zu verfallen - die langen Streitigkeiten, das wilde Um-sich-schlagen aus dem Schmerz emotionaler Narben heraus, das Zurückweichen in eine aggressive Verteidigung, um sich vor weiteren Verletzungen durch die einst und irgendwie immer noch geliebte Person zu schützen. Charun erinnerte sich an das Ende ihrer Beziehung, als jähe Endlichkeit an die Stelle von nie endender gemeinsamer Zukunft getreten war. Keiner von ihnen hatte es gut vertragen und gleichzeitig hatten beide versucht, so zu tun, als ob es die richtige Entscheidung gewesen war. Doch war das die ganze Wahrheit? Hatten sie in ihrem Schmerz und Ringen mit sich selbst nicht einfach den Weg zurück übersehen? Und später, als er dann offensichtlich geworden war, den Mut verloren, ihn zu gehen? Charun hatte sich diese Frage oft gestellt.

»Sag mal«, fragte Charun Mara, »haben die Gefangenen nicht etwas von Sicherheitsvorkehrungen erwähnt?«

»Ja, ich vermute die kommen in den tieferen Ebenen«, meinte sie im selben Moment, in dem unter Charuns Füßen ein Knacken erklang. »Oder auch nicht«, fügte sie ernüchtert hinzu.

Ratternd setzte sich etwas hinter den Wänden in Bewegung. In Charuns Fantasie drehten sich Zahnräder, die in komplexe Mechaniken griffen und seit einer Ewigkeit wartendes Unheil entfesselten. Er blickte sich um, suchte panisch nach Anhaltspunkten, um sich darauf vorzubereiten, was gleich über sie kommen würde, doch vergeblich. Die Treppe glitt einfach unter ihren Füßen weg und ließ Charun und Mara einen schmalen Schacht nach unten stürzen.

Die Zeiten im Exil waren mit die schönsten ihres unendlichen Lebens. Zwar hatte die Spiegelkönigin die Welt in ihrem kalten Griff, aber hier draußen in der Tundra bedeutete das alles nichts. Er fuhr die Toten Abend für Abend über den Nachtstrom, und wenn ihm die Schicksale der verlorenen Seelen zu sehr die Schultern beugten, flüchtete er sich in das Elternhaus seiner Braut. Kein Palast oder Hofstaat konnte die Geborgenheit des Gartens und Wärme des Essens im Familienkreis ersetzen.

Manchmal verirrten sich Sterbliche in ihre Zuflucht, wenn sie sensibel genug waren, die verborgenen Pfade zwischen ihrem und dem jenseitigen Reich zu finden. Sie allein brachten Neuigkeiten und Abwechslung. Ansonsten verlief die Zeit angenehm ereignislos. Sie hatten genug von ihr, um sie gewissenlos im Müßiggang zu verschwenden.

Doch auch dieses kleine Intermezzo hatte sein Ende und die Götter kehrten in die Außenwelt zurück. Aber zumindest der Fährmann und die Schildmaid taten es mit einem Lächeln, denn damals wähnten sie ihre Bestimmung darin, nimmer allein die Welt zu durchstreifen.

Charun griff nach der Schachtkante, bekam sie zu fassen und versuchte, Halt zu gewinnen. Beinahe hätte er den Absturz verhindern können, doch Mara krallte sich instinktiv an ihn und er rutschte ab. Mit einem Schrei zog es sie beide nach unten. Köpfe und Schultern schlugen an Wände und prallten wieder ab. Ein Glück, dass sie noch bei Bewusstsein waren, auch wenn alle Versuche missglückten, den Sturz zu bremsen. Die gegen den Fels gepressten Hände und Füße fanden keinen Halt - der Klammergriff an winzige Vorsprünge war zu schwächlich - ständig behinderten sie sich unabsichtlich. Der unsichtbare Boden des Schachts kam sicherlich unaufhaltsam näher. Einen kurzen Lidschlag lang erhaschte Charun einen Blick auf Maras Gesicht. Die Brillengläser verbargen ihre Augen, aber ihr Kiefer war in Panik gespannt. Plötzlich blitzte das Beil in ihrer Hand auf und rammte sich Funken sprühend mit einem mahlenden Knarzen in den Fels. Ihre andere Hand bekam Charun zu fassen. In ihren Schultern schrie das Geräusch sich ungesund dehnender Gelenke, als der Ruck seines Gewichts durch sie ging.

Unter ihnen öffnete sich der Schacht zu einem niedrigen Raum, dessen Boden mit bleichen Knochen bedeckt war. Weiße Schädel grinsten sie aus der grauen Welt hinter den Quarzlinsen an. Charun ließ sich von Mara die letzten drei Meter nach unten gleiten. Er landete auf den Füßen und versicherte sich, dass Mara auch gut aufkam. Es gelang ihr nur mühsam, die Balance zu halten und missmutig rieb sie ihre Schultern.

»Das war knapp«, meinte er.

»Ist das bei solchen Stürzen nicht immer so?! Wäre nicht stilecht, sich mehr als eine Sekunde vor Bodenkontakt zu retten.«

»Wohl wahr. Geht es dir gut?«

262

»Ist das eine ernste Frage?« Mara drehte und dehnte etwas ihre Schultern. Es wirkte nicht, als ob ihre Gelenke bei der Bewegung freiwillig mitspielten. Charun wollte ihr gerade raten, sich zu schonen, als der leise Rhythmus sich aufziehender Federn an ihre Ohren drang. Jetzt erst fielen ihnen die kleinen Löcher in den Wänden auf, in denen metallische Lichtreflexe spielten.

»Oh nein.«

»Nicht noch mehr.«

»Lauf!«

Und sie rannten. Die Luft hinter ihnen füllte sich mit einem wütenden Schwarm stählerner Nadeln, jede so lang wie eine Männerhand. Kaum passierten sie einen Streckenabschnitt, schlug die Phalanx der Schussmechaniken los. Direkt an ihren Fersen zischten die Pfeile durch die Luft und schlugen Löcher in die Wände, die keinen Zweifel daran ließen, was die Projektile mit Fleisch und Knochen anstellen konnten. Keine Sekunde durften sie zögern, nicht einen Moment das Tempo verlangsamen. Mit einem Hechtsprung retteten sich die beiden in einen Korridor.

»Gut, dass nicht alle Nadeln im Raum gleichzeitig losschießen«, machte Mara auf den methodischen Fehler der Falle aufmerksam.

»Es geht nicht darum, uns um jeden Preis zu töten. Da hätten sie auch alle Zugänge versiegeln können. Das ist eine Prüfung. Eindringlinge sollen sich als würdig erweisen.«

»Alles klar, Professor Charun.« Keuchend kamen sie wieder auf die Beine. Ein erneutes Knarzen schreckte sie auf. »Verdammt, es geht noch weiter? Zur Hölle mit der Würde, ich will nur überleben!«

»Das ist in dem Fall dasselbe.«

»Hör endlich auf zu klugscheißen! Komm lieber! Renn!«

Schon lief die nächste Mechanik in den verborgenen Tempelhallen an, darauf geeicht, Jahrhunderte zu warten, bis sie endlich ihren tödlichen Zweck erfüllen konnte. Die Wände kamen näher. Der Gang wurde enger. Langsam schoben sich die schön verzierten Steinplatten heran. Zwischen ihnen sprinteten Charun und Mara. Plötzlich sahen die Fresken nicht mehr einladend aus. Ihre schroffscharfen Kanten stachen zu sehr heraus, ebenso wie die leichte

Verfärbung auf ihnen, die das Grau der Sichtbrillen fast schluckte. In Charuns Kopf war es das Rotbraun von altem, trockenem Blut.

»Achtung!«, schrie Mara.

Vor ihnen begann von oben herab eine Steinplatte den Gang zu verschließen. Es blieben nur Sekunden. Es würde knapp werden. Ein dünner Spalt am Boden musste ihnen als Passage reichen. »Runter!«, brüllte einer von ihnen – Charun konnte später nicht mehr sagen, wer. Aber es war Mara, die ihn auf den Boden zerrte. Gemeinsam zwängten sie sich unter der sich senkenden Tür durch. Charun kam als Erster hoch und half Mara. Eine alte Routine ergriff von den beiden Fliehenden Besitz. Eine eingespielte Harmonie, die eine kleine Ewigkeit gewachsen war, doch halb unter neuem Alltag und altem Ärger verschüttet gewesen war. Jeder Handgriff saß. Jede Geste wurde verstanden. Wenn einer von ihnen strauchelte, packte der andere zu und setzte den Partner wieder auf die Füße, wenn Charun eine zuschlagende Klinge übersah, riss Mara ihn in Deckung und wenn sie sich nicht schnell genug durch eine schließende Tür zwängen konnte, zog er sie hindurch. Ihr Leben lag in den Händen des Anderen. Charun hätte mit niemand anderem hier unten sein wollen. Unter dem Druck war aller Streit vergessen, alle Krisen überwunden oder zumindest beigelegt. Er wusste wieder, warum sie es so lange miteinander ausgehalten hatten. Sie sprangen über Abgründe, wichen Nadeln, Feilen und sich senkenden Klingen aus, jagten durch das Labyrinth aus Nacht und Gefahr. Ein Gang folgte auf den nächsten und jede Falle war gefährlicher, tödlicher, ausgeklügelter. Sie bogen links, rechts, wieder links ab ohne sich abzusprechen. Doch die beiden fanden ihren Weg, als ob sie nie etwas anderes getan hätten und als ob keine der Mordmaschinerien ihnen neu wäre. Als plötzlich Gas aus Löchern im Boden strömte, riss Charun große Fetzen aus seiner Feldbluse und Mara überschüttete sie mit Wasser aus ihrer Trinkflasche. Mit vor die Münder und Nasen gehaltenen Tüchern überwanden sie auch dieses Hindernis. Schlitternd kamen sie in einer Halle vor einer verschlossenen Flügeltür zum Halten.

Sackgasse.

Doch in diesem Raum gab es auch keine Falle, jedenfalls keine für den Körper - stattdessen eine für den Geist. Sie erkannten die beiden Gestalten auf den Flügeln der Pforte.

Der Rat der Götter war versammelt. Auf ihren Thronen saßen der Himmelskönig und die Erdmutter, zu ihrer Seite standen ihre Kinder, der Wahrer der Eide und die Schildmaid. Seine Schildmaid. Mit strengen Minen blickten sie auf den Streit vor ihnen und kämpften hart, ihr Entsetzen zu verbergen. Der Feldherr und der Vollstrecker drehten sich seit Stunden im Gefecht der Worte, die ständig drohten, durch Schwerter und Speere ersetzt zu werden. Der Schock lähmte den gesamten Rat, denn der Vollstrecker hatte ausgesprochen, was niemand anderes auch nur gewagt hätte zu flüstern: Die Zeit der Götter war vorbei, denn sie hatten ausgedient und richteten mehr Schaden in der Welt an, als sie ihr Gutes brachten. Millionen hatten sie zu einem entsetzlichen Tod verdammt und noch viele mehr zu einem Leben in den Ketten ihrer Kulte. Jede Abweichung von ihrem Willen hatten sie zur Ketzerei erklärt. Doch das war vorbei. Die nächste Ära gehörte den Sterblichen. Wollte sie frei sein von ihren düsteren Herren, galt es, sie aus ihren Himmelsfestungen zu vertreiben. Der Fährmann wusste, wie wahr diese Worte über das verendende Zeitalter waren. Bereits jetzt riss dieser Streit ihre Familie auseinander und ließ nur zwei Möglichkeiten: Entweder sie traten freiwillig ab oder sie gingen zusammen unter im drohenden Kampf des eigenen Fleisches und Blutes.

Er blickte auf zu seiner Braut. Ihre Blicke trafen sich. Dieselbe furchtbare Unsicherheit spiegelte sich in ihren Augen, die auch ihm das ewig schlagende Herz stillstehen ließ. Was bedeutete das für sie beide?

Wieder diese Visionen und diesmal die dreifaltige Überlagerung von Mara mit dem Feuer in den Haaren, die ihm als Schildmaid erschien, Mara, seiner ehemaligen Gefährtin, und der Mara auf jenem steinernen Türflügel, die sich verliebt, jedoch ohne die Selbstaufgabe blinder Hingabe, zu einem Gegenbild seiner selbst hinneigte. Er konnte nicht glauben, was die Sichtbrille ihm dort in gräulichen Schatten enthüllte. Selbst nach Minuten schien der Gedanke nicht anzukommen, dass sie ihren in Fels geschlagenen Zwillingen gegenüberstanden.

»Was machen wir hier?«, fragte er Mara laut. »Warum sind wir hier?«

»Weil wir schon immer hier waren«, antwortete sie kryptisch. Und da brach ein Damm in seinem Hinterkopf. Die Erinnerungen kehrten zurück. Der Strom aus wirbelnden Bildern drängte mit unglaublicher Macht in eine Lücke seiner Vergangenheit, die ihm kaum bewusst gewesen war. Dichte Nebel aus dem satten Grau des Vergessens hatten diesen Teil seines Selbst beherrscht. In ihm waren die Schönheit und die Heiterkeit, aber auch der Schmerz und die Trauer erst zu toten Aufnahmen eines einstmaligen Lebens vergilbt, um dann schließlich den qualvollen Tod des Nicht-mehr-wissens zu erleiden. Nein, das war nicht richtig ... Charun hatte nicht einfach nur vergessen und Mara hatte das ebensowenig. Er sah es in ihrem Blick. Die weiten Pupillen untermalten ihre Worte: »Was haben wir getan?«

Dabei war es ganz einfach: Sie hatten ihre Vergangenheit ermordet.

Wieder standen sie auf den Galerien hin zum Sonnenuntergang, aber der Wind aus den Bergen des ewigen Herbstes wehte nicht mehr. Die Macht der Götter war versiegt und der Winter hielt seinen Einzug. Zum ersten Mal tanzten über den Gipfeln zarte Schneeflocken. Die Jahre des Götterkrieges hatten die Welt gezeichnet. Sie hatte sich weiterbewegt und würde nie wieder die alte sein. Aber es war besser so, auch wenn der Preis hoch gewesen war. Er war mit unzählbaren Leben bezahlt worden und mit dem Versiegen der Magie. Doch die Menschen brauchten die Unsterblichen nicht mehr und den anderen Völkern fehlte es mittlerweile an einer Heimat in diesen Ebenen der Realität.

Der Fährmann und die Schildmaid wussten, dass es nun auch an ihnen war, zu gehen. Sie waren die Letzten. Der Rest der Familie lag entweder in tiefen Gräbern – niedergerungen von Geschwistern, Eltern oder Kindern – oder war bereits dem Ruf ins endgültige Exil gefolgt. Sie würden ebenfalls gehen. Gemeinsam, Hand in Hand, wandten sie sich dem Magus zu, dem in jeder Geste die Trauer um das vergehende Zeitalter der Wunder anzumerken war. Er würde das Urteil vollstrecken, das sie selbst über sich gefällt hatten.

»Sorge dich nicht!«, meinte die Schildmaid zu ihrem Gefährten und wiederholte ihr altes Versprechen: »Wir werden bis in die Ewigkeit beieinander sein.«

Ein verzweifelter Schrei entrang sich Charuns Kehle, als er realisierte, dass Vergangenheit und Zukunft ineinandergriffen. Aus vergessenen

Fragmenten, halben Erinnerungen und den Episoden seiner Biografie formte sich ein roter Faden durch das Chaos des Lebens.

Und nun verstand er.

So anmaßend der Archäologe, der er die letzten Jahre gewesen war, den Gedanken fand, einst war er als Gott über die Erde gewandelt. Eine vom Universum selbst als Avatar des Todes in all seinen unendlichen Variationen geschaffene Wesenheit: der Fährmann. Doch es war etwas geschehen, das ihn seine Rolle hatte niederlegen lassen. Wie alle Kinder waren ihre Menschen eines Tages erwachsen geworden und wie alle Eltern hatten die Unsterblichen dies nicht wahrhaben wollen. Ihre eiserne Herrschaft verteidigend hatten sie sie geknechtet, um sich weiter in ihr Dasein einzumischen und mit ihnen ihre Spiele zu spielen. Schreckliche Könige, gekleidet in vorgetäuschte Schönheit und den Nimbus der Unbesiegbarkeit. Ihr Blick aus Sternenlicht beobachtete die Niederen, um sie zu verbrennen, sollten sie versagen oder der Ketzerei anheimfallen. So war es immer gewesen, so hatte es immer sein sollen. Doch sie hatten nicht mit dem Aufbegehren aus ihrer Mitte gerechnet und auch nicht damit, dass letztlich das Ende ihrer Ära kommen würde. Aber es war gekommen - nur nicht für Mara und ihn.

Nur, was hatte sie dann auseinandergerissen?

Aug' in Aug' knieten sie sich gegenüber, während der Magus es ihnen erklärte. Sie würden leben und ihre Existenz auf dieser Ebene der Realität fortführen können, aber sie würden all der Macht und ihres göttlichen Einflusses auf die Weltmechaniken beraubt. Ohnmächtig wie die Menschen der Natur und einem bösartigen Willen ausgeliefert sollten sie durch das Reich streifen, das einst ihres gewesen war. Einiges würde ihnen bleiben - ein Schwert mochte sie töten, aber an Altersschwäche würden sie nicht sterben. Anderes aber würden sie verlieren – zu allererst ihre Erinnerungen. Der Magus meinte, Identität und Erinnerung seien stets verzahnt, ja schon beinahe dasselbe. Wer seine Identität aufgibt, gibt auch seine Vergangenheit auf. Bald würden sie vergessen, wer sie einst waren. Ein Opfer, zu dem sie sich bereit erklärt hatten. Ernst fasste die Schildmaid nach des Fährmanns Hand. Ein leises Lächeln der Unsicherheit spielte um ihren Mundwinkel, es sagte: »Nein, nicht wir, unsere gemeinsame Ewigkeit vergessen wir nicht.«

Doch sie hatten vergessen. Nicht sofort, aber mit der Zeit. Erst hatten die unglaublichen Bilder von gemeinsam geschaffenen Wundern, geschlagenen Schlachten und überwundenen Hindernissen noch ihre Gefühle befeuert. Doch irgendetwas fühlte sich falsch an mit diesen Erinnerungen. In der plötzlichen Verdammung in die Normalität hatten vergangener Ruhm und gerosteter Glanz keinen Platz, außer um sie daran zu erinnern, was sie verloren hatten. Und nach Jahrzehnten eines anderen Lebens, in dem die Vergangenheit keine Rolle spielte, kamen die Zweifel: War das wirklich geschehen? Waren das wirklich wir? Ist das kein Produkt überdrehter Fantasterei? Nichts war ein schlimmerer Feind der Erinnerung als dieser Zweifel. Er fraß jeden noch so bedeutsamen, noch so definierenden Moment auf und hinterließ ein kaltes, leeres Grau. Nur ein leises Wispern blieb, eine Stimme mit neuen quälenden Fragen: War da etwas gewesen? Was war damals geschehen? Und wenn dann die Panik der Ratlosigkeit zuschlug und die eigene Identität ob der fehlenden Wurzeln fragwürdig erschien: Warum bin ich so? Welche Ereignisse haben mich zu dem geformt, der ich bin? Doch für diese Rätsel gab es keine Lösung mehr. Niemand wüsste, in welche Richtung zu schauen wäre.

Die Hand des Magus senkte sich und besiegelte den Sturz der Götter mit den Zeichen, die er auf ihre Hälse malte. Der Fährmann drückte die Hand seiner Braut, als ob sie wie Staub im Wind verschwände, wenn er den Griff verlöre.

Ihre Liebe starb an dem Tag, an dem die Erinnerung endgültig zu einem glücklichen, aber dennoch vergangenen Traum verkam. Das alte Feuer verlosch und hinterließ nur die graue Einöde des Vergessens. Mara hatte ihre Sachen genommen und war einfach gegangen.

»Wir werden bis in die Ewigkeit beieinander sein«, flüsterte die Schildmaid ein letztes Mal.

»Was haben wir getan?«, wiederholte Mara sich. »Oh, Charun, wie konnten wir nur?«

»Es war die richtige Entscheidung. Kein Mensch braucht noch Götter!«

»Aber für uns! Wir haben so viel geopfert.«

Jetzt, wo die Erinnerungen wieder da waren, sah sie ihn an wie einen getretenen Hund. An ihrem eigenen Schmerz erkannte sie, wie es ihm gehen musste. Sie konnte es kaum ertragen. Einen Emotionsausbruch hielt sie gerade so im Zaum. Charun erging es ähnlich. Mara fragte: »Warum kamen unsere Erinnerungen jetzt zu uns zurück?«

»Wir haben hier früher viel Zeit verbracht. Vielleicht hilft das noch. Oder es ist der Rest unserer früheren Macht, mit dem wir diesen Tempel erschaffen haben. Wer weiß ...«

»Heißt das, wenn wir diesen Ort verlassen, kehrt sich der Effekt um?«

»Keine Ahnung, Mara, ehrlich nicht.«

»Wir können das wohl nur auf eine Art rausfinden.«

Seufzend strich sie mit einer Hand über ihren steinernen Zwilling auf der Flügeltür. Ihre Berührung setzte erneut eine Mechanik in Gang. Bereits in der Erwartung der nächsten zuschnappenden Falle atmeten die beiden ehemaligen Götter aus. Aber es war nur die Tür vor ihnen, die sich öffnete. Staunend setzten sie die Sichtbrillen ab. Die Umgebung gewann wieder an Farbe. Eine gewaltige Kaverne öffnete sich vor ihnen, naturbelassen, ohne dass ein Steinmetz ihr die künstliche Note der Zivilisation aufgeprägt hatte. Von fern war Wasserrauschen zu hören. Aber das war es nicht, was Charuns und Maras Aufmerksamkeit auf sich zog - es war das weiße Schiff aus Elfenbein und Silber, das wenige Meter über dem Boden schwebte. Mit der Eleganz eines schlanken Wals lag der Rumpf dort, doch schlug er selbst noch das größte Tier und sogar Fregatten der Luftflotte in seinen Ausmaßen.

»Selbst nach all den Jahren kann ich kaum sagen, in meinem Leben je etwas Schöneres gesehen zu haben als dein Schiff, Charun.«

»Ja, die *Argo* hatte schon immer die Angewohnheit, sich auf dieser Weltenebene von ihrer prachtvollsten Seite zu zeigen. In der Tundra, auf dem Nachtfluss, hat sie sich dagegen immer nur als Barke des Fährmannes gezeigt«, klagte Charun und bemerkte erst im zweiten Atemzug die Wiedersehensfreude in seiner Stimme, die sonst nur alten Gefährten zuteilwurde.

»Was für eine Schande für die verlorenen Seelen. Vor ihrer ewigen Verdammnis im Eis könnte man ihnen doch noch einen letzten Gruß mitgeben und ihnen zeigen, zu welchen Wundern die Welt fähig ist.«

»Meinst du solche?« Charun deutete zur Decke und Mara blickte hinauf. Wo eigentlich ein Felsgewölbe die Kaverne bedecken sollte, schwebte ein Dach aus Wasser. Wie durch ein trübes Milchglas aus dreckigem Grün-Blau sahen sie Wolken über den Himmel ziehen und zwischen ihnen den schwarzen Körper des Luftschiffes, mit dem sie angekommen waren. Ein Schimmer vom Sonnenuntergang schickte fließende Goldreflexe zu ihnen in die Tiefe. Über ihren Köpfen wölbte sich der Spiegelsee, den sie inmitten des Urwaldes gefunden hatten.

»Das hatte ich tatsächlich fast vergessen«, hauchte Mara und dann tänzelte der Funke eines Lächelns über ihr Gesicht. Ein Schalk tanzte in ihren Augenwinkeln, den Charun seit dem Sturz der Götter nicht mehr gesehen hatte. »Komm, lass uns an Bord gehen! Ich will unser altes Quartier sehen.«

Gemeinsam stürzten sie los. Zwei Kinder, endlich von der Last befreit, Erwachsene spielen zu müssen, wie sie ernst ihren Pflichten nachgingen. So unbeschwert hatten sich beide seit Langem nicht mehr gefühlt. Sie kletterten am Rumpf empor und betraten das Schiff durch eine der Frachtschleusen. Sie tobten die Korridore entlang, fanden die zentrale Wendeltreppe und wollten schon die Stufen nach unten zu den Besatzungsquartieren nehmen, als ein Zittern durch ihre Fußsohlen vibrierte. Die *Argo* erwachte zur Feier der Rückkehr ihrer Gebieter zu neuem Leben.

Das Grinsen der beiden verbreitete sich noch.

Sie jagten die Treppe hinauf zur Brücke des Luftschiffes. Durch die Fenster des dämmrigen Raums sahen sie, dass die *Argo* in einen langsamen Steigflug gegangen war. Ihre Freude wurde ausgeblasen wie eine Kerze im Sturmwind. Sie wussten, was das bedeutete. Sie verließen den Tempel und vermochten nicht zu sagen, ob ihre Erinnerungen in den gefahrvollen Hallen unter dem Berg zurückbleiben würden. Das Schiff tauchte bereits von unten in den See ein. Ein klägliches »Nein« entrang sich Charuns Kehle. Der Mut seines Widerstandes war darin bereits erstorben.

»Ich will das nicht wieder verlieren!«, rief Mara.

»Du bist nicht die Einzige«, meinte Charun und er spürte, wie sich die Tränen in seinen Augen sammelten. Der Verlust seiner Braut hatte ihn bereits einmal aller Hoffnung beraubt. Er mochte nicht an die Zeit denken, die es gedauert hatte, sich selbst wieder in den Griff zu bekommen, an den Schmerz, ein neues Verhältnis zur Zukunft zu finden und die Kraft, die es ihn gekostet hatte, aufzustehen und dem nächsten Morgen entgegenzulächeln. Er bezweifelte, so etwas noch einmal durchstehen zu können. Nein, dieses Mal würde es sein Herz endgültig zerrütten und mit prophetischer Sicherheit konnte er zu sich selbst sagen: Nein, er würde niemals wieder so lieben können. War das nur ein Ausdruck des verzweifelten Augenblicks? Er glaubte es nicht.

»Tu etwas, Charun!«

»Was kann ich denn tun?«

»Irgendwas!«

»Nein, es gibt nichts mehr zu tun.«

Er sah Mara in die Augen. Auch sie wusste nicht damit umzugehen. Die Ohnmacht in dieser Situation war überwältigend. Charun meinte zu spüren, wie etwas in Mara zerbrach, von dem er geglaubt hatte, sie hätte es schon lange weggeworfen. Aber sie hatte es nur vergessen ... allein um es an diesem Tag zurückzugewinnen und erneut zu verlieren. Der zweite Verlust war der schlimmste. Nichts ist schlimmer als Abschied in Raten.

Das Schiff stieg aus dem Spiegelsee empor. Die Sonne flutete die Brücke mit breiten, tief orangefarbenen Streifen. Noch einmal erwachte die Erinnerung an die Galerien des Sonnenuntergangs, dann schwappte das Grau des Vergessens wieder über ihr zusammen.

Die mit Feuerhaar gekrönte Schildmaid lächelte ihn an. Sternenlicht glänzte in ihren Augen und sie umschlang seinen Nacken mit beiden Armen. Ein Versprechen formte sich auf ihren Lippen und ihre Stimme trug es laut hinaus in die Welt, weg von dem Felsvorsprung und über den Spiegelsee und die Kronen Jahrtausende alter Bäume hinweg: »Wir werden bis in die Ewigkeit beieinander sein.«

Eine Woche später überreichten sie die *Argo* General Mummius. In seinen Augen glänzte Freude - sie entstammte keinem Sinn für die Schönheit des Schiffs, sondern dem Enthusiasmus eines Militärs für ein neues Spielzeug in seinem Waffenlager. Charun beobachtete Mara dabei, wie sie ihrem Vorgesetzten Bericht erstattete. Sie ging völlig in ihrer Aufgabe auf. Das Protokoll und die strenge Hierarchie der Streitkräfte gaben ihr Halt oder zumindest genug Arbeit, um den Schmerz zu unterdrücken. Ob auch in ihrer Brust versteckt dieses zersplitterte Gefühl von tausend Scherben herrschte? Selten genug blitzte hinter ihrer Fassade der kalten Professionalität ein Anzeichen dafür auf, dass es ihr schlecht ging.

Charun hätte gern gewusst, ob sie denselben Kampf ausfocht wie er. Wider Erwarten war die Erinnerung nicht komplett aus seinem Gedächtnis getilgt worden, als sie den Tempel verlassen hatten. Es war alles noch da, wenn auch verschwommen und mit Lücken. Allerdings fühlte sich diese Vergangenheit nicht wie seine eigene an. Jemand anders musste sie gelebt haben, so fern und unmöglich erschien ihm das Glück, das sich in ihr spiegelte. Schon nagte wieder der erste Zweifel: Was war Fantasterei? Was war real? Diese Fragen blieben vorerst unbeantwortet.

Gemeinsam mit dem General traten sie hinaus auf das Flugfeld, wo die *Argo* vor Anker lag. Er erklärte ihnen, wie er gedachte, das Schiff mit der modernsten Technik aufzurüsten. Schwarze Panzerplatten, wie die Kampfeinheiten der Flotte sie hatte, und Geschütze mit mittlerer und kurzer Reichweite wollte er aufsetzen lassen. Mit jedem dieser Vorschläge glaubte Charun das Ende des Götterzeitalters deutlich zu spüren, obwohl er schon längst verstanden hatte, dass es mit seiner und Maras Entscheidung, ihre Rollen als unsterbliche Spieler im ewigen Spiel niederzulegen, vorbei war.

Doch mit einem hatte Mara recht gehabt: Ob in Liebe verbunden oder nicht, ihre Schicksale schienen in Ewigkeit aneinanderzuhängen. Mit einem zögerlichen Lächeln ging er zu ihr und stellte sich neben sie, sodass sich ihre Ellenbogen leicht berührten. In ihrer Gegenwart wurde seine Zuversicht stärker. Er brauchte den Kopf nicht zu wenden, um dieselbe Freude über ihr Beisammensein auf ihrem Gesicht sehen zu können.

Die Zukunft konnte kommen.

Detlef Klewer | www.kritzelkunst.de
*1957 – lebt als Illustrator/Designer am Niederrhein. Als Liebhaber und Kenner des phantastischen Films veröffentlichte er Artikel in Magazinen wie *Vampir*, *Film-Illustrierte* und *Moviestar*, sowie fünf Fachbücher zum Thema. Das letzte Werk, »Die Kinder der Nacht«, erhielt als bestes Fachbuch den Virus-Award 2007. Seit 2011 verfasst er Mystery-, Fantasy-, Horror- und Steampunkgeschichten, die in diversen Anthologien erscheinen.

Stefanie Bender | www.federspuren.de
Stefanie Bender, ist Novemberkind des Jahres 1984 und wuchs im Rhein-Main-Gebiet auf, wo sie auch heute mit ihrem Mann und ihrem Sohn lebt. Ihre Leidenschaft ist das Schreiben fantastischer und historischer Geschichten sowie das Verknüpfen verschiedener Genres. Mit Veröffentlichungen von Kurzgeschichten sowie Novellen (Kurzromanen) konnte sie bereits Erfolge feiern. Anfang 2015 erscheint ihr Debütroman im Ulrich Burger Verlag. Fernab der Kreativität, der Liebe zur metallischen Musik und ihrem jungen Familienglück, jongliert sie mit Paragraphen im Dschungel von Mainhatten.

Corinna Schattauer | cschattauer.wordpress.com
Corinna Schattauer lernte das Schreiben, als sie sechs Jahre alt war, und hat seitdem nicht mehr damit aufgehört. Neben ihrem Leben als Mainzer Studentin der Geschichte und Anglistik – und wenn sie nicht gerade Theater spielt – bannt sie phantastische Geschichten aller Spielarten aufs Papier. Auch im Sachbuchbereich war sie bereits tätig.

Katharina Fiona Bode | www.facebook.com/KatharinaFionaBode
Katharina F. Bode wurde 1990 in einem Sauerländer Kreißsaal geboren. Gegenwärtig teilt sie sich eine Wohnbibliothek mit ihrem Freund und einer plüschigen Teddyhamsterkugel namens Mo in Dortmund. Nach ihrem BA-Abschluss in Kunstgeschichte und Komparatistik studiert sie nun Literaturwissenschaft im Master. Sie kann sich noch genau daran erinnern, bereits vor ihrer Geburt Geschichten verfasst zu haben... naja, fast. Von ihr

sind bereits der erste Fall »Erasmus Emmerich und der Messing-Türknauf« in der ASP-Anthologie »Steampunk Akte Deutschland« und die Kurzgeschichte »Monstertherapie« in der Anthologie »Missverstandene Monster« des ohneohren-Verlags erschienen.

Markus Cremer | markuscremer.jimdo.com

Der aus dem Rheinland stammende Markus Cremer wurde 1972, im Jahr der Ratte, geboren. Vor seiner derzeitigen Beschäftigung in der Hirnforschung betätigte er sich als Sanitäter, Erfinder und Inhaber eines Ladens für Okkultismus. Er lebt mit seiner Frau und seinem Sohn, sowie zwei Ratten in einem alten Haus in der Nähe von Aachen. Die Initialzündung für seine schriftstellerischen Ambitionen waren Fantasy-Rollenspiele und die Geschichten von H. P. Lovecraft, Michael Moorcock und Robert E. Howard.

Isabelle Wallat | www.isabelle-wallat.de

Isabelle Wallat, Jahrgang 1986, geboren, aufgewachsen und wohnhaft in Meerane, begann schon sehr früh mit dem Schreiben von fantasievollen Geschichten, sehr zum Missfallen ihrer Lehrer. Mit Musik als Inspiration malträtiert sie seither täglich ihre Tastatur. Sie wurde bisher in mehreren Anthologien veröffentlicht, darunter auch »Steampunk Akte Deutschland«.

Andrea Bienek | www.facebook.com/autorin.andrea.bienek

Andrea Bienek ist ein Herbstkind der frühen 70er. Erst malte sie Geschichten, dann schrieb sie welche. Nach Ausflügen in die Musik, Fotografie und Malerei beschloss sie, das Schreiben zu ihrem »Handwerk« zu machen und belegte ein mehrjähriges Fernstudium. Dann folgten ein paar Ausschreibungen und seither klappern täglich die Tasten.

Denise Mildes

Denise Mildes, geboren 1981, lebt und schreibt in Eichwalde. Hauptberuflich rekrutiert sie Personal für den Berliner Arbeitsmarkt. Bisherige Veröffentlichungen in den Anthologien »Vampire Cocktail«, »Momentaufnahmen« und »Ich war besessen«.

Ashley Kalandur | www.ashley-kalandur.de
Ashley erblickte 1982 das Licht der Welt und merkte schnell, dass ihre Fantasie weitaus umfangreicher war als die anderer Mitmenschen. Mit elf Jahren begann sie, erste Geschichten auf Papier zu bringen und sie tut dies auch heute noch. Sie lebt mit zwei Kindern und ihrem Mann in der Nähe von Köln.

Dennis Frey | www.facebook.com/dennisfreybooks
Dennis Frey lebt auf der grünen Insel, Irland, wo hinter jeder Ecke eine neue, magische Geschichte lauert. Hier findet er die Inspiration, seine Geschichten zu schreiben. Geschichten, die davon erzählen, wie die Magie in den Alltag einbricht und ihn zu etwas Außergewöhnlichem macht.

Sabrina Železný | www.sabrinarequipa.de
Sabrina Železný, geboren 1986, lebt zusammen mit einem virtu-ellen Lama und einem schwedischen Bücherregal in Berlin. Sie ist Kulturanthropologin, Altamerikanistin sowie Wahlperuanerin und schreibt hauptsächlich Phantastik mit Lateinamerikabezug, wobei ihr besonderes Interesse Mythologie, Geschichte und Sprachen der indigenen Kulturen gilt. Ihr Romandebüt »Kondorkinder: Die Suche nach den verlorenen Geschichten« ist 2013 im Verlag Mondwolf erschienen.

Daniel Schlegel | www.steam-fiction.de
Daniel Schlegel, Jahrgang 1989, lebt momentan in Berlin. Nach einem kurzen Ausflug in die Gefilde eines Agrarwissenschaftsstudiums hat er sich der Volkswirtschaftslehre zugewandt und schuftet nun mal mehr, mal weniger schwer an der Viadrina in Frankfurt (Oder). Auf seinem Blog gibt er einen Einblick in sein schriftstellerisches Schaffen.

Daniel Huster | unvermischtunheimlich.blogspot.de
Daniel Huster lebt zusammen mit seiner Freundin in einer kleinen Dortmunder Wohnung, die aufgrund einer drastisch voranschreitenden Bibliophilie jeden Tag ein wenig mehr aus den Nähten platzt. Er studiert Germanistik und Literaturwissenschaft in Bochum, liebt klassische Horrorstorys, verplempert seine Zeit mit sinnlosen Computerspielen und schreibt meist in der Nacht an eigenen Kurzgeschichten und Romanprojekten.

Fabian Dombrowski | www.facebook.com/Vibulanius
Fabian Dombrowski wurde am 6. Oktober 1989 in Berlin Mitte geboren, wo er seitdem lebt. Das Schreiben und weitere kreative Hobbys finanziert er als Tellerwäscher, Prospekt-Austräger, Galerist, Caterer, Kuchenbäcker, Barkeeper, Antiquar, Illustrator, Bildbearbeiter und Fotograf. Im Moment arbeitet er als Herausgeber für den Verlag ohneohren und studiert Geschichtswissenschaften an der Humboldt-Universität zu Berlin.

20

Weitere Steampunk-Bücher aus dem Art Skript Phantastik Verlag!

Wien - Stadt der Vampire
Fay Winterberg
ISBN: 978-3-9815092-4-3

2090 - das Jahr, in dem der Krieg ausbrach. Die verborgene Welt der Vampire offenbart sich der Menschheit und führte auch einen Großteil anderer übersinnlicher Wesen mit ans Licht der Öffentlichkeit. Erst nach Jahren des Krieges gelang es den Nachtwesen, eine Co-Existenz mit den Menschen aufzubauen.

Die Halb-Vampirin Lilith Avant-Garde arbeitet als Archäologin, spezialisiert auf übersinnliche Artefakte, und ist Verbindungsglied zwischen Menschen und Vampiren im Europa des Jahres 2207, einer Zeit, die als New-Steampunk-Age betitelt wird. Ihre Aufgabe führt die 26-Jährige nach Wien, denn die Stadt der Vampire hat nicht nur ein neues Oberhaupt, sondern auch ein Problem mit illegalen Werwolf-Fights.

Band 1 der New-Steampunk-Age-Reihe von Fay Winterberg legt die Weichen in eine fantasievoll gestaltete Zukunft, deren Frieden jedoch sehr fragil ist.

Steampunk 1851
Düstere Geschichten zwischen
Zahnrad-Mechanik &
Gaslicht-Romantik

ISBN: 978-3-9815092-8-1

Steampunk Akte
Deutschland
Steampunk-Geschichten aus
Deutschland

ISBN: 978-3-9450450-0-8

Weitere Fantasy-Bücher aus dem Art Skript Phantastik Verlag!

Vor meiner Ewigkeit
Alessandra Reß
ISBN: 978-3-9815092-6-7

„Ich warf mich der neuen Welt in die Arme und sie lachte mit mir, und in meinem Unwissen merkte ich nicht, wie falsch dieses Lachen klang."

Ohne Erinnerung erwacht der Student Simon eines Nachts in einer Stadt, in der selbst die Farben ein Eigenleben zu führen scheinen. Von einem Geistermädchen erfährt er mehr: In ihm ist die Gabe des Schläfers erwacht, und seine Aufgabe ist es, die Vampire zu jagen, welche die Stadt bevölkern und das empfindliche Gleichgewicht von Licht und Dunkelheit stören. Erst, wenn er diese Aufgabe erfüllt hat, darf er in sein altes Leben zurückkehren.

Trunken von den dunkelbunten Wundern der Stadt Dew Linae, fügt sich Simon in sein Schicksal. Doch bald schon muss er erkennen, dass er mehr und mehr seine Identität verliert. An seine Stelle tritt der Schläfer, eine seelenlose Kreatur, die nur im Tod ihrer Gegner Erfüllung findet. Verzweifelt sucht Simon nach einem Weg, sein zweites Ich zu bannen – doch trauen kann er niemandem, nicht einmal sich selbst.

Dämonenbraut
Christina M. Fischer

ISBN: 978-3-9815092-0-5

Das schwarze Kollektiv
Michael Zandt

ISBN: 978-3-9815092-3-6

Weitere Anthologien aus dem Art Skript Phantastik Verlag!

Die Damen der Geschichte

Dark Fantasy Geschichten mit historischem Hintergrund
ISBN: 978-3-9450450-1-5

Männer glauben die Welt zu regieren, doch im Verlauf der Geschichte veränderten Frauen das eingefahrene Weltbild ihrer Zeit. Getrieben von Ehrgeiz und Passion bestritten sie Kriege, schufen Wunderwerke der Technik oder begeisterten mit ihren besonderen Talenten. Doch wer im Licht steht, wirft oft auch einen dunklen Schatten in dem die düsteren Wesen der Nacht lauern. Vergessen Sie den Geschichtsunterricht. In diesem Buch erfahren Sie die Wahrheit über die Damen der Geschichte.

Masken
Düstere Fantasy Geschichten
ISBN: 978-3-9815092-9-8

Vielfältig und aufregend präsentiert sich die Welt der Cocktails, von Cosmopolitan bis Bloody Mary ist für jeden Geschmack etwas dabei. Um einige dieser Mix-Getränke ranken sich Legenden und Erzählungen, andere haben es sogar schon auf die große Leinwand geschafft. Ein Cocktail kann zu Begegnungen führen und der Beginn eines Gespräches sein. Nur was passiert, wenn der Gesprächspartner ein Vampir ist?

Genießen Sie die Abwechslung!

Weitere Anthologien aus dem Art Skript Phantastik Verlag!

Vampire Cocktail
Geschichten aus der Vampirwelt
ISBN: 978-3-9815092-5-0

Masken verhüllen alles und öffnen die Tore zu einer fremden Welt. Sie sind verziert mit Perlen, Goldstaub und Spitze, überzogen mit Seide und Brokat oder aus schlichtem Holz. Doch in den Wirren der Farben und im Rascheln der Kleider tummeln sich die maskierten Wesen der Unterwelt, die ihre Opfer suchen, locken und in die Nacht entführen. Sie begegnen uns während des farbenfrohen Maskenballs in Venedig, in den Steppen der Mongolei oder bei einem alten Ritual in Afrika. Verhüllt von den Masken wandeln die Wesen der Nacht unter den Menschen und warten auf ihren Moment.